U0090909

古典文獻研究輯刊

二八編

第2冊

思想史視野下的焦循戲劇觀念研究

譚　菲　著

國家圖書館出版品預行編目資料

思想史視野下的焦循戲劇觀念研究／譚菲 著 -- 初版 -- 新北
市：花木蘭文化事業有限公司，2023〔民112〕
目 2+236 面；19×26 公分
（古典文學研究輯刊 二八編；第 2 冊）
ISBN 978-626-344-446-1（精裝）
1.CST：（清）焦循 2.CST：學術思想 3.CST：戲劇
820.8   112010481

ISBN-978-626-344-446-1

9 786263 444461

古典文學研究輯刊
二八編 第 二 冊   ISBN：978-626-344-446-1

思想史視野下的焦循戲劇觀念研究

作　　者　譚菲
總 編 輯　杜潔祥
副總編輯　楊嘉樂
編輯主任　許郁翎
編　　輯　張雅淋、潘玟靜　美術編輯　陳逸婷
出　　版　花木蘭文化事業有限公司
發 行 人　高小娟
聯絡地址　235 新北市中和區中安街七二號十三樓
　　　　　電話：02-2923-1455 ／傳真：02-2923-1452
網　　址　http://www.huamulan.tw 信箱 service@huamulans.com
印　　刷　普羅文化出版廣告事業
初　　版　2023 年 9 月
定　　價　二八編 18 冊（精裝）新台幣 47,000 元

思想史視野下的焦循戲劇觀念研究

譚菲　著

作者簡介

譚菲，女，1994 年 5 月。北京大學文學學士、文藝學博士（五年制直博），曾於 2019 年～ 2020 年赴東京大學綜合文化研究科聯合培養一年。主要研究方向為文藝美學。現為中山大學中國語言文學系（珠海）助理教授，碩士生導師。曾參加香港、澳門、東京、北京等多個城市的國際會議上發表論文，並在國內刊物《文藝評論》、《海南大學學報（人文社會科學版）》、國外刊物 Cultural and Religious Studies 等發表論文多篇。

提　　要

　　揚州學派的中堅人物焦循在治經之外嘗試戲劇研究，帶著儒學的思想關懷和治學方法，探索通俗文學文化觀念，在思想史和戲劇史上都極具研究價值。焦循的戲劇研究不僅僅反映了他致力於彌合儒家理念世界與日常生活倫理的分裂的意圖，也體現了對傳統通俗文學藝術觀念的繼承與新變。

　　面對此一時期儒學思想「經世致用」的焦慮，焦循在思想層面上關注民間的「移風易俗」，成為他從事代表通俗文化形式的戲劇研究的內在動力。同時，作為清朝中葉的經濟文化中心，揚州地區的戲劇活動和治學風格為戲劇進入焦循的視野提供了可能。焦循在其「文學一代有一代之所勝」的文體嬗變觀念中確立了「性情」是一種文學文體作為時代代表的標準，並指出需要注重文體的「本色」和「因變」，這形成了焦循的「性靈」觀念。焦循對戲劇虛實觀念的考察，不僅僅是戲劇史或文學史的範疇內部的討論，還將戲劇作為社會事件、知識形式和敘事語言，多角度地討論縫合語言表達形式與歷史日常經驗裂隙的方法。焦循的戲劇教化觀念同時注重「理」和「情」，表達了他的戲劇觀念向經學思想靠攏的傾向。焦循的戲劇雅俗觀念主要表現為在「花雅之爭」中重視花部戲劇，主張確立「曲文俚質」的文辭觀念，為文學傳統中「雅」的觀念注入了新的內涵。

緒　論 ……………………………………………………… 1

　　一、選題意義 ……………………………………………… 1

　　二、前行研究 ……………………………………………… 7

　　三、研究思路 ……………………………………………… 20

第一章　焦循研究戲劇的思想動力和社會背景 …… 31

　第一節　焦循關注戲劇的思想動力 ……………………… 32

　　一、「經世致用」的主張 ………………………………… 32

　　二、「稽古右文」的學風 ………………………………… 39

　　三、對「人倫日用」的重視 ……………………………… 43

　第二節　戲劇進入焦循視野的社會背景 ………………… 51

　　一、揚州鹽商對戲劇活動的資助 ………………………… 51

　　二、官方禁曲中的戲劇文獻考訂 ………………………… 55

　　三、揚州學派的「博學」學風 …………………………… 58

第二章　焦循的戲劇文體觀及與文學、經學的
　　　　關係 ……………………………………………… 67

　第一節　文體嬗變觀念的內在標準 ……………………… 68

　　一、文體之「勝」的標準在於「性情」………………… 68

　　二、文體的「本色」和「因變」 ………………………… 73

　第二節　戲劇文體地位的提高 …………………………… 79

　　一、重視戲劇文體的形式結構 …………………………… 79

　　二、重視戲劇文體的敘事能力 …………………………… 85

　第三節　「性靈」之於文學和經學 ……………………… 91

　　一、「經學」和「文章」 ………………………………… 91

　　二、「性靈」與「才智」 ………………………………… 95

　　三、「性靈」與「移情」 ………………………………… 99

第三章　「謬悠」與「信傳」──焦循的戲劇
　　　　虛實觀 ………………………………………… 105

　第一節　戲劇表演中的虛實混亂現象 …………………… 107

　　一、戲劇史對虛實觀念的討論 …………………………… 107

　　二、戲劇世界與現實世界的混亂現象 …………………… 112

　　三、消除虛實混亂現象的思想邏輯 ……………………… 118

　第二節　戲劇知識中的「求實」觀念 …………………… 123

目

次

一、「求實」的方式：知識的語境化和歷史
化 …………………………………………… 124
二、「求實」的目的：連結知識和思想 ……… 130
第三節 戲劇敘事中的虛實觀念 ………………… 135
一、戲劇敘事與歷史書寫的關係 ………… 135
二、基於觀眾立場的戲劇虛實觀念 ……… 138
三、「補亡」傳統與戲劇的虛構敘事 ……… 142
第四章 焦循的戲劇教化觀 …………………… 149
第一節 戲劇觀念中的教化思想 ………………… 150
第二節 「理」與「情」關係 …………………… 156
一、反對單一化的「情」 ………………… 156
二、反對概念化的「理」 ………………… 161
三、「情」的雙重內涵及與「理」的關係 …… 164
第三節 「人倫日用」中的教化觀 ……………… 168
第五章 焦循的戲劇雅俗觀 …………………… 181
第一節 「花雅之爭」中的雅俗觀念 …………… 183
一、戲劇史上的「花雅之爭」 …………… 183
二、雅部戲劇繼承的文學傳統 …………… 187
三、「曲文俚質」所體現的雅俗觀念 …… 191
第二節 「風教」精神的「以雅化俗」作用 …… 195
第三節 戲劇對文學雅俗觀念的影響 ………… 202
結 語 ………………………………………… 213
參考文獻 …………………………………………… 221
致 謝 …………………………………………… 235

緒　論

一、選題意義

　　焦循（1763～1820）作為乾嘉學術中揚州學派的中堅人物之一，對清代經學卓有建樹。其一生治學博廣，易學、數學、堪輿學、戲劇等均有涉獵。其經學研究頗受關注，尤以易學為甚。而戲劇理論研究，學界則關注甚微。焦循的戲劇理論主要因其兩部著作而備受重視，分別是《劇說》和《花部農譚》。前者對戲劇的諸種要素如演員、劇種、人物原型、故事歷史等進行了回溯源流、稽古考今的工作，後者則對一些劇本的敘事藝術和人物形象進行了闡發和批評。

　　目前學界對焦循的戲劇研究大致有三種：在戲劇史研究中，焦循的戲劇研究是清代戲劇研究中不可忽視的一部分，主要集中在提倡花部戲劇和提出歷史劇的創作旨要這兩點上；在對焦循的個人研究中提到的戲劇部分，傾向於將之視為區別於其經學研究的一種獨立的藝術研究，大多設立專章介紹，與經學研究的關係較少談及；少數研究試圖揭示焦循的戲劇研究背後的經學背景，但也與他在數學、堪輿學等其他領域受到的經學學風的單向影響的闡釋方式並無二致，並未突出在經學思想影響下戲劇理論研究的獨特性。

　　這或許提示了我們當下難以有效地闡釋焦循作為一名經學學者涉獵戲劇研究的癥結。從戲劇研究史來看，即使人類的戲劇表演經驗已經走過了千年歷史，但是戲劇研究作為一個學科，直到 20 世紀早期，仍然由於除了劇本之外的研究資料難以保存而隸屬於中文系或文學院的學科範疇內，被視為文學的一個分支。20 世紀中葉以後，歐美的大學開始建立獨立的戲劇學科，從單純

的文本研究轉移到舞臺實踐。在中國，直到 20 世紀 80 年代以後，中國戲劇研究出於加入世界戲劇研究學術對話圈的需要〔註 1〕，才建立了總體的學科框架，包括文獻材料、戲劇史、戲劇理論和批評等，逐漸發展為一個較為成熟的學科。故而，作為古典戲劇學研究的一部分，焦循戲劇學的研究亟需探索新的方法論提升它的闡釋效力。

從焦循的個人研究來看，由於學科成熟和譜系完善的需要，焦循的戲劇理論被思想史研究學者認為是獨立於經學思想研究的藝術研究，又被戲劇史的研究學者認為是區別於藝術本身規律研究的文獻校讎研究，以致於他的戲劇研究更多地以一種不可忽視又難以闡釋的面目出現，極易被當成戲劇文獻集合的一部分，僅做一些大致介紹，缺乏深度剖析。事實上，21 世紀以來的研究中，已經有一些研究注意到了焦循的經學研究和戲劇研究的關聯性，但是「經學影響戲劇學」這種單一的「影響」與「被影響」關係仍然是這些跨學科研究的一般思路，經學與戲劇學的內在關聯性仍然亟待進一步的發掘和闡釋。

由於從西方舶來的現代學科分野和知識分類的需要，傳統個人研究的整體性意義被割裂，類別性意義被重新構建。如果研究對象所涉及的知識門類頗為廣泛，他的某一些研究則因為其在學術史上的重要性而被凸顯，另一些研究則相對被邊緣化而不受重視。這樣一來，研究對象諸類文本之間的內在邏輯不再成為問題，對於研究對象的整體把握也被有意無意地忽視。研究對象最負盛名的話語已經能夠代表其自身，因此他的思考動向、內在矛盾和一些相對來說並不充分的表達，則悄然地從研究材料中被懸置了。在對焦循的個人研究中，獨具代表性的則是他的經學研究，戲劇研究便是被邊緣化的研究材料。又因為他並非專門從事戲劇創作或是身處戲劇行業中人，故而他對於藝術規律本身的貢獻，也只停留在以一個學者的身份為戲劇藝術提供了某種評論性觀念，在當時的戲劇界或戲劇史上，似乎未能對戲劇藝術的發展提供太多基於藝術本身的系統性理論資源。

對焦循而言，他涉獵戲曲研究的行為本身可能比他的戲劇理論之於戲劇史的意義更具有被再次闡釋的必要性。焦循對戲劇的關注，似乎是他精心計劃的經學研究之外，學有餘力之時的興趣，並不具備太多系統性和理論性的表達。而這些看似並不循規蹈矩，尚欠深思熟慮的理論建構，卻可能成為切入作

〔註 1〕余從、章詒和、李悅《中國戲劇（曲）學科研究現狀和發展趨勢·戲劇（曲）學科研究現狀》，《戲曲研究》1995（02）：1～13。

為學者的焦循的思考縫隙的一把鑰匙。這不僅有助於批判性地檢討現有的關於思想史和文學史的固有論述，打破經學研究和文學研究的現有邊界，還使得被邊緣化的研究材料有被重新喚醒的可能性。也就是說，為什麼作為經學學者的焦循會涉獵戲劇研究，他如何看待自己的戲劇研究，戲劇研究又在何種程度上參與了他的思想體系構成，這是否暗示了清代中葉的思想文化的一些內在脈動等一系列問題，仍然亟待闡釋。因此，我們試圖在考察焦循的戲劇研究時，引入焦循的經學研究視野。這並非僅僅選取有關戲劇部分的理論，在戲劇史的語境中重新結構新的話語空間，將其在戲劇文體的脈絡中尋找理論意義，此類方法已經誕生了諸多優秀的著作。引入焦循的經學研究視野的目的還在於重新整體性地把握焦循的思想，並爬梳它們投射在戲劇學領域上的問題關懷，探索戲劇作為一種綜合性藝術為焦循打開了何種學術思考的新路徑，與其一般思想有何種邏輯上的聯繫和矛盾，並探討焦循的經學思路如何影響了焦循的戲劇觀念，二者的互動、碰撞甚至是矛盾如何構成了更為完整的焦循的思想世界。

　　通常，提取研究對象的代表作視為其最重要的研究材料，不僅僅是對研究對象的個案研究，還代表著一種歷史化的意識，它試圖為種種參與了歷史進程的思想提供一個清晰可循的脈絡，故而這個「代表」便成為了不可忽視的焦點。重新拾起研究對象的邊緣研究，也並非是與研究對象的單向互動，僅僅力求重新刻畫一個完整而全面的歷史人物，而是力圖在一個早已被勾勒出來的歷史圖景中找到那些隱藏在濃墨重彩背後的細膩筆觸，觀察在看似強勢而穩定的話語敘述背後的暗潮湧動，重新爬梳這些要素之間構成完整性的過程。

　　福柯在《知識考古學》裏提到：「因此擺在我們面前的問題，──這個問題決定總體歷史的任務，──是確定什麼樣的關係形式可以在這些不同的序列之間得到合乎情理的描述；這些序列能形成什麼樣的垂直系統；這些序列之間的關聯和支配關係是怎樣的……」〔註2〕這提示我們在觀察諸多類別的學科在共同參與歷史進程的過程中，除了本身的「垂直序列」以外，還應該關注各個要素之間的內在關係。這可能也適用於對研究對象涉及諸多領域的歷史人物的考察。要避免陷於學科分類的壁壘和建立學科之間的簡單關係，真正找到焦循戲劇理論更為有效的闡釋方法，必須試圖重新揭開處於「總體歷史」中的

〔註2〕〔法〕米歇爾‧福柯《知識考古學》，謝強、馬月譯，北京：生活‧讀書‧新知三聯書店 2007 年，第 10 頁。

各個要素之間的互動過程和內在關聯。

在戲劇學研究中引入思想史的視野，不僅僅是焦循個案研究的需要，還是一種總體歷史觀念的展現。如果說經學研究更多地表現為以士大夫的儒家思想世界為主的上層文化，那麼戲劇研究則更多地表現為與民間審美趣味相關的通俗文化。人們對通俗文學文化褒貶不一、莫衷一是，卻不得不承認它已經像涓涓細流一樣滲透進人們的日常生活中，甚至影響了人們對上層意識形態的態度，而學者士大夫也重新反思或者更加堅守官方意識形態的存在方式。這便提示了溝通文學史研究和思想史研究的可能性——在思想史的研究視野中尋找文學的位置。

文學的個案研究不僅僅處理它自身的問題，還必須慎重地對待其在文學史脈絡的位置。而思想史與文學史的互動，則又構成了更為廣闊的歷史圖景，生成更為複雜的歷史狀況，而這些關於諸多領域的相互碰撞，催生了諸多具有時代特色的創造性場域。因此，對焦循個人研究的完善則需要將視野放回其觀念生產的時代，以清代中葉為基本範圍，探索戲劇理論的生成背景。當然，在這過程中應當避免陷入先入為主地構建歷史的必然結論，再由結論甄選文獻材料的方法困境。基於此，我們將清代中葉的思想文化脈絡作為參照系，目的在於通過仔細爬梳清代中葉思想文化狀況內部的層層褶皺，考察它們在面臨種種歷史和時代問題時所採取的應對方式，以及這種應對方式表現在戲劇、文學和思想等不同領域中的相互關係。從更廣闊的視域上說，本文試圖梳理一種思想文化脈絡下連續而又充滿矛盾的內在脈動，這種脈動的核心是束之高閣的儒家話語秩序內部的理念世界如何與日常生活的通俗世界發生內在互動，它們如何表現在受到傳統文學觀念影響的戲劇研究中，又對兩個世界帶來了何種影響。

長期以來一直被當做經學研究者的焦循自覺而主動地考察了當時市井通俗的戲劇文化並為其寫下專著，這一現象因為難以放置在一種既定的研究結構中，最終使得焦循的個人研究陷入機械歸類的境地。而正是這個看似跨學科的例外，提醒我們注意到關於通俗文化的思考在那個時代已經獲得了上層文人的關注。恰恰是因為思想學者介入並參與了通俗文學觀念的書寫，使得文學觀念本身獲得了超出探索其藝術規律本身的公共性和延展性。

文學與其他思想文化形式的差異使得二者的研究方式獲得了互相啟發的可能性，二者所呈現的一定程度的同構、影響和矛盾，都成為考察這一時期思

想文化面貌的一個切口，為我們理解當時的思想文化動態提供了新的可能。本文雖然借鑒了思想史的視野，但仍然著眼於觀照文學的位置及其意義，試圖爬梳關於文學的想像力是如何參與了其他思想形式的構建和調整，又如何提示了其中的內在張力。因此，本文想要解決的核心問題，是在通俗文學文化越來越盛行的背景下，經學學者焦循為何邁出經學的研究範疇，試圖介入通俗文學世界；以及對通俗文學世界的介入多大程度上啟發了焦循對儒家思想秩序實現形式的想像，又折射了儒家思想話語中的何種內在的矛盾和縫隙；這種文學和思想的內在互動又如何型塑了清代中葉思想文化狀況的多重面貌。

　　在這裡值得再次澄清的是，本文針對焦循的《劇說》、《花部農譚》等著作的考察命名為「戲劇觀念」研究。首先，將焦循對於戲劇的研究命名為「戲劇」而不是「戲曲」。就「戲曲」這一命名而言，其主要針對「中國傳統戲劇的文學性和音樂性兩方面」〔註3〕。同時，這種命名方式還帶有著重強調中國戲劇的特色的目的，與西方戲劇的「寫實性」不同的是，「歌舞樂是戲曲美學的基礎」，「戲曲的表演藝術原理是『寫意性』」〔註4〕。與用「戲曲」強調音樂性和寫意性不同的是，焦循輯錄六卷《劇說》的標準透露了他對於戲劇研究的側重點所在：「乾隆壬子冬月，於書肆破書中得一帙，雜錄前人論曲、論劇之語，引輯詳博，而無次序。乙丑，養病家居，因取前帙，參以舊聞，凡論宮調、音律者不錄，名之以《劇說》云。」〔註5〕可見，焦循並不重視關於宮調、音律等關於戲曲音樂的知識，他所關注的更多是情節、內容、文體以及劇場、觀眾等有關的論述。當代的戲劇學研究傾向於認為：「戲劇學的研究對象，與其說是劇詩、劇本、舞臺藝術等，不如說是更寬闊的包括觀眾在內的劇場或劇場經營。因而，戲劇學研究與詩學、曲學、藝術學的研究對象有所不同。」〔註6〕雖然焦循並沒有用如此寬廣的視野研究戲劇，但我們可以認為，焦循的戲劇研究已經溢出了傳統曲論的邊界，且研究重心發生了偏移，雖然並未重視戲曲音樂，但已然將戲劇作為種綜合性文學藝術來看待。

　　而將焦循的戲劇研究命名為「觀念」，而非「戲劇學」、「戲劇理論」或是

〔註3〕葉長海主編《戲劇學・第1輯》，北京：文化藝術出版社2014年，代前言第2頁。

〔註4〕曾永義《戲曲學》，臺北：三民書局2016年，第3頁。

〔註5〕〔清〕焦循《焦循雜著九種》，揚州：廣陵書社2016年，第333頁。

〔註6〕葉長海主編《戲劇學・第1輯》，北京：文化藝術出版社2014年，代前言第2頁。

「戲劇思想」，則是出於以下考慮。黃卓越在《明中後期文學思想研究》中認為：「理論（theory）這個詞語在當代的使用更多受到西學的影響，體現為一種更具體系化、邏輯化，同時也是超常化的思維與文本展現方式，隨機性、場域性、感知性的批評話語尚未達到理論所要求的層次。」〔註7〕焦循的著作中，《花部農譚》主要表現為「戲劇評論」，是針對當時諸多花部戲劇的點評漫談；《劇說》是一種文獻資料的輯錄，它的價值被諸多前人研究認為主要在保存戲劇資料，難以為以上諸種名稱所概括；而星落在其他著作中的零散見解，則更難以形成系統性的「理論」。

而「思想」這一命名則「受到一般思想史的啟發，尤其是考慮到文學思想的變化來源於思想史提供的資源，或者進一步認為文學中產生的思想也是思想史的一部分，兩者可以通過一個連接線貫通起來，而且共同享有『思想』的界域。」〔註8〕從「文學思想」的這一特點來看，與本文的思路似乎有著一定的一致性，都是傾向於將思想史與文學史的世界打通，二者相互給予資源以還原對一個時代或個體更為整體性的面貌。但從焦循的研究本身來說，「思想」一詞同時用於焦循的經學研究和戲劇研究中，反而容易將焦循的戲劇思想認為是其經學思想的簡單複製或機械移置，難以在戲劇研究的本位上突出其戲劇研究思想和方式的獨特性。

而「觀念」這一命名，則指向兩個層面，其一是它的「意識」指向：「不僅研究作品與批評中的『思想』（這是一個最主要的重疊層次），也研究未能明確地被指稱為『思想』的『觀念』，比如那些處於前意識狀態的，或隱伏在文本肌理之中的，或更屬於精神與心靈感知狀態的等各種意識。」〔註9〕這不僅與中國傳統文學批評的缺系統化、理論化有一致性，還能夠概括焦循在《花部農譚》等著作中戲劇思想的表現形式：它不僅僅具有與其經學思想相互溝通的層面，還潛藏著一些難以系統化、理論化的意識狀態。其二是它的「知識」指向：「將觀念史本身看做知識史的一個部分……觀念史的研究無法超越於知識史研究所提供的規範，比如它也需要借助於知識史研究的一般性手段，如實證化、語境化等。」〔註10〕如果說知識史的實證性和語境化能夠幫助梳理觀念研究，那麼焦循在《劇說》中對既有戲劇觀念的知識性梳理，為我們重新理解既

〔註7〕黃卓越《明中後期文學思想研究》，北京：北京大學出版社2005年，第2頁。
〔註8〕黃卓越《明中後期文學思想研究》，北京：北京大學出版社2005年，第3頁。
〔註9〕黃卓越《明中後期文學思想研究》，北京：北京大學出版社2005年，第3頁。
〔註10〕黃卓越《明中後期文學思想研究》，北京：北京大學出版社2005年，第5頁。

有的戲劇觀念提供了新的材料，也為我們瞭解焦循潛藏在知識考證形式下的思想觀念提供了新的可能性。因此，「觀念」這一命名的「意識」指向和「知識」指向，不僅包含了焦循戲劇思想中與其經學思想的相關部分，也包含了其在考證學風影響下的知識考索中潛在的觀念意識，故而本文嘗試採用「觀念」一詞來概括焦循的戲劇研究，以便更為準確地處理焦循戲劇研究中的文本形式和思想表達。

二、前行研究

作為有著典型經學身份的研究對象，對焦循的既有研究十分豐富。關於焦循的生平資料、年譜傳記，作品的整理校注、學術思想方面的成果可謂汗牛充棟。在文獻整理方面，有劉建臻整理，廣陵書社 2009 年《焦循詩文集》，2016 年《焦循全集》、《焦循算學九種》、《焦循雜著九種》等整理本出版，為焦循研究提供了詳備的一手資料。綜合性研究方面，2000 年，陳居淵《焦循儒學思想與易學研究》為焦循的經學研究特別是易學研究進行了深入而細緻的探討，2005 年劉瑾輝《焦循評傳》〔註11〕，2006 年陳居淵《焦循、阮元評傳》〔註12〕對焦循各個領域的研究有了全面而深入的論述，2012 年劉建臻《焦循學術論略》〔註13〕，則從焦循思想的各個方面對焦循研究做了深入淺出的介紹與概括，是十分重要的參考資料。

此外，1990 年臺灣大安出版社何澤恒《焦循研究》〔註14〕代表了臺灣以易學為中心，以經學為主要方向的焦循研究思路與治學水平。2008 年文津出版社賴貴三《臺海兩岸焦循文獻考察與學術研究》〔註15〕對海峽兩岸焦循研究的大致情況敘述詳備，可供參考。

綜上，關於文獻類、綜合性研究的狀況，已有豐富的材料可資觀研。伍野春、阮榮《焦循研究論著索引（1815～2014）》收錄了中國大陸、臺灣、香港以及日本、韓國、馬來西亞、美國等地研究焦循的各種論著條目，以資觀覽。為避免冗贅，集中研究對象，綜述中主要擷取與本文論題密切相關聯的研究成果，也即戲曲方面的研究，分類敘述如下：

〔註11〕劉瑾輝《焦循評傳》，揚州：廣陵書社 2005 年。
〔註12〕陳居淵《焦循、阮元評傳》，南京：南京大學出版社 2006 年。
〔註13〕劉建臻《焦循學術論略》，北京：社會科學文獻出版社 2012 年。
〔註14〕何澤恒《焦循研究》，臺北：大安出版社〔民國 79 年〕1990 年。
〔註15〕賴貴三《臺海兩岸焦循文獻考察與學術研究》，北京：文津出版社 2008 年。

（一）文獻考述與文集整理

焦循關於戲曲的論著主要集中在《劇說》、《花部農譚》和《易餘籥錄》三種，另有《曲考》一書或已亡佚，現有存目。

《劇說》六卷，文獻整理的基本情況見《中國古典戲曲論著集成》第八冊《劇說》提要中記載的《讀曲叢刊》本、《曲苑》本、《重訂曲苑》本、《增補曲苑》本、《國學基本叢書》本、《中國文學參考資料小叢書》本。〔註16〕以上諸版本皆源自於《讀曲叢刊》本，部分有校勘。《讀曲叢刊》別題《誦芬室讀曲叢刊》，近人董康1917年輯刻，是迄今最早的一部古典戲劇史料彙編叢書，《劇說》於此首次刻印。《中國古典戲曲論著集成》本《劇說》據此出版後，成為研究焦循戲劇學的通行本。1998年，齊魯書社出版《續修四庫全書》，第1763冊、1764冊影印了北京圖書館（現為國家圖書館）所藏手稿本《劇說》，現稿本藏於國家圖書館。2016年，廣陵書社出版《焦循全集》，以國家圖書館的稿本為底本，以《中國古典戲曲論著集成》本參校。

《花部農譚》一卷，宣統三年（1911），徐乃昌以焦循手稿本為底本輯刻刊印，收入《懷豳雜俎》叢書。1959年收入《中國古典戲曲論著集成》第八冊，附在《劇說》後。現有稿本《花部農譚》一卷，藏於國家圖書館。齊魯書社《續修四庫全書》影印國圖所藏手稿本。2016年，廣陵書社出版《焦循全集》，以《懷豳雜俎》本為底本，校之以稿本。

《易餘籥錄》二十卷，有兩種刻本，嘉慶二十四年刻本，現藏於國家圖書館；另《木犀軒叢書》，見臺灣新文豐出版社1991年《叢書集成續編》。另有《易余曲錄》一卷，任中敏專門輯錄《易餘籥錄》中討論戲劇的部分，收錄於臺灣中華書局1940年出版《新曲苑》第四冊，稿本有殘缺，現藏於南京圖書館。2016年，廣陵書社出版《焦循全集》，以《木犀軒叢書》本為底本。

另有韋明鏵點校廣陵書社2008年版《焦循論曲三種》，《劇說》和《花部農譚》據《中國古典戲曲論著集成集成》本，《易余曲錄》據臺灣中華書局《新曲苑》本。將焦循的戲劇學主要資料結集為書。

《曲考》，今無傳本。李斗《揚州畫舫錄》卷五載黃文暘《曲海總目》中，「焦里堂《曲考》載此目，有所增益。」〔註17〕共有雜劇四十二種，傳奇二

〔註16〕中國戲劇研究院編《中國古典戲曲論著集成》，北京：中國戲劇出版社1959年，第75～76頁。

〔註17〕〔清〕李斗《揚州畫舫錄》，汪北平、涂雨公點校，北京：中華書局1960年，第120頁。

十六種。王國維先生《錄曲餘談》：「焦里堂先生《曲考》一書，見於《揚州畫舫錄》，聞其手稿為日本辻君武雄所得。遺書索觀後，知焦氏後人自邵伯攜書至揚州，中途覆舟，死三人，而稿亦失。」而《曲考》一書尚有爭論。劉致中查考了焦廷琥對焦循的生平著錄後，發現並無《曲考》存目，又將李斗對焦循《曲考》中所收錄的文獻與《劇說》進行比對，發現幾乎均見於《劇說》，故而認為《曲考》就是《劇說》〔註18〕。劉孔伏認為《曲考》不是《劇說》，並提出《劇說》是焦循根據《曲考》重新編訂而成。〔註19〕杜海軍同樣認為《曲考》與《劇說》皆為焦循戲曲研究的專著，《曲考》是為撰《劇說》作準備〔註20〕。王瑜瑜結合諸家觀點，論證《曲考》自成一本，是一部以黃文暘《曲海目》為主體，依據他掌握的新資料加以增補擴充的戲曲目錄〔註21〕。范春義認為此可認定為最終結論，雖然其中細節尚有爭議。彭秋溪《論姚燮未見過〈曲考〉原書兼談〈曲考〉的性質》〔註22〕對王瑜瑜的觀點提出申辯，並認為《曲考》是焦循欲撰之書，並非有定稿。2016 年，廣陵書社出版《焦循全集》，認其「或為亡佚之書。」〔註23〕本文認為，《曲考》一書至今若未有新的材料，現有證據皆難以證明其有無及歸屬權，可暫存其目，聊表後來研究。

另范春義《焦循戲劇學研究》中〔註24〕附有《焦循散見戲劇學資料輯佚》，為研究焦循戲曲研究提供了參考資料。

（二）戲劇觀念研究

關於焦循戲劇理論的研究，前人結合焦循的生平經歷、經學背景和審美取向，對其作出過總結與發揮。這些面向大多具有內在的邏輯關聯，因此在研究中往往呈現出相互指涉、彼此勾連的跡象，難以清晰劃分。此處根據研究成果的不同側重進行分類，力圖在評述中呈現其對焦循戲曲研究較有價值的亮點。

〔註18〕劉致中《〈曲考〉即〈劇說〉考》，《文學遺產》1981 年第 04 期。

〔註19〕劉孔伏《〈曲考〉非〈劇說〉辨析》，《雲南民族學院學報》，1989 年第 2 期。

〔註20〕杜海軍《〈曲考〉不是〈劇說〉》，《殷都學刊》2001 年第 4 期。

〔註21〕王瑜瑜《〈曲考〉考述》，《中華戲曲》2011 年第 02 期。

〔註22〕彭秋溪《論姚燮未見過〈曲考〉原書兼談〈曲考〉的性質》，《戲曲與俗文學研究》2016 年第 01 期。

〔註23〕〔清〕焦循《焦循全集》，劉建臻整理，揚州：廣陵書社 2016 年，《前言》第10 頁。

〔註24〕范春義《焦循戲劇學研究》，南京：鳳凰出版社 2012 年，第 293 頁。

1. 有關戲劇考據方法的研究

焦循戲劇研究與考據學密不可分的關係，是學界對焦循戲劇研究特點的共識。梁啟超論及焦循的戲劇研究便對其特點頗為讚賞：「以經生研究戲曲者，首推焦里堂，著有《劇說》六卷，雖屬未經組織之筆記，然所收資料極豐富，可助治此學者之趣味。」〔註25〕並認為「書為里堂著易學三書時，旁涉他學，隨手剳記之作，言《易》者反甚希也。吾未精讀，偶翻卷四論聲系，十七論曲劇各條，已覺多妙諦。」〔註26〕葉長海《中國戲劇學史稿》也認為以考據學治戲劇，是焦循治學的一大特色，《劇說》便是為研究古代戲劇彙集了豐富的參考資料。但其指出焦循對戲劇的考據有繁瑣考證、觀點不明、缺乏邏輯條理的弱點。〔註27〕雖帶有後設視角更重觀點邏輯的思路，但也指出了考證的方法是焦循戲劇研究最為重要的一種方式。趙山林《中國戲劇學通論》中則指出，焦循戲劇批評的特點不僅僅是考據，而是熔戲劇本事考證與戲劇批評於一爐〔註28〕，更注重發掘焦循在考證中所披露的戲劇批評觀點。

李昌集《中國古代曲學史》中通過焦循在《劇說》中考據整理的戲劇資料的內容選擇入手，提出其中表達了一個潛在的觀點：「戲劇史是多種社會文化活動的整合，而不單純是若干劇作家和劇本的『思想』與『藝術』串連。」「表明了一種『綜合』的戲劇文化意識，雖然這種意識還顯得不夠深入。」〔註29〕不僅關注了焦循的戲劇研究方法，還指明了在這種方法下潛藏的戲劇觀念。陸銀娣《試從〈劇說〉看焦循的戲劇觀》〔註30〕中延續了這個觀點，認為焦循在《劇說》中從多個角度對戲劇藝術進行了初步的探討，具備了樸素的立體化的戲劇藝術觀：要求本色當行和場面化的思維藝術。

楊劍明《曲話文體考論》中，從文體的觀點提出了考據學作為方法論對戲劇文體建構的意義：「（考據）作為科學意義上的方法論，並非類從於文體學範疇的體例體裁等文體概念，乃是學術的科學性及其獨立性的現實體現。」並指出「全書所徵引資料按照歷史順序排比，根據歷代戲劇事象的考核和例

〔註25〕梁啟超《中國近三百年學術史》，天津：天津古籍出版社 2003 年，第 404 頁。
〔註26〕梁啟超《梁啟超全集》，北京：北京出版社 1999 年，第 5269 頁。
〔註27〕葉長海《中國戲劇學史稿》，北京：中華書局 2014 年修訂版（上海文藝出版社 1986 年初版），第 464 頁。
〔註28〕趙山林《中國戲劇學通論》，合肥：安徽教育出版社 1995 年，第 894 頁。
〔註29〕李昌集《中國古代曲學史》，上海：華東師範大學出版社 1997 年，第 698 頁。
〔註30〕陸銀娣《試從〈劇說〉看焦循的戲劇觀》，《劇作家》，2008 年第 02 期。

證的歸納，在為信史意義上的戲劇史匯輯編綴足資徵信之史料的同時，又系統化地作出結論，並形成概念序列。」〔註31〕還提出了焦循明確的「演劇本體觀」有「體系建構」的意義，表明焦循的考據學方法對戲劇本體獨立有著重要作用。

張曉蘭關注到了清代經學家與戲曲學的關係，將經學語境下對戲劇理論的變化發展進行勾勒，為我們呈現了處於經學語境下的清代戲曲表演及戲曲研究的縱深面貌。在對焦循的研究中，她也指明了其經學思想與戲劇理論上的一致性。〔註32〕石芳同樣關注了清代戲曲理論籠罩在考據學的語境中，並通過對焦循經學研究的方法的爬疏，將其與焦循戲曲研究考據方法的比對，認為焦循將在治學中對考據法的運用移置到了對戲曲的研究中，如調查觀察法、邏輯推理法等，皆是在其經學研究中常用、慣用的研究方法。〔註33〕

相曉燕在其《清中葉揚州曲家群體研究》中指出，身為經學家的焦循對戲曲本事的來源考證在考據學中帶有隱射索隱的思想。〔註34〕提出了考據的目的及其包含的文藝思想，但論述較為簡單，並未深入闡釋。

以上對焦循的考據學方法與戲劇研究的關係的綜合，彰顯了一個多世紀以來對焦循戲曲研究認識的層層深入，考據學與戲劇研究的關係，不再被輕易地放置在簡單的影響關係下被看待，而是經歷了一個從資料列舉的文獻保存作用、資料選擇對戲曲本體觀念的彰顯，到經學考據與戲曲研究在方法論上的一致性的轉變，呈現了對焦循戲曲研究與考據學關係的研究縱深發展的面貌。需要指出的是，焦循戲曲研究與考據學的關係雖歷來不乏關注，研究也更為深入，但更多地集中在討論焦循的經學研究與戲曲研究在內容或方法上的一致性方面。戲曲研究在焦循整個學術思想體系中的位置，戲曲理論中的觀點所需要面對的當時學術思想界的問題，及其經學家的身份對其戲曲觀念生成的路徑與意義，在研究方法日趨更新的當下，尚未有深入的開掘以滿足問題研究的需要。

〔註31〕楊劍明《中華戲劇史論叢書　曲話文體考論》，上海：上海古籍出版社 2013 年，第 243～245 頁。

〔註32〕張曉蘭《清代經學與戲曲——以清代經學家的戲曲活動和思想為中心》，上海：上海古籍出版社 2014 年，第 403 頁。

〔註33〕石芳《清代考據學語境下的戲曲理論》，上海：上海古籍出版社 2017 年，第 354 頁。

〔註34〕相曉燕《清中葉揚州曲家群體研究》，浙江大學博士論文 2010 年。

2. 有關戲劇文體的研究

在對戲劇文體的研究上，學界研究不僅僅關注到戲劇本身文體的類別，還將戲劇作為一種藝術門類的特質、歷史及功能等方面做了闡釋，故而時常黏連至焦循的經學研究及其儒家思想等。焦循對花部戲劇的研究十分重視，甚至專門撰寫了一部專著《花部農譚》。關於焦循對花部戲劇的研究，學界往往重視其與焦循文人身份與當時戲劇環境的相關性。葉長海《中國戲劇學史稿》指出，焦循在當朝明令禁止戲曲、當時文人皆無視花部的情況下，仍在其《花部農譚》中提出花部戲曲在「事」（劇本內容）、「詞」（戲曲語言）、「音」（戲曲聲腔）上的優點及重要性，具有一定的突破意義。〔註35〕湯振海《焦循及其戲曲著述》中根據花部戲曲對觀眾的感染力的演出效果指出，《花部農譚》「褒花貶雅」的傾向並非對封建統治階級「揚雅抑花」正統觀念的挑戰，而是順應文化潮流和社會現實，體現了當時的求實學風。〔註36〕指出了焦循作為文人推崇花部與當時的學風之間的關係。李昌集《中國古代曲學史》中認為，焦循是從「風教」和「復古」的立場談花部，「以文人的立場接受花部，以歷史學的意識理解花部」，對提高花部戲曲的地位有一定的意義，但未理解花部的真諦是表現世俗生活情態。〔註37〕雖帶有後設的視角，但揭示了焦循的文人身份與其戲劇理論的關係。

另外，在對花部戲劇特質的查考中，也注意到了戲劇文體本身的特質及其歷史走向。楊劍明《曲話文體考論》認為花部不僅僅體現了對民間的推崇，還展現了雅文化與俗文化之間的關係，認為花部代表了社會非主流意識形態在俗文化範疇的未來歷史走向，是焦循獨具的史學眼光。〔註38〕其從戲劇文體本身代表的文化特質來探討焦循所關注的花部戲劇的意義與歷史走向，為焦循的戲劇研究提供了文化視角。張曉蘭《分析了焦循將易學上「反對執一」的觀點貫穿到戲劇觀中，反對「雅部」研究的單一性，將「花部」與「雅部」同列入戲曲研究的範疇。〔註39〕此種觀點考慮到文人眼中的戲曲觀念的變化，但其

〔註35〕 葉長海《中國戲劇學史稿》，北京：中華書局 2014 年修訂版（上海文藝出版社 1986 年初版），第 460 頁。

〔註36〕 湯振海《焦循及其戲曲著述》，《蘇州大學學報》1994 年第 3 期。

〔註37〕 李昌集《中國古代曲學史》，上海：華東師範大學出版社 1997 年，第 700 頁。

〔註38〕 楊劍明《中華戲劇史論叢書·曲話文體考論》，上海：上海古籍出版社 2013 年，第 247 頁。

〔註39〕 張曉蘭《清代經學與戲曲──以清代經學家的戲曲活動和思想為中心》，上海：上海古籍出版社 2014 年，第 407 頁。

與易學中「反對執一」的關聯只是簡單羅列，恐尚未疏通其內在理路。石芳同樣認為焦循獨好花部受到了易學觀念的影響，並指出「花部代替崑曲是戲曲演變規律的必然，在傳揚儒家倫理道德思想方面較傳奇有著無可比擬的優越性。」〔註40〕從花部戲曲文體本身及其與接受者的密切關係來看待文體本身的發展規律。楊立川指出焦循在《花部農譚》中貶抑了「繁縟」之風，肯定了「俚質」之美，並讚揚了與忠孝節義相關的「慷慨」之美，表現了入世的審美觀和審美教育意識。〔註41〕黃桂娥提出，清中期的「花雅之爭」的深層是崇古與尊今的較量。焦循對「憂」的關注，是因為發現了戲曲的本根是「善肖人之形容，動人之歡笑」，是優人與觀眾的密切互動。焦循始終把戲曲當做是舞臺表演的藝術，重視觀眾對戲劇的作用，所以焦循認為花部代表了戲曲的新生命力。〔註42〕將焦循對花部戲劇的關注的演員視角放置在歷史維度看待，指出戲曲文體的生命力對於其自身發展的重要性。金登才指出，花部戲劇中不再使用古典詩體的形式，而是採用了一定的白話腔調，可以算是戲劇史上的一次革命，反映了農民、市民的階級意志。〔註43〕

　　關於藝術歷史的角度，學界也有不少對焦循戲劇發展觀念的研究，集中在對元劇的推崇和「代有所勝」的觀點上。焦循在《易餘龠錄》中指出：「夫一代有一代之所勝，捨其所勝，以就其所不勝，皆寄人籬下者耳。」〔註44〕這一觀點為王國維所繼承，在其《宋元戲曲史‧序》中，同樣指出：「凡一代有一代之文學：楚之騷，漢之賦，六代之駢語，唐之詩，宋之詞，元之曲，皆所謂一代之文學，而後世莫能繼焉者也。」〔註45〕表明其繼承並發揮了焦循的觀點。另外，王國維還指出了焦循對於元劇的關注的獨到性：《宋元戲曲史‧元劇之文章》：「三百年來，學者文人，大抵屏元劇不觀。其見元劇者，無不加以傾倒。如焦里堂《易餘龠錄》之說，可謂具眼矣。」〔註46〕楊劍明在《曲話文

〔註40〕石芳《清代考據學語境下的戲曲理論》，上海：上海古籍出版社 2017 年，第 357 頁。

〔註41〕楊立川《試論焦循「揚花抑雅」之審美觀》，《西部學刊》，2015 年第 09 期。

〔註42〕黃桂娥《崇古與尊今的較量——清代戲曲批評史的一個脈絡》，《戲劇藝術》2017 年第 1 期。

〔註43〕金登才《花部——中國近代戲曲的開端》，《戲劇藝術》2006 年第 01 期。

〔註44〕〔清〕焦循《易餘龠錄‧卷十五》，劉建臻整理，《焦循全集》（第十一冊），揚州：廣陵書社 2016 年，第 5513～5514 頁。

〔註45〕王國維《宋元戲曲史》，上海：上海古籍出版社 1998 年，第 1 頁。

〔註46〕王國維《宋元戲曲史》，上海：上海古籍出版社 1998 年，第 98 頁。

體考論》中認為，焦循的史學觀中表現了雅俗觀念的變化和戲劇文體自身的演變規律，集中表現在以元劇為典範的觀點中。也即，正是由於焦循看到了戲劇自身在歷史中的演化規律，為人接受的程度，才在雅俗關係的不斷流變中，看到了曲於元之勝，正與花部「事」、「司」、「音」之勝相對應的關係。〔註47〕此種觀點闡釋了焦循從戲劇文體本身入手，關注了戲劇史上文體繁榮的特質，並將之用於對當時戲劇的考察，是對焦循戲劇理論深入到文體特質與歷史沿革的分析。劉奕指出焦循認為性情是文體創新的動力，但是這種文學思想來源於經學，並非獨立的文學思想。〔註48〕

關於文體方面，焦循還將戲曲文體與八股文做比較，認為其中有一定的相關性。蔣星煜《中國戲曲史鉤沉》指出焦循認為八股文在形式、體裁和組織結構上繼承摹仿金元詞曲，是牽強附會的觀點。〔註49〕陶啟君《焦循戲劇發展觀略說》指出，八股是明一代之所勝，八股文體與曲劇之間的文體契合關係，正是焦循明朝的藝術形式繼承元而來的戲劇發展觀的體現。〔註50〕同樣從文體特質和文體發展的視角解讀了焦循對戲曲文體的看法。張曉蘭認為，焦循將八股和戲曲相提並論，是為了提高戲曲的地位。〔註51〕這些研究都注意到了焦循對八股文與戲曲之間契合性的重視，但卻未能將焦循在兩種文體的相關性中所展現的藝術歷史觀作深入闡釋。

雖然焦循十分重視戲劇，但學界指出焦循仍然將戲劇視為區別於經學「大道」的「小道」。石芳認為，焦循認為戲劇「以己之情，度人之情」的理論，可以借戲曲的傳播特點，以「情」為中介，發揮教育功能。並認為焦循雖然視戲曲的娛樂功能為本質，但始終符合易學「一張一弛」、「一陰一陽」所提出的知識範疇的譜系中，將戲曲認為是「以道德教化為主，以娛情相輔。」〔註52〕

〔註47〕楊劍明《中華戲劇史論叢書‧曲話文體考論》，上海：上海古籍出版社2013年，第247頁。

〔註48〕劉奕《焦循文學代勝說論析》，《四川大學學報》（哲學社會科學版）2007年第6期。

〔註49〕蔣星煜《中國戲曲史鉤沉》，上海：上海人民出版社2010年（中州書畫社1982年初版）第716頁。

〔註50〕陶啟君《焦循戲劇發展觀略說》，《四川戲劇》1989年06期。

〔註51〕張曉蘭《清代經學與戲曲——以清代經學家的戲曲活動和思想為中心》，上海：上海古籍出版社2014年，第394頁。

〔註52〕石芳《清代考據學語境下的戲曲理論》，上海：上海古籍出版社2017年，第363頁。

的近乎「小道」的學問。

　　此外，許翔麟《評焦循的〈花部農譚〉》〔註 53〕、齊森華《「獨樹」、「獨好」、「獨識」——讀焦循的〈花部農譚〉》〔註 54〕、毛品璋《也談焦循及其〈花部農譚〉》〔註 55〕、王偉康《焦循與〈花部農譚〉》〔註 56〕、《論〈劇說〉》〔註 57〕、相曉燕《乾嘉學派與清中葉曲學——以揚州為中心的考察》〔註 58〕等，對此也有所論，概不出以上觀點，可供查考。

　　可以看到，對焦循戲劇作為一種文學藝術形式的研究，前輩學者已有相當的耕耘，對焦循理論中所略表不詳的文字條分縷析，歸納了焦循理論中所體現的戲劇文體本身的特點，並深入到戲劇的歷史沿革方面結合闡釋，可以說已經呈現了較為清晰的面貌。但是對於焦循戲劇理論的各個特點之間的關係的呈現仍然較為割裂，較少揭示其中的內在關聯，也較少放置在當時的文學藝術的整體思潮中觀照。焦循作為知識分子與官方意識形態及下層民眾之間的縱深關係，亦點到為止，未能深入剖析。

3. 有關歷史劇虛實觀的研究

　　焦循的戲劇思想中，還結合一些經典劇目對歷史劇的虛實進行了評價與判斷，並對「謬悠」的概念進行了闡釋發揮：「傳奇雖多謬悠，然古忠孝節烈之跡，則宜以信傳之。」〔註 59〕學界對此亦有所探討，並指出焦循對戲曲教化作用作為評判標準所帶來的觀念複雜性。劉致中《焦循的戲曲理論》認為，焦循認為戲曲摹仿現實、反映現實，需要按照客觀規律進行虛構，並表明戲曲可以宣洩人的情感，並起到教化作用。〔註 60〕王星琦《焦循及其曲論》〔註 61〕的論述大致相同。葉長海《中國戲劇學史稿》對焦循與歷史劇的看法做出了總結，指出焦循主張戲劇創作的性質應該體現作者的創作意圖，以塑造藝術形象為

〔註 53〕許翔麟《評焦循的〈花部農譚〉》，《天津師院學報》1980 年第 06 期。

〔註 54〕齊森華《「獨樹」、「獨好」、「獨識」——讀焦循的〈花部農譚〉》，《河南師大學報（社會科學版）》1981 年 06 期。

〔註 55〕毛品璋《也談焦循及其〈花部農譚〉》，《藝術百家》1988 年 02 期。

〔註 56〕王偉康《焦循與〈花部農譚〉》，《揚州師院學報》1994 年 04 期。

〔註 57〕王偉康《論〈劇說〉》，《揚州大學學報》（人文社會科學版）1997 年 06 期。

〔註 58〕相曉燕《乾嘉學派與清中葉曲學——以揚州為中心的考察》，《浙江社會科學》2011 年 09 期。

〔註 59〕〔清〕焦循《焦循全集》，劉建臻整理，揚州：廣陵書社 2016 年，第 5284 頁。

〔註 60〕劉致中《焦循的戲曲理論》，《文學遺產》1980 年第 02 期。

〔註 61〕王星琦《焦循及其曲論》，《劇藝百家》1986 年 04 期。

重，但應該以還原歷史真實為基礎。〔註62〕對於二者之間的聯繫，李惠綿《清代曲論之虛實論初探》中將焦循對此的看法勾勒了三個角度，一是基於藝術性及教化作用，戲劇可以虛構；二是對於表現忠孝節烈的事件和人物，戲劇必須忠於真實的歷史；三是為探索歷史的真相，戲劇必須比正史所載更接近歷史事件的本來面目。〔註63〕析出了三個角度，但較少有其相互關係的解釋。楊劍明則在《曲話文體考論》認為，「謬悠」說是在藝術內部討論審美的真實，並認為歷史內在的本質真實恰好是美學的藝術真實。〔註64〕但由於此書重在討論焦循的戲曲觀念，對焦循對所謂「歷史內在本質意義」亦無較為深入的論述。明光《焦循戲劇理論新議》指出，焦循認為劇中的情節聯繫歷史能夠獲得某種合理性，「變得富有歷史感和索隱趣味，亦有史筆的褒貶意味，這是焦循所謂的妙味無窮。」〔註65〕從焦循的戲劇觀念轉向其對歷史觀念中包含的「春秋筆法」觀念的理解，揭示了焦循思想內部的一致性問題中比較重要的一隅。伏滌修認為，焦循的「謬悠」思想旨在有史載依據基礎上的藝術加工。〔註66〕尤微、陸學松認為，「謬悠」的意義在於更好地寓褒貶於曲折之中，更好地表達人物故事。〔註67〕以上研究都揭示了焦循戲曲理論中對歷史劇的判斷指向了藝術真實與歷史真實之間的關係。

諸多學者也注意到了教化在焦循歷史劇觀念中的關鍵價值判斷作用。孫書磊認為，焦循對歷史劇的倫理式批評，實際上是歷史劇作品主題的倫理精神的延續與伸展，並認為以倫理代置劇論的史劇批評現象更為深刻。〔註68〕提出了歷史劇創作本身的意圖視角，表明歷史劇作為文體本身便帶有對倫理精神的討論，而焦循的批評則將這部分倫理問題更為清晰而深刻地呈現出來。裴雪萊指出，經學家焦循承載儒家禮樂的文化內涵，並揭示其中的認知作用，實現

〔註62〕葉長海《中國戲劇學史稿》，北京：中華書局 2014 年修訂版（上海文藝出版社 1986 年初版），第 462 頁。

〔註63〕李惠綿《清代曲論之虛實論初探》，《戲劇藝術》1993 年 03 期。

〔註64〕楊劍明《中華戲劇史論叢書·曲話文體考論》，上海：上海古籍出版社 2013 年，第 247 頁。

〔註65〕明光《焦循戲劇理論新議》，《藝術百家》2008 年 04 期。

〔註66〕伏滌修「謬悠」與歷史劇對歷史的合理性藝術再造〉，《中國戲曲學院學報》，2021 年 8 月，第 42 卷第 3 期。

〔註67〕尤微、陸學松《考據式批評與春秋筆法——焦循戲曲批評方法摭論》，《中國戲劇》2022 年第 10 期。

〔註68〕孫書磊《本位批評的缺失——論中國古典史劇理論的批評範式》，《南京社會科學》2002 年第 02 期。

「禮」的示範作用和「樂」的感化功能。〔註69〕雖未對「禮樂」內涵做深入的探討，但對歷史劇可能承擔的「示範」作用做出了揭示，為理解焦循戲曲觀點與觀眾關係提供一個參考視角。張曉蘭認為，焦循「證之以實而運之於虛」的觀點運用到了戲劇研究中。「實」是材料、事實，虛是判斷、結論。擴展到戲曲，實則是歷史真實，虛則是藝術真實，所以「謬悠」說是指的藝術真實，需要與歷史真實相結合。在具體的戲劇評論中，焦循因以戲曲思想的正統化和倫理化為主要衡量標準，導致他對不同的戲曲的評價有所不同。這是與他對忠孝節烈之事之人不遺餘力的弘揚一而貫之的。〔註70〕從焦循的經學研究中對虛實的看法與其對戲曲的研究思路並置，是理解焦循的歷史虛實觀念，不容忽視的視角之一。石芳認為，戲曲虛實並不是焦循的關注重點，而是承認了戲劇的虛構前提，並在此基礎上發揮道德教化作用。〔註71〕提醒我們關注焦循與其他戲曲理論家對於「虛實」理論探討之間的異同關係。饒俊參考了焦循的經學著作《論語通釋》，認為「禮」，也即教化是焦循判斷歷史劇好壞的根本原因。〔註72〕

　　另外一些學者關注到了焦循對歷史劇的評價標準與觀眾的心理接受之間的關係。趙山林《中國戲劇學通論》中指出，焦循的「謬悠」說是與他的「以信傳之」結合在一起的。並指出焦循認為「信史」並非「正史」，在樹立人物形象上應當尊重觀眾的感情。〔註73〕指明歷史真實與否與觀眾的心理期待是直接吻合的，表明了焦循的戲曲觀念對於觀眾的重視。曹金生《焦循及其戲劇思想初探》指出焦循的戲曲理論中形成了獨特的悲劇審美特徵，並從唱曲風格和情節設置上表明焦循提倡一種悲劇的審美快感。〔註74〕這種說法從作為戲曲接受者的角度歸納了焦循的審美喜好，值得我們關注。周固成《焦循〈花部農譚〉的倫理思想》認為，焦循一方面傳承官方推崇雅部的儒家精神，另一方面讚賞花部聲腔的血氣慷慨，並賦予儒學思想，同時認為「情」

〔註69〕裴雪萊《試談禮樂文化背景下焦循戲曲理論中的「真實」》,《許昌學院學報》2011 年 04 期。

〔註70〕張曉蘭《清代經學與戲曲——以清代經學家的戲曲活動和思想為中心》,上海：上海古籍出版社 2014 年，第 410、415 頁。

〔註71〕石芳《清代考據學語境下的戲曲理論》,上海：上海古籍出版社 2017 年，第 363 頁。

〔註72〕饒俊《從〈論語通釋〉探焦循戲劇觀》,《戲劇文學》2020 年第 5 期。

〔註73〕趙山林《中國戲劇學通論》,合肥：安徽教育出版社 1995 年，第 895 頁。

〔註74〕曹金生《焦循及其戲劇思想初探》,蘭州大學 2008 年碩士論文。

在戲劇上對觀眾的感染力能夠解決「理」「法」都不能解決的問題。〔註75〕這提出了焦循思想中一個十分重要的維度——「情」及其在戲曲理論方面上的討論。但由於其僅集中在對《花部農譚》一部作品的討論中，亦未對焦循思想體系中關於「情」與「理」「法」等核心觀念之間的關係做出較為深入的闡釋。

劉學亮《焦循〈劇說〉研究》〔註76〕、范春義《〈花部農譚〉的成書、傳播及其價值》〔註77〕、相曉燕《清中葉揚州曲家的戲曲創作論》〔註78〕等文章亦有相關論述，概不出以上觀點。

通過以上研究可以看到，學界充分重視焦循的戲劇理論中對歷史劇觀點的看法，可以說，逢談焦循的戲劇理論，幾乎不離對歷史虛實觀念的闡釋。在對焦循歷史劇的看法中，學界常用關於藝術真實與歷史真實之間的關係來表述焦循評價標準的獨特之處，並指出焦循的教化觀念在其中的關鍵位置。這種看法揭示了焦循戲劇理論中所關注的文藝理論的基本層面——藝術真實的問題，也指出了藝術作品與其接受者之間的相互關係問題。但總的來說仍然是在作品內部討論，未能在焦循所處的時代對文藝的觀念等角度去重新梳理焦循所提出的虛實論的意味，甚至某種程度上有以西律中之嫌。故而，以上研究雖對焦循對歷史劇虛實觀的討論有基於文本資料方面的一定闡釋，但仍未能將焦循因文藝態度所關聯的歷史態度、對「春秋」筆法的儒家思想傳統與當下文獻徵實學風之間的相互關係、對可能面臨的經世致用難題的應對等問題作以整個儒家思想文化體系為背景的反思。

從上述研究狀況來看，焦循的戲劇學研究大概有兩種傾向，一是基於戲劇學內部的研究，以戲劇學為基本的學科範疇，討論焦循戲劇學理論的主要特徵及發展貢獻，兼論焦循本人的經學成就，擴至時代的戲劇文化背景；另一種是充分關注到焦循的經學思想及研究範式，並將經學或考據學與戲劇研究之間的密切聯繫作為一種思潮看待，討論二者的互動，主要是考據學對戲劇研究的影響。

從第一種研究傾向來看，學界從上個世紀至今已經詳述備至。但其中的研

〔註75〕 周固成《焦循〈花部農譚〉的倫理思想》，《文藝評論》2016 年 12 期。

〔註76〕 劉學亮《焦循〈劇說〉研究》，蘭州大學 2011 年碩士論文。

〔註77〕 范春義、曹廣華《〈花部農譚〉的成書、傳播及其價值》，《中華戲曲》2011 年第 02 輯。

〔註78〕 相曉燕《清中葉揚州曲家的戲曲創作論》，《揚州文化研究論叢》2017 年 02 期。

究方法所暴露的問題，也已經為諸多學者所重視。范春義在《焦循戲劇學》研究一書《從「沒有理論」的戲劇學談起》一文，便已經反思當代學者用當前戲劇學的對象和範疇作為後設視角，到古典戲劇學文獻中尋找資料進行闡釋的研究範式與古代戲劇思想缺乏理論性的文獻樣貌之間的矛盾現象，導致研究空間的拓展受到侷限，某種程度上可以說是一種削足適履的研究方法。重新思考新的研究範式，仍然是焦循戲劇研究亟待解決的問題。

　　第二種研究傾向代表了近年來學界對有清一代經學與戲劇之間互動關係的關注，看到了戲劇學之外最為風盛的學術思潮與經學家治曲之間的內在關係。這一研究範式更多地聚焦在一種研究思路上，即「清代戲曲的特點除了受到戲曲自身發展規律的影響之外，更重要的是受到了清代經學的影響。因為一個時代的意識形態與學術思潮必定會映像到這個時代的文學藝術中。」〔註79〕「經學對古代戲曲、戲曲理論之統攝，也隱伏於二者產生、形成、演變之歷程，同時，經學自身之歷史演進也深刻地影響著中國古代戲曲與戲曲理論之演進。」〔註80〕這種研究方式雖然強調他們所指認的經學與戲曲對應雅俗文化之間的互動關係，但從研究面貌來看，更加注重作為所謂上層意識形態核心地位的經學研究對作為所謂下層文化藝術的「影響」與「統攝」。將經學作為一種學術風潮與思想場域的「大傳統」來看待，將戲曲的演進過程的「小傳統」表述為「浸潤」在「大傳統」當中〔註81〕，不失為對時代思潮之間關聯性的密切關注，其研究也有了十分突出的成果。

　　對於焦循的戲劇研究來說，經學對戲劇的影響關係已經揭示了焦循戲劇研究在方法論上的一致性，但似乎仍然無法解決焦循自身思想的系統性和他對時代問題和歷史問題的診斷與反思，大小傳統的簡單劃分也無法釐清焦循的經學思想、文人氣質在何種程度介入了戲曲文體的觀念形態及其對整個通俗文化觀念可能產生的影響等問題。俞為民指出，「清代經學家將戲曲的研究納入到了經學研究的範疇，成為經學研究的有機組成」〔註82〕這一論斷，已經

〔註79〕　張曉蘭《清代經學與戲曲——以清代經學家的戲曲活動和思想為中心》，上海：上海古籍出版社 2014 年，第 1 頁。

〔註80〕　石芳《清代考據學語境下的戲曲理論》，上海：上海古籍出版社 2017 年，第 1 頁。

〔註81〕　在張曉蘭的緒論裏引用了美國人類學家羅伯特‧雷德菲爾德的人類學研究概念來闡釋清代經學與戲曲的關係。

〔註82〕　張曉蘭《清代經學與戲曲——以清代經學家的戲曲活動和思想為中心》，上海：上海古籍出版社 2014 年，《序》第 3 頁。

揭示了經學與戲劇作為焦循研究對象的差異性和其中體現的思想有機性，提示我們探尋在簡單的影響關係之外，尋找還原、梳理並闡發焦循戲劇思想的新方法。

三、研究思路

　　鑒於現有研究的兩種思路，本研究試圖以戲劇研究為本位，並在此基礎上與思想史研究進行對話，探索跨學科研究的新方法。從方法論上說，現有研究為焦循的經學研究與戲劇研究之間所建立的「影響」與「被影響」的關係或許值得重新審視。葛兆光在其《中國思想史導論：思想史的寫法》中曾經提出，「『影響』這個詞語⋯⋯的習慣性使用，表現出思想史家在無意中凸顯了『施與』卻忽略了『接受』⋯⋯往往忽略了思想史上後人的選擇與詮釋的力量。」〔註83〕這個看法雖然是在討論思想史的寫法，但對於任何一個範疇的歷史書寫都具有一定的啟發性。哈羅德・布魯姆《影響的焦慮》中表明：「『影響—焦慮』是通過對短篇小說、長篇小說、戲劇、詩歌和散文的閱讀而獲得或被強加的，與前驅者的關係並不大。⋯⋯『影響』乃是一個隱喻，暗示著一個關係矩陣——意象關係、時間關係、精神關係、心理關係，它們在本質上歸根結底是自衛性的。」〔註84〕這裡布魯姆討論的是作為詩歌的讀者受到經典詩歌的影響而表現出的焦慮情緒，但他始終強調，「影響」關係應當從讀者的角度來觀照，體現的是讀者在閱讀中的位置，讀者自身的自主性。這兩種對於「影響」的解讀雖然分屬思想史和詩歌理論，但都提醒我們重視影響關係中接受者的自主性角度。

　　本研究並不否認將戲劇研究放置在「被影響」的位置來觀察，但是這種「被動」關係應該具有內在的自足性。從現有的對作為一種藝術門類的焦循戲劇理論研究中，我們看到了焦循的研究在戲劇藝術規律、戲劇史上不可忽視的重要作用。因此，本研究並非將焦循的戲劇研究當成他的經學研究的附屬物，或者是完全是他經學研究的衍生品，完全依賴他的經學思想來佐證他的戲劇藝術理論，而是試圖基於他對戲劇藝術本身的觀察和領悟，從藝術本身規律的發現上去探索其與他的經學思想內在的相互同構又相互矛盾之處。

〔註83〕葛兆光《中國思想史導論：思想史的寫法》，上海：復旦大學出版社2013年，第75頁。

〔註84〕〔美〕哈羅德・布魯姆《影響的焦慮：一種詩歌理論》，徐文博譯，南京：江蘇教育出版社2006年，第14頁。

（一）知識形式與戲劇觀念

　　基於此，本研究試圖與現有研究所呈現出來的兩條脈絡形成對話。其一是對「考據」這一學風的一般印象及其對其他領域的影響。梁啟超在《論中國思想變遷之大勢》中指出：「有清一代學術，大抵述而不作，學而不思，故可謂是思想最衰時代。」〔註85〕章太炎指出：「清世之理學，竭而無餘華；多忌，故歌詩文史椬；愚民，故經世先王之志衰（三事皆有作者，然其弗逮宋明遠矣）。家有智慧，大湊於說經，亦以紓死。」〔註86〕這些論斷雖各有語境，但影響深遠，甚至延續至今。當時反對漢學的方東樹指出：「歷觀諸家之書，所以標宗旨、峻門戶，上援通賢，下讋流俗，眾口一舌，不出於訓詁、小學、名物、制度。棄本貴末，違戾詆誣，於聖人躬行求仁，修齊治平之教，一切抹殺。」〔註87〕代表了當時一些學者對這種學風的看法，也型塑了我們對於清朝漢學家的一般印象，即以「訓詁、小學、名物、制度」等為研究內容和方法，放棄了哲思和躬行。

　　並且，這種對待經史實事求是，考訂求索的研究方法還形成了一股徵實學風。「自是以來，漢學大盛，新編林立，聲氣扇和，專與宋學為水火。而其人類皆以鴻名博學為士林所重，馳騁筆舌，弗穿百家，遂使數十年間承學之士，耳目心思為之大障。」〔註88〕表明了此一時期對「鴻名博學」這種獲取知識能力的看重，以及其對於其他「百家」的輻射能力。例如以撰《閱微草堂筆記》聞名的紀昀，其書多記狐鬼之談，也需要引經據典加以佐證。如卷九：「秦人不死，信符苻生之受誣；蜀老猶存，知葛亮之多枉」，旁有自注：「四語乃劉知幾《史通》之文。苻生事見《洛陽伽藍記》，葛亮事見《魏書・毛修之傳》。浦二田注《史通》以為未詳，蓋偶失考。」〔註89〕雖談及之事皆為虛構，但所論之言需詁經證史。

　　事實上，清朝中葉的考據學家們是否放棄了哲思與躬行只顧閉門造車，這

〔註85〕梁啟超《論中國思想變遷之大勢》《飲冰室合集》（文集七），北京：中華書局1989年，第100頁。
〔註86〕章太炎《訄書》《章太炎全集》（三），上海：上海人民出版社1984年，第155頁。
〔註87〕〔清〕方東樹《漢學商兌》《漢學師承記（外二種）》，北京：生活・讀書・新知三聯書店1998年，序例第1頁。
〔註88〕〔清〕方東樹《漢學商兌》《漢學師承記（外二種）》，北京：生活・讀書・新知三聯書店1998年，序例第1頁。
〔註89〕〔清〕紀昀《閱微草堂筆記》，上海：上海古籍出版社2001年，156頁。

種考據學風是否真正影響到了整個清代社會，仍然是一個值得重新審視的問題。余英時先生從「內在理路」的角度，認為乾嘉學派的經學研究是儒學內部由「尊德性」到「道問學」的轉變，並提出戴震和章學誠以卓越的學術思想把握了清代思想史的方向，對清代無思想論進行了反撥。〔註90〕而艾爾曼的研究表明，考據學的風氣只在北京和江南一帶流行，多數士大夫沒有由此形成相對緊密的學術共同體。〔註91〕這些研究都試圖調整我們對於清代考據學所呈現出的一般印象，並為我們理解清代學者轉向考據研究的真正動因及其為整個思想文化帶來的實際影響提供了新的啟發。

錢穆在《中國近三百年學術史》中提出：「滿清最狡險，入室操戈，深知中華學術深淺而自以利害為之擇，從我者尊，逆我者賤，治學者皆不敢以天下治亂為心，而相率逃於故紙叢碎中，其為人高下深淺不一，而皆足以壞學術、毀風俗而賊人才。」〔註92〕這成為對清代學者轉向考據之風的共識，即由於皇權對話語的完全控制，導致學者的個人性話語空間被完全侵佔，只能轉向無妨於政治觀念的專門之學，漸漸形成了埋首故紙堆的學風。因此，清代學術留下了兩種特殊的形態，「經學實踐要麼在道與治合一的幻象之下成為現實政治的合法性論證，要麼淪為為考證而考證的專門化研究工作。」〔註93〕一則淪為官方意識形態的附庸，一則完全去政治化，走向繁瑣而精深的文獻世界。

然而，我們卻時常看到被歸類為漢學家的學者對這種「考據」之風的警惕。焦循就曾經對「考據」一詞發表異議：「近之學者，無端而立一考據之名，群起而趨之，所據者漢儒，而漢儒中所據者，又唯鄭康成、許叔重，執一害道，莫此為甚。」〔註94〕身為漢學家的焦循，除了對「考據」一說不滿之外，還表明自己所治之學與純粹的知識考據並非一致，而是通過經由諸法，百觀眾學，最終仍以「立身經世」為其旨歸：「經學者，以經文為主，以百家子史、天文術算、陰陽五行、六書七音等為輔，匯而通之，析而辨之，求其訓詁，覈

〔註90〕〔美〕余英時《論戴震與章學誠：清代中期學術思想史研究》，北京：生活·讀書·新知三聯書店 2000 年，《自序》第 5 頁。

〔註91〕〔美〕艾爾曼《從理學到樸學：中華帝國晚期思想與社會變化面面觀》，趙剛譯，南京：江蘇人民出版社 1995 年，《著者初版序》第 2 頁。

〔註92〕錢穆《中國近三百年學術史》，北京：商務印書館 1997 年，自序第 3 頁。

〔註93〕汪暉《現代中國思想的興起》，北京：生活·讀書·新知三聯書店 2008 年，第 409 頁。

〔註94〕〔清〕焦循：《與孫淵如觀察論考據著作書》，《雕菰集》卷十三，《焦循全集》（第十二冊），劉建臻整理，揚州：廣陵書社 2016 年，第 5891 頁。

其制度，明其道義，得聖賢立言之旨，以正立身經世之法。」〔註95〕

　　「經世致用」淵源已久，在明亡之際曾一度成為顯學被標舉於世。顧炎武指出：「故凡文之不關六經之指，當世之務者，一切不為。」〔註96〕這也是余英時提出的清代學術的面貌是儒學內部由「尊德性」向「道問學」轉變的契機。也就是說，清代學術由宋學高談義理轉變而為求學徵實，本來就是受到晚明學術過分空疏而興起的「經世」的觀念的影響。但隨著清代中葉學界的研究範式日漸成熟，學者在江南地區形成了一定的學術共同體之後，晚明的經世課題似乎已經為絕大多數學者所遺忘。此種說法，大抵道出了乾嘉學派儒者治學風貌與其內在追求之間的某種矛盾：經世致用本就是儒者治學的動力，但其重考據的治學方式在話語形式上又似乎遮蔽了這一儒學傳統的精神內核。

　　然而我們發現，這一時期最為優秀的學者並不滿足於現有的話語形態及其生產方式。章太炎《釋戴》中提到：「震自幼為賈販，轉運千里，復具知民生隱曲，而上無一言之惠，故發憤著《原善》,《孟子字義疏證》，專務平恕。」〔註97〕余英時據章太炎重新挖掘戴震的經世觀念的例證表明，清中葉儒學的經世致用精神「仍然深藏在儒學的底層」。〔註98〕雖然「經世致用」的內在驅力未減，但就屬文為業的學者來說，無論是使考據學成為官方意識形態的代言體，最終與知識分子的話語方式相剝離，還是成為與思想分離的純知識學術，使儒學走向極端精英化與排他化，又或者重新轉向宋明理學，以所謂「虛言義理」為儒學的話語生產方式，都無法滿足清代最優秀的學者對儒學秩序重建的真正訴求。這種方式在失去了把握真理的絕對話語權的同時，也失去了深入世俗世界的可能性。學者們在這種情況下面臨的問題便一轉而為心中仍存經世之初衷，卻何以在現有的話語形態下做到真正的經世致用的困惑。

　　因此，一些極具反思精神的清代學者雖在治學方法上與宋明理學家相去甚遠，但其試圖重建儒學話語，建構新的儒家思想世界的訴求是相一致的。正如汪暉在《現代中國思想的興起》中指出的：「今文經學……再次通過三統、

〔註95〕〔清〕焦循：《與孫淵如觀察論考據著作書》，《雕菰集》卷十三，《焦循全集》
　　　　（第十二冊），劉建臻整理，揚州：廣陵書社 2016 年，第 5891 頁。
〔註96〕〔清〕顧炎武《與人書三》,《顧炎武全集》（第二十一冊），上海：上海古籍出
　　　　版社 2011 年，第 139 頁。
〔註97〕〔清〕章太炎《釋戴》《章太炎全集・太炎文錄初編》，上海：上海人民出版社
　　　　1984 年，第 122 頁。
〔註98〕〔美〕余英時《清代學術思想史重要觀念通釋》,《中國思想傳統的現代詮釋》
　　　　南京：江蘇人民出版社 2003 年，第 246 頁。

三世、內外及改制等經學主題解釋和協調歷史情境與儒學原典之間的內在矛盾，重構儒學的普遍主義。」〔註99〕道出了清代學者延續自明亡以來的思想路徑——重新建立新的儒家秩序的渴求。

重建新的話語秩序，首先要清理的是知識的生產方式。與仍然在清代的學術場域內佔據主流的程朱理學的知識生產方式不同，乾嘉學派的考據方法〔註100〕，正是將儒家思想話語作為一種知識材料，通過重新還原知識生產的場域，釐定知識得以成為既定面貌的歷史過程，以此為其在當下所獲得的無可置疑的正當性卻又與日常生活相互分離的矛盾尋找可供反思的空間。因此，崇尚漢學考據，反對空言義理，並不僅僅在於逃避官方意識形態對知識分子話語的全面侵佔。恰恰相反，正是因為皇權對既已形成的儒家意識形態進行全面收編挪為己用，造成了以「義理」的方式正面闡釋儒家原典的「宋學」研究方法陷入了同義反覆的自我指涉中，無法應對具有「近世」意義的漸趨複雜而又層出不窮的社會問題，才使得清代中葉的知識分子延續了晚明以來經世致用的學風，試圖重新勾勒儒學意識形態的全新譜系，並煥發新的時代精神。

除此之外，是對「考據」這一專門化、職業化研究範式的重新審視。與之不同的是，清代中葉所謂的揚州學派並不贊同知識生產的專業化，而是崇尚博雅，講求通核。〔註101〕「通核」真正將「學」的內容擴大化，並非拘泥於五經，更非僅談義理，而是兼具文辭道理的「人之所蔽」，無限擴大了知識的範疇。恪守「通核」之道後，最應避免的是「師成見」和「亡所宗」，這就要求學者對既定的觀念進行考鏡源流的反思。

正是因為對博雅的崇尚和方法論的革新，知識的範疇不再困守於經史，也不再拘泥於先秦經典，這就使得有關戲劇的文獻資料能夠被納入知識的範疇

〔註99〕 汪暉《現代中國思想的興起》，北京：生活・讀書・新知三聯書店 2008 年，第737 頁。

〔註100〕 雖然焦循本人對待「考據」這一名目頗有微詞，但是基於學界的研究現狀，本文仍然傾向於對乾嘉學派的知識生產方法論用「考據」來概括，特指其重視訓詁、小學、名物、制度的研究方式，以此區別於宋學「義理」的研究方法，也指涉大部分的乾嘉學者職業化、專門化的文獻爬梳方式。需要特別說明的是，焦循並非反對「考據」，而是反對罔顧以「道義」為終極旨歸，只求於語言文字表面的趨於形式化的「考據」。

〔註101〕 「通核者，主以全經，貫以百氏，協其文辭，揆以道理，人之所蔽，獨得其間，可以別是非、化拘滯，相授以意，各慊其衷。其弊也，自師成見，亡其所宗。故遲鈍苦其不及，高明苦其太過焉。」（〔清〕焦循《雕菰集》陳居淵編《雕菰樓文學七種》，南京：鳳凰出版社 2018 年，第 176 頁）

加以考察。考據的方法論之於戲劇研究的嘗試，在於運用「通核」的方法，檢驗還原知識生產場域，勾勒知識譜系的方式是否能夠為現有知識形式打開新的闡釋空間，以為構建新的儒家話語秩序尋找方法論依據。因此，詳考崇尚博雅的焦循在戲劇研究上如何調整、移用經學的方法論，有助於理解作為文獻資料的輯錄和考證等方法論是如何在形成知識的同時也滲透著對戲劇文學觀念的傳達，其對知識的語境化還原又是如何反應了與時代思想密切相關的重要話題，這些話題又如何與思想史上的重要問題發生互動，為文學觀念提供思想資源。

（二）經學思想與戲劇觀念

本文試圖對話的第二條脈絡，是基於對焦循的戲劇觀念的一般態度。焦循的戲劇觀生發於乾隆年間，其時正是戲劇史上一個較為顯著的文化現象——「花雅之爭」最為激烈之時。〔註102〕所謂「雅部」，單指崑劇，「花部」則指崑劇以外的各種聲腔。就戲劇文學而言，二部最大的差別在於雅部崑劇文辭典雅，而花部亂彈文辭質樸。時人評論花部，指出「近日有秦腔、宜黃腔、亂彈諸曲名，其詞淫褻猥鄙，皆街談巷議之語，易入市人之耳……」〔註103〕可見，花部雖贏得了較多的戲曲觀眾，也時常受到文人的鄙夷。在二者競爭消長之時，焦循特別地指出花部的特點：「花部原本於元劇，其事多忠孝節義，足以動人；其詞直質，雖婦孺亦能解；其音慷慨，血氣為之動盪。」〔註104〕褒揚了花部戲劇的獨特價值。

從戲劇學的角度看，焦循提出的故事、文詞、和音樂三者，是作為綜合藝術的戲劇不可或缺的三個部分，是極具理論意識的藝術觀點。但在當代戲劇藝術研究範式下，這種觀點似乎處於一個曖昧而矛盾的位置。從花部戲劇本身的特點上看，其擁有更廣泛意義上的民間受眾，創作傾向也更符合大眾趣味。因而焦循對花部的推崇，一方面被認為是對來自於民間的藝術作品認識的進步，另一方面也被認為焦循僅僅在「風教」的意義上肯定了花部，仍然帶有厚重的「封建意識」，沒有意識到民間藝術真正的活力。李昌集指出焦循雖然關注和

〔註102〕 李斗《揚州畫舫錄》記載：「兩淮鹽務例蓄『花』、『雅』兩部，以備大戲。雅部即崑山腔，花部為京腔、秦腔、弋陽腔、梆子腔、羅羅腔、二簧調，統謂之亂彈。」（〔清〕李斗《揚州畫舫錄》，汪北平、涂雨公點校，北京：中華書局1960年，第107頁）

〔註103〕 〔清〕昭槤《嘯亭雜錄》卷八，北京：中華書局1980年，第236頁。

〔註104〕 〔清〕焦循《焦循雜著九種》，揚州：廣陵書社2016年，第469頁。

讚賞民間戲劇，但其仍然在風教的立場觀照花部戲劇。〔註105〕此種觀點大概帶有一種傾向，也即民間藝術與文人藝術之間呈現出一種二元對立的關係，它們之間不具有共通性，文人階層從屬於所謂封建階層，對民間藝術的觀察始終帶有誤讀與偏見。這種說法大量集中地出現在 20 世紀 80 年代，形成了對焦循的戲劇觀念的論述不可忽視的一種聲音。

　　新世紀以來，焦循的戲劇觀念研究有了一定的突破，不再僅在戲劇史的範疇上比較焦循戲劇觀念與現代意識的衝突關係，而是觀察到了清朝的學術風氣和文化氛圍，焦循的學者身份和其戲劇觀念的相互關係。張曉蘭認為焦循將易學上「反對執一」的觀點貫穿到戲曲觀中，因為反對「雅部」研究的單一性，從而將「花部」與「雅部」同列入戲曲研究的範疇。〔註106〕石芳認為焦循「獨好花部」受到了易學「通變」的觀念影響，指出花部戲劇代替崑曲的原因在於其更有利於道德教化的宣傳。〔註107〕這兩種觀點沒有將現代文學意識與所謂封建傳統形成對立，而是彷彿抱有「同情之理解」的態度，將焦循的戲劇觀念放回了清代學術思潮的語境中，闡明二者在思路上的一致性與必然性。從觀點表述上看，後者的思路不免過於簡化，只停留在語言表層意義的相互匹配，尚未疏通其易學思想與戲劇思想之間貫通的內在關係。也未能再次追問這種表面上的一致性本身是否存在著諸多矛盾而撕裂的縫隙。

　　從另一角度看，後者的思路恐怕可視為前者的一種後遺症。前者所崇尚的與統治階級對立的民間立場，是五四以來特有的思考模式，是現代價值對傳統價值的徹底顛覆，故其價值判斷完全基於現代反傳統意識，彷彿傳統意識是相對靜止的，現代意識則傳達出進步的意義。而後者則致力於返回觀念的語境現

〔註105〕 李昌集《中國古代曲學史》，上海：華東師範大學出版社 1997 年，第 700 頁；另外，葉長海《中國戲劇學史稿》指出，焦循在當朝明令禁止戲劇、當時文人皆無視花部的情況下，仍在其《花部農譚》中肯定花部戲劇的優點及重要性，具有一定的突破意義。（葉長海《中國戲劇學史稿》北京：中華書局 2014 年據上海文藝出版社 1986 年初版修訂，第 460 頁）湯振海《焦循及其戲曲著述》中根據花部戲曲對觀眾的感染力的演出效果指出，《花部農譚》「褒花貶雅」的傾向對於封建統治階級「揚雅抑花」的正統觀念並不具有反叛性的挑戰意味，只是順應文化潮流、適應社會現實、體現求實學風而已。（湯振海《焦循及其戲曲著述》，《蘇州大學學報》1994 年第 3 期）
〔註106〕 張曉蘭《清代經學與戲曲——以清代經學家的戲曲活動和思想為中心》，上海：上海古籍出版社 2014 年，第 407 頁。
〔註107〕 石芳《清代考據學語境下的戲曲理論》，上海：上海古籍出版社 2017 年，第 357 頁。

場，強調不同領域之間話語價值的一致性。雖然看似肯定了傳統價值，但卻將現代價值與傳統價值放置在二元對立的角度，仍然試圖勾勒與構建一個相對靜止的傳統世界。由此，便不難理解石芳所提出的——焦循將戲曲認為是「以道德教化為主，以娛情相輔」的原因沒有超出易學「一張一弛」「一陰一陽」的價值譜系——這一結論的潛臺詞：焦循的戲劇理論並未能將戲劇視為現代意識下具有脫離道德意味的獨立藝術門類是一種遺憾。

在這種闡釋模式的持續影響下，對焦循的戲劇觀念研究出現了諸多難以解釋的自相矛盾之處。這些看似矛盾的論點幾乎都被歸因為是所謂封建意識固有的內在矛盾。例如焦循對歷史劇的態度中，一方面認為歷史劇應該完全依據史實書寫：「傳奇雖多謬悠，然古忠、孝、節、烈之跡，則宜以信傳之。」〔註 108〕焦循對戲劇中故事本事的研究方法，被認為是其在治學中的所謂「考據學方法」在戲劇研究上的移用，不僅僅是文體學的體例和體裁等概念的體現，還體現了學術的科學性和獨立性，目的在於為戲劇史提供真實的史料。〔註 109〕

另一方面，焦循在《花部農譚》中將崑曲《八義記》與花部《鐵丘墳》兩則故事對讀，前者本《史記・晉世家》中記載的程嬰收趙氏之子的忠義之事撰寫而成；後者則改換了故事背景，但情節結構一致，敷衍而為徐勣收薛氏之子的新故事。焦循稱之：「作此戲者，假《八義記》而謬悠之，以嬉笑怒罵於勣耳。彼《八義記》者，直抄襲太史公，不且板拙無聊乎？」〔註 110〕表明其並不否定戲劇敘事對於歷史事件的加工和改造，並認為相比於直陳史事，敷衍謬悠而作更有妙趣。

對於焦循這兩種看似矛盾的觀點，與此相關的諸多研究都揭示了焦循戲劇理論中對歷史劇的判斷事實上指向了藝術真實與歷史真實之間的關係。在具體的戲劇評論中，焦循因以戲曲思想的正統化和倫理化為主要衡量標準，導致他對不同的戲曲的評價有所不同。這是與他對忠孝節烈之事之人不遺餘力的弘揚一而貫之的。〔註 111〕可以看到，這種解讀焦循彼此矛盾的觀點的方式仍然基於藝術本體和倫理道德之間截然對立的思路，故而仍然難以令人信服地澄清現有矛盾。

〔註 108〕〔清〕焦循《焦循雜著九種》，揚州：廣陵書社 2016 年，第 444 頁。

〔註 109〕楊劍明《曲話文體考論》，上海：上海古籍出版社 2013 年，第 243～245 頁。

〔註 110〕〔清〕焦循《焦循雜著九種》，揚州：廣陵書社 2016 年，第 470 頁。

〔註 111〕張曉蘭《清代經學與戲曲——以清代經學家的戲曲活動和思想為中心》，上海：上海古籍出版社 2014 年，第 410、415 頁。

　　雖然焦循的觀點看似矛盾，也顯露了他在對待藝術問題時對倫理道德的注重。但當我們從這兩個子然分立的思路中跳脫出來，試圖把握二者之間的超越彼此專門領域的同構關係之時，這種矛盾似乎揭示了另一種不同的動向。焦循在當時沸沸揚揚的花雅之爭中選擇了「花部」戲劇，並非如支持「雅部」戲劇的文人一般，刻意追求文人審美與大眾審美之間的區隔，反而在更接近大眾日常生活的花部戲劇中，找到了與其相同的審美趣味。他對花部戲劇的推崇，表明他發現了花部戲劇為大眾喜愛，既能宣揚倫理道德，又能獲得審美享受，取消了道德倫理和日常生活的天然隔閡。而這兩種在當時處於對立關係的話語形態恰恰是在「其音慷慨，血氣為之動盪」這一情感共鳴的維度上獲得了彌合的可能性。這恐怕提示了焦循尋找倫理話語的情感依據的必要性，也使得尊重情感體驗的傾向可能成為突破僵化的倫理道德形態的一個出口。

　　從儒家思想體系的類別來看，戲劇等具有虛構性和藝術性的話語形式一直處於邊緣狀態，如若不冠以正面的道德倫理話語，則只能淪為小道之流。但它們又是大眾日常生活中最為喜聞樂見的話語形態，最直接地觸及他們的生活秩序和日常情感。因此，在話語形態上處於邊緣狀態的戲劇和在社會生活中較少話語權的大眾之所以能夠進入以處理處於中心狀態的儒家思想話語為業的學者視野，恐怕原因在於他們正試圖發覺、調整和重置長期以來固化的中心─邊緣關係，以求新的思想秩序狀態的生成。當然，這種生成可能處於尚未完成的狀態，它始終處在變動不均，自我調試和自我矛盾中。本文的研究便是試圖為打開這個一直處於變動狀態中兼具各種意義褶皺的空間做一些拋磚引玉的嘗試。

　　本書總共分為五章。第一章首要解決的是作為治經學者的焦循選擇戲劇研究的背景問題。焦循的教育背景導致他的知識結構多以儒學為主，而儒學內部的發展變化，以及焦循所認可的儒學觀念為他關注戲劇提供了思想動力。並且，焦循作為揚州人士，耳濡目染了揚州一地的戲曲發展盛況，也是他將一種文化現象作為研究對象的社會背景。第二章需要處理的是焦循的文學觀、戲劇觀與經學觀的相互關係。焦循不僅僅對經學感興趣，也從事詩文寫作，甚至對文學文體的歷史嬗變有過獨到判斷。因此，本章試圖處理的是關於焦循如何在把握不同文體的同時把握戲劇文體，又如何將文學與經學進行貫通，共同結構了焦循整體的思想觀念。從焦循整體性的思想觀念出發，有助於俯瞰焦循的戲劇觀念所處的位置，為處理他的戲劇觀念提供一個更加廣闊的視角。以上兩章

分別從焦循的「經學觀念─戲劇觀念」這一座標入手，從大的社會文化背景、
焦循的個人經歷以及他的跨領域思想觀念中進行梳理，試圖為二者之間複雜
而又纏繞的相互關係抓取主要的鏈接結點，它主要表現在知識形式和經學思
想兩個方面。因此，第三章著重通過理清焦循對戲劇的考據方法及判斷處理知
識形式和戲劇觀念的相互關係；第四章則通過焦循對戲劇故事的討論分析戲
劇觀念和經學思想的互動之處；第五章則著重處理他對戲劇的審美觀念，也即
他對於戲劇形式與雅俗觀念的判斷。

第一章　焦循研究戲劇的思想動力和社會背景

　　作為乾嘉學派的學者，焦循一直以經學研究聞名。阮元為其作《通儒揚州焦君傳》，盛讚焦循的經學成就：「君學乃精深博大，遠邁於元矣。……綜其學之大指而為之傳，且名之為通儒。諗之史館之傳儒林者，曰：『斯一大家曷可遺也。』」〔註1〕阮元稱焦循為「通儒」，又主張將其列入儒林之傳，表明了學界對他著學的基本印象：作為博學多識的學者，焦循雖涉獵廣泛，但重心仍然在經學研究上。因此，研究焦循的戲劇理論，首先應該將其放置在焦循整體研究的框架下來看，並由此為基本視點，將視野擴散到整個清代中葉思想狀況和社會發展的角度中去。

　　這種關注並非僅僅作為一種背景化的討論和描述，將二者分置於不同的學科領域分而論之〔註2〕，而是整體地把握一個研究對象，瞭解其關涉的不同

〔註1〕　〔清〕阮元《揅經室二集·卷四》，《叢書集成初編·揅經室集六》，王雲五主編，北京：商務印書館民國二十五年（1936年），第446頁。

〔註2〕　絕大多數焦循的人物研究，都傾向於將焦循的學問按研究成果的主次分而列之，每一部分詳加論述，代表著學界對焦循人物研究最為重要的方法之一。例如陳居淵《焦循阮元評傳》分別從「經學」、「方志學」、「易學」、「算學」、「文學」和「堪輿學」等方面總結了焦循的研究建樹。（陳居淵《焦循阮元評傳》，南京：南京大學出版社2006年，前言）。劉瑾輝《焦循評傳》在梳理了焦循的個人經歷後，也分別從經學、數學、戲曲、文學、史學和教育等方面列舉了焦循的論著成就；（劉瑾輝《焦循評傳》，揚州：廣陵書社2005年）《中國古代著名哲學家評傳續編》中，由閻韜撰寫焦循部分的評傳，同樣是從經學、史學、數學、地理、古建築、博物、文字、音韻和戲曲研究等方面討論他的研究成果。（趙宗正、李曦編《中國古代著名哲學家評傳·續編四·明清部分》，濟南：齊魯書社1982年）

領域之間的相互聯繫與矛盾。並且，這種整體性把握不僅僅從研究對象本身汲取思想資源，還需要將視野放回到焦循所身處的清代中葉的時代場域所面臨的共同問題。身為經學學者的焦循從事的諸多領域的研究，都反映了他所面對的時代狀況、社會背景以及他的問題關懷。這有助於理解焦循思想觀點的立足之處與問題指向，也有助於瞭解焦循之所以以經學學者的身份研究戲劇的原因和關注的重點所在。同時，戲劇自身的發展和揚州一地的戲劇活動、學術風格，也為戲劇進入經學學者的視野提供了可能。

第一節 焦循關注戲劇的思想動力

焦循的人生經歷及問題關懷與乾嘉學派的思想動態有著一定的同頻關係。他多次改變對人生志業的想法，不僅反映了他對自己人生態度的理解和體悟，也表現了他對所治之學問題化、知識化與理論化的過程，這又與清朝中葉面臨的思想和社會問題密切相關。

一、「經世致用」的主張

焦循曾經有過諸多對「學」「用」關係的反思，這些大多都反映在他對科舉應試的態度上，並在其人生路途中不斷修正與調試。焦循雖以經學聞名，但他並非從小立志學經。據焦循《感大人賦》所言，焦循「幼從范先生學詩古文辭」、「試經與詩賦尤慎重」。後在童試複試時遇時任體仁閣大學士的劉墉，告之「不學經，何以足用？」後來焦循「乃屏他學而學經。」〔註3〕直言從事經學是受到了劉墉的教誨。後乾隆五十年（1785），焦循父母先後去世，在揚州安定書院讀書的焦循因為服喪無法參加乾隆五十一年（1786）的考試，焦循黯然神傷：「乾隆丙午，弟丁外艱，而是年朱石君先生主江南試，一聞試題，弟既作過位升堂考一篇，已而魁墨出，竟如弟所言，時人頗為弟惜，然循惟悲戚而已。」〔註4〕焦循立志學經以當大用的抱負和恰逢服喪無法應試的悲戚，都展露了他希望將自己所學在科考中被賞識，變所學為所用的訴求。除了自身科考不順以外，焦循還經歷了複雜的社會變故。乾隆五十

〔註3〕〔清〕焦循《感大人賦》，《雕菰集》卷一，陳居淵編《雕菰樓文學七種》，南京：鳳凰出版社2018年，第5頁。
〔註4〕〔清〕焦循《答鄭耀庭書》，《雕菰集》卷十四，陳居淵編《雕菰樓文學七種》，南京：鳳凰出版社2018年，第331頁。

一年（1786），恰逢饑荒，焦循只能從安定書院輟學，並且見證了此時百姓在荒年的社會慘狀：

> 采采山上榆，榆皮剝已盡。采采墓門茅，茅根不堪吮。千錢二斗粟，百錢二斗糠。賣衣買糠食兒女，賣牛買粟供耶娘。無牛何以耕？無衣何以燠？休問何以耕，休問何以燠。未必秋冬時，一家猶在屋。〔註5〕

饑荒年間，百姓生存艱難的境況，與官方標榜的「盛世」之說大相徑庭，引起了焦循對現有思想話語形態的質疑。在此飢寒交迫的狀態下，焦循仍然堅持治學：

> 乾隆丙午，連歲大饑。余迭遭凶喪，負債日迫於門，有良田數十畝，為鄉猾所勒賣，得價僅十數金。時米乏，食山薯者二日，持此銀泣不忍去，適書賈以此書至，問售，需值三十金，所有銀未及半。謀諸婦，婦乃脫金簪易金，得十二金，合為二十七金，問書賈，賈曰：「可矣！」蓋歉歲寡購書者，而棄書之家，急於得值也。余以田去而獲書，雖受欺於猾，而尚有以對祖父，且喜婦賢能成余之志。中夕餐麥屑粥，相對殊自懌也。〔註6〕

焦循在饑荒中選擇餐麥屑粥以換書，可見其認為書中之「志」是最為緊要而迫切的任務，如果能夠通過所學以考取功名，那麼身外之物則不足為提，同時也能為天下蒼生貢獻所學之所用。此後，焦循屢試不中，卻依然積極治學，遊幕於山東、浙江等地，結交有識之士，探討學術之理，並未放棄以獲得官職為途徑來完成志業的初衷。

然而，隨著時間的推移，焦循在嘉慶六年（1801）考中舉人之後，寫作《看棋》一詩：「蠻觸爭持智各殫，旁觀我色獨無難，乃知人世爭榮辱，最妙身從局外看。」〔註7〕顯露了他已經一改對功名恣意進取的追求為冷靜淡泊的態度。嘉慶七年（1802）的會試，焦循仍然不中，其作《題闈中壁》詩：「兩鬢蕭疏已欲霜，才來京國學觀場。文章未解趨風氣，祿命惟知聽顥蒼。夢裏歸心縈故

〔註5〕〔清〕焦循《荒年雜詩》,《雕菰集》卷二，陳居淵編《雕菰樓文學七種》，南京：鳳凰出版社 2018 年，第 13 頁。

〔註6〕〔清〕焦循《修葺通志堂經解後序》,《雕菰集》卷十六，陳居淵編《雕菰樓文學七種》，南京：鳳凰出版社 2018 年，第 375 頁。

〔註7〕〔清〕焦循《看棋》,《雕菰集》卷五，《雕菰樓文學七種》，陳居淵編，南京：鳳凰出版社 2018 年，第 115 頁。

里，燈邊夜語集諸方。捲簾已是三更後，月影如金上棘牆。」〔註8〕詩中對故
鄉的眷戀，表明他對於功名的信心已經消耗殆盡，急切還鄉的心態。至此以後，
焦循便結束了遊幕的生活，將科考之志轉為潛心治學。焦循在與阮元的書信中
表達了他此時的心境：「人生不易聚，相念為多疏。四五年前面，三千里外書。
期頤山上鯉，富貴水中苴。努力事傳述，此堪比太虛。」〔註9〕從此以後焦循
便放棄了科考與遊幕，潛心在揚州治學，試圖在學術上能夠留下曠世持久的著
作，以完成人生夙願。

從焦循的心境變化，可以看到他雖然對於科考的態度頗為曲折，但是並沒
有放棄對「所學」轉化為「所用」的思考：

> 人不可隱，不能隱，亦無所為隱。……宜於朝則朝，宜於野則
> 野。聖人之藏，所以待用也。無可用之具而自託於隱，悖也。隱，
> 不隱者也，故曰不可隱，不能隱，亦無所為隱。〔註10〕

焦循認為「隱」實際上是「待用」，如果是真正的「隱」，不再過問世事，
便沒必要再以「隱」沽名釣譽。無論是「用」還是「待用」，在朝還是在野，
都必須「可用」，足見關於「用」的問題一直纏繞在焦循的問題關懷內，從未
因人生活動的改變而淡出他的視野。

不僅僅是焦循面臨著關於「所學」的內容無法發揮「所用」意義的矛盾，
這也是清朝中葉的士人所面臨的共同問題。清代戲劇創作家余治（1809～
1874）在他的筆記《得一錄》中曾經輯錄下了一則當時民間組織「保嬰會」的
規條：

> 予曾詢一異鄉友：「有溺女之風否？」友曰：「吾地素無此風。」
> 予亦甚歎其風俗之厚。後數月，復遇此友，則動色相告曰：「有是哉，
> 子前日之言也。幸子為我提醒，不然，予尚夢夢，坐失善緣矣。」
> 因詳叩之。則此友歸後，偶問一收生婦，始知溺女之俗。其地亦正
> 不少。遂於里中集眾苦勸，並設法保護，兼申禁約，因而得生者，
> 已五六嬰矣。可見此風所在多有，特未嘗留心察訪，故不免交臂失

〔註8〕〔清〕焦循《題闈中壁》，《雕菰集》卷四，《雕菰樓文學七種》，陳居淵編，南
京：鳳凰出版社 2018 年，第 94 頁。

〔註9〕〔清〕焦循《寄阮芸臺孝廉》，《雕菰集》卷四，《雕菰樓文學七種》，陳居淵編，
南京：鳳凰出版社 2018 年，第 69 頁。

〔註10〕〔清〕焦循《非隱》，《雕菰集》卷七，《雕菰樓文學七種》，陳居淵編，南京：
鳳凰出版社 2018 年，第 160 頁。

之耳。士子閉戶讀書，方自詡關懷民物，孰知門以外竟日有無數嬰
孩呼號待命哉。〔註11〕

　　這則材料揭示了清代中葉乾嘉時期的士人對於知識與社會分裂狀況的普
遍焦慮。因為「閉戶讀書」，且懷有「關懷民物」的抱負，卻對身邊不合理的
社會現象毫無察覺。余治在規條之後附注：「凡不問戶外事者，謂不問一切非
分事耳，若救人性命一事，則戶外何可不問，切勿泥定此語，把極好積德機會
錯過也。」反映了此時的士人對於知識效用的關注和對自身如何介入社會問題
的反思，也回應了清朝以來學者文人們何以「經世致用」的命題。

　　思想史研究的新觀點認為，乾嘉學術是儒學的繼宋明理學之後的內在轉
向，是兩宋時期所建立的包含「尊德性」與「道問學」兩個側面的新儒學，在
明代轉入極為艱深的「尊德性」一端後，使得「儒家『尊德性』層次上的爭論
發展到最高峰，逼到經典研究的路上去」〔註12〕。這種說法旨在說明清朝漢學
家提出新的知識生產方式，反對宋學的空言義理，倡導由「蹈虛」向「徵實」
的轉變，很大程度上反撥了乾嘉學術的經典研究是為了逃避皇權對於思想話
語的過度介入的固有印象，這是從儒學發展史的內部理解乾嘉學派的學術活
動。

　　但除此之外，當時學者所面臨的社會歷史事實仍然不容忽視，根植於當時
複雜的社會環境而引起的士人對於知識和社會分裂的憂慮也成為乾嘉學派轉
向「求實」學風的契機之一。紀昀《閱微草堂筆記・灤陽消夏錄四》也諷刺了
當時知識與社會分裂的情況，記載當時遭遇饑荒瘟疫之時，道學先生滿口「民
胞物與」，卻罔顧社會現實，虛談高論的情況。〔註13〕紀昀借用妖怪之聲，指

〔註11〕〔清〕余蓮村輯《得一錄・卷二・保嬰會規條・六》，近代中國史料叢刊三編
　　　　第九十二輯，臺北：文海出版社有限公司（葉圖版）2003 年，第一冊。
〔註12〕〔美〕余英時《論戴震與章學誠——清代中葉學術思想史研究》，北京：生活・
　　　　新知・三聯書店 2000 年，第 320 頁。
〔註13〕「武邑某公，與戚友賞花佛寺經閣前。地最豁敞，而閣上時有變怪，入夜，即
　　　　不敢坐閣下。某公以道學自任，夷然弗信也。酒酣耳熱，盛談《西銘》萬物一
　　　　體之理，滿座拱聽，不覺入夜。忽閣上厲聲叱曰：『時方饑疫，百姓頗有死亡。
　　　　汝為鄉宦，即不思早倡義舉，施粥捨藥；即應趁此良夜，閉戶安眠，尚不失為
　　　　自了漢。乃虛談高論，在此講民胞物與。不知講至天明，還可作飯餐，可作藥
　　　　服否？且擊汝一磚，聽汝再講邪不勝正。』忽一城磚飛下，聲若霹靂，杯盤几
　　　　案俱碎。某公倉皇走出，曰：『不信程朱之學，此妖之所以為歟？』徐步太息
　　　　而去。」（〔清〕紀昀《閱微草堂筆記》，韓希明譯注，北京：中華書局 2014 年，
　　　　第 240 頁）

責身為鄉宦的道學先生枉顧饑疫，高談義理，毫無實義卻不知悔改，恐怕為當時士子之間的普遍現象。如果說以上情況只是士子不作為，《儒林外史》記錄了一個寒士迫女殉夫的故事。在第四十八回〔註14〕中，王三姑娘喪夫後，擔心父親的經濟情況而提出殉節，公婆已經明確指出無需三姑娘的父親王玉輝供養女兒，但王玉輝仍然順了女兒的意，並用「青史留名」的道德話語為解釋，送女兒走上自絕之路。可以說，有關儒家道德的話語不僅僅淪為不具備效用的高談之言，還被利用為宰制個人人生選擇的權力工具。

　　一般士人可能感覺到知識話語與社會情況的分裂，進而反思自己的求學意義，而戴震等思想家則是試圖彌合這種分裂，重建新的儒學知識話語體系。首先，這種分裂源於宋明理學所建立的儒家意識形態話語已經被皇權收編為權力工具，不再煥發真正的思想活力。正如葛兆光所言，「真正造成清代學術失語狀態的，除了政治對異端的箝制，還在於皇權對於真理的壟斷，『治統』對於『道統』的徹底兼併，以及這種道德制高點和合理性基礎被權力佔據之後，所造成的士人對於真理詮釋權力和對於社會指導權力的喪失。」〔註15〕其次，這種分裂在某種意義上造成了理學話語已經不再對社會造成懲惡揚善的效力，反而成為社會生活難以擺脫的道德束縛。這使得乾嘉學派的學者們十分重視由明末清初延續而來的「經世致用」的主張。

　　馮天瑜的《晚清經世實學》聚焦晚清的經世思想，闡釋了儒家思想從道咸年間開始，由乾嘉時期的「純學術」向「致用之學」的轉變。在追溯中國文化的經世傳統時，則著重強調了明清之際的經世思潮，說明「晚明」和「晚清」

〔註14〕 「一連過了幾天，女婿竟不在了，王玉輝慟哭了一場。見女兒哭的天愁地慘，候著丈夫入過殮，出來拜公婆，和父親道：『父親在上，我一個大姐姐死了丈夫，在家累著父親養活，而今我又死了丈夫，難道又要父親養活不成？父親是寒士，也養活不來這許多女兒！』王玉輝道：『你如今要怎樣？』三姑娘道：『我而今辭別公婆、父親，也便尋一條死路，跟著丈夫一處去了！』公婆兩個聽見這句話，驚得淚下如雨：『我兒，你氣瘋了！自古螻蟻尚且貪生，你這麼講出這樣話來！你生是我家人，死是我家鬼，我做公婆的怎的不養活你，要你父親養活？快不要如此！』三姑娘道：『爹媽也老了，我做媳婦的不能孝順爹媽，反累爹媽，我心裏不安，只是由著我到這條路上去罷。』……王玉輝道：『親家，我仔細想來，我這小女要殉節的真切，倒也由著他行罷。自古心去意難留。』因向女兒道：『我兒，你既如此，這是青史上留名的事，我難道反阻攔你？你竟是這樣做罷。』」（〔清〕吳敬梓著《儒林外史匯校匯評本》，上海：上海古籍出版社 2010 年，第 587 頁）

〔註15〕 葛兆光《中國思想史·第二冊》，上海：復旦大學出版社 2013 年，第 354 頁。

兩個時代正是「經世」之風的繁盛時期,而清朝中葉則面臨著「中衰」的頹勢。
〔註16〕這代表著學界對「經世」之風興盛於晚明、晚清兩個時期的基本觀點。
而楊念群則認為這種闡釋方法是對「經世」觀念的誤讀:「『經世』思潮的時段
被嚴格限定在鼎革世變的歷史時刻,具體地說是限定在了『明末清初』和『清
末』兩個特殊歷史時段,而『清中葉』這個漫長時期卻淡出了人們的視野,這
樣誤讀的癥結恰恰在於把「經世」僅僅理解成了『治道』能夠發揮變革的抗議
作用這個層次,而沒有考慮『治道』也有維繫政治秩序乃至保持其基本穩定的
現實功能。」〔註17〕

　　這啟發我們重新審視「經世」的基本內涵。值得注意的是,這種重新審視
並非重複學界現有的研究模式對「經世」一詞在儒家文獻中的學術脈絡進行重
新梳理,這在諸多關於經世求實之風的著作中已經詳述備全。需要重新審視的
不僅僅是儒家學者在何種程度上理解「經世」及其意義,而是學者的知識生產
中將何種知識形式認為屬於「經世」的範疇,以及何種層次的學者真正能夠在
實踐的意義上完成「經世」的夙願。

　　從這個思路看去,我們發現一些學者的「經世」思想不僅僅是一種學術
願景,也存在於一些學派的知識生產中。清初顏李學派就針對王陽明「知行
合一」的觀點提出異議,認為陽明學派還是偏向「知」,或者將「知」與「行」
劃分為兩個範疇。真正的「知行合一」,應該是以「行」為主,如果沒有實
踐,所謂的知識將毫無意義,提倡所有的知識都必須由實踐而得,也必須由
實踐檢驗。〔註18〕梁啟超將這種主張稱為「實踐實用主義」,雖然看似「復
古」主義,其實具有「現代」精神。〔註19〕這便是為晚清「經世」實踐尋找
它的理論先聲,也反映了儒家學者始終關注知識實踐究竟何以可能的問題。

　　艾爾曼提出了常州學派的知識生產內容與其他學派的學者之間的不同之
處:「常州的學術環境與附近的蘇州、揚州相比相當獨特,因為經世思潮是當
地學術的主流。經世之學,不僅是一切儒生恪守的關於世界秩序的學說,還是

〔註16〕　參見馮天瑜、黃長義《晚清經世實學》,上海:上海社會科學出版社,2002年。
〔註17〕　楊念群《何處是江南?——清朝正統觀的確立也士林精神世界的變異》,北京:
　　　　　生活‧讀書‧新知三聯書店2017年,第321頁。
〔註18〕　「如天文、地志、律曆、兵機等類,須日夜講習之力,多年歷驗之功,非比
　　　　　會文字之可坐而獲也。」(〔清〕顏元《存學編‧卷二‧性理評》,北京:中華
　　　　　書局1985年,第21頁)
〔註19〕　梁啟超《中國三百年學術史》,北京:中國出版集團東方出版社2004年,第
　　　　　120頁。

一套專業知識。後者包括曆法改革所需的天文學、防洪所需的水利學、軍用繪圖學等。專門知識是常州士紳經世學說的重要部分。」〔註20〕常州學術的知識生產形態說明，這一時期經世之學不僅僅是儒家治學的願景式表述，也不僅是對古代經世知識的考證求索，它所處理的對象就是當時社會所需要的關於行政和治理的知識，而這些知識真正指涉的，是國家秩序中人的生活形式和日常經驗的來源。

但是，無論是對實踐的重視，還是對有關行政和治理的知識生產的重視，學者都無法獲得深入地參與到社會公共事務當中的權利。葛兆光認為乾嘉時期的學者在面臨皇權意識形態對公共生活的強勢侵佔的前提下，難以真正展開積極參與社會現實問題的公共話語，「因為私人生活和公共生活的對立，導致了思想與學術的分裂，也即真理性和真實性的分裂。士人喪失了思想的空間，主流話語以『理』的名義侵入並控制了知識世界，私人生活成為人們表達真實情感的空間，成了思想逃逸的場所，與公共生活的話語很難一致。最終導致真理性與真實性的分裂。」〔註21〕這也是戴震等乾嘉學派的學者既試圖在這種情況下重建儒學話語形態，又始終受到話語環境的制約，無法真正進入當下實學領域的現實狀況。

與此相對應的是，我們發現一些真正能夠參與到社會現實問題過程中的清朝行政官員表達了和學者們相同的話語訴求。羅威廉曾經對乾嘉時期精英官員陳宏謀官僚生涯中的行政事務及其體現的經世意識進行考察，認為「（陳宏謀）努力開發在國家控制和私人利益之間的中間地帶，也就是公共責任、積極行動和輿論的這些斷斷續續地稱為『公』的舞臺。」〔註22〕並認為這和顧炎武的訴求表現出了驚人的一致性。當然，陳宏謀的觀點帶有一定的增進地方官僚對社會的控制的努力，它體現了一種反對清代政府中央集權的內在訴求。行政官僚在公共空間積極行動的訴求與學者們在公共空間獲得話語權的訴求意料之外又情理之中地達成了某種合謀。這也提示我們注意到，囿於自身的學者

〔註20〕〔美〕艾爾曼《經學、政治和宗族·中華帝國晚期常州今文學派研究》，趙剛譯，南京：江蘇人民出版社 1998 年，第 53 頁。

〔註21〕葛兆光《中國思想史·第二冊》，上海：復旦大學出版社 2013 年，第 338 頁。

〔註22〕〔美〕羅威廉《救世——陳宏謀與十八世紀的精英意識》，陳乃宣等譯，中國人民大學出版社 2016 年，第 193 頁。陳宏謀（1696～1771）是清朝的漢族官員，出任 12 行省，22 任官職，是擔任巡撫時間最長，調任職次數最多的地方官員，是當時官僚精英的縮影。

身份，對「經世」理念的踐行相對來說只能體現在對公共話語權的參與方面，這是與一般行政官僚相互區別的。〔註23〕

余英時認為，「體」「用」問題是儒學的一大癥結，「內聖外王」的一體化，使得儒者只能關注「內聖」，而「外王」則不為儒者所能做主。〔註24〕「經世」意識無論體現在改革求變社會中還是維繫穩定社會中，都體現了儒家學者們對民胞物與的終極關懷。無論哪一時期，學者們的知識形態和話語生產總是處於反觀自省的狀態。它必須密切地注視話語的動態和社會的走勢，不斷地探索，也不斷地為社會提供新的意義生長空間和新的思考問題的方式，進而調整話語形態，使得「經世致用」不僅僅是一種願景，而是為其現實可能性提供啟發。

因此，焦循的問題不僅僅是他的人生問題，還是他在治學、遊幕、科考等一系列人生活動中對時代問題的映像。他不斷思考將自己所學何以化為所用的問題，從而在提出自己思想的同時也在反思如何尋找有效的治學形式以完成對「經世致用」的踐行。這種思考不僅僅是焦循如何發揮個人人生價值的思考，同時也是清代中葉的思想史所面臨的儒學經典話語如何能夠發揮其指導社會生活的效用的問題探索。它既是個人的，也是歷史的，是個人的遭遇與時代脈搏的共振碰撞與相互發明。

二、「稽古右文」的學風

焦循在安定書院輟學之後，為了生計的需要，在揚州為諸多家族擔任家庭教師，後又曾接受阮元等人的邀請，在山東和浙江等地遊幕。在授徒和遊幕期間，焦循結識了諸多學界的有識之士，在與他們的交遊、切磋與論辯中，擴大見聞，增長學問。乾隆五十五年（1790），焦循授徒揚州深港，搜集經籍中所載古代房屋各圖，《論語‧鄉黨》篇中「過位」與「立不中門」二條的解釋進行解釋，取書名為《群經宮室圖》。江聲對焦循的考證提出質疑，焦循引《爾雅》、《說文》，又引宋《論語疏》和時人段玉裁的《說文解字注》，旁徵博引，條貫互證，加以圖式，終成定論。江聲感歎焦循「徵引浩博，考核詳明」「可

〔註23〕即使是兼具學者身份和行政官僚的士人（如阮元、凌廷堪等），同樣受制於當時的學術背景和話語形態，學者和官僚只能作為同一個人的不同社會身份，難以利用官僚的身份完全實現學者的政治理想。

〔註24〕參見余英時《論戴震與章學誠——清代中葉學術思想史研究》，北京：生活‧新知‧三聯書店 2000 年，第 338 頁。

稱精細無遺議」〔註25〕。從焦循的思路中，可以看到他並非僅僅將知識當成一種潛藏於文獻背後的古代信息來看待，而是將其放置在一種知識的系統中，還原知識生產的場景和原因，試圖以此來瞭解經義，恢複道義。這是由語言到歷史、由歷史到真理的過渡。而還原知識生產的場景和初衷，恰恰是將「所學」最初之「所用」揭示出來的方式，故而也是焦循化「所學」為「所用」的問題解決方式之一。雖然這種方式在內在邏輯上可行，但似乎始終與真正的「經世致用」有一步之遙。

焦循在揚州參與的《揚州府志》的修訂，則進一步將「立身經世之法」向更為「有用」的知識化邁進。嘉慶十一年（1806），焦循曾有感於「北湖自明嘉隆以來，偉人奇士相繼而起，惜乎故家子弟淪在耕漁，先正遺篇消亡八九，傳說不齊，有同影響，深有憾於載筆之無人也」，於是整理舊文，徵引文獻，寫下《北湖小志》。內容包括水系、古蹟、忠孝、節義、文學、武事等諸多方面。阮元《揚州北湖小志序》云：「嘉慶丙寅、丁卯間，奉諱家居，亦常至北湖。孝廉（焦循）出《北湖小志》稿示余，余讀而韙之。孝廉學識精博，著作等身，此書數卷，足覘史才。」〔註26〕

在受邀編寫《揚州府志》中的《揚州圖經》和《揚州文粹》時，焦循曾經上書時任揚州知府的伊秉綬：「承委分辦《圖經》一事，所分十門，已薈萃成帙；所採文章可備徵實者，亦得十五冊，約兩千餘篇。惟所頒體例，僅用纂錄，不易一字，而標以出處，此誠取信於古，恐有鑿空誣偽之病也。然鄙意揆之，有未盡然者。」〔註27〕並親自擬定體例：紀二，圖五，表三，略十，傳一，考二。即：南巡紀、恩澤紀、總圖、四境保甲圖、水道圖、江洲圖、廨宇圖、氏族表、選舉表、職官表、地理略、河渠略、鹽笑略、漕運略、政略、軍事略、金石略、藝文略、戶口略、田賦略、列傳、沿革考、古蹟考等。這些都表明了焦循重視在治學之時典章制度的記述，它既需要有益於修史，也能遺惠於世人，是「所學」轉為「所用」的方式之一。這也是焦循在將自己的人生問題轉為知識探索之後得出的較為可行的「立身經世之法」。

〔註25〕〔清〕焦循《復江艮庭處士書》，《雕菰集》卷十四，《雕菰樓文學七種》，陳居淵編，南京：鳳凰出版社2018年，第317頁。

〔註26〕〔清〕阮元《揚州北湖小志序》，〔清〕焦循《北湖小志》，臺北：成文出版社1983年，第5頁。

〔註27〕〔清〕焦循《上郡守伊公書》，《雕菰集》卷十三，《雕菰樓文學七種》，陳居淵編，南京：鳳凰出版社2018年，第302頁。

焦循的思路來源於明末清初顧炎武和黃宗羲在面對國破家亡的境遇下，力主經世致用務實之風的初衷。江藩的《國朝漢學師承記》旨在總結乾嘉以來漢學學者的學術淵源和學術成就，末卷便記錄了明末清初顧、黃二人的學說。漆永祥在為其箋釋時提到：「卷八所記黃宗羲、顧炎武二人。從學術宗主上來說，黃宗羲反對程、朱，而尊陸、王；顧炎武反對陸、王而尊程、朱。他們屬於非漢非宋，但又皆對清中葉漢學的發達有導夫先路的作用，因之江氏另編一卷，置諸卷末。」〔註28〕乾嘉時期之人自言其學術承繼自顧、黃二人，而二人尤重「經世」之學：「其所著天下郡國利病書，聚天下圖經、歷朝史籍以及小說、筆記、明十三朝實錄、公移、邸報之類有關於朝政民生者，酌古通今，旁推互證，不為空談，期於致用。」〔註29〕在顧炎武這裡，我們看到了「知行合一」的經世觀念：知識生產源於日常的社會生活，並且所有的知識都據需經過現實實踐的檢驗。因此，關於政務的典章制度等材料便成為了知識生產的直接處理對象，從一系列關於義理的抽象話語中脫穎而出，重新成為知識話語的主流。

黃宗羲同樣對明人「只見宋學，不見六經」的做法頗為不滿：「學者必先窮經，經術所以經世，乃不為迂儒。又謂讀書不多，無以證斯理之變；讀書多而不求於心，則又為偽儒矣。」〔註30〕黃宗羲將「講學」和「讀書」放置在對立的兩極，認為講學之言有「遊談」之嫌，時常毫無依據而隨意發揮，或者拘泥文本而老生常談，不能應對時事之變。而讀書窮經，則是以六經為依據，通過不斷地學習以「證斯理之變」，從六經中獲得學理的支撐。並且，「經術所以經世」一言，直接將知識與社會複雜狀況進行連接，試圖以此矯正迂腐陳言，也即知識話語失效的現狀。除此之外，顧炎武、黃宗羲二人的讀書方法和學術著作，也對乾嘉學派的治學方式起到了軌範作用。例如《日知錄》、《音學五書》等著作中對經學的闡釋，則是其「酌古通今，旁推互證」理念的典型示例。

正如思想史家所指出的，「經世」思想也為乾嘉學者所繼承。戴震的學術研究首先以實踐為旨要，他的《考工記圖》便是對先秦時期著名的《考工記》

〔註28〕〔清〕江藩纂《漢學師承記箋釋》，漆永祥箋釋，上海：上海古籍出版社2006年版，第27頁。

〔註29〕〔清〕江藩纂《漢學師承記箋釋》，漆永祥箋釋，上海：上海古籍出版社2006年版，第858頁。

〔註30〕〔清〕江藩纂《漢學師承記箋釋》，漆永祥箋釋，上海：上海古籍出版社2006年版，第810頁。

中的建築、交通工具、武器和禮樂儀式等分別列圖說明，對文物、典章制度和字型字義等進行考證的著作。但從乾嘉學者的研究範式中，我們也看到「經術所以經世」的重心發生了轉移。如果說顧、黃的學說更多地致力於通過治學考證的方式為積極參與社會現實問題提供指導和幫助，那麼到了乾嘉時期，社會現實問題便漸漸淡出了具體的學問範疇，只存在於學者抽象的願景式話語中。而「經術」則轉向了對古代經典的考證，也即吳派的「好古」和皖派的「求是」的觀念。汪暉在《重讀〈孟子字義疏證〉》敏銳地指出戴震「以訓詁考證菲薄宋學或反理學，也喪失了躬行實踐，似乎也沒有什麼意義。戴震在理學與考證學之間的曖昧性驗證了這種對抗模式的意義正在沒有了明末遺民的語境之後的清朝中葉消滅。」〔註31〕此處「明末遺民的語境」，即為躬行實踐的「經世」思想，代表著學者們積極參與社會現實問題的願景。

因此，乾嘉學術對考證方法的沿用，是在可供選擇的話語形式有限的情況下，踐行「經世」觀念的一種選擇。江藩曾經指出「實學」是清朝所崇尚的學風：「國朝崇尚實學，稽古之士崛起」〔註32〕。在這裡「實學」的意義並非「經」當下之「世」，而是需要在「稽古」中實現。這就使得在清朝中葉，「經世」的思想在學者的知識生產方式中，絕大多數情況下是以「實學」的形態呈現出來的，而這種「實學」具體就是指「稽古右文」的經學考證。也即「考證」與「經世」之間在乾嘉學派思想體系的構想中非但不是對立的，還是相輔相成的。與「晚明」和「晚清」時期的「經世」觀念不同的，正是學者對社會公共事務的參與形式和程度。在王朝更迭的變革時代，皇權對社會的控制減弱，給了學者更多參與社會公共事務的空間，也使得「經世」有了實際的踐行可能。而在皇權相對穩定的時代，儒家學者們的「經世」觀念受制於學者在社會層面發揮作用的能力，只能在知識話語內部展開討論實現「經世」觀念的可能。但「經世」的願望並非被遺忘，只是轉換了形式。而這種看似受到層層限制的探索，反而在知識話語的內部豐富了「經世」的內涵，產生了對知識生產方式新的可能性探索，也使得考證作為一種方法論蔚然成風，成為有清一代學術的代表。

〔註31〕 汪暉《重讀〈孟子字義疏證〉——兼談現代學術史上的戴震評價問題》，清華大學歷史系、三聯書店編輯部合編，《清華歷史講堂初編》，北京：生活·讀書·新知三聯書店 2007 年，第 292 頁。

〔註32〕 〔清〕江藩《漢學師承記箋釋》，漆永祥箋釋，上海：上海古籍出版社 2013 年，第 882 頁。

　　乾嘉學派明確反對陽明心學所帶來的空言弊病，使得思想史上一直認為乾嘉學者們是因為反對陽明心學帶來的空疏學風才轉向了實學考證。日本學者溝口雄三通過對東林學派的「格物」精神進行考察，指出了陽明心學和乾嘉學術並非對立的兩級，明末的經世精神和考證思維都是對陽明心學思想遺產的繼承。「無論是『經世治用』還是『考證』，如果深思一下東林派人士重視格物的要因為何、其目的又為何的話就會發現，他們對理觀的摸索，使得對制度文物的歷史性考證重新變得必要起來，而且，顯而易見，考證對於經世治用也是必不可少的。從名稱上區分考證學、經世治用之學與陽明學，甚至把它們完全隔離對立起來，這樣做是由於人們沒能認清考證與經世治用二者都是對陽明學課題的歷史性繼承，這一點不容忽視。」〔註33〕這也表明，學界對陽明學和考證學的誤讀，恰恰是由於其形成了一種學風且不加思考地被沿用之後的弊端，而忽略了這種學說之所以能夠成立的內在依據和社會現實。

　　不可否認的是，經世致用雖然都是陽明心學和乾嘉學術的內在動力，但兩種學說在大規模發展之後總是不可避免地走向失語的境地，這似乎呈現了儒家學者們的知識話語在處理實際問題時既希望獲得世用又只能隔膜的膠著狀態。

三、對「人倫日用」的重視

　　雖然《揚州圖經》和《揚州文粹》未能由焦循完稿，此項修訂工作也因為伊秉綬去官和阮元回京而暫時擱淺，但是焦循因此得金五百，使他得以購入雕菰樓，從此深居簡出，不入城市，潛心治《易》。阮元在為焦循的著作寫序時提到：「江都焦氏，居北湖之濱，下帷十餘年，足不入城市，尤善於《易》。」〔註34〕指出焦循在遊幕諸年後放棄了政治學術活動，回到揚州潛心治《易》，更加重視治學活動帶來的進益。「自乾隆戊戌、己亥，習為詩古文辭，迄今垂四十年，所積頗盈笥籠，屢加選訂，而未能定。去秋，左臂筋掣，右腕幾不可筆，心甚怏怏。十月，丸烏頭日服一錢，製處柔活，遂可執筆。因先取詩文草稿理之，錄為二十四卷。既成編，為目錄一卷，如右。嘉慶二十二年，歲次丁

〔註33〕〔日〕溝口雄三《中國的歷史脈動》，喬志航、龔穎譯，北京：生活·讀書·新知三聯書店 2014 年，第 179 頁。

〔註34〕〔清〕焦循《雕菰樓易學五種》，陳居淵主編，南京：鳳凰出版社 2012 年，第1115 頁。

丑二月九日，江都焦循手訂於半九書塾之雕菰樓。」〔註35〕這表明，即使焦循已經放棄科考和遊幕，他依然潛心治學，在身體抱恙的情況下，仍是希望能夠留下書文定稿。他踐行「經世致用」主張的方式，乃是在文字的世界中著書立說，希望在思想的層面獲得與社會和世人交流的空間。

　　焦循也曾經直言不諱治學的艱難之處：「研求經義，得一說為難，得一說久而覺其非即捨去為尤難。如貨殖交易者，操心勞力得有贏餘，一旦覺其非而散去，始而贏之，既而散之，均非易事，此中甘苦真能身歷者知之。」〔註36〕這體現了焦循不斷將諸多書中所得問題化，又將這些問題推翻，以進入新的思想脈絡所作出的努力。並且，在偏地治學的環境下，這種重建、推翻、重組與調試的過程，大多都僅流連在焦循的個人思想世界中：「時時窮《易》理，日日對名花。思苦人家笑，庭空眾鳥嘩。寸陰憐白髮，多病羨丹砂。奧義何年盡？吾知亦有涯。」〔註37〕從「思苦人家笑」中，可以看到焦循獨自在北湖之濱治學難以為旁人所理解的境況，反映了「經世致用」的主張下，自己的思考和見解難以獲得共鳴的尷尬處境。

　　面對如此場景，焦循深刻地認識到了他的個人遭遇與時代弊病之間的暗合之處，並試圖以親身經歷為探索之源，尋找解決問題的方法思路。在家學的影響下，焦循仍然沒有放棄對《易》的研究，經過長期治《易》所得，他對諸多問題的看法都有了更進一步的理解。因此，這段經歷使得焦循更加認可沉潛的治學方式：

　　　　學者述人，必先究悉乎萬物之性，通乎天下之志，一事一物，其條理縷析分別，不窒不泥，然後各如其所得，乃能道其所長，且亦不敢苟也。其人著撰雖千卷之多，必句誦字索，不厭其煩，雖一言之少，必推求遠思，不忽其略，得其要，把其精，舉而揚之，聚而華之，隱者標之，奧者易之，繁者囊之，縮者修之，鬱者矢之。〔註38〕

　　焦循認為「治學述人」必須將研究對象所有文獻仔細推敲研讀，這就需要

〔註35〕《清代詩文集彙編》編纂委員會編，《清代詩文集彙編·472》，上海：上海古籍出版社 2010 年，第 12 頁。

〔註36〕〔清〕焦循撰，陳居淵主編《雕菰樓易學五種》，南京：鳳凰出版社 2012 年版，第 1021 頁。

〔註37〕〔清〕焦循《村居五首》，《雕菰集》卷二，《雕菰樓文學七種》，陳居淵編，南京：鳳凰出版社 2018 年，第 105 頁。

〔註38〕〔清〕焦循《述難五》，《雕菰集》卷七，《雕菰樓文學七種》，陳居淵編，南京：鳳凰出版社 2018 年，第 173 頁。

學者能夠拋卻俗務與雜念，專心致志。焦循自己也表達了面對這段不入城市的經歷對學術的益進。並且，對《易》學核心思想的發現，恰恰表現了他的個人遭遇與時代命題有著共振的頻率：

> 自四十至四十七此八年專於學《易》，始悟得旁通之旨，然名利之心未淨，其中修郡志者四年，故雖有所得，終不能融貫也。庚午至今五年，無一日不窮思苦慮，一切功名仕宦、交遊慶弔，俱不以擾吾心志，乃日有進境，譬如蕉葉之生，一葉長於一葉。〔註39〕

「旁通」本來是指《周易》六十四卦卦辭與爻辭陰陽互相置換的過程。這不僅僅是焦循的易學中具體的象數指涉，也是他思考各種經學問題和文學問題的基本思路：「統其辭云：『通神明之德，類萬物之情，六爻發揮，旁通情也。』旁通情即所以『類萬物之情』。可知卦之旁通，自伏羲已然。非旁通無以示人道之有定，而夫婦之有別也。」〔註40〕這就道出了「萬物皆可旁通」的旨要，也表明萬事萬物的秩序和變化都可以通過相互旁通而成為「人道」。並且，焦循還提出「以己之性靈，合諸古聖之性靈，並貫通於千百家著書立言者之性靈。」〔註41〕這表明貫通主體與文本之間，文本與文本之間以及主體與文本之間的各種可能存在的溝通縫隙，最終達到「融貫」的效果，也都是「旁通」的題中之義。這就使得個人的主體精神〔註42〕從文本中心、道德中心的世界中得以浮現。同時「旁通」除了與聖人相通，還與萬物相同。這就是焦循從學理上試圖連結聖人經典與社會通俗之間的關係而提出的論斷。余英時認為：「明清有濟世之志的儒家已放棄了『得君行道』的上行路線，轉而採取了『移風易俗』的下行路線。唯有如此轉變，他們才能繞過專制的鋒芒，從民間社會方面去開闢新天地。」〔註43〕這就道出了焦循在無心致力於科考之後仍然著書立說的動力，「立身經世」不再是「替君行道」，而是「移風易俗」，這就使得士人

〔註39〕〔清〕焦循《雕菰樓易學五種》，陳居淵主編，南京：鳳凰出版社2012年，第1068頁。

〔註40〕〔清〕焦循《雕菰樓易學五種》，陳居淵主編，南京：鳳凰出版社2012年，第955頁。

〔註41〕〔清〕焦循《與孫淵如觀察論考據著作書》，《雕菰集》卷十三，《雕菰樓文學七種》，陳居淵編，南京：鳳凰出版社2018年，第314頁。

〔註42〕當然，從焦循的思想來看，這種對個人主體精神的重視並非是對作為普遍性的人的個體精神的重視，而是主要集中在具有一定智識力和道德水平的知識階層的個人主體精神。

〔註43〕〔美〕余英時《現代儒學論》，上海：上海人民出版社2010年，第28頁。

的關注重心由獲得權力的認可轉而為社會性的影響力。

　　焦循自己也從村居的生活中體會到了與不同的人相處的不同感受,《村居五首》中詳細描述了焦循此時的生活狀態:

> 交疏緣地僻,俗巧亦天真。酒待明年客,橋行昨日人。鼓聲村社晚,帆影漕舟春。偶而登樓望,知吾在水濱。

> 情性人爭怪,年來未盡除。禱神生病樹,賣米益奇書。果誘雛孫讀,蔬分老婢鋤。衣裳常不整,讕僊更和如?〔註44〕

　　焦循在村居時與當地人密切地生活在一起,也表現在一同觀看戲曲上。焦循在是所作《花部農譚》描繪了戲曲觀演現場的景象:「郭外各村,於二、八月間,遞相演唱,農叟、漁父、聚以為歡,由來久矣。」〔註45〕除了對觀看現場的描摹,焦循還特地標明了自己與村民之間的互動:「天既炎暑,田事餘閒,群坐柳陰豆棚之下,侈談故事,多不出花部所演,余因略為解說,莫不鼓掌解頤。」〔註46〕這一場景的還原,將焦循與農人之間的互動關係躍然紙上,表明焦循在戲曲表演與接受者之間,承擔著「解說」的身份。由此,我們看到焦循與村民之間既彼此隔閡又多有互動的關係,這似乎潛露其與農人之間建立著一個彼此共適之共同體的想像性訴求,表明焦循對自己在世俗之間身份的認知,二者之間的關係並非是隔絕的,排他的,精英化的,而是集合、共適、互動性的,更加靠近儒家學者對於「師」的想像,代表著指導社會公共秩序的訴求。

　　這也與乾嘉學派的治學思路有著內在的一致性。即使乾嘉學派的治學風氣很有可能帶來與社會分裂的後果,但在其領袖人物的治學主張上,依然反對空談,提倡實學。戴震提出了著名的「以理殺人」〔註47〕和「意見殺人」〔註48〕的論斷,控訴宋明理學空談義理對社會造成的實質性傷害,使得個人所理解的聖人之言作為意見強行作為判斷事情的準則,其中的原委隱曲、來龍去脈

〔註44〕〔清〕焦循《村居五首》,《雕菰集》卷二,《雕菰樓文學七種》,陳居淵編,南京:鳳凰出版社2018年,第105頁。

〔註45〕〔清〕焦循《花部農譚·序》,《焦循全集》(第十一冊),劉建臻整理,揚州:廣陵書社2016年,第5309頁。

〔註46〕〔清〕焦循《花部農譚·序》,《焦循全集》(第十一冊),劉建臻整理,揚州:廣陵書社2016年,第5309頁。

〔註47〕〔清〕戴震《與某書》,《戴震集》,上海:上海古籍出版社2009年,第187、188頁。

〔註48〕〔清〕段玉裁《段玉裁全書》,南京:江蘇人民出版社2015年,第324頁。

卻不加考慮，漸漸喪失了對「情」的理解，最終使得語言本身不加考察地形成了像「法」一樣的判斷準繩。事實上的古代聖賢的言論是站在體察民間的情慾立場上所闡發的「理」，並非如今人以一己私利為出發點的「意見」。可以說，戴震贊同遵循古聖賢之意的「理」，而反對以「意見」為「理」。

　　艾爾曼認為，戴震提出「以理殺人」事實上與戴震的家鄉安徽徽州的社會境況有關。由於徽商長期在外省經商，留守故鄉的婦女便會面臨複雜的道德壓力，婦女便會基於「貞節」的道德束縛而走向自絕的宿命。「從這種觀點來看，戴震的論點就有了新的社會意義。」〔註49〕吉田純同樣認為，「體民之情、遂民之欲為得理」中體現的戴震對「民情」、「民欲」的重視，是抓住人類的生存欲望作為一個整體來看待，和紀昀對人類生活的個別而具體的場面所引起的情感為主要著眼點的方式互為表裏，都是對知識與社會分裂的狀況、具埋詁語無法真正解決實際問題的狀況的回應。〔註50〕

　　「以理殺人」的控訴，恰恰強調了對「人」及其「事情原委隱曲」的考慮才是「大道」，而非作為「意見」的「理」。當「人」的生命和感受比「理」的名義和踐行更為重要時，重新衡量「道」的話語內容和話語形式便成為迫切的需求。從儒學發展的內在理路而言，余英時所言「尊德性」轉向「道問學」的轉變，是因為明代理學的主觀言說到達極致而使得儒學只能轉向經典考證，這就使得陽明心學和乾嘉學術成為了儒學內部的兩個極端，一則重視義理，一則重視實學。而日本學者濱口富士雄的研究啟發我們的是，陽明心學過於主觀的方法論反而使得人性獲得了前所未有的解放，也成為清代學者轉向經典考證的契機：「關於考據學的成立，現有研究大多認為是對主觀的陽明學的狂禪傾向的反動，這種理解已經根深蒂固。但是這種表層的理解遮蔽了明清之際儒學轉變在思想上的本質契機。以主觀性為主的陽明學使得作為獨立存在的個人獲得了人性的覺醒應該作為考據學成立的根本要素被揭示出來。」〔註51〕這也提示我們應當重新審視當時重視經典考證的思想話語是在應對何種社會現實狀況而作出的反映，以及清朝中期的士人在面對複雜的

〔註49〕　〔美〕艾爾曼《經學、政治和宗族──中華帝國晚期常州今文學派研究》，趙
　　　　　剛譯，南京：江蘇人民出版社，序第 6 頁。
〔註50〕　〔日〕吉田純《〈閱微草堂筆記〉小論》，《中國─社會と文化》第四號（1989：
　　　　　182～191）。
〔註51〕　〔日〕濱口富士雄《清代考拠學の思想史的研究》，東京：國書刊行會，平成
　　　　　六年（1994 年），第 621 頁。

社會狀況時所處的位置。

這種對人的關注，不僅僅體現在關於人性的精神結構上，還體現在人對經驗世界的把握上。例如戴震對《孟子·告子上》的解釋所言：「以秉持為經常曰則，以各如其區分，如曰裏以宴之於言行，曰懿德。物者事也。語其事，不出日用飲食而已矣。舍是而言理，非古賢聖所謂理也。」〔註52〕戴震指出，「物」即是「事」，是「日用飲食」，是日常世界的秩序和條理，同時也是人對經驗世界的把握。古聖賢所說的「理」，是在古聖賢的時代的「日用飲食」中所得之「理」：「舉凡天地、人物、事為，虛以明夫不易之則曰理。所謂則者，匪自我為之，求諸物而已矣。」〔註53〕戴震強調「求諸物」中的「物」，獲得了它在現實生活中的所指，也即「日用飲食」中所體現出來的對生存經驗和生活情感。可以說，它在程朱理學和陽明心學的兩極中找到了新的出路，肯定天地之理的存在，也肯定心之把握，但二者需要體現在「人求物」的意義上才可能獲得意義。這也是戴震試圖彌合關於道德和知識的話語與社會日常狀況分裂的情況下所作出的努力，既體現了深刻的學理思考，也回應著社會狀況。

焦循沿襲戴震的觀點，也十分重視「格物」，重視主觀智識對客觀現象的把握對於構建新的儒家話語秩序的重要性。

> 格物者何？絜矩也。格之，言來也。物者，對乎己之稱也。《易傳》云，遂知來物，物何以來？以知來也。來何以知，神也。何為神？寂然不動感而遂通也。何為通？反乎己以求之也。〔註54〕

這裡對「格」解釋為「來」，即是強調了一種主觀對客觀的意向性，這種意向性代表著人在客觀事物中的主體性——「知」、「感」。而最終二者能夠「通」，則是完成了「格物」的過程。焦循接著「通」繼續闡釋，試圖在主觀對客觀的把握中達到秩序的平衡，從思想的角度觀照現實秩序建立的可能性。

除了對「理」的闡釋，戴震還將生活經驗與道德本體聯繫起來：「道不出人倫日用之常。」〔註55〕「人道，人倫日用身之所行皆是也。」〔註56〕可見，

〔註52〕〔清〕戴震《孟子字義疏證》，北京：中華書局 1961 年，第 7 頁。

〔註53〕〔清〕戴震《孟子字義疏證》，北京：中華書局 1961 年，第 7 頁。

〔註54〕〔清〕焦循《格物解》，《雕菰集》卷九，《雕菰樓文學七種》，陳居淵編，南京：鳳凰出版社 2018 年，第 206 頁。

〔註55〕〔清〕戴震《中庸補注》第 7 條，《戴震全書》（第二冊），合肥：黃山書社 2010 年，第 55 頁。

〔註56〕〔清〕戴震《中庸補注》第 17 條，《戴震全書》（第二冊），合肥：黃山書社 2010 年，第 58、59 頁。

戴震認為的「道」不再是高高懸置於日常生活經驗之上的形而上的抽象之物，而是試圖在這種抽象的解釋中加入人們生活世界的規律和秩序。從防止「意見殺人」，到「道」為「人倫日用」，都體現了戴震對人的關注，具體來說，即是對人們所面對的生活世界的關注，也即將「道德」從義理的神壇上請下，放回到日常的生命中去理解；同時將「道德」從僵化的語言表述和強制訓誡，變為能夠被踐行的日常規則。這反映了「經世致用」的訴求，也反映了思想層面上重建儒家道德秩序的新思路。

思想層面的對日常經驗的關注，來源於社會生活經驗發生的顯著變化。高王凌在《十八世紀，二十世紀的先聲》一文中，從人口、政府職權、土地制度等方面，展現了其與先前時代的諸多顯著差異，以及其中所具備諸項「現代因素」。〔註57〕《十八世紀中國社會》一書也指出，十八世紀的商品化、城市化和社會流動使得原有的社會地位有了鬆動的可能，也使得社會階層更加多元化，充滿了社會活力。〔註58〕這提示我們關注十八世紀以來人們的日常生活經驗的變化亟待新的話語進行闡釋。而江南地區又是十八世紀經濟發展的重鎮，發端於此的乾嘉學派代表了這一時期知識階層應對日益變化的社會狀況所持的一般態度，這也是日常經驗成為真理話語進入學者討論範圍的重要原因。

日常經驗作為學者關心的重點，不僅僅在於「經世致用」的具體知識，還在於其被認為本來就是「理」、「道」的內涵所在。這種觀念是儒家「內聖外王」思想的進一步演化。正如前文所說，知識階層很難涉及到「外王」的部分，因而「內聖」是他們關注的重點。但此一時期「經世致用」的潛在焦慮，使得他們專注於「內聖」的關於道德和真理的描述已經無法滿足應對日益變化的日常經驗的需要。將「人倫日用」與「理」、「道」對應起來，便是將他們過去只能在個人心性上的道德討論開闢出了一種公共性。這種公共性既為關於道德和真理的話語服務，也體現了「經世致用」的訴求。日常生活經驗不僅僅是個人化的，它是處於一個時代人們共享的生命生活秩序，體現了同一時期一般的經濟原則和社會秩序。當「理」、「道」從抽象的思維世界和內省的道德世界解放出來，變成關乎社會民生秩序的把握時，它便獲得了參與公共空間的可能性。

〔註57〕高王凌《十八世紀，二十世紀的先聲》，《史林》，2006年第5期。
〔註58〕〔美〕韓書瑞、羅友枝著《十八世紀中國社會》，陳仲丹譯，江蘇人民出版社 2009年，第61頁。

然而，儒家學者並未完全實行這種跨越，因為日常世界的秩序尚未獲得它在理念上的自足性，這也是「經世」精神在 19 世紀才被認為是高峰的重要原因。對日常世界的實用性把握，需要攀附「理」、「道」的儒家道德秩序，才能獲得意義。因此，乾嘉學派的學者仍然是在儒家秩序構建的意義上重視人們日常生活經驗秩序，它代表著知識分子試圖給處於變動和更新中的日常秩序重新賦予道德詮釋的訴求和願望，也是為儒家道德和真理的話語重新獲得社會廣泛意義所作出的努力。

乾嘉學派重視「經世致用」是為了彌合知識、道德話語與社會狀況的分裂，試圖重新發揮文本的效用，獲得參與指導社會的權力；而重視「人倫日用」則是明末清初以來「經世致用」的學風在清代中葉的一個獨特表現，它使得有關道德話語的闡釋不再是一種「義理」的形而上表述，而是一種對生命日常經驗的體察和對行為秩序的遵循。焦循在自己的人生經歷中將「所學」與「所用」的關係問題化，這也是焦循應試科考的動力；而在乾嘉學派學風的影響下，焦循在知識化的方法指導下試圖進一步解決這個問題，在參與方志修訂的過程中，焦循探討了利用「所學」轉化為「所用」的具體方法；但是由於各種原因，方志修訂由官方行為變成了焦循的個人撰寫，再加上焦循之前的屢試不中，使得促使焦循繼續著書立說治學的動力不再是獲得「君」和「權」的認可，而是轉向了對「移風易俗」的「日常經驗」的探索。焦循對戲劇的理解在三個層面：「花部原本於元劇，其事多忠孝節義，足以動人；其詞直質，雖婦孺亦能解；其音慷慨，血氣為之動盪。」〔註59〕有關「事」、「詞」和「音」的總結，恰恰代表著道德秩序的日常表現形式、語言的平易化和情感主體的日常經驗。這就為戲劇作為「道」的「人倫日用」含義獲得了一個絕佳的踐行載體。在戲劇的敘事中理解關於「忠孝節義」的道德話語，便是還原了日常生活的經驗和秩序；「婦孺亦能解」的平易化語言，則是解決了僵化的道德語言表述難以進入社會日常的問題；「動盪血氣」的結果，恰恰是將「人」的感受主體放在了更為重要的地位，使得關於知識和道德的話語能夠起到「旁通」的效果，獲得「動人」的力量。可以說，清初以來的「經世致用」主張和清代中葉對「人倫日用」的重視，不僅僅是思想史的內部脈動，還與清朝的經濟社會發展狀況密切相關。戲劇文體則為經學思想的時代問題和矛盾提供了一個方法性的探索場域，使得思想史的問題背景成為學者關注戲劇研究的重要動力。

〔註59〕〔清〕焦循《焦循雜著九種》，揚州：廣陵書社 2016 年版，第 469 頁。

第二節　戲劇進入焦循視野的社會背景

「人倫日用」所指向的日常生活經驗在乾嘉學派學說中的獨特位置，與江南一帶的經濟社會發展狀況密切相關。18 世紀，江南地區經濟狀況的發展和商業貿易的頻繁，使得此地的文化氛圍和學術風氣獨具地方特色。在此影響下，江南一帶的戲劇發展迅速、規模壯大、特點多樣，為進入學者的視野提供了前提條件。

在戲劇表演上，江南地區尤其是揚州，表現出了異於北方戲劇的獨特藝術魅力和商業價值；同時，官方機構對戲劇清肅審查力度的加大，使得戲劇作為文獻資料知識進入了學者視野；並且，揚州在文化上的包容性使得其獨特的學術派別──揚州學派倡導「博學」的學術風氣，也為戲劇進入經學學者視野提供了可能。

一、揚州鹽商對戲劇活動的資助

清代中葉揚州戲劇的發展，與揚州鹽商有著密切的關係。揚州的戲班往往由揚州的鹽商資助，使得揚州的戲劇表演具有高度專業化和藝術化的水平。在明朝，家庭戲班往往由士大夫管理，到了清代中葉，揚州的戲班往往由鹽商作為主要的出資人和管理者。這就使得戲劇藝術的發展機制產生了由文化趣味主導轉向商業利益主導的變化。通常我們認為，一種藝術的商業化會影響它的藝術化，使得其逐漸因為受眾的變化而成為媚俗的作品。揚州的戲劇在經由士大夫主導到鹽商主導的過程中，雖然商業因素增強，但因為鹽商並不完全以戲劇盈利，而是作為戲班的出資人和管理者出現，所以此時的戲劇藝術在鹽商的影響下，不僅沒有降低其藝術性，反而使得清代中葉的戲劇獲得了更加飛速的發展。

首先，揚州的戲班逐漸不受士大夫的趣味左右，是因為受到官方禁止官員豢養優伶的影響。乾隆三十四年（1769）頒布詔令，禁止外官蓄養優伶。因為此舉造成了對官員金錢和時間的浪費，並且容易引發社會矛盾。這項禁令早前已經頒布過，卻執行得並不充分，於是乾隆此次加大了審查的力度。〔註60〕由

〔註60〕「二十一日奉上諭，朕恭閱皇考諭旨，有飭禁外官蓄養優伶之事，聖諭周詳，恐其耗費多金，廢弛公務，甚且夤緣生事，飭督撫不時訪查糾參，雖一二人，亦不可徇隱。聖諭久經編刊頒行，督撫藩臬等並存署交代，自當敬謹遵循，罔敢違越，何以近日尚有揆敘義託黃肇隆代買歌童之事？豈伊等到官後，於衙門遵藏上諭，庋之高閣，全不寓目耶？一省如此，他省之未經發覺者，恐尚不

於官方禁止官員豢養戲班，全國的家庭戲班都因此匿跡，唯獨揚州的鹽商有足夠的財力維持戲班的運營。並且，戲班一開始並非完全用於商業盈利，直到乾隆六次南巡，需要由戲班例定演劇，自此揚州的鹽商戲班開始迅速發展，為揚州成為南方的戲劇中心提供了支持。

從某種程度上說，戲劇和戲班是揚州鹽商與政治勢力進行對話的一種方式。李斗《揚州畫舫錄》卷五記載，為迎接乾隆皇帝南巡，揚州一代的富商豢養了諸多戲班，例如老徐班、大洪班、德音班等等。〔註61〕並且，乾隆南巡時，就有優伶借用戲劇內容完成對皇權的迎合，這也符合乾隆所試圖營造的天下繁華四海殷實的意識形態圖景：

> 高宗精音律。《拾金》一齣，御製曲也。南巡時，崑伶某淨，名重江浙間，以供奉承值。甫開場，命演《訓子》劇。時院本《粉蝶兒》一曲，首句俱作「那其間天下荒荒」。淨知不可邀宸聽也。乃改唱「那其間楚漢爭強」，實較原本為勝。高宗大嘉歎，厚賞之。〔註62〕

乾隆在此處讚賞優伶對戲本的更改，是鹽商、優伶和官府三者共同作用的效果，也表明戲曲提供了皇權、官府、鹽商以及優伶等各種身份相互確認的話語現場，使得其成為揚州地區例行的「慶典」失活動，在外部製造了關於繁華的假象，在內部成為與政治意圖共謀的話語場。

但此時的戲劇並非完全作為攀附皇權的工具存在。因為其本身是一種文化形式，還體現了乾隆和鹽商作為政治勢力和商業勢力對士大夫文化的一種靠近。這種靠近使得乾隆和鹽商之間形成了某種默契，共同營造了江南成為漢族文明和儒家文化的集中地的歷史印象，使得政治與商業的發展都需要通過表達對文化文明形式的認可和追尋來獲得合法性。

正是這種文明文化的優勢作用，使得政治與商業的勢力並不將戲劇作為一種政治或商業工具來看待，而是都十分尊重其藝術性。乾隆對於戲劇具有極高的鑒賞力，因此他才能識別優伶臨時的改詞並大加讚賞。而作為揚州鹽商，

少；一事如此，他事之不能由舊者，並可類推。」（丁淑梅《清代禁燬戲曲史料編年》，成都：四川大學出版社 2010 年，第 107 頁）

〔註61〕「崑腔之勝，始於商人徐志尚徵蘇州名優為老徐班。而黃元德、張大安、汪啟源、程謙德各有班。洪充實為大洪班。江廣達為德音班，復徵花部為春臺班，自是德音班為內江班，春臺班為外江班。」（〔清〕李斗《揚州畫舫錄》，北京：中華書局 1960 年，第 107 頁）

〔註62〕〔清〕徐珂《清稗類鈔》第 25 冊，北京：商務印書館，民國 07 年（1918），第 15 頁。

他們不單拘泥於崑腔，也注重發展花部戲劇，且十分尊重戲劇本身的專業性和藝術性。而崑腔戲劇已經發展得極為成熟，故而鹽商在培養戲班時，也十分尊重吸收蘇州崑腔的藝術成果。

例如揚州鹽商江春的德音班，是揚州崑班的集大成者，有諸多名震一時的伶人，這是對發揚於蘇州的雅部戲劇的繼承。為保證戲劇的質量，江春十分尊重有經驗的表演藝術家。例如德音班的老生劉亮彩，李斗稱他「吃字如書家渴筆，自成機軸。」認為他在表演中的「吃字」唱腔獨有風格，具有一定的藝術水平。但江春則認為是毛病，改變了崑腔原有的發聲方式，於是希望代表崑腔的蘇州老生朱文元能夠加入德音班。〔註63〕從鹽商江春對德音班的重視來看，我們發現他對於崑腔戲班遵循傳統的要求極高。同時，江春也十分尊重花部戲劇的發展，曾經改造揚州本地亂彈組成春臺班。出於商業競爭的需要，花部戲劇因為此一時期深受一些士大夫和民眾的喜愛，因此江春也努力改革春臺班，使得春臺班包括亂彈、京腔、秦腔等諸多聲腔，極大地豐富了花部戲劇的多樣性，使得花部戲劇和雅部戲劇一樣發展壯大，春臺班也聞名遐邇，通過徵聘蘇州、安慶等各地名旦的方式，豐富了演唱的種類，使得秦腔與京腔得以融合，獲得了極佳的表演效果，名聲大振。〔註64〕揚州鹽商對戲劇家班的資助和管理使得戲劇獲得了前所未有的發展，這種發展態勢使得本地的亂彈的生命力與蘇州崑腔的專業性和藝術性結合，同時提高了戲劇藝術的藝術水平和商業化程度。

由於戲劇專業化的程度越來越高，其獨立性也越來越強，出現了戲班優伶的行會組織和管理機構，如「梨園總局」，入城出城都需要在固定場所演出，有固定的成團時間，並有一定的管理者。〔註65〕這表明，鹽商出於政治

〔註63〕「及江班起，更聘劉亮彩入班。亮彩為君美子，以《醉菩提》全本得名，而江鶴亭嫌其吃字，終以不得文元為憾。及文元罷府班來，鶴亭喜甚，乃舟甫抵岸，猝暴卒。」（〔清〕李斗《揚州畫舫錄》，北京：中華書局1960年，第126頁）

〔註64〕「郡城自江鶴亭徵本地亂彈，名『春臺』，為外江班，不能自立門戶，乃徵四方名旦，如蘇州楊八官、安慶郝天秀之類。而楊、郝採長生之秦腔，並秦腔中之尤者如《滾樓》《抱孩子》《賣餑餑》《送枕頭》之類。於是春臺班合京、秦二腔矣。熊肥子演《大夫小妻打門吃醋》，曲盡閨房兒女之態。」（〔清〕李斗《揚州畫舫錄》，北京：中華書局1960年，第131頁）

〔註65〕「城內蘇唱街老郎堂，梨園總局也。每一班入城，先於老郎堂禱祀，謂之掛牌；次於司徒廟演唱，謂之掛衣。每團班在中元節，散班在竹醉日。團班之人，蘇州呼為『戲螞蟻』，吾鄉成為『班攬頭』。」（〔清〕李斗《揚州畫舫錄》，北京：中華書局1960年，第122頁）

和商業需要大力培養戲班，使得戲劇行業在揚州獲得了極大的繁榮，這種繁榮使得戲劇藝術無論在內容上還是表演上都更加成熟，因此專業化的程度越來越高，甚至出現了專門的管理機構，進而成為戲劇史上不可忽視的一部分。

同時，乾隆五十年北京禁演秦腔〔註66〕，使得在京城名噪一時的伶人魏長生南下到揚州，將在京城盛極一時的秦腔、京腔演出帶到了揚州。這使得揚州本地亂彈與其他地方戲的藝術資源綜合在一起，再加上吸收了崑腔的表演藝術，整個揚州的花部戲劇得到了長足的發展。此時，花部已經具有成熟的演出體系和表演風格，使之能夠成為獨立的研究對象被學者關注。

除了表演形式吸納百家，戲劇本身的表演內容也更加貼近日常生活，為許多已經形成定勢的舊本增添新意：「沿襲能隨事自出新意，不專用舊本，蓋其靈慧較勝云。」〔註67〕揚州春臺班的表演曲目，如《滾樓》、《送枕頭》、《抱孩子》、《賣餑餑》、《大夫小妻打門吃醋》等，與傳統士大夫家班中培養的許多描寫才子佳人的戲劇模式不同，更多地貼近老百姓的日常生活經驗，表現出區別於所謂文人士大夫的鑒賞趣味，獲得了一般民眾和一些士大夫的欣賞。

揚州的戲劇發展，尤其是花部戲劇的發展，並非因為鹽商的介入而傷害其藝術性，反而因為戲劇本身在揚州地區承擔的多重功能，使得其必須在藝術上獲得更大的提升空間，才有可能同時被帝王、民眾所欣賞；戲劇藝術水平的提高，即使表現內容不符合一些士大夫的口味，也能贏得一些更為包容的文人在藝術上的支持。故而，揚州戲劇的由雅到俗，並非是藝術性下降的過程，而是一個結合了本地特色與其他地方戲特點，又加入傳統而成熟的崑曲表演藝術成果，並且因為迎合帝王南巡表演規模的需要以及揚州地區商業發展的需求，反而全方位地提升了其藝術水準的過程。這與整個明清時期的文藝形式整體向一般民眾下移密切相關，但也反映了此一時期揚州戲劇文化獨具特色的一面。

〔註66〕「議准：嗣後城外戲班，除崑、弋兩腔仍聽其演唱外，其秦腔戲班，交步軍統領五城出示禁止。現在本班戲子概令改歸崑、弋兩腔，如不願者聽其另謀生理。倘有怙惡不尊者，交該衙門查拿懲治，遞解回籍。」（丁淑梅《清代禁燬戲曲史料編年》，成都：四川大學出版社2010年，第131頁）

〔註67〕〔清〕趙翼、姚元之撰《簷曝雜記·竹葉亭雜記》，北京：中華書局1982年，第38頁。

二、官方禁曲中的戲劇文獻考訂

乾隆四十五（1780）年，在朝廷的禁書運動中，查辦戲劇違礙字句案悄然開始：

> 因思演戲曲本內，亦未必無違礙之處，如明季國初之事，有關
> 涉本朝字句，自當一體飭查。至南宋與金朝關涉詞曲，外間劇本，
> 往往有扮演過當，以致失實者；流傳久遠，無識之徒，或至轉以劇
> 本為真，殊有關係，亦當一體飭查。〔註68〕

乾隆下令清查劇本中的「違礙」之處，著眼在「字句」和「扮演」中所體現的思想，例如「明季國初之事」「南宋與金朝」等，乾隆更加在意劇本中的語言和情節如何提及清朝及其前身金朝，以免劇本敘事營造一個不利於清朝的歷史形象，於是決定在蘇州、揚州等地徹查。

但在實際的執行過程中，徹查之人對乾隆所謂「違礙」卻有不同的理解，例如乾隆四十六年（1781），圖明阿就此事所上奏摺時言：

> 竊照查辦戲曲，昨奴才擬請凡有關涉本朝字句，及宋、金劇本，
> 扮演失實者，應遵旨刪改抽掣，另繕清本，同原本黏簽進呈；其餘
> 曲本，有情節乖謬，恐其誑惑愚民者，亦照此辦理；若但係字句違
> 礙，則止將原本黏簽改正進呈，等情具奏。……奴才又覆勘得《千
> 金記》等十種，又全德移來《種玉記》等十種，均係曲白內間有冗
> 雜之處，抽改無多，現在即以黏簽原本進呈……〔註69〕

圖明阿根據乾隆的旨意，表明涉及清朝和金朝的情節問題或者有其他乖謬情節的劇本，應該刪改；如果字句違礙，需要將原本上呈乾隆皇帝。但就其具體考察的劇本來看，圖明阿則將關注點放在「曲白內間有冗雜之處」上，明確提出這些劇本也按原本呈覽乾隆。這就不僅僅是關於清朝合法性敘述的問題，而是涉及到劇本的表達問題，更多的是文字技藝的問題而非思想的問題。

同年，江西巡撫郝碩「覆奏遵旨查辦戲劇違礙字句折」也提到他對各種類別的劇本的考察，其中不僅包括崑腔之外的地方戲諸如秦腔、弋陽腔、楚腔等

〔註68〕 王利器輯錄《元明清三代禁燬小說戲曲史料》，上海：上海古籍出版社 1981 年，第 46 頁。

〔註69〕 丁淑梅《清代禁燬戲曲史料編年》，成都：四川大學出版社 2010 年，第 126 頁。

的分布狀況，還包括根據地方志對各種腔調命名來源的考察，甚至還有對服裝特色的考察，僅有一小部分關注到了戲劇故事和表演與政治話語之間的關係。〔註70〕此時，「稽考溯源」已經取代「飭查失實」成為了考察的重點。

然而，乾隆對這些官員們對聖旨的執行並不十分滿意：

前因世俗流傳曲本，內有南宋與金朝關涉或本朝新事新編詞曲，扮演過當，以致失實，無識之徒，或轉以劇本為真，殊有關係，曾傳諭該鹽政等，令其留心查察，其有應行刪改抽掣者，斟酌妥辦。乃本日據圖明阿奏查辦劇本一摺，辦理又未免過當。劇本內如《草地》、《敗金》等齣，不過描寫南宋之恢復及金朝退敗情形，覺至扮演過當，稱謂不倫，相當日必無此情理，是以論令該鹽政等留心查察，將似此者一體刪改抽掣。至其餘曲本內無關緊要字句，原不必一例查辦。今圖明阿竟於兩淮設局，將各種流傳曲本盡行刪改進呈，未免稍涉張皇……〔註71〕

乾隆關心的重點在於劇本是否「失實」，是否反映了維護清朝正統性和合法性的清朝和金朝的形象，於是他肯定了劇本中刪去了南宋恢復和金朝退敗的情節。但對於「其餘曲本內無關緊要字句」，乾隆認為「原不必一例查辦」。這個態度表明乾隆對於劇本中的表達和文辭並無甚關心，並認為這種刪改過多，多此一舉，大費周折還造成靡費。

乾隆已經明確指出不涉及對清朝不利的情節和語言的劇本並不在刪改的範圍。但在具體的執行過程中，設局刪改劇本的活動正漸漸從矯正思想轉向知識考索。乾隆五十二年的關於查考演奏琴譜之上奏情況：「是此書祗係世俗常

〔註70〕「江西巡撫臣郝碩謹奏，為遵旨覆奏事。……再查崑腔之外，有石牌腔、秦腔、弋陽腔、楚腔等項，江、廣、閩、浙、四川、雲、貴等省，皆所盛行，請敕各督撫查辦等語，自應如此辦理。……查江西崑腔甚少，民間演唱，有高腔、梆子腔、亂彈等項名目，其高腔又名弋陽腔，臣查檢弋陽縣舊志，有弋陽腔之名，恐該地或有流傳劇本，飭令該縣留心查察；隨據稟稱，弋陽腔之名，不知始於何時，無憑稽考，現今所唱，即係高腔，並無別有弋陽詞曲。並據附省之南昌府稟稱，遵經傳諭各戲班，將戲本內事，涉明季及關係南宋、金朝故事，扮演失當者，嚴行禁除外，所有繳到各戲本，派員查核，內有《全家福》、《乾坤鞘》二種，語有違礙，又《紅門寺》一種，扮演本朝服色，應呈請查辦等情。」（丁淑梅《清代禁燬戲曲史料編年》，成都：四川大學出版社2010年，第124頁）

〔註71〕張書才主編，《纂修四庫全書檔案》，上海：上海古籍出版社1997年，第1358頁。

用之法，較之欽定雅樂，相去徑庭，但所載各譜指法尚無錯謬，其繙繹亦皆穩妥。合將原書繳進。謹奏。」〔註72〕這裡將原書繳進的原因是《琴譜》所載的指法與世俗指法一致，但與欽定雅樂不符。於是官員們專門針對《琴譜》所載的指法進行了在藝術技巧方面的考察，認為這種記載「尚無錯謬」，肯定了在知識方面的正確性。這說明繳進圖書的活動已經由思想審查轉變為知識正誤，說明文獻考訂的風氣已經蔓延到了戲劇領域中去。

揚州是查辦戲劇違礙的重點地域。乾隆四十四至四十七年（1799～1782），兩淮巡鹽御史伊齡阿在揚州設局修改古今詞曲，而主其事充總校者即是製曲名家黃文暘和李經，分校則是揚州學派的另一人物凌廷堪。在此期間，黃文暘撰《曲海》二十卷，現已散佚，見於《揚州畫舫錄》。《重訂曲海總目・黃文暘自序》中提到此事：「乾隆辛丑春，奉旨修改古今詞曲，予受鹽使者聘，得與改修之列，兼總校蘇州織造進呈詞曲，因得盡閱古今雜劇傳奇。閱一年，事竣。」〔註73〕黃文暘此語點出了官方刪改戲劇的活動對學者們的影響：正是因為官方的刪改需要，使得關於戲劇的資料得以收集整合，而學者們則在這場刪改活動中得以閱覽群書，取得了戲劇知識的第一手材料。凌廷堪也因官修戲劇來到揚州，成為了揚州學派的代表人物。〔註74〕焦循則依據黃文暘的《曲海》撰寫了《曲考》。

關於《曲考》的文獻問題爭議居多，目前《曲考》並無傳本。王瑜瑜結合諸家觀點，論證《曲考》自成一本，是一部以黃文暘《曲海目》為主體，依據他掌握的新資料加以增補擴充的戲曲目錄〔註75〕。范春義認為此可認定為最終結論，雖然其中細節尚有爭議。2016 年，廣陵書社出版《焦循全集》，認其「或為亡佚之書。」〔註76〕雖然關於焦循所撰《曲考》因為其書已亡佚，版本問題難以考證，但是焦循根據黃文暘依據揚州刪改戲曲詞館所搜集的資料，對

〔註72〕張書才主編，《纂修四庫全書檔案》，上海：上海古籍出版社 1997 年，第 1984 頁。

〔註73〕王漢民，劉奇玉編著《清代戲曲史編年》，成都：巴蜀書社 2008 年，第 134 頁。

〔註74〕《凌次仲先生年譜》記載，「乾隆四十六年（1781）二月初一日，凌廷堪應伊齡阿之聘，客揚州，參與刪改古今雜劇、傳奇之違礙者。揚州刪改戲曲詞館，約正式成立於此時或稍前。」（北京圖書館編《北京圖書館藏珍本年譜叢刊・第 120 冊》，《凌次仲先生年譜》，北京：北京圖書館出版社 1999 年）

〔註75〕王瑜瑜《〈曲考〉考述》，《中華戲曲》2011 年第 02 期。

〔註76〕〔清〕焦循《焦循全集》，劉建臻整理，揚州：廣陵書社 2016 年，《前言》第 10 頁。

戲曲知識進行了進一步考察一事毋庸置疑。這也說明官方的戲劇禁修事件成為戲劇的文獻資料得以彙編的契機，使得學者對知識和文獻的利用成為可能。

三、揚州學派的「博學」學風

戲劇自身的發展和官方為戲劇成為文獻資料提供的便利只是其進入學者視野的前提。與其他地區的經學家不同的是，揚州學派的學者對於知識的態度呈現出更加包容的姿態，其「博學」的觀念一直為人稱道，這也為戲劇進入揚州學派學者的視野提供了內在動力。

事實上，「博學」的風氣在經學以外的世界曾一度被廣泛重視。江藩的《漢學師承記》在記述紀昀時提到：

> 公於書無所不通，尤深漢易，力闢圖書之謬。四庫全書提要簡明目錄皆出公手。大而經史子集，以及醫卜詞曲之類，其評論抉奧闡幽，詞明理正，識力在王仲寶、阮孝緒之上，可謂通儒矣。〔註77〕

紀昀當時因為博覽群書，是為「通儒」，不僅被江藩歸為漢學者之列，也因其博學的聲望被統治者認可。同時，他在廣大民眾心中也有極高的地位，以致於後來成為一個「箭垛式人物」，諸多博學機智的事件都被民間故事歸入他的名下。可見，博學不僅僅是帝王愛好，也是民間崇尚，並且是清代中葉的一種普遍風氣。袁枚也同樣反對經學家將知識的範疇侷限於漢代以前的做法：「試問今之世，周、孔復生，其將抱六經而自足乎？抑不能不將漢後二千年來之前言往行，而多聞多見之乎？」〔註78〕如果將對儒家經典的研究僅僅侷限在漢代以前，那麼兩千年來的一切文化成果將被無足談之。這也表明，儒家思想話語的知識範疇的侷限已經被時人所詬病。雖然袁枚是站在文學的立場看待經學，但也足見博學風氣之盛行。

乾嘉學派的經學研究也引起了一陣博學之風，方東樹就曾指出乾嘉學派的學風以「鴻名博學」為要：「而其人類皆以鴻名博學為士林所重，馳騁筆舌，弗穿百家。」〔註79〕「博學」更是揚州學派的學術風格。梁啟超《中國近三百

〔註77〕〔清〕江藩《漢學師承記箋釋》，漆永祥箋釋，上海：上海古籍出版社 2013 年，第 585 頁。

〔註78〕〔清〕袁枚，《答惠定宇書》，《袁枚全集新編》，王英志編纂校點，杭州：浙江古籍出版社 2015 年，第 346 頁。

〔註79〕〔清〕江藩、方東樹著《漢學師承記（外二種）》，北京：生活·讀書·新知三聯書店 1998 年，第 235 頁。

年學術史》中將乾嘉學術分為四個支派：吳派、皖派、揚州學派和浙東學派，分別追求「信古」「求是」「廣博」「史學」。〔註80〕足見揚州學派與其他學派學風之差異。張舜徽在《清代揚州學》中也提到揚州學派的學者承襲吳皖二派，由專精之學匯合而為「通學」。而這種「通學」甚至比專精之學更難，並非博與約僅僅是兩種相互區別的學術興趣，而是認識的深淺決定了二者的難易。〔註81〕可見，博通是揚州學派的獨有特點，可矯專精晦澀之弊，弘多聞廣識之風。

揚州學派一直被認為是乾嘉學派的別支。乾嘉學派以時間命名，用以區分於宋明理學，而揚州學派則以地理命名，用以區分乾嘉時期其他地域的學術派別，如「吳派」、「皖派」等。支偉成道出了這些學派之間的因襲關係：安徽的戴震是皖派的經帥，程瑤田受其影響，通地理聲律工藝之學；後來戴震在京師施教，王念孫段玉裁長於聲音訓詁，任大椿長於典章制度；後來阮元、焦循、凌廷堪在揚州繼承戴學，成立了揚州學派。〔註82〕揚州學派是由居於揚州而繼承了吳派戴震的漢學思想的學者們互通有無而建立起來的。

然而，劉建臻對揚州學派是否能夠被認為是一個學派提出了質疑。他對劉師培將當時並非久寓揚州的八位學者屬於揚州學派的論斷提出疑問，認為如果將師承同算揚州學派，那麼阮元在浙江、廣東的弟子也可以歸入揚州學派。「這樣一來，不僅完全超越了揚州學派作為區域性學術流派的概念，而且，依此推開去，就是師承吳、皖二派而起的揚州學派，能否成派都成了問題。」〔註83〕說明揚州學派的人員組成、真正凝結揚州學派的動因仍然成為亟待梳理的問題，但書中並未對這個問題進行進一步論述。

揚州學派是否可以成派，還需要還原到當時學者對於揚州經學的描述上。

〔註80〕 梁啟超《中國三百年學術史》，北京：中國出版集團東方出版社 2004 年，第23 頁。

〔註81〕 「揚州諸儒，承二派（吳皖二派）以起，始由專精匯為通學，中正無弊，最為近之。夫為專精之學易，為通學則難。非特博約異趣，亦以識有淺深弘纖不同故也。」（張舜徽《清代揚州學記》，揚州：廣陵書社 2004 年，第 3 頁）

〔註82〕 「自戴震崛起安徽，皖派經師，頭角嶄露。顧其同學及弟子，率長於禮，獨程瑤田兼通水地聲律工藝穀食之學。及戴氏施教京師，而得傳者愈眾。聲音詁訓傳於王念孫段玉裁，典章制度傳於任大椿。既凌廷堪以歙人居揚州，與焦循友善；阮元問教於焦凌，遂別創揚州學派。」（支偉成《清代樸學大師列傳》，上海：上海人民出版社 2014 年，第 145 頁）

〔註83〕 劉建臻著《清代揚州學派經學研究》，南京：江蘇人民出版社 2018 年，第 16頁。

首先,是否吳皖二派之後,別有一揚州學派?江藩《漢學師承記‧卷七》基本上記載的都為揚州一府的學者,這是揚州學者成為一個整體以目錄分類的方式被單列出來的體現。在江藩的總結中,他們有時歸吳派,有時歸為皖派。〔註84〕而首先提出「揚州學派」這個指稱的,則是宋學陣營的方東樹,他認為揚州學派的學說以祖述汪中而來:「汪氏(汪中)既熾《大學》,欲廢『四子書』之名,而作《墨子表微序》,顧及尊墨子,真顛倒邪見也。……後來揚州學派著書,皆祖此論。」〔註85〕

梁啟超則提出不同的看法,他認為揚州一派的領袖人物是焦循和汪中。〔註86〕也即梁啟超認為汪中本來屬於揚州學派。張舜徽的《清代揚州學記》研究真正確立了揚州學派的成員,大抵有汪中、劉台拱、黃承吉、焦循、阮元等人,但沒有把支偉成認可的凌廷堪算在重要人物之列。

從學界對揚州學派成員眾說紛紜,莫衷一是的狀況,我們可以重新審視揚州學派的成因。首先,揚州學派的提出者並非學派內部人物,是反對漢學的宋學家方東樹。揚州學派內部並未有人振臂一呼,高舉揚州學派大旗,談其宗旨,論其綱領,宣布成立了「揚州學派」。而是當時之人基於揚州一地的特點和學風,對居於揚州的學者的學術風格和學術旨歸進行了總結。梁啟超自己也指出採用學派的說法是區分不同學者風格特點的權宜之計,漢學內部並無十分嚴格的派別指認。〔註87〕反而是方東樹力主聲討漢學,其必定要尋找漢學維護者作為其聲討的對象。晚起於吳、皖二派,又在揚州形成了一定風格的揚州學者,便被他歸為了一個「學派」。至於凌廷堪非為揚州之人,卻因為時常寓居揚州,與阮元、焦循等人交往頻繁,故而有時被歸為揚州學派之列。也可見揚州學派是對當時居於揚州互相交往的揚州學者既有印象的概括。

既如此,如何理解梁啟超所說的揚州學派的「領袖人物」?學界雖然對揚州學派的學者歸屬各執一詞,但概不出汪中、江藩、阮元、焦循和凌廷堪等

〔註84〕 參見〔清〕江藩《漢學師承記箋釋》,漆永祥箋釋,上海:上海古籍出版社 2006年版,前言第 27 頁。

〔註85〕 〔清〕江藩、方東樹著《漢學師承記(外二種)》,北京:生活‧讀書‧新知三聯書店 1998 年,第 292 頁。

〔註86〕 梁啟超《中國三百年學術史》,北京:中國出版集團東方出版社 2004 年,第23 頁。

〔註87〕 「以上所舉各派,不過從個人學風上,以地域略事區分。其實各派共同之點甚多,許多著名學者,也不能說他們專屬哪一派。」(梁啟超《中國三百年學術史》,北京:中國出版集團東方出版社 2004 年,第 23 頁)

人。這些學者之間的關係如何？是否真有如「領袖」一般的人物？從揚州學者之間的相互交遊來看，汪中（1744～1794）因為比其他四者早生，故方東樹不認為其屬於揚州學派，而是揚州學派因襲了他的一些主張。而焦循（1763～1820）也並非如戴震、惠棟一般能夠在學派內起到輻射作用的人物。

1784年，謝墉督學歲試揚州，重經學，阮元與焦循同時中試，焦循「往試得拔取食廩餼」〔註88〕，阮元「歲試取入儀徵縣學第四名」〔註89〕。之後，兩人的經歷大相徑庭，阮元之後很快便中進士，官至南書房行走，後又為湖廣總督、兩廣總督等，晚年官拜體仁閣大學士，可謂平步青雲。《清史稿》稱「海內學者奉為山斗」〔註90〕，可見其於學界之地位。錢穆評價阮元和焦循時曾說：「至其影響於後學，則以兩人出處顯晦之不同，芸臺遠較里堂為大。」並指出阮元的影響在編纂《十三經注疏》、《經籍籑詁》等，以及在浙江創立詁經精舍，在廣東設立學海堂等學術活動對後之學者影響深遠。〔註91〕

錢穆所說「出處顯晦」之「晦」，則表現在焦循中歲試後，曾一度因饑荒陷入貧困，後只能遊幕於各個學府中，尤其數次出入阮元幕府〔註92〕。乾隆六十年春，應阮元之邀，焦循赴山東學署。同年冬天，阮元調職到浙江任學政，焦循隨同到浙江任校士。嘉慶五年，阮元任浙江巡撫，再次應阮元之邀至浙江。〔註93〕除了焦循，江藩也曾多次出入阮元幕府，可見阮元在揚州學派的影響力之巨。嘉慶七年，焦循會試下第，此後經年不入城市，交遊減少，專治易學。可見，與阮元相比，焦循並非是揚州學派的在學術活動上的領袖人物，梁啟超所論其「領袖」的意義，應該集中體現在他的著作上。

揚州學派另一人物凌廷堪雖與汪中、阮元、焦循、江藩等人交往甚密，但因其是安徽歙縣而非揚州人，故提及揚州學派的核心人物經常將之放置稍後。

〔註88〕　王孝漁著《焦學三種》北京：中華書局2014年，第27頁。明清兩代指由公家補給膳食的生員，也叫廩膳生。

〔註89〕　張鑒等撰、黃愛平點校《阮元年譜》，北京：中華書局1995年，第6頁。

〔註90〕　趙爾巽《清史稿》卷三百六十四列傳一百五十一，北京：大眾文藝出版社1999年，第2650頁。

〔註91〕　（「其所編刻諸書，如《經籍籑詁》、《十三經注疏》、《學海堂經解》，皆大有惠於學者。其在浙立詁經精舍，在粵立學海堂，興起尤多。」）錢穆《中國近三百年學術史》北京：商務印書館1997年，第540頁。

〔註92〕　幕府制度是作為行政長官在一定範圍和條件下自行辟召僚佐以補充正規官僚制度之不足或滿足實際行政需要的一種人事制度。（參見尚小明《學人遊幕與清代學術》，北京：東方出版社2018年，第1頁）

〔註93〕　王孝漁著《焦學三種》，北京：中華書局2014年，第51頁。

但阮元在學界如此重大的影響力，梁啟超為何仍認為與其生年相對同時的焦循才是揚州學派的領袖人物呢？首先，阮元中進士以後，便官於京城，雖常返揚州，但重心仍在京師。後阮元又調任南方各省，於揚州更是略少兼顧。而焦循雖隨著遊幕遊歷各省，但幾不出山東、浙江二地，仍以揚州為中心。另外，學界一般認為，阮元的傑出貢獻在於督導學政，網羅天下經生以治漢學，並為編纂各種經學文獻提供了支持；而焦循的傑出貢獻在於為乾嘉中後期的學術提供了更為精深而獨特的見解，其治易學、論孟，著作等身，成果頗豐。這是學者對學界兩種不同的貢獻。但梁啟超指出，乾嘉學派的戴震、焦循和章學誠超越了一般的考證學，有自己的哲學見解。〔註94〕顯然，他更看重在思想史意義上提供了更多思想資源的焦循，故將之認為是揚州學派的「領袖人物」。

那麼，焦循在何種程度上代表了揚州學派的學風，「博學」則成為不可繞過的話題。事實上，焦循踐行著擴大儒學知識範疇的主張，涉獵極廣。阮元為其作傳時，提及焦循的易學、論孟、算學等無一不精。此外，「君於治經之外，如詩詞醫學形家九流之書，無不通貫。」〔註95〕揚州學派的其他學者也是如此。《揚州畫舫錄》中多有記載。如說汪中：「善屬文，涉獵子史百家，精於金石之學，著述學內外二篇，又著《廣陵通典》、《春秋後傳》若干卷。」〔註96〕另外，方東樹也指責他贊同墨子學說的言論，足見其涉獵之廣。又說凌廷堪：「善屬文，工於選體，通諸經，於《三禮》尤深，好天文曆算之學，與江都焦循並稱。」〔註97〕這些都說明揚州學派學者的治學內容非僅限於儒家經典。

同時，焦循擴大了可以通向「聖人之意」的知識學術範疇，也開啟了儒學方法論的新思路。他在《孟子正義》裏這樣解釋孟子「博學而詳說之，將以反說約也」：「博其方，約其反，惟博且詳，反能解得其約；捨博且詳而言約，何以能解？」〔註98〕在「博」和「約」這一對辯證關係中，焦循指出真正能把握住聖賢之學旨要的方法，應該是基於「博」的「約」，不可偏廢其一。必須廣

〔註94〕「乾嘉諸老中有三兩位——如戴東原、焦里堂、章實齋等，都有他們自己的哲學，超乎考證學之上，但在當時，不甚為學界所重視。」（梁啟超《中國三百年學術史》，北京：中國出版集團東方出版社2004年，第25頁）

〔註95〕王孝漁著《焦學三種》，北京：中華書局2014年，第8頁。

〔註96〕〔清〕李斗《揚州畫舫錄》，汪北平、涂雨公點校，北京：中華書局1960年版，71頁。

〔註97〕〔清〕李斗《揚州畫舫錄》，汪北平、涂雨公點校，北京：中華書局1960年版，108頁。

〔註98〕〔清〕焦循《孟子正義》，沈文倬點校，北京：中華書局1987年，第561頁。

泛地學習知識，才能掌握其中關於真理的精髓。除此之外，他對「一以貫之」
的解釋，先是承襲了戴震的觀點，認為不能以「理」統攝萬物，不存在知曉了
之後便可通曉萬物的「一」：

> 聖人重博、重多，乃曰：「……予一以貫之」，何也？重多者，
> 惡執一也，執其多於己，仍執一也；一以貫之，何多之有？……多
> 與一，相反者也。儒者不明一貫之旨，求一於多之外，其弊至於尊
> 德性而不道問學，講良知良能而不復讀書稽古。或謂一以貫之，即
> 貫其多。亦非也。……謂明其一，即可通於萬，豈然也哉？〔註99〕

同時也發揮了戴震的說法，認為知識不僅是個人對知識的單獨佔有，而是
「千萬人之知」的集合：

> 夫通於一而萬事畢，是執一也，非一以貫之也。……多學而後
> 多聞多見，多聞多見，則不至守一先生之言，執一而不博。然然多
> 仍在己，未嘗通於人，未通於人，僅為知之次，而不可為大知。……
> 捨己以從人，於是集千萬人之知以成吾一人之知。此一以貫之，所
> 以視「多學而識者」為大也。〔註100〕

焦循在這裡更加強調知識範疇的擴展（多學然後多聞多見）對於獲得
「知」的重要性。並且強調如果不能儘量豐富知識結構，不在學習和聞見中獲
得對事物真正的感知，那麼「萬物」只是一種抽象的話語，沒有具象的所指。
並且，學習不是閉門造車，而是需要博採眾長的思路拓展了知識的內涵。「千
萬人之知」不一定反映在文獻資料上，它可以是尚未文字化、資料化的人生經
驗。焦循曾經表明自己將諸多類型的人物事件編排為文字資料的意圖：「忠
臣、孝子、義士、貞婦，心之所慕，恨不能徧。斷獄、捕盜，亦錄之者，余素
有志以州縣官效職而用為師法也。」〔註101〕如此，「千萬人之知」表明知識領
域不再侷限在儒家經典，而應該兼收並蓄，既包括不屬於儒家經典的其他知識
類型，也包括現實世界得以運行的其他知識形式。

值得注意的是，焦循所倡導的博學，是在經學內部試圖擴大儒家思想話語
的知識範疇：「仰觀於天，俯察於地，近取諸身，遠觀於物，伏羲所因也。……

〔註99〕 〔清〕焦循《釋多》，《論語通釋》，鍾肇鵬選編《四書傳注會要》第七冊，北
　　　　京：國家圖書館出版社 2008 年版，第 539 頁。
〔註100〕 〔清〕焦循《一以貫之解》，《雕菰集》卷九，《雕菰樓文學七種》，陳居淵編，
　　　　南京：鳳凰出版社 2018 年，第 211 頁。
〔註101〕 〔清〕焦循《里堂道聽錄》，揚州：廣陵書社 2016 年，第 1 頁。

先王之道，載在六經，非好古敏求，何以因？」〔註102〕焦循提出，「博學」也即擴大儒家經典的知識範疇，它包括「聖賢之書」和「遠觀諸物」的結合。通過知識範圍的擴大，儒家經典不再是拘泥本本的自說自話，而是能夠加入社會現實的種種考察，重新煥發「先王之道、先聖之道」的思想活力，避免要麼陷入理學義理先行，枉顧事實隱曲的泥潭，要麼淪為遑遑終日考據之中萬馬齊喑的文獻材料。而「好古敏求」，則使得作為經學家的個人的主體性獲得了確認，在對知識系統性的學習和感知中，將「近取諸身」與「遠觀與物」和「先王之道」結合，使得知識世界和現實世界獲得整合在一起的可能性，給智識主義增加了新的內涵。

焦循對「博學」的追求，也反映在他並不輕視儒學以外的知識：「余交遊素少，然每有以著作教我者，無論經史子集，以至小說詞曲，必詳讀至再至三，心有所契，則手錄之。」〔註103〕這表明了焦循對豐富知識結構的追求，和他對儒家經典以外的知識材料的態度。「博學」是針對清朝中葉之時知識與話語的分裂情況而提出的新的知識論，它超越了乾嘉前期的學者對於「故訓」、「六經」作為知識對象的限定，試圖將「閉戶讀書」和「關懷民物」之間的裂隙縫合，以尋找重建儒家話語秩序的可能性。

當然，焦循等人所作出的努力仍然內在於儒家思想體系之中。趙汀陽針對中國古代思想的闡釋方式指出：「自我解釋的過度應用會形成限制豐富性的自閉性，無論解釋多麼豐富，終究被約束在基於經典文本的意義世界裏而與真實世界拉開了距離，經典文本變成了思想的界限，取代了本源問題而成為一切思想的來源和根據。這是文本對思想的篡權，當真實問題替換為文本問題，生活空間換位為文本空間，思想就失去了應有的自由度和創造性。」〔註104〕吳飛對其中的「本源問題」以及「真實問題」的具體內容提出了新的認識，他認為「歷代對六經的重新詮釋，無不是對生活秩序的重新思考與建構，完全可以理解成一個個相互承接、充滿張力且不斷轉換的哲學體系，與西方古希臘、羅馬、中世紀、現代、當代的各種哲學形態起到的作用是在同一個層面上的，絕不僅僅是故紙堆中無用的解釋學。」吳飛這裡所指的生活秩序，事實上是對哲學本源問題的理解。「哲學關注的本源問題不應該只是語言邏輯上的本源文

〔註102〕 〔清〕焦循《孟子正義》，沈文倬點校，北京：中華書局 1987 年，第 474 頁。
〔註103〕 〔清〕焦循《里堂道聽錄》，揚州：廣陵書社 2016 年，自序第 1 頁。
〔註104〕 趙汀陽《中國哲學的身份疑案》，《哲學研究》2020 年第 7 期。

體，而應該是生活經驗中的本源問題……哲學創造力，並不是一種脫離了生活語境的文字遊戲，其最根本的來源始終是生活經驗，生活中的各種偶然性，包括各種意外、驚訝、恐懼、痛苦、掙扎，都會成為滋養哲學思考的豐厚土壤。」〔註105〕從吳飛對經學與哲學的關係的思考來看，我們發現哲學與生活經驗之間最為直接的聯繫，生命經驗直接構成了哲學思考的豐富資源。令人啟發的是，生命經驗的複雜變化同時也構成了文學書寫最為直接的豐富資源，僅僅是表達方式與文體結構的不同，它們面貌各異，但殊途同歸。這似乎提示了作為經學家的焦循在闡釋經學問題同時也關注戲劇問題最為本質的原因。正是因為不同書寫形式的文化都來源於對生命經驗的深刻反映，故而經學與文學都成為能夠表達十八世紀具有現代意識的生命經驗的最佳場域。同時，正如趙汀陽提示的傳統經學本身的自限性問題，它的形式本身所能涵蓋的新鮮血液成分是相對較低的，我們難以想像在十八世紀的經學闡釋文本中看到太多的直接反應日常生活經驗變化的例證。但是在文學尤其是表現通俗文化的戲劇領域來說，生活經驗的鮮活案例便被直接又生動地編寫進各種戲劇文本內部，成為與時代脈搏共同跳動而又更為直接的經驗表現。

從以上三個角度來看，戲劇進入學者的視野有著諸多主觀與客觀的原因，而其深層次的原因都與揚州地區的經濟文化發展狀況所帶來的人們的日常生活經驗的改變密切相關。對於揚州地區來說，它是整個江南文化的代表。而江南一代的文化和學術氛圍又體現了其對漢族儒家文明的傳承。從這個意義上說，揚州的文化、學術和大眾通俗文化的發展存在著一定的共振現象。這種內在一致的脈動使得其互相成為對方的原因，而其內在的矛盾和張力也促進了江南地區文化和學術的發展。由於日常經驗的改變，對思想秩序更新的訴求也越來越緊迫，而江南地區維護儒家正統性的願望也越來越強烈，這就使得結合地方特色和時代特點來為傳統的思想資源提供營養成為可能。因此，在「經世致用」的焦慮下，「人倫日用」成為學者們十分關注的切入點，試圖通過吸納世俗世界的日常經驗進入儒家思想秩序的方式來喚醒舊有知識體系的新活力。另一方面，江南地區的經濟發展使得其與北方政治勢力的結合成為必要，而這種結合併非自下而上，反而是雙方互動的結果。也即皇權需要江南地區的財力支持和歌功頌德，江南地區則需要政治勢力的確認與保護。在這種情況下，江南地區的獨特文化又為這種互動提供了土壤，戲劇作為一種公共性、

〔註105〕吳飛《經學何以入哲學──兼與趙汀陽先生商榷》，2020 年第 11 期。

綜合性舞臺表演形式，成為雙方互動的一種載體。與此同時，戲劇表演不僅僅承擔政治宣傳作用和商業娛樂價值，還因其高超的藝術性成為江南地區獨特的文化優勢的象徵之一。故而它不僅僅是政治工具和盈利手段，還具有相對獨立的藝術性，代表著對傳統漢族文化「尚文」的傳承和對江南地區濃厚的風雅特色的發揚。然而，值得玩味的是，因為江南地區的文化優勢對北方政權形成了潛在的威脅，使得北方的政權對江南地區的文化表示歆羨的同時也保持警惕。故而，關於禁曲運動的事件頻頻發生，目的便是為了限制江南地區過於繁盛的文化發展可能造成的對政治的潛在威脅。而這一時期江南學者在意識形態的高壓下，對意識形態話語進行審查的同時也轉向了對知識的考辨，這就使得戲劇作為一種可能造成意識形態威脅的文化形式同時也獲得了成為知識思想資料的可能。另外，經濟的發展帶來的日常經驗的更新，使得江南地區的人們日常生活方式更為豐富，這就使得多種文化形式能夠共存在江南地區，尤其是盛極一時的揚州地區。揚州學者無需通過專樹一幟來完成自我確認，廣博通達就是他們無可替代的特點。因此，揚州學派的「博學」學風，擴大了知識的範圍，使得其不僅僅在經學內部完成對儒家思想秩序的重建，而是能夠吸收更能反映時代脈動的多種文化形式作為思想資源。這才使得許多揚州學派的學者例如焦循、凌廷堪、黃文暘等人都特別關注戲劇，並時常發表自己對戲劇的觀點。可以說，揚州地區的經濟發展和文化傳統與學術問題和戲劇發展都並非單向的影響與被影響關係，而是在時代與地域的特定情況下相互作用，共同影響，內在地互為動力，形成了清代中葉江南地區的獨特文化面貌。而思想與文化的重心逐漸轉向「人倫日用」等代表著江南地區日新月異的生活方式和生命經驗，則是這一時期思想文化所呈現的共同特點之一。

第二章　焦循的戲劇文體觀及與
文學、經學的關係

　　王國維在《宋元戲曲史・自序》中提出:「凡一代有一代之文學,楚之騷,漢之賦,六代之駢語,唐之詩,宋之詞,元之曲,皆所謂一代之文學,而後世莫能繼焉者也。」〔註1〕這種說法對中國古典文學觀念的影響延續至今,代表著一種對文學時代和文體之間關係的解讀。焦循也曾提出:「夫一代有一代之所勝,捨其所勝,以就其所不勝,皆寄人籬下者耳。」〔註2〕諸多學者對王國維的提法進行溯源時,都提到了焦循所提出的「代有所勝」的文學觀念,一些學者認為王國維的說法是繼承了焦循在清代提出的文學時代觀。王齊洲則認為,表面上看,王國維受到了焦循及其他元明以來的學者提出的文體代嬗論的啟發,但事實上這種說法具有一定的現代意義。焦循等人所提出的文體嬗變觀念,大多是受到《易》中的「通變」觀念的影響。而王國維等人提出的觀念,則受到了西方的「進化論」思想的影響,文學反映了人類的自然狀態,且更加強調了文學的獨立性,刻意捨棄了關於強加道德觀念的文學形式。〔註3〕這種說法樹立了一種時間的維度,將元明清以來提出的文體嬗變論認為仍是在「載道」意義上的文體嬗變,而王國維以及胡適等人提出的文學觀念更加具有現代意義,是將文學與人類的自然狀態聯繫在一起,將

〔註1〕王國維《宋元戲曲史・自序》,上海:東方出版社1996年,第1頁。

〔註2〕〔清〕焦循《易餘籥錄》卷十五《焦循雜著九種》,揚州:廣陵書社2016年,第627頁。

〔註3〕參見王齊洲《「一代有一代之文學」文學史觀的現代意義》,《文藝研究》2002年第6期。

形而上的道德戒律抛出了藝術的界限之外，並認為這種看法顯然受到了來自西方文學思想的影響。

我們無法忽略這種切分對兩種看似相似的文學觀念內部邏輯進行區分的益處，它提示我們關注文學觀念在表達形式一致的表面下可能存在著內在肌理的差別，也使我們意識到王國維對焦循等元明清以來的文體嬗變論並非簡單繼承，還體現著此一時期的思想動向背景和文學價值取向。但是我們是否如此簡單地將前現代的觀念與現代觀念直接以時間區分，道德和自然是否成為文學內部因素之間完全對立的兩極，並且分別代表著前現代和現代的顯著區別，仍然值得商榷。因此，從焦循對文學的嬗變論中的多重用意入手，爬梳其背後體現的思想邏輯和焦循本人對待道德、自然以及藝術等諸多問題的態度，也許更加有益於我們處理這一問題。

第一節　文體嬗變觀念的內在標準

戲劇文體在很長一段時間內不為文人所認可，被視為「小道」或「輕技」。直到清代中葉，戲劇也並不為人所重：「余嘗謂學者所輕賤之技，而實為造微之學者有三：曰奕；曰：詞曲；曰：時文。」〔註4〕代表了文學觀念上文體之間的價值區別。清代李漁《閒情偶寄》中認為戲劇「蓋憤天下之小視其道，不知為古今來絕大文章」〔註5〕。表明已經有優秀的戲劇論者試圖校正輕視小說、戲劇的看法，認為其並非毫無價值。而焦循在「一代有一代之所勝」的提法中，不僅僅是指明了對文體嬗變與時代的相互關聯，還特地在元代興盛的諸多文體中，選擇了元代曲劇放入了唐詩宋詞等代表時代文學文體價值的評定譜系中，這無疑提高了金元曲劇在文學上的地位和價值，同時也為重估戲劇文體的價值提供了新的思路。

一、文體之「勝」的標準在於「性情」

焦循首先從歷史上文體源流脈絡的角度認可了戲曲的重要性：「……詞之體，盡於南宋，而金、元乃變為曲，關漢卿、喬夢符、馬東籬、張小山等為一

〔註4〕〔清〕焦循《時文說》，《雕菰集》，《雕菰樓文學七種》，陳居淵編，南京：鳳凰出版社2018年，第238頁。
〔註5〕〔清〕李漁《閒情偶寄》，《中國古典戲曲論著集成（七）》，北京：中國戲劇出版社1959年，第28頁。

代巨手。乃談者不取其曲，仍論其詩，失之矣。……夫一代有一代之所勝，捨其所勝，以就其所不勝，皆寄人籬下者耳。」〔註6〕焦循認為元代是戲曲最「勝」之時，將元曲與唐詩比肩，提升了戲曲的地位。與此同時，也提出了他對文學「代有所勝」的著名論斷，指出不同時代興盛的文體各有不同。

　　事實上，這種將元曲比附詩詞的論述古已有之〔註7〕。既然時代不同，能夠表現時代精神的文體形式各異，那麼是什麼決定了朝代中的某種文體能夠獲得「勝」的位置？焦循在談到文體於朝代中的嬗變時提到：

　　　　詞之有《花間》、《尊前》，猶詩之又漢、魏、六朝也。其北宋則初盛也，其南宋則中晚也。蓋樂府之義，至唐季而絕，遂遁而歸於詞，南宋之詞漸遠於詞矣，又遁而歸於曲，故元、明有曲而無詞。蓋詩亡而詞作，詞亡而曲作。詩無性情，既亡之詩也；詞無性情，既亡之詞也；曲無性情，既亡之曲也。拾枯骨而被以文繡，張朽革而續以丹青，且刺刺曰吾惡夫人之有性情，但為此枯骨朽革，不亦災怪矣乎？《三百篇》無非性情，所以可興可怨可觀可群，至宋人始疑其淫奔也，而刪之。〔註8〕

　　焦循認為「性情」是自《詩經》以來的文學不可缺少的必備要素，是文體之所以能夠流傳的根本原因。戲劇與詩詞的普遍一致性，那就是具備「性情」。

〔註6〕〔清〕焦循《易餘籥錄》卷十五，《焦循雜著九種》，揚州：廣陵書社2016年，第627頁。

〔註7〕元代羅宗信為《中原音韻》作序時曾言：「世之共稱唐詩、宋詞、大元樂府（散曲的別稱），誠哉！」（〔元〕周德清《中原音韻序》，中國戲曲研究院編《中國古典戲曲論著集成·第1集》，北京：中國戲劇出版社1959年，第177頁）元代的虞集也說「一代之興，必有一代之絕藝足稱於後世者。漢之文章，唐之律詩，宋之道學。國朝之今樂府，亦開於氣數音律之盛。」（〔元〕孔齊《至正直記》卷三引，上海：上海古籍出版社1987年，第96頁）代表了元代人確立本朝文學典範的願望。明人茅一相曾說：「夫一代之興，必生妙才，一代之才，必有絕藝。春秋之辭命，戰國之縱橫，以至漢之文，晉之字，唐之詩，宋之詞，元之曲，是皆獨擅其美而不得相兼，垂之千古而不可泯滅者。」（吳毓華編著《中國古代戲曲序跋集》，北京：中國戲劇出版社1990年，第74頁）王思任也說：「漢之賦，唐之詩，宋元之詞，明之小題，皆精思所獨到者，必傳之技也。」（〔明〕王思任《吳觀察宦稿小題敘》，《王季重雜著》，臺北：偉文圖書出版有限公司影印本《明代論著叢刊》第三輯，1972年，第381頁）這些說法都強調了不同文體與時代之間的深刻聯繫，並表達了不同文體的獨到之處。

〔註8〕〔清〕焦循《絔雅詞跋》《雕菰集》，《雕菰樓文學七種》，陳居淵編，南京：鳳凰出版社2018年，第419頁。

如果喪失了「性情」，無論哪一種文體都變為毫無生機的「枯」、「朽」的狀態，必將走向消亡。

既然從《詩經》以後，任何一種文體的發揚，都需要以「性情」為基礎。那麼「性情」究竟為何在詩歌以及各種文體發展中如此重要？焦循指出：

> 《詩》有六義，大約關於事實者，宜雅、頌，宜賦，其他言性情之作，必得風人之旨，以比、興行之。《毛傳》於《三百篇》獨標興也，豈無故乎？比者有意比之，如竹之苞，如松之茂是也。興則其感無端，因物而起，此中之故，惟自喻之，鄭康成每強為之說，誣也。興之所屬，非山川風雨，即草木蟲魚。〔註9〕

焦循闡釋了「性情」與「興」之間的相互關係，正是由於「興」而引起的「感物」之懷，與人的「性情」發生了關聯。表現在詩歌中，則是「興」的創作方式。因此，「興」既是一種創作衝動，也是一種表達方式。並且，只有真正做到了「興」，才有「風人」的效果。這不僅能體現作者與作品的關係，也體現了與讀者之間的關係。強調詩歌的「政教」作用，也是對《詩經》風教精神的回歸。《詩大序》所言：「上以風化下，下以風刺上，主文而譎諫，言之者無罪，聞之者足以誡，故曰風。」〔註10〕這裡強調的是詩歌在統治者與民間之間的互動作用，詩人歌詠性情，諷刺現實；統治者觀民風教化之。因此，詩歌的創作要想達到這種政教功能的結合，則不能只創作「為己之詩」，而需要創作「為人之詩」。但是，隨著詩歌史的發展，它漸漸脫離了政教功能，更多時候是表現個人性情作品。故而，重提詩歌「風」的功能，刺上化下完成正向循環，是焦循對詩歌傳統理想的追求。因此，詩歌的創作、法度便不僅僅從作品本身著手，而是強調基於作者、讀者之間的互動關係。

首先，作品與作者的關聯，在於語言和意志的關係。焦循在解釋孟子的「以意逆志」觀點時曾經提到：「是故孟子論說詩之法，在『以意逆志』，而不以辭。辭，外也；意志，內也。……作詩者徒以辭又何以為詩哉？」〔註11〕指出語言和意志是內外之間的關係，對於詩歌來說，僅僅談論語言是不夠的。焦

〔註9〕〔清〕焦循《里堂箚記‧癸亥手札‧答江晉蕃》，《焦循雜著九種》，揚州：廣陵書社 2016 年，第 114 頁。

〔註10〕李學勤主編《十三經注疏‧毛詩正義》，北京：北京大學出版社 1999 年，第 13 頁。

〔註11〕〔清〕焦循《答黃春谷論詩書》《雕菰集》，《雕菰樓文學七種》，陳居淵編，南京：鳳凰出版社 2018 年，第 344 頁。

循在此沿用孟子「以意逆志」之說闡釋語言和意志之間的相互關係：詩歌並不以語言為中心，而是以一時一地的人的意志為中心，這是詩歌的創作來源和創作方式。

並且，這種意志經常以「外物」為契機。「……夫山川都邑之地，草木鳥獸之名，古今得失之跡，情之所託，物即隨之。且夫觸事言懷，不嫌瑣末，辭指幽遠，比興無端。故掇襭之訓通，而和平之象見；哆侈之義釋，斯悔怨之情通。」〔註12〕在這裡，焦循重申「興」的創作觀念，旨在說明需要建立人的「性情」與「外物」之間的相互聯繫，這是「情通」得以獲得可能的中介，它最終將落在具體的「物」和「事」上。

因此，「物」「事」在《詩經》中承擔著十分重要的作用：「一篇之詩，言其人與事之美惡，而其義止於一君，辭止於一事，引而申之，參而伍之，遂統括乎古今興亡之故，終始王道之跡。」〔註13〕「王道之跡」由「一篇之詩」，「引而申之，參而伍之」而得，但在《詩經》中始終表達為「止於一君」、「止於一事」，強調了理解情境之於詩歌之道的重要性，這並非僅有語言、文辭的技巧所能得。由此來看，使得作者與讀者進行溝通的，並非是精巧的文辭和高尚的道理，而是作者的經驗和讀者的經驗在「物」與「事」上的統合，並反映在文學作品中。所以焦循強調賈島、姚合和杜甫的距離時，便指出無「性情」之「興」的「無足道」之處：「故詠物之詩，胸無所興，可不必作。無所興而強為之興，甚至借題以抒己之私憤而罵詈人，詩之齷齪，益無足道矣。」〔註14〕這便是言之無物，只顧言辭的表現。

而讀者要瞭解到詩歌真正的創作意旨，也依賴於「情通」。「情之所託，物即隨之」和「觸事言懷，辭指幽遠」說明，詩歌本於「性情」。這就將創作詩歌的要求轉向了理解詩歌的要求。因此，焦循在解釋「以意逆志」時，雖然認為僅僅討論語言不是談論詩歌的正確方式，但也強調語言的作用。「雖然，僕又思之，意餘於辭，辭遂於意，辭有不明，意終為晦。故徒以辭者，辭不必明也，明其辭而詩益索也；辭遂於意者，辭不可不明也，明其辭其情

〔註12〕〔清〕焦循《答黃春谷論詩書》，《雕菰集》，《雕菰樓文學七種》，陳居淵編，南京：鳳凰出版社2018年，第344頁。

〔註13〕〔清〕焦循《詩益序》，《雕菰集》，《雕菰樓文學七種》，陳居淵編，南京：鳳凰出版社2018年，第354頁。

〔註14〕〔清〕焦循《里堂箚記·癸亥手札·答汪晉蕃》，《焦循雜著九種》，揚州：廣陵書社2016年，第114頁。

益見也。」〔註15〕僅僅有意志，也無法向讀者傳遞，此時則需要語言的修飾。因此，語言與意志二者恰到好處的狀態，便是語言剛好清晰明瞭地表現出詩歌的個人意志和內在情感，這才完成了「情通」。

　　焦循重申「性情」的重要性，一方面是規避詩歌過於講求文辭的現象而言，另一方面是針對宋明理學過分強調義理而言。焦循指出，與「性情」對舉的，是「以理自持」：

　　　　求之《詩》文，不見刺意……此三百篇所以溫柔敦厚，可以興，
　　　　可以觀，可以群，可以怨也。……宋明之人不知《詩》教，士大夫
　　　　以理自持，以佞直牴觸其君，相習成風，性情全失，而疑《小序》
　　　　者遂相率而起。〔註16〕

「溫柔敦厚」作為詩教的重申，是反對宋明理學的「佞直」。可見，這裡的「性情」並非客觀的自然產生的所有人性的總和，並非包括積極與消極兩種態度的性情。而是為了指明其表現在詩歌創作上，自然生發又經過調和之後的有節制的「性情」。這種「性情」與「義理」在文學上的表達方式應該區別來看。

　　焦循理想的文學觀念，既不會因為文辭的過於矯飾而喪失深刻性，也不為「義理」沒有文學性而喪失「通情」的力量，因此「性情」便作為他規避二者風險的重要依據：「始而性情所鼓，盈天地間皆吾意之所充，若千萬言寫之而不足者。……其文也不縟，其質也不俚。」〔註17〕因此，「文也不縟」，「質也不俚」便是焦循對於詩歌的最高追求，而需要達到這個標準，本於「性情」而發，將詩人對於「物」、「事」之「興」表現在詩歌上，達到「感通」讀者的目的，代表著對於文學從作者到讀者各個因素的完整性追求。這就回應了儒學詩歌發展史中不可繞過的話題：詩教精神。明清之際的詩歌主張已經強調重拾儒家詩學的政教傳統，並在性情詩學和格調詩學的審美意義上與其走向統一。〔註18〕而這背後指向的仍然是儒家「經世致用」精神在文學觀

〔註15〕〔清〕焦循《答黃春谷論詩書》，《雕菰集》，《雕菰樓文學七種》，陳居淵編，南京：鳳凰出版社 2018 年，第 344 頁。

〔註16〕〔清〕焦循《毛詩補疏》卷三，《雕菰樓經學九種》，南京：鳳凰出版社 2015年第 97 頁。

〔註17〕〔清〕焦循《與歐陽製美論詩書》《雕菰集·卷十四》，《雕菰樓文學七種》，陳居淵編，南京：鳳凰出版社 2018 年，第 343 頁。

〔註18〕參見張健《清代詩學研究》，北京：北京大學出版社 1999 年版。

念上的體現。詩歌不僅僅是表達詩人的個人情感，還需要起到「風化」、「教化」的社會性作用。這是兼擅文學與經學的儒學治經者難以迴避的話題，後文會重申和詳談此處。

　　焦循在強調「性情」的時候，首先從詩歌出發。但是時常伴隨詩歌「性情論」討論的，是文體的流變論。焦循不僅一次提到，文體的流變來源於表現「性情」的文體形式已經發生了變化。可見，「性情」不再是詩歌的專屬，而是「文」這一類別都需要共同具備的特徵。清朝初年的詩歌觀念上已經有了重新拓展詩史內容的傾向。打破明人建立而影響極深的「詩必盛唐」以及其他的種種觀念，將更廣大的詩歌傳統納入自己的視野是當時文人的共識。〔註19〕焦循提出：「詩既變為詞曲，遂以傳奇小說；譜而演之，是為樂府雜劇。又一變而為八股，捨小說而用經書，屏幽怪而談埋道，變曲牌而為排比，此又小可備眾體，史才、詩筆、議論。」〔註20〕重提詩歌的「政教精神」，不僅僅是擴展詩歌本身的視野，還在於擴展作為具備多種文體特質的文學視野，它們不僅僅侷限在詩歌上，還表現在詞曲文章等其他的文體形式中。至於為什麼在元代文學中以曲劇見長，焦循並未對元代的其他文學形式作過多的論述。因此焦循的代有文學論，不能表明焦循認為戲劇已經取代了詩歌的正統地位，而是表明焦循將能夠具備「性情」特質的文學文體形式，具備「詩教精神」的文學標準擴展到諸多文體上來，以達成其表現「文也不縟」、「質也不俚」的文學審美要求。

二、文體的「本色」和「因變」

　　「唐詩宋詞」、「金元曲劇」「八股文」在形式上的同構關係，表現了文體時代嬗變序列下的文學價值取向，也即它必須是這一時代最具有鮮明活力的主體創作，才能夠完成表達形式的轉化和內在邏輯的承接。這也與焦循在治經過程中反覆強調的「旁通」觀念如出一轍。也即，焦循強調的是一種反對「據守」的思維方式，它試圖打通各種知識的邊界，拓寬知識的範圍，以重新找到各種以新文體形式出現的表達方式之所以獲得價值的內在依託——「性情」。

〔註19〕　見蔣寅《在傳統的闡釋與重構中展開——清初詩學基本觀念的確立》，《中國社會科學》2006 年第 06 期。
〔註20〕　〔清〕焦循《易餘籥錄》卷十七，《焦循雜著九種》，揚州：廣陵書社 2016 年，第 655 頁。

焦循並不認為元曲只有比附八股文時才具有意義。文體之間雖各有聯繫，但也應當堅持各自的當行本色：

> 一事有一事之體，不得以此之體混彼之體也。……凡事無不然，唯一事各還一事之體，緣其體而精之，不妨一人專精一事……以一人兼之，亦必各如其體而不相雜，乃為真博、真通。〔註21〕

這就強調了焦循認為文體之間不可混同的態度。經史子集之間各不相同，五經之間也相形各異，詩詞、書法之間更是各有所長。不同的創作者對於不同文體的掌握能力各不相同，應該根據自己的能力發揮所長。只有確立了各種文體之間的本色和相互之間的差別，才能做到「緣其體而精之」，這才是創作在審美領域的最高旨要。而「博通」也並非兼論雜糅，而是應當在不同的領域、不同的文體內，利用知識的廣博把握本色並精益求精，才是真正的「博通」。

那麼，文體內部的何種創作才可以被認為是審美的典範，並可供創作之人學習？焦循則以自己的經歷提供了對此的看法：

> 蓋山川舊跡與客懷相摩蕩，心神血氣頗為之動，動則詩思自然溢出。境與時不同，則詩思亦異。……然則一人之詩，少、壯、老已不能無異，況一邑乎？又況天下乎？……而其每代之人，各成一派。……竊謂選詩之法，當就一人之身，先論其所處之境，究其所學之派，然後就其派而求之，以存一家之學。若立一成見，比天下而從之，其本然之面目既失，而一己之見烏保其不偏？故論作詩之法不可因人，選詩之法不可因己。〔註22〕

不同地區、不同人的不同人生階段所創作的詩文都遠不相同，各有差異，「不能同亦不必同」，點明突出不同創作之間個體差異性的需要。接著，焦循指出選詩之法，也就是他的美學態度，是建立在「就一人之身，論其所處之境，究其所學之派，存一家之學」之上。在焦循所梳理的脈絡裏，不同的人及其所處的境遇造成了其在創作派別上的差異，這需要通過學習去分辨和研究，才能進行關於審美的判斷。所以他反對「成見」，認為立一種放之四海皆可的標準違背了創作的初衷。「作詩之法不可因人，選詩之法不可因己」更是表明，創

〔註21〕〔清〕焦循《里堂家訓下》，《焦循雜著九種》，揚州：廣陵書社 2016 年，第622 頁。

〔註22〕〔清〕焦循《答羅養齋書》，《雕菰集·卷十四》，《雕菰樓文學七種》，陳居淵編，南京：鳳凰出版社 2018 年，第 241 頁。

作時不能盲從，需要有自己獨特的創作意識；而選作時則不能有一己私見，而是需要考察不同詩人的創作背景。從「作詩」和「選詩」的分別，我們看到焦循的審美論裏「自我」的位置：在個人的思考和創作中，需要由自我出發，將自己的情感和經驗轉化為創作的靈感；而在進行知識彙編與樹立審美典範的過程中，應當在理解他人的創作境遇時，加入「自我」的經驗和情感，並非單純以個人喜好作為審美判斷標準，而是以理解「自我」為前提和方法，理解不同詩文創作語境下的來龍去脈和情感的起承轉合。這便是「自我」在從事創作和進行審美判斷時的位置。這也與對待思想和知識時，具有「性情」的「自我」所應該表現出的對待不同思想的方法如出一轍。

這種「自我」能夠使得創作主體與接受主體之間經由「旁通」相互聯繫。戲劇之所以能夠獲得在文體嬗變序列中的正統地位，不僅由於其代表著這時代最鮮活的關於人的「性情」表達完成了文體在時代遞嬗過程中的「旁通」，還意味著這種「旁通」在共時的視野下能夠與不同主體之間的相互溝通，戲劇的創作者和欣賞者能夠形成一個以「性靈」的「旁通」為依據的共同體，作為學者的知識生產者和文本創作者能夠重新進入日常生活的經驗世界，完成文本在公共意義上生效的意圖。

我們看到焦循在「代有所勝」的文學觀念中所透露出的超出文學史脈絡的更為宏大的視野。「代有所勝」不僅僅強調了文體之間的獨立性，還強調了文體在不同朝代的境遇下達到「專精」的審美訴求。並且，文體之間並非相互獨立，他們在結構上有著一定的繼承關係，而其之所以能夠興盛的內核則是延續了詩經的「比興」之義中體現的「性情」傳統。正是因為「性情」在創作中的真實性，使得其能夠經久不衰地得到歷代讀者的認可。而文學史的脈絡上使得這種「性情」在文體上的延續受到阻礙的原因之一，是「文辭」系統的過於繁複和法度的過於嚴密，導致喪失了其對於表達創作之人一時一事之「性情」的能力。

那麼，這種基於「性情」的文體嬗變是如何發生的，「性情」如何得以轉移到新的文學形式上，其中蘊含著何種規律？這就需要理解焦循思想中關於「因」的觀念。這種觀念一定程度上受到戴震的影響：「故訓明則古經明，古經明則賢人聖人之理義明，而我心之所同然者，乃因之而明。……彼故訓理義二之，是故訓非以明理義，而故訓胡為。」〔註23〕「我心之所同然」和「故訓

〔註23〕〔清〕凌廷堪《校禮堂文集》，北京：中華書局 1998 年，第 312 頁。

胡為」，都強調了在學習過程中，需要有自己的判斷，才能「因之而明」。智識代表了學者的學習能力和判斷能力，知識代表著一切可供學習的現實世界的複雜狀況，做到知識與智識的結合則是戴震追求的目標。焦循繼承了戴震的觀點，也試圖論證古代經典的重要性，指出「好古」的原因。他對戴震「因」的說法進行了發揮，指出從伏羲、神農氏、黃帝堯舜之間的承繼關係，以及夏、殷、周之間的承繼關係，都在於「因」。

> 惟其因，乃有所變通，「通其變使民不倦」，通其所因，變其所因也。……先王之道，載在六經，非好古敏求，何以因？即何以通變神化？何以損益？故非習則莫知所因，非因則莫知所述。〔註24〕

「因」並非簡單的繼承，而是有所「變通」，有所「神化」，在一個「損益」的變動過程中，完成歷史的蛻變。而這一切都需要「習」的工夫，才能真正完成。錢穆著重分析了焦循在此處對「因」的理解〔註25〕：「因」並非全盤接納先賢所言，而是在辯證關係中，將「因」進行「變通」，最終做到「因中有創」。焦循自己也闡釋了「因」的內涵：「故孔子曰：『殷因於夏禮……周因於殷禮……雖百世可知。』『因』即述也，乃伏羲、神農、堯、舜之教，三王之所因，非孔子述之。」〔註26〕那麼什麼是「述」？「已有知之覺之者，自我而損益之，或其意久而不明，有明之者，用以教人，而作者之意復明，是之謂『述』。」〔註27〕這裡的「述」可以理解為在反覆的學習中闡釋先人之見，但又不拘泥於先人的形式和風格。它與「作」相對：

> 人未知而己先知，人未覺而己先覺，因以所先知先覺者教人，俾人皆知之覺之，而天下之知覺自我始，是為「作」。已有知之覺之者，自我而損益之，或其意久而不明，有明之者，用以教人，而作

〔註24〕 〔清〕焦循《孟子正義》，沈文倬點校，北京：中華書局1987年，第474頁。

〔註25〕 「里堂言『因』，本含二義：一則『所因』，如『通其所因』、『變其所因』、『神化其所因』云云，『所因』者，指其所變通之事實言；一則『所以因』，如『神農因於伏羲』，及『非好古敏求何以因』之說，所以因者，即指所以為變通之方法與事實言。則『所以因』者，即是『革』，即是『創』，非『因襲』之『因』矣。里堂以變通言因，故但懲空洞之陋，而無承襲之弊，此則猶賢於當時漢學家，惟以讀書博古為學者已。」（錢穆《中國近三百年學術史》，北京：商務印書館1997年，第507頁）

〔註26〕 〔清〕焦循《述難二》，《雕菰集》卷七，《雕菰樓文學七種》，陳居淵編，南京：鳳凰出版社2018年，第170頁。

〔註27〕 〔清〕焦循《述難二》，《雕菰集》卷七，《雕菰樓文學七種》，陳居淵編，南京：鳳凰出版社2018年，第170頁。

者之意復明，是之謂「述」。〔註28〕

「先覺之知」是「作」，「明前人之知」是「述」。「作」為「述」提供「先覺」的思路，「述」為「作」重新闡釋，使其「復明」，進而在「損益」中發揚光大。因此，焦循同時指出，這種闡釋並非對前言的簡單承襲：「故善述者，能道人之是，能道人之非。……門外者不知門內之淺深。是故能述之，乃能非之，能非之，乃能述之。」〔註29〕「述」的核心不在於完全人云亦云，或毫無審視地學習接受，而是在完全瞭解前人之學的來龍去脈之後，運用自己的主觀智識判其是非，這才是真正地學習古學。焦循還指出：「而古聖之道，與性相融，此自得之，所謂如性自有之也。如性自有之，故居之安。……非淺襲於口耳之間，非強擬於形似之跡，故資之深也。」〔註30〕「自得」即前文戴震所言需要推求的「理義」，其最終需要將「道」和「性」相結合，也就是將關於真理的束之高閣的抽象概念，與學習者個人的性情、經驗相互貫通。

這是焦循的「文學一代有一代之所勝」觀點的內在邏輯所在。也即，古之創作為後者提供了先見之明，而後之創作又將前之創作發揚光大。後來之作並非全然是憑空而創，他們都是前之創作的諸種色彩的變種。它們沒有高下之分，只是因為時代的差異，不同的文體能夠得以在不同的背景下得以興盛發揚。放到當時來談，這蘊含著焦循對於新的文體形式的呼喚，也蘊含著對新的帶有「性情」特徵的，具有「勝」的意義的文體形式的探索。

這也與當時文學家談論儒家詩學傳統「正變論」有一定的關係。清代葉燮從詩歌的角度指出文體流變與風雅正變的關係：「吾言後代之詩，有正有變，其正變繫乎詩，謂體格、聲調、命意、措辭，新故升降之不同。此以詩言時。」〔註31〕「歷考漢魏以來之詩，循其源流升降，不得謂正為源而長盛，變為流而始衰。惟正有漸衰，故變能啟盛。……不知實正之積弊而衰也。」〔註32〕葉燮雖然強調的是詩歌的文體流變，但提示了他對於正變觀的理解，強調詩歌在

〔註28〕〔清〕焦循《雕菰集》，《雕菰樓文學七種》，陳居淵編，南京：鳳凰出版社 2018 年，第 170 頁。

〔註29〕〔清〕焦循《述難三》，《雕菰集》卷七，《雕菰樓文學七種》，陳居淵編，南京：鳳凰出版社 2018 年，第 171 頁。

〔註30〕〔清〕焦循《孟子正義》，沈文倬點校，北京：中華書局 1987 年，第 559 頁。

〔註31〕〔清〕葉燮《原詩·內篇上》，蔣寅箋注，上海：上海古籍出版社 2014 年，第 58 頁。

〔註32〕〔清〕葉燮《原詩·內篇上》，蔣寅箋注，上海：上海古籍出版社 2014 年，第 62 頁。

體格、聲調、命意、措辭等方面的各種變化與時代之間的關係。同時認為詩歌「正有漸衰」，是因為長期的「積弊而衰」，是詩歌發展中必然發生的。而「變能啟盛」強調只有在變化中才能拯救正在衰敗的詩歌：「夫惟前者啟之，而後者承之而益之；前者創之，而後者因之而廣大之。」〔註33〕這就說明詩歌發展史是承前啟後的，前者的主要作用在「創」，而後者的主要作用在「因之」、「廣大」。

這與焦循的文體嬗變論有著相當的一致性。「夫一代有一代之所勝，捨其所勝，以就其所不勝，皆寄人籬下者耳。」〔註34〕「蓋樂府之義，至唐季而絕，遂遁而歸於詞，南宋之詞漸遠於詞矣，又遁而歸於曲，故元、明有曲而無詞。蓋詩亡而詞作，詞亡而曲作。詩無性情，既亡之詩也；詞無性情，既亡之詞也；曲無性情，既亡之曲也。」〔註35〕這些說法，與葉燮對於詩歌的看法非常相似。焦循的觀念雖然擴大了文體的種類，但也潛藏了文體隨著時間的推移，其「興盛」和「衰亡」的狀態會相互交替的狀況。葉燮談及詩歌的各種要素盛衰的變化，與焦循談及的各種文體盛衰的變化，本質上都表現了文體之內諸如體式、格律、思想和文辭等諸多要素的交替變化。在這種變化中，前後之間存在著十分緊密的因果聯繫。

這種思路同時也體現在對思想和知識的態度上。思想和知識的泥守固化，很大程度上是由於與社會實際狀況的分裂，這種分裂表現為學者喪失了闡釋經典的權力，使之成為一種僵化的語言，或為人誤解，或成為工具。由於思想的僵化忽略了一人一時一事的真實性和具體性，使得整個社會忽略真實情況和共同情感的關注，最終導致知識與思想無法為社會提供更為合理的闡釋和引導，喪失了本來的意義。這也是焦循主張恢復「性靈」觀念在激活思想和生產知識上的意義。因此，「代有所勝」的文學觀念，不僅僅是在現代學科分類視野下的文學文體觀，而且還表達了焦循在當時情況下對現有知識話語體系的不滿和話語形式轉換的強烈訴求。故而，焦循將戲劇資料作為知識查考其淵源的原因之一，除了官方的禁曲運動為整合關於戲劇的知識提供

〔註33〕〔清〕葉燮《原詩·內篇下》，蔣寅箋注，上海：上海古籍出版社2014年，第218頁。

〔註34〕〔清〕焦循《易餘籥錄》卷十五，《焦循雜著九種》，揚州：廣陵書社2016年，第627頁。

〔註35〕〔清〕焦循《雕雅詞跋》《雕菰集》，《雕菰樓文學七種》，陳居淵編，南京：鳳凰出版社2018年，第419頁。

了便利，也因為它在某種程度上同時具有「性情」的創作空間和作為「知識」的考索必要，是焦循「因」這種觀念的踐行，也是對新的話語形式的一種嘗試。

第二節　戲劇文體地位的提高

「一代有一代文學之所勝」的觀念，將金元曲劇的地位與傳統的正統文學文體唐詩宋詞放置在同樣重要的地位，除了強調了文體的嬗變關係，還提高了戲劇文體的地位。戲劇文體地位的抬高，不僅僅影響到了其他的文體，例如八股文的興起與興盛，還使得文學各要素中關於「敘事」能力的地位得到了重視，為文學觀念的變化帶來了諸多深遠的影響。

一、重視戲劇文體的形式結構

文學觀念的歷史性梳理代表著承擔詩教精神的文體得以擴容，元曲由此獲得了進入文體嬗變序列的可能。除了「性情」作為其基本依據之外，不同朝代的文體並非是各自獨立的，它們自身具備相互轉化的可能。這也為文學史觀的發展變化提供了另外的依據。因此，除了詩、詞、曲之間的轉化之外，焦循特地強調了八股文與金元曲劇之間的必然聯繫：「八股出於金、元之曲劇，曲劇本於唐人之小說傳奇，而唐人之小說傳奇，為士人求科第之溫卷，緣跡可求，可知其本。」〔註36〕作為同樣以虛構敷衍為主的金元曲劇，其與以議論為主的八股文之間的關係也密不可分，清朝已有諸多人認為八股文創作需要效法元曲：

> 庚辰歲，章子禹陶，從予問制藝法，予謂作文之法，其妙悉於傳奇〔註37〕。生旦，其題旨也；外末丑淨，其陪襯也。劈空結撰，文心巧也。點綴附會，援引博也。關目布置，練局勢也。折數斷續，明層次也。而且埋伏有根，照應有法，線索必貫，收拾必完。〔註38〕

〔註36〕〔清〕焦循《易餘籥錄》卷十七，《焦循雜著九種》揚州：廣陵書社 2016 年，第 655 頁。

〔註37〕據郭英德的研究，「傳奇」本是唐代小說的概稱，宋元明清借用為戲曲名稱，因為戲曲多以唐代小說為底本，故常混用。（參見郭英德《明清文人傳奇研究》，北京：北京師範大學出版社 2001 年，第 2 頁）

〔註38〕〔清〕張雍敬：《醉高歌自序》，《西廂記資料彙編》，合肥：黃山書社 2012 年，第 461 頁。

　　同樣從法度的方面，將作文與戲劇中的各個要素之間的相互關係作類比，認為文章創作在結構、節奏和情緒表達上，都可以借鑒學習戲劇的表達方式，並認為這是統一的「制藝之法」，諸種文體之間都有共通的形式可以相互吸收。

> 　　昔金壇王罕皆太史，選時藝以訓士子，謂之「八集」。八集者何？啟蒙、式法、行機、精詣、參變、大觀、老境、別情之謂也。試以傳奇雜劇證之：如《佳期》《學堂》，啟蒙也；《規奴》、《盤夫》，式法也；《青門》、《瑤臺》，行機也；《尋夢》《叫畫》，精詣也；《掃秦》《走雨》，參變也；《十面》《單刀》，大觀也；《開眼》、《上路》、《花婆》，老境也；《番兒》《慘睹》《長亭》，別情也。余以為成、宏、正、嘉搭題割裂可廢也，而傳奇不可廢也；淫詞、豔曲、小調、新腔可廢也，而雜劇不可廢也。〔註39〕

　　王罕皆是雍正年間的進士，曾以「八集」為編作科舉文的教材，從八個角度來說明科舉文的創作旨要。錢梅溪則借用戲劇情節來闡釋這「八集」的含義，並在此類比中指出傳奇和雜劇「不可廢」的重要性。從戲劇的某些關鍵情節在整個戲劇敘事中的位置，來類比文章內部節奏的把握，在「法」的意義上重申戲劇的重要性。在將文章和戲劇作對比時，二者的關係並不僅僅是形式上具有一致性，甚至有敘事的內在節奏上的契合度。

　　並且，八股所標榜的「代聖人立言」，也與戲曲演員對現實的模仿如出一轍。由此，焦循指出「元曲之格」作為法度的重要性：

> 　　元人曲，止正旦、正末唱，餘不唱。其為正旦、正末者，必取義夫貞婦、忠臣孝子厚德有道之人，他宵小市井不得而幹之。余謂八股入口氣，代其人論說，實原本於曲劇。而如陽貨、臧倉等口氣之題，宜斷作不宜代其口氣。吾見工八股者，作此種題文，竟不嘗身為孤裝、邦老，甚至助為訕謗口角，以偪肖為能是，當以元曲之格為法。〔註40〕

> 　　其破題開講，即引子也；提比、中比、後比，即曲之套數也；

〔註39〕〔清〕錢梅溪：《題曲目新編後》，見支豐宜編《曲目新編》卷末，俞為民，孫蓉蓉編《歷代曲話彙編：新編中國古典戲曲論著集成》（清代編·第五集），合肥：黃山書社 2008 年，第 166 頁。

〔註40〕〔清〕焦循《劇說》卷一，《焦循雜著九種》，揚州：廣陵書社 2016 年，第 349 頁。

夾入領題、出題、段落，即賓白也。〔註41〕

　　焦循指出了各種文體之間的淵源關係，尤其是八股文與戲曲之間在形式上的轉換關係，如內容由「幽怪」置換成「理道」，形式上「曲牌」變為「排比」，戲曲搖身一變，成為了八股文。八股文中的各個程序，都是由戲曲的各個環節沿襲而來。因為八股文來源於元曲，那麼重新研究元曲的創做法度和方式則對創作八股文尤為重要。

　　「代聖人立言」與「曲劇唱腔」之間具有文學史意義上的轉化關係，似乎難以被現代學者確證。〔註42〕但是焦循與清朝初年時人對八股文和元曲之間的對舉，更多的是希望在「法」的意義上確認八股文的文學意義。八股文本身便是「代聖人立言」，需要以儒家經典原句為題，它的文體形式決定了法度的重要性，不可以像古文一般在文體形式上過於自由地表情達意。

　　八股文歷來被學界所詬病，認為其流於形式，缺乏性情。盧前曾經從僅論辭藻、意義雷同、文辭簡陋、和截搭題目四個層面總結八股文的弊端。〔註43〕可見，八股文日漸衰落，是由於其結構上的僵化和內容上的複製，使得參與作文者已經完全喪失了自我的主體性，淪為應付科舉的工具。因此，焦循指出八股文的口氣與曲劇相同，是取「厚德有道」之人的唱腔而作，事實上是倡導在遵循「法」的意義上，不失諸如元曲在唱腔上表達「性情」的自由。焦循在《易餘龠錄》中就指出：

　　　　習之既久，忘其由來，莫不自詡為聖賢立言。不知敷衍描摹，亦仍優孟之衣冠。至摹寫陽貨、王驩、太宰、司敗之口吻，敘述庾斯抽矢、東郭乞餘，曾何異傳奇之局段邪？而莊、老、釋氏之惝，文人藻繢之習，無不可入之。第借聖賢之口以出之耳。〔註44〕

　　焦循認為如今被「法度」所限的八股文，事實上來源於依據性情而發聲的

〔註41〕〔清〕焦循《易餘龠錄》卷十七《焦循雜著九種》，揚州：廣陵書社 2016 年，第 655 頁。

〔註42〕黃強認為，焦循所列八股用於科舉、金元曲劇的淵源唐人傳奇小說也用於科舉和金元曲劇以「正旦」、「正末」宣揚儒家道德與八股文「代聖人立言」一致，兩個原因「不足為訓」。（見黃強《八股文與明清文學論稿》，上海：上海古籍出版社 2005 年，第 47 頁）

〔註43〕盧前《明清戲曲史（外一種）：八股文小史》，長沙：嶽麓書社 2011 年版，第 155 頁。

〔註44〕〔清〕焦循《易餘龠錄》卷十七，《焦循雜著九種》，揚州：廣陵書社 2016 年，第 655 頁。

「優孟」之言，來源於戲劇的形式。也即，八股文之所以能夠列入「一代有一代之所勝」的文學史觀序列中，是由於他們以「性情」的表達為標準而言的。而如今過分強調「代聖人立言」的八股文已經為法度所限，難以真情實感地表達「性情」。焦循強調從法度的方式將元曲與八股文連結，恰恰是表明他試圖恢復在注重法度的文體上表達性情的文學傳統。

這與明朝李贄所提出的觀點有一定的相似之處。李贄反對當時的復古潮流，提出「詩何必古選，文何必先秦，降而為六朝，變而為近體，又變而為傳奇，變而為院本，為雜劇，為《西廂曲》，為《水滸傳》，為今之舉子業大賢言聖人之道，皆古今至文，不可得而時勢先後論也，故吾因是有感於童心者之自文也，更說什麼六經，更說什麼《語》《孟》乎！」〔註45〕反對以時代先後確立文體優劣的方法，同時也肯定了當時八股文的寫作意義。在這裡，他將院本、雜劇等作品與當時的「舉子業」八股文同時認為是「天下之至文」，已經拓寬了正統文學作品的文體形式。只是李贄將這個標準定為「童心」，而焦循將標準認為是「性情」。二者雖表述不一，但都有一個訴求，便是在「代聖人立言」這種特殊的文學形式中，保持文學主客之間的一致性。李贄認為，文章應該分為「場上之文」和「場下之文」，「場上之文」雖然被嚴格規定文體格式，但也依然有獨抒性靈，注入童心的可能。李贄所言：「凡人作文（八股文）皆從外邊攻進裏去，我為文章只就裏面攻打出來，就他城池，食他糧草，統率他兵馬，直衝橫撞，攪得他粉碎，故不費一毫氣力而自然有餘也。凡事皆然，寧獨為文章哉！只自各人自有各人之事，各人題目不同，各人只就題目裏滾出去，無不妙者。」〔註46〕這就強調了八股文作為被規定以儒家經典原句為題的文體，不僅要闡述聖人的意思，還需要在儒家經典原句中注入每個人的獨特思想，這是一種「由裏向外」的寫作方式，也即「用聖人言言己」的做法。

與李贄主張完全利用儒家經典來表達自我主張的激進相比，焦循的主張稍顯緩和。焦循在這裡提出八股文在「代言」體制上與戲劇的同構性，事實上是提醒時人注重這種文本的主體意識，恢復其主張的「性情」在八股文中的作用，一改八股文之時弊。這也是前文強調了作為聖人之「作」與作為聖人的後繼者之「述」之間的相互關係。也即，聖人在人先覺知萬物之條理，故而先於

〔註45〕 〔明〕李贄《童心說》，《焚書·續焚書》焚書卷三，北京：中華書局2011年，第99頁。
〔註46〕 〔明〕李贄《與友人論文》，《焚書·續焚書》續焚書卷一，北京：中華書局2011年，第6頁。

人而作。後人對這些聖人之作進行闡釋，則為「述」。代言體則需同時滿足「作」與「述」兩個條件，作為聖人的後繼者，作八股文者自然需要對經典進行闡釋，這是「述」的要義。但因為是「代言」，作者的口吻本身具備了聖人的性情和境遇，故而也需要假聖人之口，言忠義道德之事。因此，兼具「作」的聖人之心和「述」的闡釋意圖，是八股文除了結構形式之外所必須具備的特質。在「作」和「述」的辯白中，最重要的便是如何將後人之「性靈」和已經成為語言材料的古人的「性靈」進行溝通：

> 夫人各有其性靈，各有其才智，我之所知，不必勝乎人人之所知，不必同乎己，惟罄我之才智以發我之樞機，不軌乎孔子可也。〔註47〕

> 以己之性靈，合諸古聖之性靈，並貫通於千百家著書立言者之性靈。以精汲精，非天下之全精，孰克以與此？〔註48〕

在這些關於「性靈」的論述中，焦循都強調了需要在古人的基礎上發揮自己獨特的「性靈」。這是將古之經典進行激活的有效方式。這就表明「述」並非是在複製古人的言說，而是注入「性靈」的表達方式。從這一點上看，李贄試圖利用古人的經典為我所用，發揮新的主觀表達，目的是將古聖賢之言作為既定的書面材料，試圖創造新的闡釋方式；而焦循則主張利用人的「性靈」之「貫通」，將既定的書面材料，也即「千百家著書立言」還原為「千百家著書立言者之性靈」，從書面材料的生發場景著手，將二者的主觀情志進行連接，同時以此「以精汲精」，獲得將經典言說激活的可能。

當然，八股文所採用的「代言體」，旨在對聖人的行為和語言的模仿與金元曲劇之間的派生關係依然有待商榷。不僅是金元曲劇具有代言性質，其他諸種文體也具備這種特徵。〔註49〕在先秦諸子論說思想的領域，代言體已經成

〔註47〕〔清〕焦循《說秖》，《雕菰集》卷十，《雕菰樓文學七種》，陳居淵編，南京：鳳凰出版社2018年，第231頁。

〔註48〕〔清〕焦循《與孫淵如觀察論考據著作書》，《雕菰集》卷十三，《雕菰樓文學七種》，陳居淵編，南京：鳳凰出版社2018年，第314頁。

〔註49〕章學誠稱《左傳》：「如擬臧僖伯諫觀魚，便代臧僖伯口氣，必切魯隱公時勢；如展喜受命展禽，便代展禽口氣，必切齊魯時勢。」（〔清〕章學誠《章學誠遺書‧佚篇‧論課蒙學文法》，北京：文物出版社1985年版，第683頁）章學誠旨在指出《春秋》中並無記載二人所言，左氏是在虛構二者的言說。錢鍾書對此指出：「《左傳》記言而實乃擬言、代言，謂是後世小說、院本中對話、賓白之椎輪草創，未遽過也。」（錢鍾書《管錐篇‧左傳正義》第一則，北京：中華書局1979年，第164～166頁）指出了《左傳》與戲曲之間的淵源關係。董其昌將這種代言的特質追溯到《莊子》：「代者，謂以我講題，只是自說，故

型。除此之外,中國文學的諸多文體,如詩詞文賦等,都有摹寫他人口吻之作,不勝枚舉。因此,如果認為焦循是在「代言」這一體式上連接金元曲劇與八股文之間的淵源關係,很容易便不攻自破。但是他所表達的深層含義,乃是將八股文從束縛它的格式與法度中解放出來,強調即使在被規定寫作方式的文章中也可以有發揮「性情」表達的可能,這樣才能使得八股文和金元曲劇一樣重新以表達「性情」的標準,納入文學史的嬗變序列中,成為明朝之「勝」的代表性文體。

可見,焦循也借用《詩經》中的「性情」之說,反對宋儒以理自持、牴觸其君的作風。而關於「性情」的論述也時常與「性靈」一詞相互聯繫。在焦循這裡,「性靈」更多地用在對待經學的知識體系方面。而在袁枚等主張性靈的詩歌創作者那裡,它更多的是與才性結合在一起,並與詩歌創作的法度放置在對立的位置被闡釋。〔註50〕無論是才性和法度的對峙,還是性情與文辭的對峙,二者事實上都是對發乎內心的一時一地的個人意志和語言系統日益完善之後的技巧和法度之間的關係的呼應。反映在文學上,則是「文辭」和「性情」的對舉,反映在經學上,則是關於真理的話語表達形式與作為思想、知識本身和關於真理的話語產生的語境之間的對舉。

值得一提的是,焦循認為「天下之道,同歸而殊途,一致而百慮。一人有一人之能,不得以己之能傲人之不能也」〔註51〕。表明他並不主張將戲劇中的「代言」方式認為是諸人皆可,金元曲劇的唱腔依然需要保持在「厚德有道」之人手上:「元人曲,止正旦、正末唱,餘不唱。其為正旦、正末者,必取義夫貞婦、忠臣孝子厚德有道之人,他宵小市井不得而幹之。」〔註52〕焦循更為

又代當時作者之口,寫他意中事⋯⋯且如《莊子・逍遙遊》,說鷽鳩笑大鵬,須代他說曰:『我決起而飛⋯⋯』」(〔清〕董其昌:《董其昌論文》〔清〕蔣廷錫校,《古今圖書集成》第 64 冊《理學彙編文學典》卷 180《經義部總論》,北京:中華書局 1985 年影印,第 77579 頁)劉熙載則指出《易》的代言性:「制義推明經意,近於傳體。傳莫先於《易》之十翼。至《大學》以『所謂』字釋經,已隱然欲代聖言,如文之入口氣矣。」(〔清〕劉熙載《藝概》卷六,上海:上海古籍出版社 1978 年,第 183 頁)

〔註50〕 參見龔鵬程《中國文學批評史論》,北京:北京大學出版社 2008 年,第 288 頁。

〔註51〕 〔清〕焦循《里堂家訓下》《焦循雜著九種》,揚州:廣陵書社 2016 年,第 622 頁。

〔註52〕 〔清〕焦循《劇說》卷一《焦循雜著九種》,揚州:廣陵書社 2016 年,第 349 頁。

贊同元曲中只有正旦、正末擁有演唱權力的體制,因為他們代表著具有道德素質的「有道之人」,而非其他的「宵小市井」,也即「孤裝」、「邦老」等人。對應到八股創作中,焦循也說明,「代聖人立言」的「口氣」只能針對聖人,對於陽貨、臧蒼等人,如果也用這種「代言體」,則違背了聖人進行道德啟示和勸誡的初衷,因為他們與「宵小市井」一樣,並不具備詮釋真理的權力。為了「風教」精神的傳揚,戲劇仍然需要保持以對忠孝仁義的發揚為基本目的。從對代言體中不同人物是否具備話語權力的分殊來看,焦循並非如《紅樓夢》一樣,旨在摹寫一個具有反映各色各樣的人的日常生活圖景,而是仍然將話語權放置在「忠臣孝子厚德有道之人」之中。因此,焦循所梳理的關於八股文源於金元曲劇,實際上更多地表達了在戲劇文體內部容納道德與真理話語的訴求。

因此,無論是每個時代的代表文學文體,還是文體之間得以相互轉化的可能,都是因為「性情」的重新發現。焦循所提及的關於文體的諸種形式之間的結構、演變和與表達內容之間的相互關係,都是為了防止拘泥於現有的文體形式而忽略了主觀性情的創作方式。因此,焦循溯源文體形式的歷史,也是為了強調「性情」為先的創作旨要。而發掘文體之間之所以能夠互相轉化的動力,也是來源於對以「性情」的方式傳達道德話語的真實訴求。

二、重視戲劇文體的敘事能力

焦循所提出的「代有所勝」的觀念,不僅僅是從時代之間的文體區分角度而言,還包括文體之間的相互轉化的可能。前文曾提出焦循對唐代小說、金元曲劇和八股文之間的相互繼承關係,提出唐人小說「文備眾體」,同時也是金元曲劇的濫觴。如前所述,焦循所認為詩、詞曲與小說、雜劇之間的流變,內核仍然是性情,只是表達方式和話語形式發生了變化。從小說到戲劇再到八股文,三者之間在文體的結構上存在著一定的一致性。

焦循認為唐人小說與八股文之間的關係,主要在於強調小說創作的主要目的是溫卷,有作用於科舉,指出這種文章並非單純為抒發作者個人情志而作,而是帶有一定的政治目的。但從另一方面來看,小說的敘事與文章寫作之間早有淵源,唐代古文運動便是與唐代小說創作興盛頗有關聯。今之學者圍繞唐人小說與唐朝中葉的古文運動之間的關係已有諸多討論。〔註 53〕這些討論

〔註53〕陳寅恪認為「古文之興起,乃其時古文家以古文試作小說,而能成功之所致,而古文乃最宜於作小說者也。」(陳寅恪《元白詩箋證稿》,北京:三聯書店

都提出了古文運動與唐傳奇之間密不可分的相互關係，二者同時在中唐時期的興起並非偶然。同時也指出兩種文體之間有著其相對獨立的發展脈絡，不能忽略它們各自的傳統。

陳寅恪在《韓愈與唐代小說》中，專門指出了韓愈作為古文運動的倡導者與創作小說之間的關係：「固知愈於小說，先有深嗜……此蓋以『古文』為小說之一種嘗試。」〔註54〕在陳寅恪的論述中，《毛穎傳》《〈石鼎聯句詩〉序》等文章皆為論及韓愈「以古文試作小說」的例證〔註55〕，例如《毛穎傳》便是繼承於由來已久的「史傳」傳統，可以上溯至司馬遷的《史記》和班固的《漢書》等；而《〈石鼎聯句詩〉序》作為「詩序」實為唐朝以來才發生較多新變的體式，是一種新型的「文」的書寫載體。中唐時期的詩序寫作，如白居易的《琵琶行》與《長恨歌》的序文等，作為詩歌內容的先導敘事，形成了「詩序合一」的創作模式，以至詩序創作中變「並序」為「人物傳記」的創作方式在晚唐蔚為大觀，甚至其對於詩歌的依附性減弱，可以獨自成篇，其敘事議論的功能，成為了古文創作的訓練場。可見，小說和古文在形式結構上具有一定的一致性，二者之間在唐代中葉就已經出現了相互借用彼此的文體形式進行創

2001年，第3頁）這種看法影響到了鄭振鐸，他認為「唐代『傳奇文』是古文運動的一支附庸，卻由附庸而蔚成大國。」原因是「古文運動開始打倒不便於敘事狀物的駢儷文，同時，更使樸質無華的古文，增加了一種文學的姿態，俾得儘量的向美的標的走去。傳奇文便這樣的產生於古文運動的鼎盛的時代……故傳奇文的運動，我們自當視為古文運動的一個別支。」（鄭振鐸《插圖本中國文學史》，上海：上海人民出版社1957年，第378頁）王運熙否定了二者的意見。他認為唐傳奇的文體是在漢魏六朝志怪小說的基礎上發展起來的，本來便是散文，到了中唐由於接受了民間變文、俗曲的影響，駢偶成分增多，才有我們見到的《遊仙窟》一類駢文的傳奇。韓愈柳宗元等少數跟古文運動有關的人的小說寫作，只能說明是一種風尚，不能成為傳奇的代表作品。因此說「中唐時代古文運動的興起，並不成為促進傳奇發展的一種動力，傳奇不是古文運動的支流。古文運動也不可能依靠試作傳奇成功而興起。」（王運熙《漢魏六朝唐代文學論叢》，上海：復旦大學出版社2002年，第255頁）蔣凡認為兩種看法都各有其片面性，唐人傳奇是古文運動的附庸是誇大了古文運動的性質和作用，而王的評論也有機械割裂古文與傳奇的關係之嫌。韓柳古文小說的創作嘗試是相互影響，相互發展的，「有利於促進當時小說創作的現代化；而且有助於古代散文打破傳統模式的革新活動，以符合人類審美多樣性的要求，從而為古文運動的發展注進了新鮮血液和新的藝術活力。」（蔣凡《韓愈、柳宗元的古文小說觀》，《學術月刊》1993年12期）

〔註54〕陳寅恪《韓愈與唐代小說》，《國文月刊》1947年第57期。
〔註55〕陳寅恪《韓愈與唐代小說》，《國文月刊》1947年第57期。

作的先例。雖然八股文與古文體制不同，但也表明作為敘事議論的文章與虛構敷衍的小說之間具備形式互通的可能性。

而小說與戲劇之間的關係更是密不可分。焦循所論「遂以傳奇小說譜而演之，是為樂府雜劇」，指出了傳奇小說譜曲演劇之後便成功地完成了文體轉化。事實上，「傳奇」這一文體的命名，可以同時指向小說和戲劇。根據現有研究，唐代中葉以來一種新興的小說體裁被命名為「傳奇」，至晚開始於南宋初年。此後，「傳奇」一詞還指向民間說話技藝和戲曲文學。〔註56〕並且，因為戲劇文學的綜合性，諸多戲劇劇本都來源於小說故事，故而二者建立了文體之間的天然連接。元代陶宗儀指出：「唐有傳奇。宋有戲曲、唱諢、詞說。金有院本、雜劇、諸宮調，院本、雜劇，其實一也。國朝，院本、雜劇，始釐而二之。」〔註57〕這揭示了院本和雜劇兩種虛構敘事文體之間的一致性，也指出其與傳奇、戲曲等文體之間的繼承關係。同時，傳奇既可以是小說之名，也可以是戲曲之名，無論作為小說還是作為戲曲，都必須具備講述故事、結構情節的能力。可見，作為虛構敘事的唐人小說和金元戲曲之間有著不可分割的承繼關係，這幾種文體之間都在形式和結構的意義上具備轉換和流變的可能。

呂天成的《曲品》指出用「傳奇」指稱戲劇時和雜劇的區別：「……金元創名雜劇，國初演作傳奇。雜劇北音，傳奇南調。雜劇折惟四，唱惟一人；傳奇折數多，唱必勻派。雜劇但摭一事顛末，其境促；傳奇備述一人始終，其味長。無雜劇則孰開傳奇之門？非傳奇則未暢雜劇之趣也。」〔註58〕這提示我們注意的是，雜劇演唱一人，詳細闡釋一件事的始末。「無雜劇則孰開傳奇之門」，表明了對一件事的始末進行「境促」地敘事的雜劇，恰恰是長篇而多唱腔的傳奇的內在元素。也即，只有對一腔一事的敘事拿捏到位，才有敷衍為「味長」的敘事的可能。從這個意義上說，敘事能力在戲曲文本中的地位漸漸被重視，這也是《雲麓漫抄》討論戲劇「史才、詩筆、議論」三個要素當中，「史才」能力的體現。

從焦循專論雜劇、傳奇之間和古文之間的相互關係來看，我們發現「史

〔註56〕參見郭英德《明清傳奇史》，北京：人民文學出版社2012年，第7頁。
〔註57〕〔元〕陶宗儀《南村輟耕錄》卷二五「院本名目」條，北京：文化藝術出版社2008年，第346頁。
〔註58〕〔明〕呂天成《曲品校注》，吳書蔭校注，北京：中華書局2006年，第1頁。

才、詩筆、議論」三種要素的對舉，目的是為了強調「文」在敘事能力上的重要性。它不僅擴寬了「詩教精神」的文體形式內容，還使得「敘事」和「議論」能夠成為與「詩筆」並舉的能力，提升了敘事在文學上的位置。這種對文學敘事功能的強調並非由來於焦循。伴隨著明朝文學史觀的重新書寫，敘事文學已經具備了在文學史上的重要位置。焦循在列明朝獨勝之文體時，仍然列舉八股文，而非今人所言「明清小說」，是因為諸如小說、傳奇等敘事文學仍然沒有被放置在極為重要的位置上看待。而今人用「明清小說」代替「八股文」盛讚明清文學史，卻是因為五四以來對於儒家傳統文章寫作的意識形態批判。但是這種批判性的論述將八股文排除在外，明清小說納入到文學史文體嬗變的範疇，仍然是注意到了這一時期敘事文學蔚為大觀的現象。焦循雖然未把小說、傳奇、戲劇等作為明朝文學的典範，但是卻已經表現了對敘事文學的重視，這也是延續了明朝人對待小說和傳奇的態度，其對「史才」這種敘事能力的認可便是其中表現。

中國的敘事文學與史傳文學的關係，是歷來古代小說研究者關注的話題。「史傳」一說來源於《文心雕龍・史傳》：「然紀傳為式，編年綴事，文非泛論，按實而書。」〔註59〕史傳與小說、戲曲等文體的淵源關係，主要體現在文本結構的敘事性，強調敘事文學作品中所必須具備的敘事能力。夏志清也認為，中國古代的纂史傳統非常強大，對敘事文學的創作有了深刻的影響。〔註60〕這也是敘事文學與古文之間能夠借用和轉換的例證。焦循也十分認可「紀事」作為一種敘事能力的重要性：

> 紀事之學，莫如章侯。述而不造，功在諮諏。陶鑄群言，點竄塗句，辭恐已出，不違如愚，描摹關鍵，學究文儒，卓哉班馬，歘矣韓歐！學者師此，庶端厥趨。〔註61〕

在「班馬」和「韓歐」的對舉中，也可以看出紀事能力與作文能力之間的互通之處。同時，正如《雲麓漫抄》指出的是，中國傳統的敘事文學不僅僅能夠展現出敘事能力，還有關於「詩筆」和「議論」的能力。「詩騷」的傳統直接指向的是有關抒情的話題。《文心雕龍・明詩》有云：「人稟七情，應物斯感，

〔註59〕〔南朝梁〕劉勰《文心雕龍》，范文瀾注，北京：人民文學出版社 1958 年，第283 頁。

〔註60〕夏志清《中國古典小說導論》，合肥：安徽文藝出版社 1988 年，第 10 頁。

〔註61〕〔清〕焦循《雕菰集》，《雕菰樓文學七種》，陳居淵編，南京：鳳凰出版社 2018 年，第 147 頁。

感物吟志，莫非自然。」〔註62〕關於中國詩歌傳統與抒情的關係，陳世驤所提出的「抒情傳統」引發的一系列討論，對此有十分深入的探討，旨在表明中國傳統文學中抒情的傳統深厚，而敘事層面較西方來說不甚發達。陳平原基於中國的敘事傳統進行論述，認為中國強大的「詩騷」傳統，使得其他文體都受其影響，但二者並不是此消彼長的關係，而是在創作中各有側重。〔註63〕事實上，無論是抒情還是敘事，都不可能割裂而談，二者之間在很大程度上是各有所長而又相互成就的。因此，焦循在文學史觀的嬗變序列中尊重「史才」的重要性，事實上便是肯定了敘事文學在文學史上的獨特地位，也認可在文學史的正統內容中添加敘事性文學的成分。

而「議論」，更多的強調文學作品的思想性，表現在具體的作品中，則是對儒家經典的詮釋能力。《文心雕龍・論說》記載：「聖哲彝訓曰經，述經敘理曰論。論者，倫也；倫理無爽，則聖意不墜。……詳觀論體，條流多品：陳政則與議說合契，釋經則與傳注參體，辨史則與贊評齊行，銓文則與敘引共紀。」〔註64〕這就表明了「論」這種能力主要在於對經典文獻在倫理意義上的闡釋和發揮。焦循在《與王欽萊論文書》中提到：

> 乃總其大要，惟有二端：曰意，曰事。意之所不能明，賴文以明之。或直斷，或婉述，或詳引證，或涉譬喻，或假藻繢，明其意而止。事之所在，或天象算數，或山川郡縣，或人之功業道德，國之興衰隆替，以及一物之情狀，一事之本末，亦明其事而止。明其事，患於不實；明其意，患於不精。學者知明事難於明意矣，以事不可虛，意可以縱也。〔註65〕

「意」與「事」被認為是文章的兩端。對於「意」來說，更加注重其「議論」的特質，以「明」為主要目標。而對於「事」來說，則需要強調「物之情狀」、「事之本末」，強調敘事的能力。這表明「史才」和「議論」也是不可分開而談的。同時，「事不可虛，意可以縱」，代表著焦循對待「敘事」和「議

〔註62〕〔南朝梁〕劉勰《文心雕龍》，范文瀾注，北京：人民文學出版社1958年，第65頁。

〔註63〕陳平原《中國小說敘事模式的轉變》，上海：上海人民出版社1988年，第211頁。

〔註64〕〔南朝梁〕劉勰《文心雕龍》，范文瀾注，北京：人民文學出版社1958年，第326頁。

〔註65〕〔清〕焦循《與王欽萊論文書》《雕菰集・卷十四》，《雕菰樓文學七種》，陳居淵編，南京：鳳凰出版社2018年，第339頁。

論」兩種表達方式的不同態度。「意」作為「文」的表現對象，需要以現實依據為基礎，不可以虛言之；而「意」作為發揮作者創作獨特性的可能，則不能複製前人所述，而應當有針對個體經驗的特別之處，這也和他論述八股文的需要注入主體精神的觀點如出一轍，表明在文學內部主客關係獲得統一的重要性。

這可能與歷史上人們將古代小說與史傳文進行比附的思路如出一轍。如金聖歎稱讚「《水滸》勝似《史記》」〔註66〕；毛宗崗提到：「《三國》敘事之佳，直與《史記》彷彿。」〔註67〕張竹坡也說：「《金瓶梅》是一部《史記》」〔註68〕。可以見到諸多敘事文學的評論者將其比附《史記》，一方面是為了抬高敘事文學的地位，另一方面，則是推崇《史記》那樣作為典範的敘事文本中，在兼具「史才、詩筆、議論」的能力下，既有對歷史日常世界的真實敘述，又有道德理念世界的完美構建的雙重訴求。這是使得關於真理的道德話語形式歷史化、具體化的表現，也是文人學者試圖讓道德話語的形式推陳出新，讓具有活力的敘事話語形態也能體現出道德與真理的意涵。也表明了「抒情」、「敘事」和「議論」三者都是不可分開的一個整體，它們共同地發生在諸種文體的內部，這才使得文學文體在某一時期的興盛和隨著歷史的流變成為可能，也是小說、曲劇和八股文之間能夠具備除了形式結構以外的一致性的內在原因之一。

戲劇地位的提高，不僅僅在文學史上是一個重要的事件，影響了文學文體的正統觀念，還使得文學形式、思想等重心都發生了變化。可以說，焦循對文體形式的時代流變作出的總結，一方面揭示了文學史的一般規律，另一方面又在抬高戲劇的文體地位的同時，使得文學內部關於「性情」的要素在「因」的理念下得以長存，而關於「敘事」的要素在「變」的理念下得以發揚。既是文學史規律的高度總結，也彰顯了新的文學觀念的生發，既有跨越時代的超歷史意識，也有針對當下文學觀念的概括總結，在文學觀念的思路上具有十分深刻的啟發意義。

〔註66〕 〔明〕金聖歎《貫華堂第五才子書水滸傳》上，《金聖歎全集》（一），上海：上海古籍出版社 1985 年，第 18 頁。

〔註67〕 〔明〕羅貫中著《三國演義》，〔清〕毛綸、毛宗崗點評，北京：中華書局 2009 年，第 8 頁。

〔註68〕 〔清〕張竹坡《批評第一奇書金瓶梅讀法》，見〔明〕蘭陵笑笑生《金瓶梅》，濟南：齊魯書社 1991 年，第 35 頁。

第三節　「性靈」之於文學和經學

　　「性靈」一詞由來已久，且被使用的範圍頗為廣泛。顏元曾提出：「魏晉以來，佛老肆行，乃於形體之外，別狀一空虛幻覺之性靈。」〔註69〕「性靈」一開始來源於魏晉傳來的佛教觀念，是與「形體」對舉的觀念。「性靈說」後來主要表現在文學領域，在明代後七子和公安派的文學主張中得到發揚，又為清代中葉的袁枚所繼承。鍾嶸《詩品》中就提到阮籍的詠懷詩是「詠懷之作，可以陶性靈、發幽思。」〔註70〕宋代的楊萬里發揮了「性靈」的概念，認為「格調是空架子，有腔口易描，風趣專寫性靈，非天才不辯。」〔註71〕主張詩歌中需要有自我的主觀體悟。明代公安派詩人袁宏道也持此論：「獨抒性靈，不拘格套，非從自己胸臆流出，不肯下筆。」〔註72〕提出放棄所謂詩法對詩歌的約束，主張尊崇內心的主觀之意。以上諸位詩家雖面臨的文壇語境各異，但都主張恢復個人的主觀經驗和情感對詩歌創作的重要性。與之不同的是，焦循將「性靈」用於經學之中：「蓋惟經學可言性靈，無性靈不可以言經學。」〔註73〕直接把詩文創作的主觀契機沿用於對經學闡釋上，使得「性靈」的內涵溢出了文學的範疇，在經學闡釋上也獲得了方法論上的有效性。但文學與經學畢竟在表達形式上大相徑庭，文學的常用觀念如何被焦循沿用於經學，表現了焦循思想的何種目的，這種沿用又是以何種方式進行的，仍然是值得深入探討。

一、「經學」和「文章」

　　「性靈」的話題在清代中葉被廣泛提及，首先便不僅僅侷限在文學的範疇中。清代中葉的袁枚面對當時的文壇風格，指出考據對「性靈」的侵害：

　　　　人有滿腔書卷，無處張皇，當為考據之學，自成一家。……自三百篇至今日，凡詩之傳者，都是性靈，不關堆垛。……近見作詩者，全仗糟粕，瑣碎零星，如剃僧髮，如拆襪線，句句加注，是將詩當考據作矣。〔註74〕

〔註69〕〔清〕顏元《存學編・卷二》，北京：中華書局1985年，第21頁。
〔註70〕〔南朝梁〕鍾嶸《詩品》，上海：上海古籍出版社2020年，第53頁。
〔註71〕〔清〕袁枚《隨園詩話・卷一》，武漢：崇文書局2017年，第3頁。
〔註72〕朱立元《藝術美學辭典》，上海：上海辭書出版社2012年，第625頁。
〔註73〕〔清〕焦循《與孫淵如觀察論考據著作書》，《雕菰集》卷十三，《雕菰樓文學七種》，陳居淵編，南京：鳳凰出版社2018年，第314頁。
〔註74〕〔清〕袁枚《隨園詩話・卷五》，武漢：崇文書局2017年，第65頁。

　　袁枚明確反對當時詩歌被考據之風侵染的情況，認為這種引經據典的寫作方式完全放棄了詩人主觀性靈的創造性，也忽略了才情在詩歌創作中的重要性，只能說是「抄書」，而非「作詩」。當然，袁枚所言的「性靈」，更加集中在文學的視角裏，袁枚理解的「性靈」與「才情」相關，是運用作者真情流露的情感和學習詩文的才華共同作用的一種創作詩文的能力，並非完全只注重「情感」，而不顧「學問」與「才華」，是一種「修正的性靈說」〔註75〕。可見，即使袁枚反對考據學風對文學創作主觀情志的影響，但也並不否認學識積纍之於詩文創作的重要性。

　　何澤恒認為焦循的「性靈說」實際上「襲自袁枚，乃轉以說經學」〔註76〕。焦循對「性靈」之於經學的沿用，也是在袁枚的意義上承認「性靈」對於文學創作的重要特質在於崇尚自然流露的主觀經驗。這就為有關「性靈」的表述由文學創作沿用於經學闡釋提供了可能。焦循面對的思想語境中，老生常談的道德表述和流於考據形式的經學研究使得儒學世界的話語秩序陷入了僵化的狀態，開創新的經學闡釋方式是亟待解決的重要問題。袁枚在文學創作中面臨的問題，也是焦循在經學闡釋中面臨的問題。因此，二者具備了相互貫通的可能性。但與袁枚關注個體創作精神不同的是，焦循在經學闡釋中注入「性靈」的內涵，目的在於導善，在經學中激活道德話語的教化效果。

　　反觀「性靈」概念產生的魏晉時代，性靈不僅僅與文學創作聯繫在一起，也是儒家經典的應有之義。《文心雕龍‧宗經》提到：「故（經）象天地，效鬼神，參物序，制人紀，洞性靈之奧區，極文章之骨髓者也。」〔註77〕這揭示了儒家經典知識生產的法則，也即為萬事萬物制定秩序。在這個關乎天地人倫的秩序內，「性靈」的奧妙中體現的人的主觀情志，就是經學得以成立的一個重要因素。經學並非是對主觀經驗的排斥，儒家經典制定的秩序中本就一直擁有個人主觀情志的位置。焦循所說「蓋惟經學可言性靈，無性靈不可以言經學」同樣也是強調了儒家經典秩序的制定過程與「性靈」的概念密切相關。

　　焦循在《通變神化論》中提到：「惟人性靈固可教而使之善，重乎此則輕

―――――――――――――――

〔註75〕郭紹虞《中國文學批評史》，天津：百花文藝出版社2008年，第641頁。
〔註76〕何澤恒《焦循研究》，臺北：大安出版社1990年，第316頁。
〔註77〕〔南朝梁〕劉勰，范文瀾注《文心雕龍》，北京：人民文學出版社1958年，第21頁。

乎彼，民趨所重則害生，聖人有以平之而權生焉。」〔註78〕「性靈」事實上是
人的特性，是與禽獸相互區別的獨特之處，因此聖人可以根據人「性靈」的特
性而導之向善。因此，經學本身就是依據人的「性靈」特徵而產生的，它的主
要目的在於勸善。因此，焦循在討論兒童教育時，也提出要針對兒童的「性靈」
特徵勸之為善：「竊謂教童子者，宜淪其性靈，導其善志，養其和氣，蓄其道
德，不速其成，不誘以利，不飾以虛。」〔註79〕這就從人的自然人性上肯定了
「性靈」中的性善含義。李貴生認為，焦循的「性靈說」與孟子的性善論一致，
其實是經學的觀念。〔註80〕這種說法反對了前人所認為的在經學和文學之外
別有一「性靈」的說法，指出了經學與性靈「一體兩面」的關係。

　　因此，與前文「性靈」的觀念相比，二者指代著兩方面的內涵。「性靈」
即是人類區別於動物的獨特特質，它能夠導向「善」。而「性情」則是人類自
發流露的情感，它代表著人類有可能衍生而出的一切喜怒哀樂。文學形式包括
戲劇能夠表現人類的一切情感發生，但是它們有可能向善發展，也可能向惡發
展。因此，好的文學形式應該觸發觀眾的「性靈」特點，使得他們能夠被啟發
向善，同時也承認每個人都有正常的「性情」，並不需要完全壓抑或去除，只
需要調動自己「性靈」的能力，從善如流，便是文學的意義所在。可以看到，
焦循的文學觀念始終與經學的「性善論」相互聯繫，儒學道德是文學得以成立
基本前提。

　　這提示了焦循試圖借用文學觀念來闡釋經學的思路。為此，他提出了針對
「考據」而言，在經學上避免空疏的新方法論。「通核者，主以全經，貫以百
氏，協其文辭，揆以道理」〔註81〕的做法，已經道出了經學中需要注重「文
辭」，將之與「道理」融合的傾向。另外，「通核」不僅僅用於治經，還在於分
辨文學與經學。焦循在《國史儒林文苑列傳》中提到：

　　　　謹案：太史公創《儒林列傳》，推本孔子，尊崇『六藝』。班氏
　　踵之，所列之人皆經學也，以其文章名家，如枚乘、東方朔之流，

〔註78〕〔清〕焦循《雕菰樓易學五種》，陳居淵主編，南京：鳳凰出版社 2012 年版，
　　　　第 1027 頁。

〔註79〕〔清〕焦循《雕菰集》卷十二《學童讀爾雅答》，《雕菰樓文學七種》，陳居淵
　　　　編，南京：鳳凰出版社 2018 年，第 228 頁。

〔註80〕李貴生《傳統的終結：清代揚州學派文論研究》，上海：復旦大學出版社 2009
　　　　年，第 117 頁。

〔註81〕〔清〕焦循《辨學》，《雕菰集》卷八，《雕菰樓文學七種》，陳居淵編，南京：
　　　　鳳凰出版社 2018 年，第 176 頁。

皆有專傳。範式《後漢書》，始目為《文苑》。後世史書，或有或無，
或分或合，以視乎一代文學之盛衰。〔註82〕

從這裡來看，「儒林」與「文苑」二者在史書上「或有或無，或分或合」，
是文學與經學二者在歷史上此消彼長的表現。同時這也是焦循「一代有一代文
學之所勝」觀點的擴大和發揮。也即，從焦循的文體嬗變文學史觀來看，在一
個更為宏大的視野中，文學與經學也處於歷史的變動當中，高低起伏、交相輝
映。並且，焦循指出，「《宋史》分道學於《儒林》，然蔡元定即考亭之徒，陸
九淵倡心性之說，宋之儒林，不外道學，分之。實無可分也。」〔註83〕事實上
便是將儒林與道學之間的差別，或是「漢宋之爭」的紛說，實際上都應該納入
到「經學」的視野中，經學與文學之間的分野才是文人分流的兩大路徑。

在分析了先秦至明朝的文學與經學各家消長之後，焦循指出清朝的狀況：

我朝列聖，天縱多能，通天地之全，承伏羲、黃帝、堯舜禹文
之學；欽定諸經，博採眾說；兩舉博學宏儒，一舉經明行修；自天
文、數算、律呂、音韻以至詩詞、類書，無不纂訂，以惠天下。……
則國史《儒林》、《文苑》兩傳，誠未可以漢、唐、宋、明為例，如臺
教所稱關係甚重云云也。〔註84〕

焦循強調清代的「經學」和「文章」兩個部分，都為前人所不可匹敵。同
時指出《儒林》、《文苑》兩傳實有分而述之的必要。這表明作為一個大的「文」
的概念下，經學與文章之間仍然有相互區別，分門別類的必要。焦循也提出了
對於文道之分的標準：

《儒林》、《文苑》兩傳既分，則各隸者不宜詭雜，蓋經生非不
嫺辭賦，文士或亦有經訓，是必權其重輕，如量而授。竊謂黃梨洲、
毛大可、全椒山詩文富矣，而學實冠乎文；朱竹垞、姜西溟、汪鈍
翁非不說經，而文究優於學……〔註85〕

焦循對於清朝以來的治經治文的大家都作了分析，對於兼擅二者的文人，

〔註82〕〔清〕焦循《國史儒林文苑傳議》，《雕菰集》卷十二，《雕菰樓文學七種》，陳
居淵編，南京：鳳凰出版社 2018 年，第 272 頁。
〔註83〕〔清〕焦循《國史儒林文苑傳議》，《雕菰集》卷十二，《雕菰樓文學七種》，陳
居淵編，南京：鳳凰出版社 2018 年，第 272 頁。
〔註84〕〔清〕焦循《國史儒林文苑傳議》，《雕菰集》卷十二，《雕菰樓文學七種》，陳
居淵編，南京：鳳凰出版社 2018 年，第 272 頁。
〔註85〕〔清〕焦循《國史儒林文苑傳議》，《雕菰集》卷十二，《雕菰樓文學七種》，陳
居淵編，南京：鳳凰出版社 2018 年，第 272 頁。

他認為應當根據其學問和文章更為嫻熟的一方面進行歸類。這便符合他「一人專精一事」的論斷，也是他「以一人兼之，亦必各如其體而不相雜，乃為真博、真通」的「博通」觀念的其中之義。也即，即使兼擅諸多方面的論者，也有其最為專精的一面，並且需要分而論之，不可混為一談。必須要在一種「多學多聞多見」的情況下，最終「各如其體而不相雜」，才是真正的「博通」。所以獲得「性靈」的前提在於「博學」：「故學經者，博覽眾說而自得其性靈，上也；執於一家而私之，以廢百家，唯陳言之先入，而不能自出其性靈，下也。」〔註86〕這就說明只有在闡釋經學的過程中，首先「博覽眾說」，充分地佔有知識，學思結合；並在其中通過學習感悟他人的「性靈」而調動自己的「性靈」，將知識與自己主觀性情和經驗結合，才能避免墮入一家之言而人云亦云的境地。

因此，焦循借用文學的「性靈」觀念來用於詮釋經學，首先是在袁枚的意義上反對考據形式的流於表面而作，主張激發人的主觀「性靈」來抵禦經學研究中的思維僵化狀況。而這種「性靈」與文學觀念中有關文學創作的「性靈」觀念並不相同，它並非指向個人主觀情志的抒發，而是主張喚醒人「性善」的共同本質，從而理解古代的經義思想。因此，雖然我們看到了焦循和袁枚的觀點有著相同的反對對象，但在「性靈」這一觀念使用的目的和方法完全不同。也可以看到焦循的文學觀念更多地來源於他的經學思想，二者存在著高度的同構邏輯，很大程度上是在為其道德經學思想服務。

二、「性靈」與「才智」

經學與性靈確實是一體兩面的關係，但並非將「性靈」限制在經學的範圍裏，二者並不是一個層面的話題。焦循認為，經學作為一種知識語言形式，是基於聖人根據對人類性靈特質的考察而作。但是限於經學相對抽象的表達形式，當它作為一種既定的知識思想體系的時候，需要人「沉潛」其中才能習得。尤其是在官方宋學義理和乾嘉考據之風大行其道的清代中葉，這兩種形式所造成的思想僵化和知識固化，使得「性靈」漸漸隱退於經學的表達方式中。乾嘉學者章學誠也主張在治經中講求性靈：「僕嘗謂功力可假，性靈必不可假，性靈苟可以假，則古今無愚智之分矣。」〔註87〕在「性靈」與「功力」的關係

〔註86〕〔清〕焦循《里堂家訓》（卷下），《焦循全集》（第十冊），劉建臻整理，揚州：廣陵書社 2016 年，第 4376 頁。

〔註87〕〔清〕章學誠《與周永清論文》，《文史通義新編新注》，倉修良編注，北京：商務印書館 2017 年，第 726 頁。

中，章學誠更贊成「性靈」而非「功力」，認為「功力」〔註88〕之學，可以是能夠相互傳授的知識，而「性靈」則是個人的內在特質，它需要學者能夠反觀自省，將自己的性情和經驗轉化為獨一無二的做學問的能力，才有「必不可假」的可能，維護知識和思想的真實性。

錢鍾書對比袁枚和章學誠對「性靈」的主張時提到：

> 隨園主性靈為詩，而曰：「識力最難」；實齋主識力為學，而曰：「性靈獨至」。一以為無性靈而持模擬堆砌，不足為詩；一以為無識力而持記誦才辯，不足為學。皆欲以內持外，寓實於虛，老子所謂：「無之以為用」也。〔註89〕

錢鍾書的看法指出了雖然袁枚與章學誠分屬不同的陣營，一為詩、一為學，但是卻有著相同的訴求——以內持外，寓實於虛。無論是文學創作還是治於經典，辭藻堆砌和知識羅列都屬於「虛」的範疇，「實」來源於對自我主觀狀態的忠實和將之運用於創作和治經的能力。

袁枚對性靈的理解，事實上是包含了章學誠所認為的「性靈」和「功力」二者，如若僅有「功力」而無「性靈」，這樣的創作只是掉書袋或辭藻堆砌，毫無價值。章學誠也並非將性靈與功力二者認為是兩種完全區隔不可集中在一人身上的能力，而是指出功力可以使性靈得以發揮，但捨棄了性靈，功力則無處施展。也就是說，袁枚將章學誠認為的結合了「性靈」的「功力」劃歸到了「性靈」的範疇，而認為單獨的「功力」是毫無價值的，而章學誠理解的「功力」分為有可能結合「性靈」的有效「功力」和只是單純的「功力」，故產生了分歧。誠如錢鍾書所說，二者殊途同歸。

焦循和袁枚一樣，也反對「考據」之風：

> 王伯厚之徒，習而惡之，稍稍尋究古說，摭拾舊聞。此風既起，轉相仿傚，而天下乃有補苴掇拾之學。此學視以空論為文者，有似此粗而彼精，不知起自何人，強以『考據』名之，以為不如著作之抒寫性靈。嗚呼！可謂不揣其本而齊其末矣。〔註90〕

〔註88〕「記誦名數，搜別遺逸，排纂門類，考訂異同。途轍多端，實皆學者求知所用之功力爾。」見《又與正甫論文》，《章學誠遺書・卷二十九》，北京：文物出版社 1985 年，第 337 頁。

〔註89〕 錢鍾書《談藝錄》，北京：中華書局 1974 年版，第 263 頁。

〔註90〕 〔清〕焦循《與孫淵如觀察論考據著作書》，《雕菰集》卷十三，《雕菰樓文學七種》，陳居淵編，南京：鳳凰出版社 2018 年，第 314 頁。

　　從這裡來看，焦循反對的是在「考據」的名稱下「稍稍尋究古說，摭拾舊聞」的「空論為文」的粗疏做法。故而他認為這種說法確實不如「著作之抒寫性靈」。但是經學本身便是強調「性靈」的，並非比「著作」等而下之。時下的經學並未能夠滿足「性靈」的需求，故而焦循提出了理想的具備「性靈」意識的經學研究。

　　焦循和章學誠一樣，將主觀情志與學習能力分而談之，也即突出「性靈」和「才智」之別：「夫人各有其性靈，各有其才智，我之所知，不必勝乎人人之所知，不必同乎己，惟罄我之才智以發我之樞機，不軌乎孔子可也。」〔註91〕二者需要相互結合才能有真正的「知」。並且，這種「知」並非個體獨佔或自我封閉，它需要在人與人之間的相異性中，相互聯繫，相互啟發，才有利於豐富個人真正的「知」。這與章學誠的說法大體一致，與袁枚的觀點也具有內在的一致性。因此，焦循是在乾嘉學派提倡將視野放回孔孟的時代這一視野前提下，提出需要發揮「性靈」的重要性，用「性靈」和「才智」的力量，與古聖賢的歷史境遇進行溝通，從而達到理解經義的目的。

　　這是焦循對理想的「性靈」和「經學」關係的理解：經學本就是聖人通過人類特有的「性靈」特質而進行的關於知識和思想和表達，後人再次創作或解讀經典之時，則需要「才智」與「性靈」二者的相互結合，才能達到最優的效果。並且，「眾說」不僅僅是同一時期的人，還可以是歷史中著書立說之人，他們同樣具有在「性靈」與「才智」上相互溝通的可能。「己之性靈」和「古聖之性靈」以及「千古百家之性靈」的結合，事實上是由對從事經學研究的個體主觀情志和才智的肯定，既而反映到對整個經學環境內部的主觀情志和才智的肯定；並且借由文字性的經典傳承，跨越時間的限制，在古代聖人與當下日常之間追求共同的文學和道德理想。並由這種發乎個人本身的「性靈」來完成對一切混亂的歸序，一些粗俗的雅化，以及用由個體「性靈」而生的道德力量來約束人類社會中的不可抗力因素。可見，在焦循看來，「性靈」是人類共有的區別於動物的獨特的向善本質，但是「才智」卻是需要經過日積月累的學習積澱而成的對於「性靈」的體悟和發揮，並且它需要在文辭的意義上轉化為可供理解的知識，進而在知識階層中擴大，並傳揚到大眾的日常生活中去。因此，在焦循的論述中，「性靈」和「才智」有一定的門檻界限，大體只能在知

〔註91〕〔清〕焦循《說權》，《雕菰集》卷十，《雕菰樓文學七種》，陳居淵編，南京：鳳凰出版社 2018 年，第 231 頁。

識精英階層中完成。

當然，「才智」也為當時的一些經學家所重，這與焦循的「性靈說」相互區別。錢穆在評論阮元和焦循時曾說：

> 芸臺（阮元）長於歸納，其法先羅列古訓，寧繁勿漏，繼乃為之統整，加以條貫，如前舉姓名古訓之例；里堂（焦循）則長於演繹，往往僅摭古書一兩字，引申說之，極於古今，如論語通釋用「據於德，游於藝」一語，乃力斥「據」之無當於為學至於千數百言是也。故芸臺每喜舉河間獻王傳「實事求是」一語，而里堂則主以我之性靈思而求其通。若以古人例之，則芸臺近朱子，里堂近象山。故芸臺集中極斥陸王，里堂則頗喜陽明，此兩家為學途轍之異，亦自其性靈以為別也。〔註92〕

對於戴震和阮元所奉行的「求是」觀念來說，他們傾向於認為知識的內部有一客觀的真理，通過對「字詞」、「故訓」「古音」在經典文本中的使用方法的考察，能夠還原聖人的原意，從而通向最終的真理。在焦循看來，考察聖人的原意並非專注於字詞章句即可獲得，而是需要理解聖人的性情以及其所處的歷史環境和發言的具體語境，這比追求故訓考據更為重要，也是故訓考據方法的首要目的。焦循十分重視知識生產的主觀性契機，它並非不假思索地祖述前言，也並非對前人之言的歸納總結，而是強調「性靈」與「才智」在知識演繹上的重要性。同理，在闡釋前人的思想話語之時，也應當結合自己的性靈和才智，在現有的語境下進行演繹，才使得知識有發揮實際社會效用的可能。

阮元所作《通儒揚州焦君傳》認為焦循是「通儒」。焦循自己也認為，博採眾長，融會貫通是求經學道之要：「循謂經學之道，亦因乎時。……蓋古學未興，道在存其學；古學大興，道在求其通。前之弊，患乎不學，後之弊，患乎不思。證之以實，而運之於虛，庶幾學經之道也。」〔註93〕這就為「博學」的風氣在與「專」相互辯證的視野下，注入了「學」的新意涵。求經學之道，首先應該根據不同的時代情況來判斷。漢代因為學者各持其師言，所以鄭玄沒有執其一端，而是博採眾長，所以其在注經的思路上有了新的見解。明代虛言更甚，所以清代崇尚實學。如今到了乾嘉時之際，江南一代漢學之風大盛，人

〔註92〕 錢穆《中國近三百年學術史》，北京：商務印書館1997年，第540頁。
〔註93〕 〔清〕焦循《與劉端臨教諭書》，《雕菰集》卷十三，《雕菰樓文學七種》，陳居淵編，南京：鳳凰出版社2018年，第316頁。

人皆為「實學」，反而缺少了「運之於虛」的精神。所以如今是「古學大興」的時代，便應該「求其通」。除此之外，他還提出了更為廣闊的關懷：

> 《孟子》曰：「物之不齊，物之情也。」雖其不齊，則不得以己之性情，例諸天下之性情，既不得執己之所習所學、所知所能，例諸天下之所習所學、所知所能，故有聖人所不知而人知之，聖人所不能而人能之。〔註94〕

這就通過知識和智識的方式，消解了「理」的唯一性和無可置疑性，將「理」放回先秦時代聖人的個人之說上，並認為其並非放之四海皆準的教條，而只是知識的一種。這種思路暗含動搖儒家思想中心位置的可能。但焦循仍然重申了聖人之所以為聖人的原因，強調其不可撼動的正統地位：「方人道未定不能自覺，聖人以先覺覺之，故不煩言而民已悟焉。民知母不知父，與禽獸同，伏羲作八卦而民悟，禽獸仍不悟也。」〔註95〕通過伏羲對八卦的總結，人們理解了宇宙世界的規律，這同樣強調了知識與智識的重要性。他首先將「理義」還原為先秦時期聖人經由其「智識」所創的「知識」，這種知識本身因為具有普遍的惠民作用而獲得了肯定。這就成為了對抗以抽象的普遍真理概念為表述方式的宋明理學的基礎。其次，他消解了聖人的超越性，而是將其還原為人性。就算是具有優先智識的聖人，也並非萬物皆知的超越性主體，而是一個在真實的歷史世界裏存在的「人」。從這兩條思路，可見焦循試圖緩和當時處於嚴峻對立狀態的真理概念和現實環境之間的緊張關係。由此，吳根友認為焦循事實上是在「後戴震時代」中既延續了乾嘉學派客觀實證主義的精神，又在其中倡導知識精英的主體性，是一種「人文實證主義」精神的體現。〔註96〕這種說法站在知識精英的角度肯定了「性靈」中的「才智」特徵，也說明乾嘉學派的客觀實證方法論同時也在肯定主體精神。

三、「性靈」與「移情」

但作為既定知識和思想話語形式的經學在被闡釋之時很容易造成「因陷

〔註94〕　〔清〕焦循《格物解》，《雕菰集》卷九，《雕菰樓文學七種》，陳居淵編，南京：鳳凰出版社2018年，第209頁。

〔註95〕　〔清〕焦循《雕菰樓易學五種》，陳居淵主編，南京：鳳凰出版社2012年版，第955頁。

〔註96〕　吳根友《「性靈」經學與「後戴震時代」個體主體性之增長——焦循經學與哲學思想新論》，《學術研究》2011年第8期。

於學而難得」,「思而不得」的情況,這就需要文學特質的介入。而對於經學與文學的關係,焦循還區分了「性靈」與「詞章」的不同,他認為:「是又詞章之有性靈者,必由於經學,而徒取詞章者不足語此也。」〔註97〕明確表示「性靈」來源於「經學」,反對徒取詞章。但又指出經學需要詩詞的移情作用,幫助治經:「經學須深思冥會,或至抑塞沉困,機不可轉,詩詞足以移其情,而轉豁其樞機,則有益於經學不淺。」〔註98〕在二者看似矛盾的說法中,我們可以梳理焦循對「性靈」概念的使用實際上表達了一種對待知識內容和知識生產的態度。詩詞文章中的「性靈」,並非由於辭藻堆砌和文采飛揚,而是來源於與經學思想一致的體驗和感悟,也即來源於對人類「性善」特質的發現和表達。它們被用詞章的形式表現出來,則是具有「性靈」的文學,才是焦循認為好的文學。徒取詞章,專注辭藻的表達方式是不足取的。

這兩句話事實上指出了經學與文學在表達方式上的差異。經學需要沉潛學習的方式領悟,有可能造成「抑塞沉困,機不可轉」的局面,這恰恰是因為經學本身的表達形式造成的。因為年代久遠以及歷史情境的難以考察,經學的知識思想產生的背景和它的對話對象並非一目了然,故而需要投入大量的時間學習考察慢慢領悟。而文學則是注重對當下情況和感受的表達,故而詩詞的「移情」作用是立竿見影的。因此,在詩詞中得以發揮的「移情」功能,如果能夠在經學中得以運用,便可能「轉豁其樞機」,也即為溝通作為知識和思想的話語形式的經學與現實世界的情況和情感之間的縫隙提供可能。

詩詞表達所需要的溝通作者與讀者的「移情」效果,則與經學中的「以己之性靈」合乎「千百家之性靈」如出一轍,體現了對人們性情和經驗之間溝通能力的關注。而要體會這些個人化的因素,最重要的方法便是以自己作為人類特質的性情和經驗作為參照。這種參照性得以可能,是由於焦循相信人與人之間,甚至是與古人之間,雖時事不同,才性不同,卻有著作為「人」本身的共性。

> 孔子於《序卦》明男女之有夫婦,而於伏羲作八卦,統其辭云:
> 「通神明之德,類萬物之情,六爻發揮,旁通情也。」旁通情即所
> 以「類萬物之情」。可知卦之旁通,自伏羲已然。非旁通無以示人道

〔註97〕〔清〕焦循《與孫淵如觀察論考據著作書》,《雕菰集》卷十三,《雕菰樓文學七種》,陳居淵編,南京:鳳凰出版社 2018 年,第 314 頁。

〔註98〕〔清〕焦循《詞說》(一),《雕菰集》(卷十),《焦循全集》(第十二冊),劉建臻整理,揚州:廣陵書社 2016 年,第 5822 頁。

之有定，而夫婦之有別也。〔註99〕

　　焦循提出，孔子認為伏羲正是因為做到了「旁通情」，所以能夠「類萬物之情」，最後制定了關於人倫夫婦的秩序。伏羲正是以自身為參照，理解了「人道」的最終面貌，進而將之轉化為知識的形式，才使得「天下明之」，成為共識。

　　以自身為參照並非固守一家之言，而是使得一家之言能夠在更大的範圍內產生意義：

　　　　知之為知之，不知為不知，力學之基也。克己則無我，無我則
　　　有容天下之量。有容天下之量以善濟善，而天下之善揚。以善化惡，
　　　而天下之惡亦隱。貫者，通也。所謂通神明之德，類萬物之情也。
　　　惟事事欲出乎己則嫉忌之心生，嫉忌之心生則不與人同而與人異，
　　　執一也。非一以貫之也。〔註100〕

　　「通神明之德」，理解真理的意義，便是需要「類萬物之情」，也即放棄自我的主觀臆斷，使自己能夠「有容天下之量」，理解萬事萬物的前因後果，從而實現懲惡揚善的目的。從這裡我們看到焦循的主觀知識論並非完全以個人為中心出發，他的知識生產最終指向的目的仍然是獲得道德與真理的完備，而這種道德真理的完備性並非一人一言即可完成，它需要有關懷民物的寬宏之心。而理解「萬物之情」則需要「以己之性靈」出發，這並非以「執一」的理念，更非門派之見。也即，知識生產並非以一己之私為目的，它的最終目的是懲惡揚善實現道德真理，而這個過程需要對事物的實際情況有所瞭解，這就需要以個人的「性靈」為方法，體察萬物之情。這就使得知識的主觀性得以避免墮入自說自話的危險，也使得知識的普世性避免受到單義的支配性話語宰制的局面，是焦循試圖恢復知識生產的彈性以重建儒家思想秩序煥發思想活力的方式。

　　因此，焦循在治經過程中，在乾嘉學派的影響下，反觀「六藝」產生的時代，看到了經學與文學為分裂之時，二者事實上遵循著相似的邏輯。也即「性靈」之於文學和道德的相似作用。它不僅僅是經學得以與古學、與世人溝通的契機，同時也是文學得以流傳的原因。而自從文學與道學在兩漢至魏晉漸分，

〔註99〕　〔清〕焦循《雕菰樓易學五種》，陳居淵主編，南京：鳳凰出版社2012年版，
　　　　　第955頁。
〔註100〕　〔清〕焦循《一以貫之解》，《雕菰集》卷九，《雕菰樓文學七種》，陳居淵編，
　　　　　南京：鳳凰出版社2018年，第210頁。

二者經由時代的洗禮，各自形成了一套具有明顯差別的創作方法和既定體式，治經之文與文學之貌已經大相徑庭，不可等而論之。但是焦循在回溯「六藝」的時代提供的視野下，看到了文道未分之時二者的共性，這便是將「性靈」這種更常用來表述於文學領域內的觀念，在「移情」和「風教」的意義上重新找到了它的《詩經》源頭，同時將這種對「經」的理解方式，移用到當下的經學闡釋中來。這就使得關於文學的觀念在經學上得到了發揮，也是關於文學的觀念和標準運用於經學上的表現，表明二者雖然在形式上分化，但是在標準和觀念上統一的可能性。這也反映了清朝文備眾體的情況下，觀念和標準趨於合一的現狀。

從這個意義上來說，我們發現清代中葉文化的多樣性使得文學與思想之間的壁壘在各種論爭中在表面上走向分化，但在事實上走向匯通的局面。張壽安指出了清代乾嘉之際諸多學者針對義理、文章、考據之間的諸多論爭，實際上是清代「專門之學」漸漸成型的體現。張壽安認為清朝實事求是的學風，並非如宋學一般先有一個形而上的「道體」，或是一種抽象的「義理」，而是考證語言文字名物等基礎知識，使得知識與技藝相互聯繫，也與實務相互連結，從器到道，形成了新的「道器論」。〔註101〕因此，無論是焦循為排斥「考據」這一命名，還是袁枚主張的文學「性靈說」，實際上都是在新的「道器論」的意義上為專門之學確立基礎。這就使得作為「義理」的宋學模式不再具備本體性意義，同時也為諸多其他之前被認為不入流的專學獲得了被認可的可能性。而「義理」本身也因為首先去掉了它的「道體」性意義，還原為專門之學的「知識」，從而放置在歷史的語境中考察，最終對經學的詮釋變成了對知識的梳理，並力求在這種梳理的積累中重新建構「道」的新形式。

焦循對戲劇的理解，即是在一個綜合藝術的文化背景上，獲得一種關於情感的交互性，這種交互性也是對經學的詮釋學、創造學的根本。故而文學與經學的關係能夠打通，戲劇也因其對「性情」的表達中能夠含有對「性靈」的發揮而得以躋身文學史的輝煌時代序列。文學「一代有一代之所勝」的說法的言下之意在於，某個朝代達到頂峰的那種文學類別，恰恰承續了言情傳統。在明清時期，諸種文體蔚為大觀，詩詞並未消亡，但無論文學界的人如何重新推崇自己的詩文創作，也被認為明清的詩詞創作再無生機。其核心便是沒有繼承到

〔註101〕張壽安《清儒的「知識分化」與「專門之學」萌芽——從幾場辯論談起》，《學海》2015 年第 2 期。

最為核心的言情傳統，或是文人自身的個人意識。因為文學畛域的擴大，詩詞文體的經典化，以及關於詩詞創作的語法已經完全成熟，漸漸喪失了抒發與現實對抗的個人情志的可能性，反而是處於邊緣的戲曲和小說重新承擔了這一功能。而抒情傳統最為核心的要素，是基於個人化情感用詩學語言的書寫，從而使得這種書寫具有社會性的共鳴。無論是文學還是經學，都離不開精英文人進行思索描述和表達，完成對最為廣大的情感邏輯的書寫。

在這個意義上，焦循更多的是窺探到了這種文脈接續的傳承變化，以至於重新尋找對抗現實，連結情感的新文體的可能。這些戲劇思想更多表現為一種尋找的狀態與過程，它反映著一種對文脈的召喚，以及對文脈本質的重新思考。戲劇和小說之所以代替了詩文詞在抒寫個人情志上的能力，便是表明戲劇和小說原本「替人抒情」的表現方式漸漸轉向了詩文詞中「為己抒情」的脈絡。由於民間認識水平的提高，對於文化欣賞的能力提升，戲劇與小說藝術代替詩文詞藝術獲得了更為廣闊的群眾基礎和上層文人的共情意識。這也同時說明中國的抒情文學傳統並非是個人內向性的自我抒發，而時常是在共情的基本認識下，既表現人，又表現己，以前以己寫人，後來以人寫己，終究離不開共情的內核。

綜上，由於對文學作品中的「性情」的關注和在知識生產中「性靈」的重視，焦循重新梳理了文學文體時代遞嬗的規律並選取了代表時代精神的文體類別。在他的文學嬗變觀念內，作品中體現的「性情」和創作者的「性靈」發揮著最為重要的作用。而這種關於創作的主觀契機，不僅僅來源於創作者的在「才智」意義上的創作稟賦，還關聯到創作者對於生活世界和時代變化的感受和「移情」能力，因此它既具備文學的特質，也具有經學的內涵。而戲劇在焦循生活的時代，展現了關於人們日常生活經驗的變化，也體現了創作者的情感體驗，並且因為其表演的公共性，能夠最大程度地介入到人們的日常生活世界中。同時，焦循對戲劇文體的重視還代表著焦循作為處理道德與真理問題的學者嘗試介入最廣泛的社會生活的意圖。因為戲劇所呈現的文本世界，將道德與真理的話題與日常生活世界的經驗結合在了公共事件記憶中，成為了可供深入且廣泛探討的最佳場所，這也是戲劇能夠在焦循的文學文體序列內顯得如此重要的內在之因。

第三章 「謬悠」與「信傳」——
焦循的戲劇虛實觀

　　歷來研究者對焦循戲劇觀念的研究，都無法繞開他對戲劇虛實觀的討論，可見這是焦循戲劇觀念中極為重要的話題。焦循首先指出「傳奇雖多謬悠，然古忠、孝、節、烈之跡，則宜以信傳之。」〔註1〕強調「信」在戲劇中的重要性，也即有關道德宣揚的歷史故事的戲劇，必須以史實為基礎，不能隨意敷衍捏造，贊同「信傳」，反對「謬悠」。「謬悠」一詞來源於《莊子·天下》：「古之道術有在於是者，莊周聞其風而悅之。以謬悠之說，荒唐之言，無端崖之辭，時恣縱而不儻，不以觭見之也。」〔註2〕明萬曆二十年世德堂刊《西遊記》陳遠之序也認之為寓言：「此其書直寓言者哉！……於是其言始參差而諔詭可觀，謬悠荒唐，無端崖矣，而譚言微中，有作者之心，傲世之意。」清李調元《劇話》提到：「元人有《關公斬貂蟬》劇，事尤謬悠。」〔註3〕指的是歷史上並無此本事，強調戲劇敘事的虛構性。王國維也在《曲錄·自序》中說：「惟語取易解，不以鄙俗為嫌；事貴翻空，不以謬悠為諱。」〔註4〕由以上文獻可見，「謬悠」指的是不以史實為基礎的虛構創作。焦循認可戲劇大多是虛構作品，但是事關「忠孝節烈」的歷史道德故事，則必須以「史實」為依據，需要

〔註1〕〔清〕焦循《焦循雜著九種》，揚州：廣陵書社2016年，第444頁。
〔註2〕陳鼓應《莊子今注今譯》，北京：中華書局1983年，第939頁。
〔註3〕〔清〕李調元《劇話》，中國戲曲研究院編《中國古典戲曲論著集成》，第4集，卷4，北京：中國戲劇出版社1959年，第52頁。
〔註4〕王國維《曲錄自序》，《宋元戲曲史》，上海：上海古籍出版社1998年，第142頁。

注意查考戲劇的歷史本事。

另一方面，焦循又指出，「作此戲者（鐵丘墳），假《八義記》而謬悠之，以嬉笑怒罵於勖耳。彼《八義記》者，直抄襲太史公，不且板拙無聊乎？」〔註5〕《八義記》是對《史記・晉世家》中「趙氏孤兒」故事的直接承襲，而《鐵丘墳》同樣說的是一個父收義子的故事，但是人名地名均已改換，為「謬悠」之作。焦循此時又認為，直接抄襲《史記》，拘泥前文，板拙無聊，而此時「謬悠」的虛構創作，卻能達到更為精彩的效果。

焦循這兩種看似矛盾的理解，學者們已有諸多解釋。葉長海認為焦循文論的突出特點在於受到經學的影響，故而注重追求真實。指出焦循既遵循歷史事實，又贊同虛構敘事的戲劇虛實觀念，但未較為深入地討論。〔註6〕張曉蘭也認為，焦循的學術考證方法運用到了戲劇研究中。「實」是材料、事實，「虛」是判斷、結論。擴展到戲曲，實則是歷史真實，虛則是藝術真實，所以「謬悠」說是指的藝術真實，需要與歷史真實相結合。在具體的戲劇評論中，焦循因以戲曲思想的正統化和倫理化為主要衡量標準，導致他對不同的戲曲的評價有所不同。這是與他對忠孝節烈之事之人不遺餘力的弘揚一而貫之的。〔註7〕可以看到，這些解讀焦循彼此矛盾的觀點的方式仍然基於藝術本體和倫理道德之間截然對立的思路，正統化和倫理化的審美標準既不能解釋為什麼焦循贊同歷史真實，也不能說明他為什麼贊同藝術真實，更不能令人信服地澄清現有矛盾。

事實上，關於戲劇的虛實問題，元代以來論者便有諸多探討。隨著戲劇史不同階段的發展變化，這些討論也體現了不同的傾向，反映了文學史上的觀念嬗變問題。同時，關於對一種文體的虛實關係的觀念，還與這一時期的文化氛圍密切相關，清朝空前嚴苛的文化政策，使得戲劇文本被詮釋出溢出其敘事本身的多種意義。在文化政策導致言意關係處於極度混亂的狀態下，學者們的「求實」學風同時也表現了對這種混亂所帶來的一系列社會問題的擔憂。因此，作為學者的焦循對戲劇虛實觀念的探討，不僅承襲了戲劇史上的諸多觀念，也代表著焦循在當時文化政策的緊張氛圍下，對以戲劇為中心的諸多社會

〔註5〕〔清〕焦循《焦循雜著九種》，揚州：廣陵書社2016年，第470頁。
〔註6〕葉長海《中國戲劇學史稿》，北京：中國戲劇出版社2005年，第464頁。
〔註7〕張曉蘭《清代經學與戲曲——以清代經學家的戲曲活動和思想為中心》，上海：上海古籍出版社2014年，第410、415頁。

問題、思想問題和審美問題的探討。可以說，焦循戲劇虛實觀念不僅僅在戲劇
史或文學史的範疇內部的討論，而是將戲劇作為社會事件、知識形式以及敘事
語言等，多角度地討論由此折射的言意關係中的虛實問題。這提示我們不僅僅
從戲劇劇本和表演的角度探討審美藝術問題，社會問題意識和知識生產方式
也會對審美標準產生一定的影響，也值得進一步討論。

第一節　戲劇表演中的虛實混亂現象

　　戲劇在很長一段時間和小說一樣，在文學文體中的地位不高，均被視為
「小道」，其天然的「虛構」成分便是原因之一。隨著元明清時期戲劇發展的
日漸繁盛，關於戲劇敘事是否真實的討論也越來越多。關於「虛構」的問題並
不僅僅存在於戲劇中，還存在於小說裏，虛實問題在敘事文學史上一直是被討
論的對象。明代以前，談論虛構的主要目的在於使得虛構性的文學作品能夠與
其他被視為經典文體的作品比肩，例如六朝志怪和唐代小說受到重視往往在
於諸多文學家為其賦予了真實性價值。而明代中期以後，小說和戲劇的閱讀文
本大量出版，使得虛構性創作本身不再被質疑，轉而討論如何處理虛構和真實
二者之間的關係問題。這不僅僅影響到了戲劇創作，還影響到觀眾對戲劇虛實
的解讀，甚至可能引發諸多社會事件，而這些社會事件大多與戲劇表演有關。
因此，討論戲劇史的虛實觀念以及它們在觀演場合中的真正效應仍有十分的
必要。面對這種虛實界限混亂的情況，焦循也在經學思想中提出了解決這一問
題的思路，這種思路也影響到了他的戲劇虛實觀念。

一、戲劇史對虛實觀念的討論

　　明代胡應麟在《莊嶽委談》中承認虛構的必要性：「凡傳奇以戲文為稱也，
亡往而非戲也，故其事欲謬悠而亡根也，其名欲顛倒而亡實也。反是而求其當
焉，非戲也。……近為傳奇者若良史焉，古意微矣。」〔註8〕胡應麟認為戲劇
的虛構性才是戲劇的根本，隱藏事實的真相才使戲劇得以可能。凡事都將戲劇
與歷史的真實性進行比較，則是違背了敘事創作誕生之初的虛構初衷。明謝肇
淛《五雜俎》則認為戲劇應當是虛實相半的，並非全無本事，也並非全依本事：
「凡為小說及雜劇、戲文，須是虛實相半，方為遊戲三昧之筆。亦要情景造極

〔註8〕〔明〕胡應麟《少室山房筆叢》，上海：上海書店出版社 2001 年，第 425 頁。

而止，不必問其有無也。」〔註9〕謝肇淛認為小說、雜劇和戲文都是「虛實相半」，具有「遊戲」的性質。並且承認戲文的藝術獨立性，認為其與「史傳」不同，不必事事考證。另外，謝肇淛還指出虛構敘事的合法性在於對人生百態的描摹和體悟，這恰恰是來源於真實的生命經驗本身。「戲與夢同。離合悲歡，非真情也。富貴貧賤，非真境也。人世轉眼，亦猶是也。……近來文人，好以史傳合之雜劇，而辨其謬訛，此正是癡人前說夢也。」〔註10〕也即，戲劇並不因為區別於生活經驗和歷史事實而失去價值。反而常人所認為真實的「富貴貧賤」並非真境，應當以一種出世的眼光看待人生，才能理解戲文中的虛構敘事。謝肇淛的觀點反對將追求現世功利的世界認為是唯一可感的真實世界，將戲劇敘事中與現實相悖的世界理解為是虛妄的世界，而是認為應當將人類在精神世界中的「夢」和所創作而出的「戲」，同樣納入人類經驗世界的一部分，它們也屬於真實的內涵。正是因為「戲」、「夢」在人類精神世界中的自足性，使得其不必與史傳中的所謂「真實」進行校對。

王驥德《曲律》中也提到虛實關係：「劇戲之道，出之貴實，而用之貴虛。《明珠》、《浣紗》、《紅拂》、《玉合》，以實而用實者也。《還魂》、二夢，以虛而用實者也。以實而用實者也易，以虛而用實也難。」〔註11〕王驥德所言戲劇「以實用實」和「以虛用實」的差別，主要在於戲劇所依據的底本是否淵源有自，有無可以參考的前文本。如《還魂》等作品，沒有直接的文本來源，大多為作者的原創。以原創的態度而創作出令人稱道的劇本，在虛構的領域中獲得成功，是更具難度的創作方法。這種觀念承認了戲劇虛構的可能性和必要性，也申明了虛構有一定的標準和門檻，並非肆意妄為天馬行空的隨意創作。

可以說，明代劇論家提及戲劇的虛實問題時，大多是為戲劇的虛構性正名，並且認為戲劇與史傳相互區別，不能對本就以虛構為創作目的的戲劇進行歷史考證。虛構創作本來就是藝術的一部分，考證史實反而會傷害戲劇的創作。而清代的劇論家對於戲劇的虛實觀念則悄然發生了變化。清代李漁的《閒情偶寄》中提到：

〔註 9〕 〔明〕謝肇淛《五雜俎》，隗芾、吳毓華編《古典戲曲美學資料集》，北京：文化藝術出版社 1992 年，第 149 頁。

〔註10〕 〔明〕謝肇淛《五雜俎》，隗芾、吳毓華編《古典戲曲美學資料集》，北京：文化藝術出版社 1992 年，第 149 頁。

〔註11〕 〔明〕王驥德《曲律·雜論第三十九上》，中國戲曲研究院編《中國古典戲曲論著集成》，第 4 集，卷 4，北京：中國戲劇出版社 1959 年，第 154 頁。

> 傳奇所用之事，或古、或今，有虛有實，隨人拈取。……傳奇
> 無實，大半皆寓言耳。欲勸人為孝，則舉一孝子出名，但有一行可
> 紀，則不必盡有其事，凡屬孝親所應有者，悉取而加之，亦猶紂之
> 不善不如是之甚也。一居下流，天下之惡皆歸焉。其餘表忠、表節，
> 與種種勸人為善之劇，率同於此。〔註12〕

李漁同樣從戲文故事的來源著手討論戲劇的虛實問題。他認為，進入戲劇
敘事的故事原型本來就「有虛有實」，並定義了虛實的區別在於故事原型是否
有據可循。虛構的合法性在於戲劇的寓言本質，寓言是在於將人物的某種品質
典型化，以大道寓理於其中的目的，這本就與事實不相符合，因此戲劇本來就
更傾向於虛構。接著，李漁繼續討論考證戲劇是否具有必要性：

> 若紀目前之事，無所考究，則非特事蹟可以幻生，並其人之姓
> 名，亦可以憑空捏造，是謂虛則虛到底也。若用往事為題……非查
> 古人事實為難，使與本等情由貫串合一之為難也。……古人填古事，
> 猶之今人填今事，非其不慮人，考無可考也；傳至於今，則其人其
> 事，觀者爛熟於胸中，欺之不得，罔之不能，所以必求可據，是謂
> 實則實到底也。〔註13〕

李漁與謝肇淛一樣，認為對戲劇進行考證毫無必要，承認戲劇本身的虛構
性。但是對於創作者而言，創作的態度和觀念則需要虛實分別，即所謂「實則
實到底也」、「虛則虛到底也」。這種創作方式既肯定了從史傳中獲得戲劇的故
事來源的創作方式，又承認完全虛構的敘事創作的必要性。但是，二者必須貫
徹一個原則，那就是「使與本等情由貫串合一」。李漁並非在虛實中擇一立場，
而是認為無論虛實，都必須遵循「情由合一」。也即，在具體的故事場景中，
人物的行為性格與身處的環境遵循基本生活經驗的邏輯。這既防止了將人們
膾炙人口的歷史人物肆意發揮，也防止喪失了藝術原則而在虛構的世界信口
開河。

可見，清朝戲劇有了更進一步的發展之後，劇論家已經無需如明朝一般，
注重申明戲劇的虛構性。相反，不經過創作者深思熟慮地複製史傳，或是天馬
行空毫無根據地胡亂攀扯，才是此時需要遏制的創作方式。因此，注重戲劇創

〔註12〕 〔清〕李漁《閒情偶寄》，中國戲曲研究院編《中國古典戲曲論著集成》第 7
　　　　 集，北京：中國戲劇出版社 1959 年，第 20 頁。
〔註13〕 〔清〕李漁《閒情偶寄》，中國戲曲研究院編《中國古典戲曲論著集成》第 7
　　　　 集，北京：中國戲劇出版社 1959 年，第 21 頁。

作的真實來源則成為規避這種現象的方法，這獲得了大多數劇論家和創作者的認可。例如孔尚任在《桃花扇・凡例》中所說：「朝政得失，文人聚散，皆確考時地，全無假借。至於兒女鍾情，賓客解嘲，雖稍有點染，亦非烏有子虛之比。」〔註14〕不同的故事題材需要遵循不同的原則，有關朝政文人的大事件，需要完全尊重歷史，詳加考證；而對於兒女鍾情等題材，則可以「稍有點染」，作一定的藝術加工，但也並非完全出於創作者毫無經驗的肆意虛構。與明朝時期更加注重為虛構性正名相比，清朝的劇論家則更加注重在創作時尊重戲劇敘事的真實性。當然，這與明代以前討論戲劇虛實觀念時，因為戲劇被視為小道而比附史傳的說法已經並不相同。明代之前討論戲劇的真實性，主要是為了提高戲劇的地位，抬高其在主流文學文體中的價值。而明代以後更加注重戲劇的虛構性，則是在強調其獨立於其他文學文體的特殊性和合法性。清朝時期，戲劇的必要性已經無需證明，故而此時的劇論家更多地在戲劇文體內部探討減少戲劇創作中因為過度虛構敘事或過度複製史傳帶來的種種弊端，從而確立一種在完全虛構和完全依從史實之外的戲劇創作的藝術規律，也即李漁所說的符合「情由」，以現實的生命經驗和情感邏輯作為敘事的依準。

與李漁從創作者討論虛實觀念不同，凌廷堪則從觀劇者的立場探討了如何對待戲劇文本是否真有其事：「仲宣忽作中郎婿，裴度曾為白相翁。若使碙碙徵史傳，元人格律逐飛蓬。自注：元人雜劇事實多與史傳乖迕，明其為戲也。後人不知，妄生穿鑿，陋矣。）是真是戲妄參詳，撼樹蚍蜉不自量。信否東都包待制，金牌智斬魯齋郎。」〔註15〕從這裡來看，凌廷堪也認同元人雜劇的虛構性，認為其並非完全與史實相符。但是凌廷堪指出，因為借用了歷史人物的姓名，很多人便認為這是歷史真相，這會造成虛實上的混亂，需要在觀劇時意識到歷史劇中可能存在的虛構成分。這也表明，戲劇的藝術價值不能僅從其是否符合史實來看待，而是應當在承認虛構性的前提下欣賞劇作。

那麼，既不能完全以是否依照史實為標準，又不能對歷史人物隨意敷衍，那麼虛構何以獲得其合法性？清代的李調元對此有言：「夫人生，無日不在戲中，富貴、貧賤、夭壽、窮通，攘攘百年，電光石火，離合悲歡，轉眼而畢，此亦如戲之傾刻而散場也。」李調元不僅僅承認虛構的必要性，將人生經驗與

〔註14〕〔清〕孔尚任《桃花扇・凡例》，隗芾、吳毓華編《古典戲曲美學資料集》，北京：文化藝術出版社1992年，第322頁。

〔註15〕〔清〕凌廷堪《論曲絕句》，隗芾、吳毓華編《古典戲曲美學資料集》，北京：文化藝術出版社1992年，第376頁。

戲劇敘事對等來看,將一般認為史傳為實,戲劇為虛的觀念倒置。這與謝肇淛的觀念類似,都認為應當以局外人的態度觀看人生,甚至觀看歷史。

接著,他又對虛實觀念作進一步解釋:「予恐觀者徒以戲目之,而不知有其事遂疑之也,故以《劇話》實之;又恐人不徒以戲目之,因有其事遂信之也,故仍以《劇話》虛之。故曰:古今一戲場也。」〔註16〕無論將戲劇完全認為是真實的或者完全認為是虛構的,都有悖於戲劇創作的初衷。於是他創作了《劇話》,對戲劇敘事中與史實相關的加以考證,而與史實不符的也加以標注。而最後李調元將這種考證的目的歸結為「古今一戲場」,則是將歷史的真實記載與戲劇的虛構創作都認為是人類精神世界的一部分,即使是歷史記載也並非完全具備真實性,同樣帶有寫作者的主觀意志。戲劇創作中的虛構雖然與史實相悖,但卻與人生經驗規律相符;而與史實相符的部分,也不應該完全當作無可置疑的事件真實來看待,而是應當看到不同人生經驗的相異之處。這同樣是與李漁觀點中的「情由」如出一轍,反對完全不信任戲劇創作,也反對無差別地肯定歷史真實。

這就進一步加深了關於戲劇虛實的觀念的探討。對於戲劇文本來說,如果過分強調劇本是否符合歷史真實,那麼關於信史中記載的故事真實性也可能會被質疑,這就是對文本和語言是否能夠還原一個完全真實的世界的質疑。因此,正如李調元所說,他創作《劇話》的目的並非是為了考證其真偽,以創建一個所謂真實的歷史世界與戲劇世界並立而行,而是為了讓讀者認可虛構敘事,讓誤將虛構性創作認為是真實的讀者意識到戲劇敘事與歷史敘事的差別。

因此,劇論家們所討論的,並非是以一個既已成型的戲劇文本是否以符合歷史真實為標準來判斷其藝術水準,而是針對戲劇在清朝的創作情況來規避此一時期可能由創作者和觀賞者的觀念差異而帶來的對戲劇敘事的誤讀。因此,戲劇敘事本身是否真實、對戲劇文本進行考據有無必要,都並非劇論家們所要佐證之處。他們試圖改變的是作者進行戲劇創作時,應當運用一種怎樣的虛實觀念來完成對人物、情節和環境的建構,才更有利於創作出優秀的戲劇作品。也即,無論是李漁強調的需要注重創作「情由貫串合一」,還是李調元強調的「古今一戲場」,都是為了破除過分拘泥於戲劇創作因為真實或虛構就受人詬病的情況,主張建立以一種將戲劇作品本身看成一個獨立完整的整體,漸

〔註16〕〔清〕李調元《劇話》,陳多、葉長海選注,《中國歷代劇論選注》,上海:上海古籍出版社 2010 年,第 369 頁。

漸擺脫史傳對其的束縛的創作觀念。這種觀念並不否認史傳故事原型能夠進入戲劇創作本身，而是主張無論是否遵循史傳，都需要完成其自身邏輯自洽的創作需求。

二、戲劇世界與現實世界的混亂現象

劇論家們的戲劇虛實觀念展現了對語言和文本能否完整地反映歷史或現實的真實經驗，在承認的虛構意義上完成語言與意義本身「貫串合一」的要求。即使劇論家們已經在理論層面釐清了關於戲劇虛構與歷史真實之間的相互關係，提倡一種在戲劇虛構內部得以「貫串合一」的要求，但在實際的戲劇觀演過程中，仍然發生了諸多戲劇敘事的虛構性與現實世界的真實性混亂不分的情況。這不僅僅是戲劇內部的問題，還反映了對此一時期在清朝的文化政策影響下，言意關係混亂的情況，引起了一系列與戲劇有關的社會事件的發生。因此，焦循將戲劇作為一種社會事件的歷史和現實考證，不僅僅是對戲劇文體本身的觀念進行考察，它實際上還跨出了戲劇本身的範疇，從更廣闊的社會語境上抓住了這種混亂現象的深層原因，為我們理解當時劇論家的理論假設與日常觀演過程中看似並不成熟的現象提供了新的思路，這也與焦循的經學思想密不可分。

前文曾引乾隆四十五（1780）年，在朝廷的禁書運動中，查辦戲劇違礙字句案的情況。1〔註17〕乾隆下令清查劇本中的「違礙」之處，主要是防止在文字和敘事上對清朝統治的不利描述。可見，乾隆試圖用查禁的方式勸誡文人在進行文字創作時，不要隨意玩弄語言的多義性來對政治進行諷刺，威脅統治的基礎，破壞太平盛世的局面。例如焦循所輯錄的一則材料，則反映了統治者對這種反諷的恐懼：

> 秦檜以紹興十五年四月丙子朔，賜第望仙橋。丁丑，賜銀絹萬匹兩，錢千萬，彩千縑。有詔就第賜燕，假以教坊優伶，宰執咸與。中席，優長誦致語，退，有參軍者前，褒檜功德。一伶以荷葉交倚從之，詼語雜至。賓歡既洽，參軍方拱揖謝。將就倚，忽墮其襆頭，

〔註17〕「因思演戲曲本內，亦未必無違礙之處，如明季國初之事，有關涉本朝字句，自當一體飭查。至南宋與金朝關涉詞曲，外間劇本，往往有扮演過當，以致失實者；流傳久遠，無識之徒，或至轉以劇本為真，殊有關係，亦當一體飭查。」（王利器輯錄《元明清三代禁燬小說戲曲史料》大清高宗純皇帝聖訓卷二百六十四厚風俗四，上海：上海古籍出版社 1981 年，第 46 頁）

乃總髮為髻，如行伍之巾，後有大巾環，為雙疊勝。伶指而問曰：
「此何環？」曰：「二勝環」。遽以朴擊其首曰：「爾但坐太師交倚，
請取銀絹例物，此環可掉腦後也。」一坐失色。檜怒，明日下伶於獄，
有死者。於是語禁始益繁，芮燁、令衿等吻禍，蓋其末流焉。〔註18〕

「於是語禁始繁」，恰恰是由於宋朝的優伶對秦檜的諷刺，使得戲曲表演
作為一種公共話語威脅到了政治威嚴。因此，維持語言的單一性，或者防止文
人、優伶利用語言的多義性採用反諷、暗喻等方式在公共話語空間內營造可能
破壞政治統治的氛圍，是朝廷文化政策的直接目的。清朝的文字獄案件有諸多
與這則材料內在邏輯相一致之處，例如《著再行嚴密搜查徐沈二犯有無自作悖
逆之書諭·乾隆四十三年九月二十一日》記載：

> 徐述夔身係舉人，乃喪心病狂，敢於所作詩稿內繫懷勝國，暗
> 肆詆譏，謬妄悖逆……至閱伊同校書之徐首發、沈成濯二名更堪駭
> 異，該二犯一以首發為名、一以成濯為名，四字合看明是取義《孟
> 子》「牛山之木若彼濯濯」，詆毀本朝薙髮之制，其為逆黨顯然，實
> 為可惡，……此等逆犯，其潛懷誹謗已久，家內必有自作悖逆之
> 書……再，該二犯之名均非命名正理，未必係從幼取定，必因為逆
> 犯校書後始行更改此名……〔註19〕

這一牽連極廣的文字獄的核心在於，清廷認為清朝的削髮制度代表其政
治權威，不能被隨意詆毀。那麼何種描述使得削髮制度被認為遭到了詆毀？即
徐首發、沈成濯二人姓名連在一起，隱晦地表達了對削髮制度的非議。並且，
正是因為他們有了這個符號的表象，他們的創作也被人為有「悖逆」之嫌。如
此一來，二人接著被指認為是因為校書後才改為這兩個有諸多深意的名字，實
屬「逆黨」。在這裡，二者個人的名字並不能與對清廷發制的詆毀之意等同，
必須二者之名相連，「首發」作為主語聯繫到發制，「成濯」作為謂語成為對
「首發」的描述，形成了與「詆毀發制」這一意思相一致的表述結構，完成了
語言符號所指向的意義更迭，進而形成了巨大的政治案件。「漢字常常一字多
義，再加上漢字的諧音，音義之間可以互相轉換，從而有強大的隱喻功能。因
此，含沙射影之類的文字功能也經常被文人所用。但更多的情況是，擅權者或

〔註18〕〔宋〕岳珂撰，《桯史》，吳敏霞校注，西安：三秦出版社 2004 年，第 177 頁。
〔註19〕上海書店出版社編《清代文字獄檔·補輯》，上海：上海書店出版社 2011 年，
第 612 頁。

強解語義，或曲解字義，從而大興文字之獄。」〔註20〕這種「強解」、「曲解」事實上指出了在漢語系統內言意關係的不穩定性。

眾所周知，清代官方思想禁制使得權力滲入私人話語空間發揮作用，形成了一個時期的政治環境氛圍。王汎森指出：「這一時期的文化因為太容易受國家權威的任意性支配，因而缺乏足夠的主體性；另一方面，私人話語放棄了對公共政治的參與，自覺地隱匿或轉譯以避禍。」〔註21〕這種現實狀況導致了話語系統言意關係處於極不穩定的狀態中，語言的能指可能被解讀出諸多意料之外的所指。言意關係的混亂不僅表現為公共話語與私人話語的分裂，也使得私人話語自覺地去政治化。

另外，文字獄的大行其道並非完全由於統治者對文化政策的暴力。王汎森指出，「清代政治壓力對文化的影響不限於編纂四庫全書或其衍生出的文字獄案，乾隆朝還有許多大大小小的案件，有些實際上是誤會，有些是希冀恩寵，有些只是批評地方官員或地方政事，更多的是在地方社會中因為各種原因而惹人厭惡，被安上思想有問題的罪狀加以舉發。」〔註22〕可見，這種對文化和思想的控制並非僅僅是由上對下的，它是多方勢力綜合互動的結果。但以此為契機，因為文字獄的特殊性，使得這一時期的話語系統中的言意關係發生了巨大的變化。可以說，語言內涵的隨意指涉因為受到了官方默許，變成了一種人們已經司空見慣的思維方式。

這就道出了清廷的文化政策內在邏輯中的複雜而混亂之處，以官方主導的查禁書籍、興文字獄的方式，在目的上是為了消除語言的多義可能帶來的對政治統治在語言敘述上的威脅，卻在維護清廷的合法性這一大前提下，助長了隨意為語言賦意這種思維方式的肆虐。這無疑表明了官方話語對私人話語的強勢介入，使得私人話語必須有意無意地防止語言可能造成的歧義後果，以免其可能墮入文化政策的漩渦。但是時人採用的方法，恰恰又是利用語言的多義現象，將一些不滿的聲音隱藏在文字的褶皺下，以達成其表達自我和參與公共話語的目的。

這也影響到了時人對戲劇的虛實觀念的理解。如果戲劇本身僅僅作為獨

〔註20〕卞仁海《漢字與避諱》，廣州：暨南大學出版社 2017 年，第 68 頁。
〔註21〕王汎森《權力的毛細管作用：清代的思想、學術與心態》，臺北：聯經出版公司 2013 年，第 487 頁。
〔註22〕王汎森《權力的毛細管作用：清代的思想、學術與心態》，臺北：聯經出版公司 2013 年，第 422 頁。

立的藝術作品，或者完全被認為是虛構敘事，那麼戲劇中的語言便無法被認為能夠指向現實政治。正是因為戲劇敘事在很大程度上與現實的關係密不可分，其中的一些對話、情節才會被認為具有反諷現實的可能，而這種可能性越是表現為公共社會事件，則越是影響到戲劇創作中的虛實觀念，也更加影響到一般觀眾對戲劇真實性的理解。這就造成了有關戲劇的創作有可能完全走向無關現實的虛構，更多地傾向於神怪敘事和才子佳人，也有可能完全依照史傳而創作，拘泥於考證其與歷史事實的出入，喪失了戲劇創作的藝術性。

同時，作為公共空間話語的一種，戲劇表演能夠超越階層而獲得各式各樣的受眾，這就使得官方更加看重其中涉及的對清朝合法性和權威性的描述。這便影響到了一般受眾對戲劇虛實觀念的理解。「流傳久遠，無識之徒，或至轉以劇本為真……」這個判斷，道出了清廷查禁違礙字句的必要性。這提示我們注意到，在戲劇的話語內部，虛實之間的界限是相對模糊的，這也是戲劇本色之一。

一般民眾觀劇，很有可能將戲劇中演出之事認為是歷史實際有之，無從判斷哪些戲劇本事是歷史事實，哪些橋段是虛構敷衍。對於涉及歷史的戲劇來說，觀眾無意也無從分辨故事的真實性，但會有意無意地在戲劇觀演過程中形成一些對歷史敘事的普遍認知。而戲劇並沒有完全尊崇歷史的必要，也沒有完全尊崇歷史事實的可能。戲劇本身的故事橋段和大量賓白，只能由「代言」這一方式創作，大多基於作者的想像。至多在敘事上，戲劇尚存和歷史書寫同步的可能性，但為了情節的生動性，也常有戲劇敘事和歷史書寫矛盾之處。戲劇文體本身便具有敷衍虛構的特徵，因此，乾隆也意識到在戲劇中文字措辭和情節結構的重要性。否則，其很有可能在公共記憶中生成關於清朝的正統性和合法性敘事的其他聲音，妨礙了清廷權威的穩固。

戲劇本身的虛構性和觀眾對其敘事的真實性的認可之間的張力，導致在一些公共事件中產生了啼笑皆非的故事。焦循在《劇說・卷六》便記載一則材料：

> 兗州陽穀縣西北有冢，俗呼「西門冢」。有大族潘、吳二氏，自稱是西門嫡室吳氏、妾潘氏之族。一日，社會登臺演劇，吳之族使演《水滸記》，潘族謂辱其姑，聚眾大哄，互控於縣令。令大笑，各撲一二人，荷校通衢，朱批曰：「無恥犯人！」然二氏終不悟也。[註23]

〔註23〕〔清〕焦循《焦循雜著九種》，揚州：廣陵書社 2016 年，第 455 頁。

　　大族潘、吳二氏認為他們是西門慶妾室的後代，這便是將戲劇所言誤認為是歷史真實的例證。由於《水滸記》中，西門慶的正室姓吳，妾室姓潘，演劇之時，潘族便認為是吳族故意借劇辱之。這是對語言賦予了超出其本身內涵的表現。吳氏和潘氏分別是西門慶的是嫡室和妾室，這在劇本中已經被確定。三個家族利用劇本固有的人物關係，將三族關係與劇本中的三者關係對號入座。而吳氏利用吳氏為嫡、潘氏為妾的優勢，故意使演《水滸記》，引發兩族人之間的哄戰，正是基於雙方都認可了這種語意關係的任意比附。

　　類似的事件也發生在公開宴會上：

　　　　公宴時，選劇最難。相傳有秦姓者選《琵琶記》數齣，座有蔡姓者意不懌；秦急選《風僧》一齣演之，蔡意始平。歲乙卯，余在山東學幕，試完，縣令送戲，幕中有林姓者選《孫臏詐風》一齣，孫姓選《林沖夜奔》一齣，皆出無意，若互相誚者。主人阮公之叔阮北渚鴻解之曰：「今日演《桃花扇》可也。」懷寧粉墨登場，演《閨丁》、《鬧榭》二齣，北渚拍掌稱樂，一座盡歡。〔註24〕

　　這一事件中，雙方同時無意選到了與對方姓氏一致的劇目，應當都對劇目人物姓氏和對方姓氏並無關聯保持共識。但是宴會是公共話語的場所，這種巧合彷彿成了二人有意為之，「若互相誚」的場面形成，二人都自危會因此而造成不必要的誤讀，只好選擇更換劇目。這也表明，這種語意之間的隨意比附，不僅僅是人們主觀意識中主動為之，即使在不自知的情況下，這種隨意比附也會自動地發生效用，成為歧義和誤會的導火索。

　　語言本身的多義性是一個中性特徵，但是這種多義在一定的時間內被比附在不同的現實狀況之下，進而引起了與現實秩序相關的社會事件、政治事件等，造成了這一時期話語系統內部出現的混亂情況。戲劇文獻資料對這些現象的雜錄，彰顯了戲劇作為一種公共藝術形式的獨特性。它模糊了虛實之間的界限，使得語言的多義性獲得了由「虛」的敘事世界向「實」的現實世界跨越的可能性，也使得曖昧多義的話語系統最終起到了擾亂現實秩序的作用。這也表明，一切話語都不可能離開現實秩序而存在，它既不是現實秩序的避風港，也不是現實秩序直接的模仿復刻。在一種與現實密不可分的纏繞關係中，看似劃定清晰的表意界限的話語，悄無聲息地搭建通向現實的橋樑，不自覺地爬出它的固有疆域，試圖在現實的秩序裏爆發能量。

〔註24〕〔清〕焦循《焦循雜著九種》，揚州：廣陵書社 2016 年，第 458 頁。

　　除了對語言所指意涵的隨意比附，已經成為既有知識的話語形式，也有被隨意改動的可能：

　　　　一貴官為母稱觴，演《辭朝》。始以為曲文完美。伶人唱至「母死王陵歸漢朝」，忽怵然，遂當場易以「母在華堂兒在朝」七字，主人大悅，一時名重。今梨園盡宗此，殊不知改者一時權變，其本文固自妙耳。〔註25〕

　　焦循在為這一齣劇進行知識梳理時，發現「母在華堂兒在朝」在今天的廣泛使用實際上是因為一個偶然的契機，是伶人畏於權勢而急中生智之舉。焦循為知識進行復位之後，認為「本文」亦有可取之處。可見，以「勢」改文的現象也是焦循關注的話題。

　　《劇說》中還輯錄了一個科考場上的故事。因為考場後排有人提出考卷上的一個「沛」字也可作「霈」，有人認為是考官之見，於是有的考生寫成了「霈」、有的考生因為距離太遠沒有聽到，寫成了「沛」。考官也因距離太遠，不知道有人改字，便聲明只能寫為「沛」。這造成了諸多考生的不滿，聚眾抗議毆打考官，考官情急之下提出兩字均可。事後考官卻將鬧事考生通通下獄，引起了一些不平之聲。〔註26〕在這則材料的記錄裏，考試的權威性和知識的確定性在眾人一時的威逼下，顯得不值一提，考官在人身安全受到威脅的情況下很快便放棄了知識本身的確定性。一旦眾人之勢消卻，考官的權力能夠對士子形成威懾，他便又行使權力，將眾人下獄。這種做法可謂是以時勢來左右行為，對知識本身缺乏應有的尊重，知識的確定性也因此分崩離析。這表明時勢對知識的影響，不僅表現在隨意更改知識的意涵，還表現在隨意改動語言本身。

　　後優伶同樣借用了語言的多義性諷刺這個事件。在一場考官列席的戲劇表演中，設二人表演，一人為儒服者，一人為旁揖者，旁揖者將人物「田萬春」改為「雷萬春」，引發儒服者的爭執。於是旁揖者言「有雨頭也得，無雨頭也得」，這句考官在考場上情急之下的原話引得坐中考官聞之失色。〔註27〕將「霈」和「雷」共同的「雨頭」拿來做文章，使得一個虛構的故事和現實之間因為「雨頭」在語言上的一致性聯繫在一起，讓虛構敘事的諷刺意涵同義到現實事件中，完成了雙重反諷的效果。這便是一個真實事件與戲劇的虛構之間對

〔註25〕〔清〕焦循《焦循雜著九種》，揚州：廣陵書社2016年，第449頁。
〔註26〕〔宋〕岳珂撰《桯史》，吳敏霞校注，西安：三秦出版社2004年，第262頁。
〔註27〕〔宋〕岳珂撰《桯史》，吳敏霞校注，西安：三秦出版社2004年，第262頁。

應的絕佳案例。戲劇的創作來源於考官的行為，而創作的內容又並非僅是將事件始末敘述一二，而是對考官蔑視知識的態度，對待考生欺軟怕硬的行為進行諷刺。優伶的創作模仿了考官的原話，便將考官的語言鑲嵌在虛構的新故事上，用一個全新的故事刻畫了考官的人物形象，獲得了虛構敘事穿透現實的效果。

　　從以上幾則有關戲劇的公共事件，我們看到焦循在對戲曲文獻進行輯錄時展現了對語言多義性的多重焦慮。因為話語系統的不穩定，使得其多義性往往為權勢所宰制，要麼是隨意比附語言的意涵，要麼是隨意改動語言的面貌。這不僅僅是官方對民間的單向控制，而是基於對權勢的合法性崇拜，使得民間各個階層之間也形成了以互相壓制的效果，最終社會語言秩序的穩定性遭到了扭曲和破壞。這種破壞最終威脅的，不僅僅是關於知識的客觀性和文學的表現力，還有作為經學家的焦循及其同仁關於道德與真理的話語表述在這種情況下產生效力的可能性。

　　因此，重新審定語言系統的表達方式是清代中葉的學者共同的訴求。無論是王學影響下話語系統「說者自說，事者自事，終為兩斷」〔註 28〕的空疏局面，還是顏李學派提倡道德實踐主義，認為語言無法真實地反映現實世界，只能由實踐來完成的思路，都不是乾嘉學者認可的理想話語形態。焦循對關於戲劇中對語言多義現象的輯錄，反映了他對語言的意義被諸多權威話語左右，喪失了創作者的獨立性這一現象的反思。而這種反思表現在對戲劇理論的探討上，則是對戲劇的虛實觀念的思考。

三、消除虛實混亂現象的思想邏輯

　　由此看來，諸多戲劇世界與真實世界相互混亂的狀況，關鍵在於取消語言的多義性，這需要通過還原它的表達環境以保證語言表意的單純性和真實性。焦循對花部戲劇要求其詞也須「直質」，達到「婦孺能解」〔註 29〕的形態。這雖然是基於受眾接受能力的語言文辭要求，也提醒我們關注話語系統中言意關係的現實狀況。所謂「直質」，除了與文辭繁縟相對應的「質」，還有與含義隱曲對應的「直」。前者是針對民間觀眾而言的語言的平易化或口語化，後者則表達了對話語系統言意關係曖昧不明的反撥。因此，對焦循虛實觀念的考

〔註28〕 梁啟超《中國三百年學術史》，北京：中國出版集團東方出版社 2004 年，第 7 頁。

〔註29〕 〔清〕焦循《焦循雜著九種》，揚州：廣陵書社 2016 年，第 469 頁。

察，離不開深入探討焦循對於消除語言多義性的目的和方式的內在思想邏輯。

焦循對語言直質的追求並非放棄語言的象徵和修辭作用，使得語言符號完全成為現實世界的僵化反映。章學誠也指出了話語系統可能存在的能指與所指之間複雜的指涉關係：「同一君子之言，同一有為言之也，求其所以為言者，咫尺之間，而有霄壤之判焉，似之而非也。」〔註30〕同一種話語在對話對象和現實語境的差異中可能導致其實際意涵的千差萬別，因此他也在探索在語言的能指與所指發生偏離時，如何由能指引導出正確的所指，也即如何由「言」引導出正確的「意」。可見，這是清朝中葉的思想者們共同面臨的現實語境。

山口久和詳細地考察了章學誠對知識的論斷，提出了章學誠在知識考察中恢復其主觀性契機的意圖：「作為在學術認識的最深奧之處，因而是最有價值的東西，是堅決拒絕法規化和規範化而游離於知識邊緣的不安定的認識。但是，能夠捕捉到這種東西的，不是從事『記誦名數，搜剔遺逸，排纂門類』的客觀訓詁考證的學術，而是由自己一心『獨斷』的卓越的個體知識活動。」〔註31〕在這裡，章學誠更加注重主觀精神介入到專門知識的研究中，這樣才能產生具有活力的真理和思想話語。

如前文所言，焦循也試圖維持知識的主觀性，但思路與章學誠不同。首先，他提出保持語言穩定性的方法，來自於孟子所言「以意逆志」。焦循在《雕菰集·述難一》中提出孟子論詩的觀點來闡釋理想的言意關係：「其論《詩》也，曰『以意逆志，不以辭害志』。然則述也者，述其義也，述其志也。」〔註32〕如果這裡「辭」代表語言的符號、能指，而「意」、「義」代表語言的意涵、所指，那麼「不以辭害志」便是防止語言的過度修辭而導致真實意義的喪失。同時，他反對「不以志而持其言」，「持其言」指的是對語言能指在形式上的拘泥固守，並隨意加諸任意場合，牽強附會而失其本意。

因此，「以意逆志」在於還原話語本身的語境，這樣才能在語言的多義性中找到與之對應的最準確的意涵。濱口富士雄的論斷為我們理解清儒對「以意

〔註30〕〔清〕章學誠《文史通義校注》《原道中》，葉瑛校注，北京：中華書局 2014年，第 393 頁。

〔註31〕〔日〕山口久和著《章學誠的知識論》，王標譯，上海：上海古籍出版社 2006年，第 231 頁。

〔註32〕〔清〕焦循《雕菰集》《雕菰樓文學七種》，陳居淵編，南京：鳳凰出版社 2018年，第 169 頁。

逆志」的解讀提供了啟發：「話語必須放置在它的背景語境中它的意味才會產生。也就是說，給出的語句和記述在字義上的通順並非真正的理解，只有通過在這之前先瞭解了支持它們的文本背景，才能正確地理解語句和記述。這也是對理解的層次的一個建議。也就是說，『以意逆志』是一種文字表現不被動搖文本的、諸如譬喻和寓意之類的修辭所阻害，並嘗試著返回到字句的背後讀解作者的真意的理解方法。」〔註 33〕也即通過還原語言的語境的方式來理解語言。

　　而理解話語的方式，又同時關係到生產話語的話題。章學誠主張對話語需要有自己的「獨斷」，無論是理解話語還是創作話語，都需要有主觀契機。而如前文所述，焦循則提出了「述作無等差」，來強調「述」與「作」的比肩地位。這種論斷被認為是針對當時大行其道的宋學義理之「作」來談漢學更為重視的「述」。但是，焦循的「無等差」態度，表明其並未貶「作」稱「述」，而是將二者放在了一致的地位上看待。事實上，焦循在盡量消除「述」與「作」之間的差別。「先覺之知」是「作」，「明前人之知」是「述」，二者實際上都是將尚未顯明的道理公之於眾，是針對不同知識形式的語言表現，並沒有明顯的優劣之分，僅僅在處理具體知識的時間先後上有差別。「作」的具體內容，實際指向依照自然現象對人倫秩序的安排：

　　　　上古知母不知父，則夫婦不定。伏羲知夫婦定，而後有父子、
　　君臣、上下，於是作八卦，而天下皆知有夫婦之別，而彝倫由是敘……
　　　凡自未知未覺，而使天下共知之，共覺之，皆「作」也。〔註34〕

　　焦循所說的「作」，並不僅僅在於語言，而是在於利用現有知識對人類生活的發明創造，是一種對人類秩序的發現。因為是「自未知未覺」到「使天下共知共覺」的過程，所以它並不是個人性的創作，也不是人類基於自身的閉門造車，而是能夠適應萬事萬物，與自然世界密切相關的法則的發明。普鳴在分析中國早期的創作觀點時提出：「梅維恒將這些觀點套在敘事觀念上，說西方將世界奠基於創造，印度將世界奠基於幻象；與二者皆異，中國本土的世界觀奠基於『真實和實在』之上。因為中國本土並沒有『有意造作』這一觀念，早期中國人在傾向上完全是經驗主義和自然主義內部生發，因而在其外部消

〔註33〕　〔日〕濱口富士雄《清代考據學的思想史》，東京：國書刊行會平成 6 年（1994
　　　　　年），第 162 頁。
〔註34〕　〔清〕焦循《雕菰集》，《雕菰樓文學七種》，陳居淵編，南京：鳳凰出版社 2018
　　　　　年，第 170 頁。

亡。」〔註35〕「有意造作」的概念，指向的是人工的（artifice）、與自然斷裂的（rupture）創作與創新，而奠基於『真實和實在』之上的敘事觀念，則是對『道法自然』的解讀。」〔註36〕這種基於「真實和實在」的理解與焦循的思路有一定的相似性。這一套法則與其說是人類的創造，不如說是對當時自然環境的描述和利用，它們是在一個「法自然」的框架內之「作」，是根據人類日常生活的需要而制定的人倫秩序的法則。

焦循對「述作無等差」的論述，是基於「聖人述而不作」這一經典論斷闡發的。他自覺地將孔子之前的伏羲、燧人等人認為是「作」，而孔子的闡發是「述」，表明其對於「因」的重視，也如前文錢穆總結，焦循「重因不重創」。而「述」的具體內容，則指向對已有知識體系的重新闡釋：

> 故孔子曰：「殷因於夏禮……周因於殷禮……雖百世可知。」「因」即述也，乃伏羲、神農、堯、舜之教，三王之所因，非孔子述之。人莫能述也，孔子述之。而伏羲、神農、堯、舜之教，明於萬世，此述之功，所以獨歸孔子也。〔註37〕

在這裡，「人莫能述也，而孔子述之」的表達方式，與前文對伏羲的「自未知未覺，而使天下共知之，共覺之」的表述十分一致，都強調二者的獨創性和唯一性。焦循這裡的「述」與「作」，並非將宋人義理認為是「作」，將漢學考據認為是「述」，而是認為「述」與「作」不過是針對不同時期「各當其時」的書寫策略。二者同時具備在「道法自然」的框架下，對「真實和實在」的闡釋，也是對發明一種闡釋方式，形成一種新的書寫策略的「創作」的贊同。普鳴分析張光直對中西文明的樣態時提出：「他（張光直）試圖分析每個文明的基本形態，繼而定義『中國文明屬於連續性（continuity）形態的一種，西方（近東和之後的歐洲）屬於斷裂性（rupture）形態的一種』。所謂『斷裂性』，指西方文明起源於文化與自然的斷裂：『人類越過與動物夥伴所共享的自然世界，來到自己締造的世界。在新的世界中，他用人工製品將自己包裹起來，這些人

〔註35〕〔美〕普鳴著《作與不作・早期中國對創新與技藝問題的論辯》，楊起予譯，北京：生活・讀書・新知三聯書店 2020 年，第 19 頁。

〔註36〕普鳴則認為，直到漫長論辯的末期，也即漢代早期，人們才普遍承認，人類文化僅是自然世界的一部分，至聖從不創制，而僅僅效法自然世界中的文理。（見普鳴著《作與不作・早期中國對創新與技藝問題的論辯》，楊起予譯，北京：生活・讀書・新知三聯書店 2020 年）

〔註37〕〔清〕焦循《雕菰集》《雕菰樓文學七種》，陳居淵編，南京：鳳凰出版社 2018 年，第 170 頁。

工製品使他與動物夥伴隔絕，將他拔高至它們之上。」所謂『連續性』則意味著缺少這種破裂：『人與獸、天與地、文化與自然的連續性。』連續形態主要基於一種『有機的』宇宙論，也奠基於人與自然世界的薩滿教關聯之上。」〔註38〕這是將中華文明與西方文明之間的關係放置在「人與自然」的關係上看待，認為中華文明是與自然之間緊密而持續地相連的，而西方文明則是與自然斷裂的對人工的高度認可。從這個意義上說，「道法自然」的觀點是中華文明的內在思路。

焦循的「述」與「作」之分，顯然並非普鳴這裡提出的連續性與斷裂性之分，而是在中國特有的「道法自然」的框架下，對主觀性創制的認可。這種主觀性並非來源於西方式的屬於人的思維內部的獨特創造，但卻是具有主觀意識的人在處理人與自然關係時所體現出來的獨特智識。

因此，一切關於人類秩序的創作都是師法自然。如前文所引《易經》所言：「有天地，然後有萬物。有萬物，然後有男女。有男女，然後有夫婦。有夫婦，然後有父子。有父子，然後有君臣。有君臣，然後有上下。有上下，然後禮義有所錯。」〔註39〕「禮義」正是來源於「天地萬物」，這是伏羲所創之功。而孔子之功則在於將伏羲等人的「作」進行了「述」，推行「仁義」「忠恕」和「一貫之道」〔註40〕。孔子與其前人論說之間的關係，正是關於「述」的因襲關係：「然惟孔子能述伏羲、堯、舜、禹、湯、文王、周公，惟孟子能述孔子。孟子歿，罕有能述者也。」〔註41〕「數十年來每以孔子之言參孔子之言，且私淑孔子而得其指者，莫如孟子。」〔註42〕孟子作為闡釋孔子的學說的最佳因襲者，同樣是發揮了「述」的書寫策略。

而孟子的「述」則使得「道法自然」的框架由「天地」轉向了「人倫庶物」：「大學言『治國平天下』而原之以格物；中庸言『贊化育與天賜參』而原

〔註38〕〔美〕普鳴《作與不作・早期中國對創新與技藝問題的論辯》，楊起予譯，北京：生活・讀書・新知三聯書店 2020 年，第 21 頁。

〔註39〕〔清〕焦循《雕菰樓易學五種》，陳居淵主編，南京：鳳凰出版社 2012 年版，第 221 頁。

〔註40〕〔清〕焦循《釋多》，《論語通釋》，鍾肇鵬選編《四書傳注會要》第七冊，北京：國家圖書館出版社 2008 年版，第 511 頁。

〔註41〕〔清〕焦循《雕菰集》《雕菰樓文學七種》，陳居淵編，南京：鳳凰出版社 2018 年，第 169 頁。

〔註42〕〔清〕焦循撰《釋多》，《論語通釋》，鍾肇鵬選編《四書傳注會要》第七冊，北京：國家圖書館出版社 2008 年版，第 508 頁。

之以盡性；孟子曰『舜明於庶物，察於人倫』，由仁義行，非行仁義也。明庶物即物格知致也。」〔註43〕這也是焦循更加重視孟子的原因，它提出了「道法自然」中新的師法對象，這也與戴震等乾嘉學派的學者對於「人倫日用」的關注密切相關，這也是儒家經典論述的基本依據。〔註44〕因此，焦循在「述」與「作」的對舉關係中，更加看重的是利用人的主觀智識創造新的儒學思想話語，最終的目的是處理人與自然，尤其是人倫庶物之間的相互關係。而目前的話語體系所面臨的狀態，則是言意分裂和語言多義性帶來的話語對現實秩序的隨意指涉，它既有可能帶來話語秩序本身的不穩定，也有可能隨意指向現實社會的複雜關係，使得儒學話語重建仍然陷入僵局。

因此，焦循雖然指出了「述」和「作」兩種創作方式的異同，但並非旨在比較二者的優劣，而是試圖構建一種語言創作的新思路。這種思路在清朝則表現為在創作中遵循關於「人倫日用」的日常經驗邏輯，從而完成知識和思想的話語生產，並認為這才具備真正的真實性。

焦循對戲劇材料的諸多輯錄反映了對社會上諸多事件折射出的言意關係的混亂和虛實界限的模糊，因此他試圖淨化言意關係的複雜性，通過重提孟子「以意逆志」的思路，還原語言的語境和知識生產的場域，來消除隨意比附語言多義性的可能，這就使得言意關係的混亂得到了緩解，也使得區分虛實界限的重要性降低。焦循對以戲劇作為社會事件中所反映的社會觀念的考察，以及所提出的經學新思路，使得戲劇的虛實觀念不僅僅是戲劇內部的問題，還與時代的語言狀態和文化氛圍密切相關，為理解戲劇的虛實觀念提供了新的視角。

第二節　戲劇知識中的「求實」觀念

焦循主張在言意系統的混亂關係中，用還原話語生產語境的方式來保持語義的真實性。這不僅僅體現在對戲劇表演的虛實關係認識混亂的社會事件中，還體現在對作為知識形式的戲劇文獻資料的考察中。正是由於戲劇表演中出現了大量的因為無法界定虛實關係而造成的社會秩序混亂的現象，焦循試圖利用經學思想的考據方法來澄清戲劇表演中的虛實模糊地帶，使得戲劇

〔註43〕〔清〕焦循撰《釋多》，《論語通釋》，鍾肇鵬選編《四書傳注會要》第七冊，北京：國家圖書館出版社 2008 年版，第 511 頁。

〔註44〕如前文所述，乾嘉學派重視「格物」和「人倫日用」的思想，與王陽明及東林黨人的思想有一脈相承之處。見前文第一章第二節。

表演本身在觀眾意義上的呈現真實感。在對戲劇文獻考察的過程中所採用的「稽古右文」的方法帶來的求實之風既是焦循針對當時知識與思想分裂狀況的應對方式，也是焦循所提出的解讀戲劇文本的新方法，展現了經學思想和方法在戲劇文獻上沿用的可能性，也為戲劇觀念提供了新的理論內涵的方法思路。

一、「求實」的方式：知識的語境化和歷史化

焦循在戲劇上的考據方法，基於他主張戲劇應當遵循古事的態度。例如，《劇說》中對戲曲演員起源的考察，先後列舉了《樂記》、《左傳》、《史記》等文獻對「優」這一身份的查考，並得出結論：「然則優之為技也，善肖人之形容，動人之歡笑，與今無異耳。」〔註45〕在查考「優」的起源的同時，也是對其與如今演員現狀一脈相承之處的確認。對女性演員也有類似的考證：「《樂府雜錄》云：『咸通以來，有范傳康、上官唐卿、呂敬遷等三人弄假婦人。』此優人作旦之始。」〔註46〕這都是對知識進行起源性考察的例證。

對「訓詁」方法的移用，也是焦循對戲劇文獻知識進行考察的方式之一。例如他對「點戲」一詞的考察：「崔令欽《教坊記》云：『凡欲出戲，所司先進曲名。上以墨點者，即舞；不點者，即否：謂之『進點』。按：今演戲，伶人呈戲目於尊客，以墨選之曰『點戲』，仍古之遺稱。」〔註47〕將「點戲」一詞進行了知識上的溯源，與訓詁的思路一致，都是通過查考詞語的起源和使用方法、使用範圍，進而釐清其在當下適用語境的區別，還原其在文本中表達的真實意涵。

接著是對「大面」一詞的考察：「《教坊記》又云：『大面出北齊蘭陵王長恭，性膽男而貌婦人，自嫌不足以威敵，乃刻木為假面，臨陣著之，因為此戲。亦入歌曲。』按：今淨稱『大面』，其以粉、墨、丹、黃塗於面以代刻木而有是稱耶？然戲中亦間用假面。」〔註48〕焦循對「大面」一詞的起源的考察沒有得出定論，而是表示存疑。但正是對這個詞語來源的猜測披露了焦循的思路：他預設了「假面」的現象有可能來源於歷史上的真實事件，還原了知識話語的生產語境。

〔註45〕〔清〕焦循《焦循雜著九種》，揚州：廣陵書社 2016 年，第 334 頁。
〔註46〕〔清〕焦循《焦循雜著九種》，揚州：廣陵書社 2016 年，第 354 頁。
〔註47〕〔清〕焦循《焦循雜著九種》，揚州：廣陵書社 2016 年，第 334 頁。
〔註48〕〔清〕焦循《焦循雜著九種》，揚州：廣陵書社 2016 年，第 334 頁。

又如對「打十三」的考察：「元人樂府有《村裏迓鼓》之名，《琵琶記》中有此曲。《琵琶》白有『打十三』之說」，元人常用之，本宋制：徒刑有五，徒一年者杖脊者十三，杖刑有五，杖六十者折臀杖十三。」〔註49〕焦循試圖闡釋為何《琵琶記》中有杖打十三的劇情，這個似乎對劇情沒有太多影響的數字「十三」從何而來。焦循從對宋朝制度的考察中得出了「十三」的淵源，也可見元代社會中所遺留的宋代色彩。這顯示了焦循使戲劇文本「知識化」的意識：即使「十三」的杖責與劇情相關度甚小，但也具備考察的必要，甚至由此將戲劇中的知識的語境進行還原，表明戲劇文本並非完全虛構的世界，而是與現實世界關係密切。再如對「翻筋斗」一詞的考察：

> 又云：「漢有魚龍百戲。齊、梁以來，謂之『散樂』。樂有舞盤伎、舞輪伎、長蹻伎、跳劍伎、吞劍伎、擲倒伎，今教坊百戲，大率有之，惟擲倒不知何法，疑即『翻金斗』。『翻金斗』字義，起於趙簡子之殺中山王，以頭委地，而翻身跳過，謂之『金斗』。」按：今之演劇者，以頭委地，用手代足，憑虛而行，或縱或跳，旋起旋側，其捷如猿，其疾如鳥，令見者目炫心驚，蓋即古人擲倒伎也。〔註50〕

在這一則材料中，不僅僅是對「翻金斗」的生產語境進行了考察（起於趙簡子殺中山王），又對這個詞在當下對應的現實狀況進行了描繪（今之演劇者云云），接著將之放回知識的譜系中（「翻金斗」即「擲倒伎」），這可以稱之為焦循對戲曲知識進行考察的典型範例。因為「翻金斗」同時指向了兩個方面，也即「金斗」一詞的詞源的歷史語境，以及依據「翻金斗」在實際表演中的動作來回溯關於「擲倒伎」的知識。可見，達成「翻金斗」和「擲倒伎」在意義上的相似性是由於對現實環境的考察，而不僅僅侷限於知識內部的文字詞語溯源。這也表明了考據、訓詁的核心要義是為了使得言意之間達成一致，在語言和現實意義之間排除複雜的曖昧指向，明確其準確內涵。

焦循主張對知識的語境化探索的思路，來源於對戴震思想的繼承。戴震所採取的方法論倡導對儒學經義的深層考證：

> 所謂十分之見，必征諸古而靡不條貫，合諸道而不留餘議，鉅細畢究，本末兼察。若夫依於傳聞以擬其是，擇於眾說以裁其優，出於空言以定期論，據以孤證以信其通，雖溯流可以知源，不目睹淵泉所

〔註49〕〔清〕焦循《焦循雜著九種》，揚州：廣陵書社2016年，第365頁。
〔註50〕〔清〕焦循《焦循雜著九種》，揚州：廣陵書社2016年，第340頁。

導，循根可以達杪，不手披枝肄所歧，皆未至十分之見也。〔註51〕

這說明「實事求是」理念的方法論在於通過語言材料的相互論證闡釋經典文字的真實含義，這種做法的目的是「不留餘議」，也即消除語言可能被後世之人「一己之胸臆」而任意揣度的含混性和多義性，儘量還原語言在其生成的語境下所表現的單純含義。戴震考察古經的前提是相信「聖人之言」與「後世」之間存在著必然聯繫，而重新構建這種聯繫是通過考證訓詁，而非僅通過當下的語言系統闡釋古典經義的「義理」形式。考證訓詁的方法，則是「征諸古而靡不條貫」，也即相信在某一個時代有著相對穩定的語義系統，且這個系統是可以通過考察古音字義的源流來把握的：「夫援《爾雅》以釋《詩》、《書》以證《爾雅》，由是旁及先秦以上，凡古籍之存者綜覈條貫，而又本之六書音聲，確然於故訓之原，庶幾可與於是學。」〔註52〕這裡所言「綜覈條貫」，便是將「字」在先秦以前的古籍中所出現的意義加以梳理整合，確認其字的固定用法，然後用之於審定其他經書中的用法，並結合古音變化，來確認「故訓」的真實性和單純性。這便是所謂的通過「客觀的」、「實證」的方法來確認經典的意義。這恐怕也是解釋戴震為何「不讀漢以後書」的原因：戴震並非不讀漢以後的書，而是在對故訓進行審定的工作中，以語言系統的穩定性為前提，而這個穩定性則依賴於劃定具體的時代範圍。故而，對於六經來說，「先秦」是一個劃分語言系統穩定性的時代標誌，而「漢代」因為有著深厚的注經傳統，也需要放置在一個時代的語境裏去觀照。〔註53〕

除了字義，名物制度也是乾嘉學術所要關注的範圍。「賢人聖人之理義非它，存乎典章制度者是也。」乾嘉學者們認為，理義存在於典章制度之中。為何能在典章制度中尋求理義，是乾嘉學者們都需要申辯的話題：

> 學者大患在自失其心，心，全天德，制百行。不見天地之心者，不得已之心；不見聖人之心者，不得天地之心；不求諸前古賢聖之言與事，則無從探其心於千載下。是故由六書九數、制度名物，能

〔註51〕〔清〕戴震《與姚孝廉姬傳書》，《戴震集》，上海：上海古籍出版社 2009 年，第 184 頁。

〔註52〕〔清〕戴震《爾雅文字考序》，《戴震集》，上海：上海古籍出版社 2009 年，第 51 頁。

〔註53〕當然，乾嘉學者並沒有系統性地考究語言使用與歷史變動之間的關係。因為語言現象更迭的基本規律並不具備整體性和統一性。但將讀書和知識的範圍進行劃定，本身可能暗含著對語言系統穩定性這一前提的把握。

通乎其詞，然後以心相遇。〔註54〕

獲得天地之心，也即「道」，則需要通過「聖人之心」。而理解「聖人之心」，則體現在制度名物的制定和使用中。通過在「詞」的語言表現中，考察制度名物，恰恰是在古代的制度名物的前提下探索思想發生效用的可能。學者們意圖通過對思想發生效用的現象的考索，發揮古代經典和思想資源在時下的思想意義。故而，「六經九數、制度名物」便和「古賢聖之言與事」聯繫在一起，成為考證求索的知識對象。

除了關於戲曲表演的基本知識，焦循還有關於戲曲關目的知識譜系考察：「《教坊記》曲名有《綠腰》、《涼州》、《薄媚》、《伊州》、《甘州》。《綠腰》，即《六么》也，唐、宋、元相承，尚可尋究。」〔註55〕另外還有對時下流行的劇目的版本源流考察：

> 鍾嗣成作《錄鬼簿》，以董解元居首，云：「以其創始，故列諸首。」又云：「胡正臣，杭州人，董解元《西廂記》自『吾皇德化』，至於終篇，悉能歌之」，張元長《筆談》云：「董解元《西廂記》，曾見之盧兵部許，一人援弦，數十人合座，分諸色目而遞歌之，謂之『磨唱』。盧氏盛歌舞，然一見後無繼者。趙長白云『一人自唱』，非也」。按，今之《馬上戲》，本此。〔註56〕

在其引用的戲劇資料中介紹《西廂記》的版本關係，後又將如今流行的《馬上戲》與之對應，也是將戲劇知識與流行狀況之間的對應關係進行考察的例證。又如對明人南曲和元人雜劇之間淵源關係的考察：

> 明人南曲，多本元人雜居：如《殺狗》、《八義》之類，則直用其事；玉茗之《還魂記》，亦本《碧桃花》、《倩女離魂》而為之者也。又《睽車志》載：「士人寓三衢佛寺，有女子與合。其後發棺復生，遁去。達書於父母，父以涉怪，忌見之。」柳生、杜女始末，全與此合，知玉茗《四夢》皆非空撰，而有所本也。〔註57〕

對戲劇脈絡進行譜系性的考索，表明戲中事之始末淵源有自。從中梳理出關於戲劇知識的譜系序列，這也是將戲曲知識進行歷史化的表現。這種歷史化

〔註54〕〔清〕戴震《鄭學齋記》，《戴震集》，上海：上海古籍出版社 2009 年，第 224 頁。
〔註55〕〔清〕焦循《焦循雜著九種》，揚州：廣陵書社 2016 年，第 352 頁。
〔註56〕〔清〕焦循《焦循雜著九種》，揚州：廣陵書社 2016 年，第 357 頁。
〔註57〕〔清〕焦循《焦循雜著九種》，揚州：廣陵書社 2016 年，第 367 頁。

的方式並非以時間為線索，而是以故事原型為線索，使得在考察戲劇敘事的意涵的同時，能夠清晰地指明同一故事原型的敘事方式之間的區別。這種對故事原型進行譜系溯源的方式實際上也是對戲劇史進行闡釋的方式，它通過比較不同時代背景下不同的表達方式的效果，尋找不同時代背景下最佳的表現形態，以此為參照探索戲劇創作在當下最佳的表現效果。也即，對戲劇史進行以故事原型為標準的梳理，是通過對戲劇史作品評論的角度尋找與時代相應的戲劇表達方式，並通過更新戲劇觀念的方式以求當下時代最好的創作方式和表達效果。

這種對知識歷史化的方式，也表現在當時乾嘉學派其他學者的方法論探索中。汪中在博考先秦古籍之後，也意識到古人為學的原因：

> 觀《周禮·太史》，當時行一事則有一書。其後執書以行事。又後則事廢而書存，比於告朔之餼羊。至宋儒以後，則並其書之事而去之矣。有官府之典籍，有學士大夫之典籍。當時行一事則有一書傳之，後世奉以為成憲，此官府之典籍也。先王之禮樂政事，遭世之衰，廢而不失，有司徒守其文，故老能言其事，好古之君子，閔其浸久而遂亡也，而書之簡畢，詞學士大夫之典籍也。〔註58〕

從汪中的查考古書的動力上，我們發現乾嘉學者都在關心知識生產的源頭和譜系問題，並將「書」與「事」對舉而談，指出知識與事件之間的相互關係。因為有了事件才有知識，而知識又反過來為指導事件提供參考。但因為真實事件與書籍記載的錯位，醞釀知識的事件漸漸淡出了知識系統。查考典章制度，目的就在於恢復這些典章制度誕生時的契機，將知識還原至其產生的語境，並由此進行知識溯源和梳理脈絡的工作。

不甚贊同考據的章學誠，也對還原知識的生產語境提出訴求：

> 儒家者流，尊奉孔子。……孔子立人道之極，豈有意於立儒道之極耶？……人道所當為者，廣矣大矣，豈當身皆無所遇，而必出於守先待後，不復涉於人世哉？……所處之境，各有不同。……學夫子者，豈曰屏棄事功，預期道不行而垂其教耶？〔註59〕

> 夫道備於六經，義蘊之匿於前者，章句訓詁足以發明之。事變

〔註58〕〔清〕汪中《容甫先生年譜》（汪喜孫），《新編汪中集》，田漢雲點校，揚州：廣陵書社 2005 年，附錄一，第 1 頁。

〔註59〕〔清〕章學誠《原道中》，《文史通義校注》，葉瑛校注，北京：中華書局 2014 年，第 153 頁。

之處於後者，六經不能言，固貴約六經之旨而隨時撰述以究大道也。〔註60〕

如果說戴震等人的學說仍然保有對聖人之道義蘊藏於經典中的完滿性追求，章學誠的「六經皆史」說，則是將其他時代的事件也放置在和六經生產的時代同樣重要的地位，在清儒還原知識話語的生產語境的共識上更進一步，使得六經從神聖經典變成了知識歷史脈絡中的一環。由此可見，不僅是知識的起源，知識的譜系也成為了十分重要的話題。江藩編纂《國朝漢學師承記》一書時曾提到：

> 藩縮髮讀書，授經於吳郡通儒余古農、同宗艮庭二先生，明象數制度之原，聲音訓詁之學。乃知經術一壞於東、西晉之清談，再壞於南、北宋之道學，元、明以來，此道益晦。至本朝，三惠之學盛於吳中，江永、戴震諸君繼起於歙，從此漢學昌明，千載沉霾，一朝復旦。〔註61〕

在學術源流中強調師承關係，便是認可梳理學術的譜系和脈絡的必要性。早在明末清初時期，學術史的梳理便成為一種重要的文體，黃宗羲《明儒學案》的創作，獨創一「學案體」，使得知識的歷史化、序列化成為重要的議題。除了學術史的梳理，個人知識生產的創作序列也成為重點，梁啟超曾言，年譜的寫作從明朝陸續有人創作，到了清朝則發展到極盛的狀態〔註62〕，反映了清朝對知識和思想進行歷史性梳理的需求。張爾田為王欣夫《松崖讀書記》所撰之序中這樣討論漢學：「有考據學，有漢學：正音讀，通訓詁，考制度，辨名物，此考據學也；守師說，明家法，實事求是以蘄契夫先聖之微言，七十子後學之大義，此漢學也。」〔註63〕漢學內部反對晦澀的考據之學，重視注重師說家法的漢學，強調自先秦以來的學術脈絡和繼承，表明了知識的譜系和脈絡的重要性。故而，訓詁、制度、名物作為乾嘉考據學的方法，是在智識主義的立場上完成知識考鏡源流的梳理，而在「實事求是」的意義上理解典章制度，是旨在

〔註60〕〔清〕章學誠《原道下》，《文史通義校注》，葉瑛校注，北京：中華書局 2014 年，第 162 頁。

〔註61〕〔清〕江藩《漢學師承記箋釋》，漆永祥箋釋，上海：上海古籍出版社 2006 年，第 34 頁。

〔註62〕梁啟超《中國三百年學術史》，北京：中國出版集團東方出版社 2004 年，第 351 頁。

〔註63〕〔清〕江藩《漢學師承記箋釋》，漆永祥箋釋，上海：上海古籍出版社 2006 年，前言第 20 頁。

還原知識生產的現場，從而找到古今理義溝通的可能，藉此尋找闡釋當下的社會問題的方法，完成經世夙願。這表明，知識和思想互為方法和目的，共同成為乾嘉學術的核心話題。

二、「求實」的目的：連結知識和思想

從以上這些關於戲劇的訓詁考據方法對戲劇知識的處理來看，這種審定知識的方式都運用「劄記」的體制進行。錢穆通過對比焦循和阮元的治學思路來指出二者的特徵。焦循和阮元在處理經典文本時常用的方法論並不一致。阮元更傾向於將故訓羅列後統整，更加類似於「歸納」之法；而焦循則擅長引申而說，更類似於「演繹」之法。〔註64〕事實上，焦循在其他的著作中，確實運用更多「演繹」的方法詮釋經義。但是在《劇說》中，更多的是文獻彙編和劄記考證，也即更多地運用了「歸納」的研究方法。

梁啟超曾認為清儒的歸納法事實上代表著科學的精神。它體現在對事物的觀察，並發現其獨特價值；後羅列比較研究這些發現的異同；接著比較研究的結果，提出自己的意見；最後從正反以及側面尋求證據進行驗證。〔註65〕這種發現問題，發現知識之間的關聯，通過智識審定知識，又反證之的方法，被梁啟超認為是「歸納」的研究方式。而這也是焦循在《劇說》中的研究方法：首先對戲劇文獻資料的相關內容進行輯錄，有值得注意的知識點之時，便輯錄於文中，並將涉及到此知識點的其他文獻同時羅列至此，通過一「按」字，發表自己對於此問題的看法，進行知識的審定。

將諸多關於戲劇的文獻進行輯錄，並查考其中的真偽，是焦循《劇說》的首要目的。而輯錄的體例，則以小段的劄記為主。事實上，劄記體是乾嘉學派治學的慣用文體，這種記學習慣來自於顧炎武的《日知錄》。這種劄記並非是完整的學術著作，而是一種資料彙編。既有知識考索，也有讀書心得，體例雖小，博採而精緻，其中觀點常常能夠獲得獨創性。〔註66〕「劄記」並非完備的著書，而是著書的「預備資料」，故而其並非具備完整結構的大篇幅之作，而是對散落在文本中的諸多知識進行考訂的小規模研究。

顧炎武的《日知錄》體例是劄記體的最佳範本，是對諸多具有價值的知識

〔註64〕錢穆《中國近三百年學術史》，北京：商務印書館1997年，第540頁。

〔註65〕梁啟超《清代學術概論》，桂林：廣西師範大學出版社2010年，第72頁。

〔註66〕梁啟超《清代學術概論》，桂林：廣西師範大學出版社2010年，第72頁。

問題進行考鏡源流和知識審定的著書預備資料,其目次並無太多的結構性,不存在一個貫穿全書的系統性結構。這也是乾嘉學派的學者被詬病的原因之一,這樣的著作可能使得知識和思想完全分離:「而或者搜斷碑半通,刺佚書數簡,為之考同異,校偏旁,而語以古今成敗,若坐雾雾之中,此風會所趨而學者之所蔽也。」〔註67〕正如凌廷堪在這裡提到的,「考同異」、「校偏旁」與「古今成敗」的意義表達之間巨大的分裂和隔閡,使得二者之間無法達成表述上的合理性。但這只是一般士人對「考據」這一方法論的粗淺理解。對於當時的有識之士來說,「考據」的方法顯示了將知識語境化和歷史化的需求。這種訴求事實上是將「知識」作為一種「部分」來看待,而將「思想」作為一種整體性來看待。處理「部分」的知識時,則用到了歸納的方法,當將之作為「整體」的思想來看待時,則仍然需要用到演繹的方法。同時,在乾嘉學派的學術方法中,作為整體的思想不能脫離作為部分的知識而存在。基於對知識進行語境化和歷史化的內在需求,其對知識的真實性要求極高,以致於對知識的審定沒有篇幅的設定,短小的劄記體則成為了絕佳的表現形式。這也是焦循在處理戲劇文獻資料時採取「歸納」式的劄記體的原因──它首先對於戲劇來說,是先於戲劇理論著作的「預備資料」式考證,必須先由對作為「部分」的知識的處理,才有對於作為「整體」的戲劇的思想演繹。二者相輔相成,缺一不可。

這種對戲劇資料進行考據的思路,來源於乾嘉學派對於「考據」這種知識生產方式的深入思考和運用。前文所述,乾嘉學派的知識生產方式使得經典闡釋由「義理」轉向了「小學」,「訓詁」則代表了「小學」最基本的闡釋方法。王念孫在為段玉裁的《說文解字注》作序時曾言:

> 於許氏之說,正義借義,知其典要,觀其會通;而引經與今本異者,不以本字廢借字,不以借字易本字,揆諸經義,例以本書,若合符節,而訓詁之道大明。訓詁聲音明而小學明,小學明而經學明,蓋千七百年來無此作矣。〔註68〕

王念孫從聲音和文字兩個角度表明訓詁的內涵,並認為二者是通向經義

〔註67〕 〔清〕凌廷堪《大梁與牛次原書》,《校禮堂文集》,北京:中華書局1998年,第200頁。

〔註68〕 〔清〕段玉裁《說文解字注·王念孫序》,上海:上海古籍出版社1988年版,第1頁。

的必要之路。段玉裁對小學的關注無疑延續了戴震對於乾嘉學術闡釋經典的基本圖式的描繪：「經之至者，道也。所以明道者，其詞也。所以成詞者，未有能外小學文字也。由文字以通乎語言，由語言以通古聖賢之心志。」〔註69〕戴震對理解經義的方法有兩種表述，一為「字—詞—道」，一為「文字—語言—聖人之志」，這兩種方式具有一定的同構性。在戴震的表述語境裏，「詞」是和「語言」相對應的概念。但在戴震另外的表述中，「詞」又被放置在「文字」的位置上：

> 是以凡學始乎離詞，中乎辨言，終乎聞道。離詞，則捨小學故訓無所藉。辨言，則捨其立言之體無從而相接以心。先生於古人小學故訓，與其所以立言，用相告語者，研究靡遺。得聆一話言，可以通古，可以與幾於道。〔註70〕

在這裡，戴震理解經義的圖式變成了「詞—言—道」。雖然在表述上二者之間略有差異，但是我們也能想見戴震創立這個模式的要義，是為了區別捨棄義理的訓詁方法。在戴震看來，「故訓」和「理義」並非大相徑庭，而是具有內在聯繫，必須要通過「故訓」才能夠通向「理義」。既如此，為何在「故訓」的意義上，會有「字」、「詞」之分，或是「詞」、「言」之分？也即，為何在語言和思想的二元概念中，又形成了一個三層的理解圖式？

山口久和認為，戴震的三級圖式裏，承擔中間作用的「詞」的意義是語言表現。「道的把握首先必須以文字為線索以通曉經書的語言表現（小學的任務就在於此），接著必須由經書語言的理解進而達到古聖人賢人的精神。不按照這個過程順序而想一蹴而就地以道的把握為目標，是不能被允許的。將他的經學方法論進行切割，用圖示化來表達的話，即按照訓詁來解釋文字，接著解釋作為訓詁總體的詞語表現，最後完成對經書整體的理解之後，道才開始得到啟示。」〔註71〕這啟發我們的是，在戴震的圖式中呈現在中間位置的，始終是關於語言的表現問題，也即語言如何經由文字組合在一起以表現經書的內涵。「中間位置」的「言」，始終在與作為語言的要素而言的「字」相互區隔的意義上被使用。因此，「詞」可能時而放置在首位，時而放置在中位，實際上並

〔註69〕〔清〕戴震《戴震集》，上海：上海古籍出版社2009年，第192頁。

〔註70〕〔清〕戴震《沈學子文集序》，《戴震集》，上海：上海古籍出版社2009年，第210頁。

〔註71〕〔日〕山口久和《章學誠的知識論》，王標譯，上海：上海古籍出版社2006年，第270頁。

沒有改變戴震的基本圖式。當其在首位時，表現的則是關於「小學訓詁文字」作為語言要素的意涵，而在中位時，表現的則是作為「字」的組合方式在語言表現上承擔的作用。也即，「詞─言─道」之「詞」是訓詁的對象，而「字─詞─道」的「詞」則是訓詁完成以後意義生成的場域。

戴震強調，訓詁的意義在於，古今之間歷史距離遙遠，需要通過經典文獻及其內部的語言文字為媒介，來理解古聖賢人的心志。如果沒有訓詁對於語言構成要素的客觀考證，沒有細枝末節的仔細勘察，那麼作為整體的經義便會遭到誤讀，以致於古聖人的思想墮於混亂之中，也即戴震所說「空憑胸臆」的「鑿空」之言，具體表現為戴震極為反對的「緣詞生訓」。

「訓詁」，即用當下的語詞對經典文獻中的因歷史變動而難以理解的語詞進行闡釋。許慎《說文解字》：「訓，說教也。」段注：「『說教』者，說釋而教之』。」「詁」，《說文》：「詁，訓故言也。從言，古聲。」段注：「訓故言者，說釋故言以人，是之謂詁。」〔註72〕因為有「說教」和「言人」的需要，理解便不可能只發生在思想內部，而是需要轉換為語言，且是為時人所能理解的語言形式。所以「訓詁」是溝通古今之間的橋樑。而「緣詞生訓者，所釋之義，非其本義」，正是顛倒了訓詁的邏輯順序。對於「緣詞生訓」來說，是根據當下對於文字的讀音和字義的理解來理解古代經典的意義。這便會陷入「鑿空」，也就是時人「空憑胸臆」理解經典，也是宋儒義理之談的危害。為了避免經書闡釋和語言理解的隨意性和曖昧性，戴震主張從「字」入手，澄清每個文字在經典中的語義和源流，還原作為語言的基本組成單位「字」在每個時代所具有的不同意義，從而正確理解由文字組成的語言系統，再從整體上理解經典的意義，最終把握聖人之道。

這種從部分理解以把握整體的方式，成為清代學術被認為是追求「客觀性」學問的佐證。但從戴震的初衷來看，語言文字的客觀性並非戴震的終極目標。濱口富士雄非常敏銳地指出這一點：「對於戴震來說，文字和語言和儒學意義的相互關聯已經顯而易見了，依據文字和語言通向由此所關聯的對聖人心志的體悟，反映在儒學意識的內部被不斷地重新理解和闡釋。簡而言之，作為全體的儒學認識和作為部分的經書解釋之間是相互補充、相互循環的。理解了這一點，認為戴震的字義分析和他的考據是屬於『近代』意義上的客觀性追

〔註72〕〔清〕段玉裁《說文解字注·王念孫序》，上海：上海古籍出版社1981年，序第1頁。

求，是把戴震的思想簡單地一般化處理了，也造成了『近代』這一概念在適用對象上的混亂。」〔註73〕無論是戴震「實事求是」的思想，還是他對於「故訓」的認同，尚且難以成為乾嘉學者對「客觀性」追求的症候。也即，濱口富士雄所提到的戴震通過文字和語言以及其個人之思的結合，包含了主觀和客觀的雙重理解，戴震的圖式所力求實現的，是通過「智識反覆處理材料」的思辨性活動。

考據的方法運用於戲劇文獻知識，說明乾嘉學派試圖連結知識與思想、追求知識的語境化和歷史化的思路被運用到了對戲劇文獻資料的探索上。這種思路不僅僅是一種學風的移置，一種習慣性的思維，而是代表著兩個領域的思維方式相互作用，在重建儒家思想秩序的同時，也加深了對戲劇理論的探討。對於戲劇理論來說，運用考據的方式還原其時代背景和故事淵源，不僅僅有益於建立戲劇學科的歷史，也避免了在創作上罔顧事實邏輯的胡編亂造和僅僅複製歷史敘事而喪失真情實感，同時也使得在欣賞上更加能夠對一些熟視無睹的戲劇程式化現象加深其歷史淵源的理解，從而穿過戲劇的敘事理解背後的真實世界，進而探索這一背景下最為合適的創作方式。總之，二者都是通過歷史考證的方式，以客觀知識為線索，還原知識的生產語境和歷史圖景，從而減少將語言的言外之意隨意比附的可能，儘量消除外部勢力對於藝術創作的過度解讀，儘量在作者的創作環境和歷史背景下理解戲劇創作，以此來抵抗由於對戲劇文本的誤讀而造成的不良社會事件的發生。

這種重新檢驗知識的方式在很大程度上使得關於道德的、真理的儒家經典話語從「理念」的世界回到了「歷史」的場域，這是檢驗知識生產的目的和意義的基礎，但也容易導致關於儒家的經典話語走向失落的危險。焦循在提到知識的檢驗時表示：「存其言於天下後事，以俟後之人參考而論定焉。老儒自矜其言，又恐人斥之駁之也，至於火其言。存其言於天下後世，無一人斥之駁之，惟孔子一人。」〔註74〕「言」是否有效，可以在「後事」中參考論定。還原知識的原有語境只是一個過程，最終仍然需要闡釋知識、解讀知識的「後人」才能決定知識是否真正產生效用。這就將檢驗知識的權利拋到了歷史語境中，儒家經典在語言上曾經劃定的是非將面臨失效的風險。當然，焦循在這裡

〔註73〕〔日〕濱口富士雄《清代考據學的思想史》，東京：國書刊行會平成 6 年（1994年），第 200 頁。

〔註74〕〔清〕焦循《說矜》，《雕菰集》卷十，《雕菰樓文學七種》，陳居淵編，南京：鳳凰出版社 2018 年，第 231 頁。

仍然強調了無人駁斥的孔子言論，試圖保證儒家經典的可靠性，表明其仍然在儒家學說的內部討論知識的生產問題。但也無疑揭示了儒家的意識形態在這種知識檢驗的觀念下面臨徹底崩潰的風險，成為現代中國的轉型的一些微弱的症候。

第三節　戲劇敘事中的虛實觀念

正是由於在戲劇表演和戲劇知識類型中，戲劇作為社會事件和知識形式，都反映了言意關係和虛實關係內在一致性的要求，這種要求不僅僅針對與戲劇表演有關的軼事和其中體現的生活方式，還反映在對戲劇作品的評論上，也即對戲劇作品木身在藝術水準上。而戲劇敘事虛實關係的界定離不開與歷史書寫的比較，這種比較的目的不僅僅是對創作家而言，還更加側重觀眾在觀演過程中的移情效果。最終，這種虛構敘事與歷史敘事之間又在何種意義上完成了統一，仍然是值得繼續探討的話題。

一、戲劇敘事與歷史書寫的關係

在清代以前，大多數戲劇論著重在品評不同劇目的曲詞、音律和創作方法，及其不同的風格和藝術價值等，鮮少關注戲劇本事和流變淵源。而在焦循的戲劇研究中，《劇說》和《花部農譚》的絕大篇幅都在查考劇本的故事原型，這也是清代戲劇論著的一個較為顯著的特點。如《劇說·卷五》中考察徐渭《雌木蘭》雜劇，是根據古樂府《木蘭歌》而作：

> 徐文長本古樂府《木蘭歌》，演為《雌木蘭》雜劇，與《狂鼓吏》
> 《翠鄉夢》《女狀元》，為《四聲猿》。然《木蘭歌》不詳木蘭之所終，
> 而徐文長則有『王郎成親』之科白。〔註75〕

在《木蘭歌》的敘事中，沒有提到木蘭是否婚配，但徐渭的雜劇中則安排了與「王郎成親」這一結局。於是焦循對木蘭的生平作了一番考證，據《商丘志》、《孝烈將軍祠像辨正記》等記載，考察其中的官制、地理、稱呼等等，鎖定木蘭實事的年代，認定歷史上木蘭並未婚配，「成親」這一結局為徐渭的藝術加工。故事原型的考察不僅是藝術內部故事文本之間對相同的故事類型形成的相對穩定的繼承關係的考察（如《雌木蘭》對《木蘭歌》的繼承），還涉

〔註75〕〔清〕焦循《焦循雜著九種》，揚州：廣陵書社 2016 年，第 443 頁。

及木蘭的歷史原型如何被重擬、加工和潤飾，進而編織進文本世界的過程。

《花部農譚》中將崑曲《八義記》與花部《鐵丘墳》兩則故事對讀，則是兼具以上兩種方式的考察。前者本《史記・晉世家》中記載的程嬰收趙氏之子的忠義之事撰寫而成；後者則改換了故事背景，但情節結構一致，敷衍而為徐勣收薛氏之子的新故事。焦循稱之：「作此戲者，假《八義記》而謬悠之，以嬉笑怒罵於勣耳。彼《八義記》者，直抄襲太史公，不且板拙無聊乎？」〔註76〕焦循並不否定戲劇敘事對於歷史事件的加工和改造，並認為相比於直陳史事，敷衍謬悠而作更有妙趣。焦循對《雌木蘭》的本事進行多方考證後，得出一結論：「傳奇雖多謬悠，然古忠、孝、節、烈之跡，則宜以信傳之。」〔註77〕這似乎與其贊同虛構謬悠的觀點相互矛盾。如果焦循已經肯定了藝術加工的必要性，為何如此關心木蘭在歷史上是否婚配？這恐怕不是乾嘉學派嚴謹的考證學風從經學領域移至其他領域所能一言以蔽之。在此，我們看到了焦循的戲劇本事研究貫穿於信史與諸多劇本之間，他既肯定劇作文本對歷史真實的加工改造，又對戲劇故事的真實本事表現出強烈的關心。

木蘭之所以有「孝烈」之諡，是因為有傳聞記載其女扮男裝替父從軍之後，以死拒納宮中追贈而來，以其替父從軍為「孝」，以死明志為「烈」。經考證，歷史上木蘭並未婚配，且以「孝烈」追贈為唐朝始有，木蘭為唐以前人，不會有「孝烈」合稱一諡。可有「孝」稱，但未有「烈」說。故稱木蘭之「烈」，確為捏造。基於此，焦循才提出「忠孝節烈之跡，宜以信傳之」的觀點。也即，焦循並非事無鉅細地考證劇本中的諸多細節是否符合歷史真實，只有在追問劇作中木蘭的追諡「孝烈」這一道德話語是否成立這一問題下，她在歷史上是否婚配的事實考證才具有意義。這並非對劇本中的木蘭是否符合人物邏輯在藝術上的追問，而是將事件放回到歷史語境上的實證考察。在焦循的考證中，花木蘭在歷史的記載中僅有對其「孝」的記錄，卻因其為女性，漸漸在故事的流傳中又被賦予了「烈」這一道德性格。這不僅僅說明了關於人物的性格塑造可能與戲劇創作的歷史背景有關，還表明關於這些無端增加的細節在人物性格上有牽強附會之嫌，反而阻礙了人物的藝術塑造，因此依據史實進行刪改實有必要。而《八義記》與《鐵丘墳》的區別，不在於對歷史人物進行了道德性格的隨意添加，而在於在表述一種人物性格和人物關係時，能夠利

〔註76〕〔清〕焦循《焦循雜著九種》，揚州：廣陵書社2016年，第470頁。
〔註77〕〔清〕焦循《焦循雜著九種》，揚州：廣陵書社2016年，第444頁。

用文字技藝使得其有異於歷史記載的文學風格，更加生動地烘托人物性格和故事情節，有利於發揮戲劇的藝術主題，引起更好的觀劇效果。

　　焦循還列舉了花部《兩狼山》演出了《宋史·楊業傳》的歷史故事，並對其做出了改動的例子。在《宋史·楊業傳》的記載中，潘美時任雲應路督部署，不能阻止西上閤門使王侁忌功不救，陷楊業於陳家谷口而兵敗身亡。而在《兩狼山》的故事裏，「演楊業死事，則全歸獄於美」〔註78〕。焦循認為，宋朝時所判此案重罪在王侁，輕罪在潘美，但實際上是潘美構陷楊業，委罪於王侁。史書的敘事，雖承認了楊業的大義凜然，卻因為屈於權勢而使得王侁成為道德上的更為嚴重的罪責承擔者。《兩狼山》的敘事方式雖然並不完全符合歷史記載，但是將罪責歸於潘美，冠以「姦臣」之名，為村人所不齒，恰是彌補了歷史書寫的疏漏：「有《春秋》之嚴焉」，「與史筆相表裏」。焦循在《翼錢》一文裏對《孟子》「春秋作而亂臣賊子懼」一語闡釋道：「蓋春秋既成不能使亂臣賊子絕跡於天下，而能使天下知其為亂臣賊子，天下人人皆知亂臣賊子之惡無所容。」〔註79〕這句話恐怕能夠提示焦循認同《兩狼山》歸潘美為姦臣的原因，道德話語的作用是依據歷史現實別善惡，辨忠奸，使惡因懼失勢。同時也表明，如若不以遵守現實依據為準則，那麼敘事話語很有可能為權力所利用，為官方意識形態收編，例如《宋史》罔顧現實的敘事方式，則可能造成善惡立場的崩壞和道德話語的失效。

　　進入戲劇敘事所依據的歷史真實與其說是客觀真實，不如說是在歷史的流動過程中，觀劇所處時代的人們願意相信的真實，或者是符合人們日常生命經驗邏輯的真實。這也是前文所述，焦循經過多番考訂驗證木蘭是否婚配，檢驗被諡為「烈」這一道德話語是否成立的原因。歷史只記錄了木蘭替父從軍的忠孝之事，觀眾則因「通情」而受到感動，行忠孝之義。如若她未曾婚配而被貫以「烈」名，則是後世之人扭曲了道德話語的真實指涉，「烈」之名強行介入了戲劇敘事，因為缺乏歷史真實作為依據，人物的情感邏輯也難以塑造，最終的勸善效果也將大打折扣。同時，前文所述焦循所認可的敷衍之劇《鐵丘墳》即使全為虛構，無關歷史真實，但其關乎「忠孝」的情感塑造本自歷史，實以為真，道德話語發揮了「通情」的效用，因此才有「此亦勸

〔註78〕〔清〕焦循《焦循雜著九種》，揚州：廣陵書社 2016 年，第 471 頁。

〔註79〕〔清〕焦循《雕菰集》，陳居淵編《雕菰樓文學七種》，南京：鳳凰出版社 2018 年，第 166 頁。

善維持風俗之一端，固不必其事之實耳」〔註80〕這些與其注重歷史真實看似矛盾的論斷。

從這裡我們看到，焦循對戲劇敘事真實性的判斷有其更為深層的依據，不僅僅是以「信史」的記載為標準，而是首先考慮它的社會性效果。要達到勸善和維持風俗的效果，首先需要獲得觀眾在情感上的認可，而這種認可來源於戲劇敘事與生活經驗達成某種一致。也就是說，《宋書》裏對於歷史的記載，恰恰反映了清朝當時的社會狀況，也即官方權勢對於道德標準的完全控制。焦循所要反對的，是這種敘事中可能體現出來的道德無法獲得自足性的傾向。所以他更加贊同《鐵丘墳》中對歷史的重新敘述和對人物的重新刻畫，並認為新的戲劇敘事符合觀眾內心的情感期待，同時也藉此試圖使得道德擺脫概念的束縛和權勢的宰制，最終能夠在具體的歷史語境和現實環境中，形成不妨礙人們日常生活經驗的行為約束和正向勸導。

凌廷堪也認為雜劇並不需要完全與歷史事實吻合：「元人關目往往有極無理可笑者，蓋其體例如此，近之作者乃以無隙可為指責，於是彌縫愈工，去之愈遠。」〔註81〕如果過分糾纏其與史書記載的真實性的關係，便忽略了戲劇的藝術價值。這是當時大多數人對於戲劇的一致意見。在戲劇內部，於合理的故事情節中賦予人物相應的道德性格，並在其中反映作者和觀眾的共同的道德情感，是最佳的藝術作品，此時的戲劇情節自然無需過分顧及其與歷史記載的出入。而對於戲劇故事源流及其創作中所反映的歷史背景來說，對於歷史真實性的考證又顯得尤為重要，因為這代表了戲劇故事的類型脈絡中所滲透的不同的時代共同意識和情感表達方式。這不僅僅是一個關乎藝術的問題，還是關乎思想的問題，故而便需要用學術的方法去探索和思考。由此，考證的方法論便被沿用至戲劇理論的研究範疇中來。

二、基於觀眾立場的戲劇虛實觀念

《劇說‧卷二》中考察《琵琶記》的本事時，焦循考證其中主角蔡伯喈捨妻再娶的故事應是暗諷唐朝相國牛僧孺納婿一事。但這種考證非一般觀眾所能理解，也無法引起他們的真正關心。焦循引用宋人的詩句揭示民間對此戲劇的態度：「斜陽古柳趙家莊，負鼓盲翁正作場。死後是非誰管得，滿村聽說蔡

〔註80〕〔清〕焦循《焦循雜著九種》，揚州：廣陵書社 2016 年，第 446 頁。
〔註81〕〔清〕凌廷堪《校禮堂詩集》卷二，顧廷龍主編《續修四庫全書》，上海：上海古籍出版社 2002 年，第 1480 冊。

中郎。」〔註82〕民間觀眾無意於在戲劇人物裏瞭解其所隱射的歷史人物並加以清算評判。但在戲劇語境裏的人物形象卻形成了難以磨滅的公眾記憶，成為公眾話語的重要組成部分。戲劇作為一種大眾藝術，在民間是街頭巷尾茶餘飯後的談資，甚至一直被視為「小道」，花部戲劇尤甚。在清朝中葉，花部戲劇在民間極為興盛，焦循無疑看到了花部戲劇在參與公眾記憶過程中起到的不容忽視的作用。

《綴白裘外集·敘》中提到戲劇的作用：「無他，以古人之陳跡觸一己之塊磊。雖明知是昔人云吹皺一江春水，干卿甚事，而憤懣交迫亦有不自持者焉。」〔註83〕「以古人之陳跡觸一己之塊磊」，則道出了人們喜愛觀劇的原因在於歷史的事件觸及了觀眾內心「憤懣交迫」的情感。但是，花部戲劇的故事則不一定來源於史書記載·

> 若夫弋陽、梆子、秧腔則不然：事不皆其有徵，人不必盡可考。有時以鄙俚之俗情，入當場之科白。一上氍毹〔註84〕，即堪捧腹。此殆如東坡捉肘，正襟之時，正爾昏昏欲睡，忽得一詼諧訕笑之，人為我持羯鼓解酲，其快當何如哉！此錢君綴白裘外集之刻所不容已也。抑吾更有喻者，詩之為風也，有正有變，史之為體也，有正有逸。戲亦何獨不然，然則戲之有弋陽、梆子、秧腔，即謂戲中之變，戲中之逸也，亦無不可。〔註85〕

在這篇許渭森的序言中，將花部戲劇與雅部戲劇對峙，認為花部為雅部的「變體」，使得花部戲劇可以納入戲劇正統的脈絡中，獲得了合法性。並且，作者不僅指出了花部戲劇的虛構特點，還指出了其娛戲功能。這就表明了其對觀眾的吸引力不在於其與歷史真實的關係，而在於與觀眾生命體驗的相互關係。因此，重視戲劇劇本的敘事方式，是因為它一方面代表著道德話語的日常敘述，一方面又因其廣泛的受眾而能夠影響大眾對道德話語的集體體認。例如焦循記杭州女伶商小玲：

> 嘗有所屬意而勢不得通，遂鬱鬱成疾。每作杜麗娘《尋夢》《鬧

〔註82〕〔清〕焦循《焦循雜著九種》，揚州：廣陵書社 2016 年，第 360 頁。
〔註83〕汪協如校《綴白裘·第十一集序》，北京：中華書局 1995 年，序第 1 頁。
〔註84〕明清時期士大夫置辦的家樂，親自物色藝人，專聘教習進行訓練，甚至親臨劇場指點。演出地此案常是私家廳堂庭園或其他清雅場所，觀賞者則是家樂主人及其親朋好友，搬演的作品必定為文人手筆。
〔註85〕汪協如校《綴白裘·第十一集序》，北京：中華書局 1995 年，序第 1 頁。

殤》諸劇，真若身其事者，纏綿淒婉，淚痕盈目。一日，演《尋夢》，
唱至「待打並香魂一片，陰雨梅天，守得個梅根相見，盈盈界面」，
隨聲倚地。春香上視之，已氣絕矣。〔註86〕

即使是扮演戲劇中角色的優伶，也會因為故事中的人物與自身的相互關
係，而對戲劇中的情節信以為真，甚至將自己的人生體驗與戲劇中人物的體驗
合二為一，最終造成了戲實不分的後果，造成了以身殉戲的結局。

觀眾對戲劇情節是否真實並不關心，真正吸引他們的是戲劇情節中的人
物性格和情感表達，這就造成了戲劇敘事中可能存在著因為觀眾情感失控而
導致的風險。首先，缺乏現實依據的敘述方式過分迎合理論一般民眾的心理需
要，短時間內便迅速流傳形成公眾記憶，成為一個時期主導整個話語氛圍的輿
論中心，這可能導致其極易被權力話語所利用；另外，道德話語與敘事方式之
間形成鴻溝，像是道德話語對日常敘事的生搬硬套，無法召喚公眾的現實經
驗，產生共鳴，使得道德話語圍於自身抽象的表意系統，成為自說自話的高談
闊論，漸漸在公眾視野裏消解其有效性，最終淪落至「失語」的境地。

故而，戲劇敘事作為公共話語，是道德話語奏效的絕佳場所之一，須以「通
情」為核心，才能真正起到勸善的作用，而「通情」的基礎，則是與觀眾生命
經驗的契合。焦循認為，最為妥帖地將道德話語以情感真實為依據縫合進戲劇
敘事的理想範本是花部戲劇《賽琵琶》。此劇寫陳世美有父母兒女，入京赴試
登第而贅為郡馬，棄其故妻父母之事。焦循提到：

> 然觀此劇者，須於其極可惡處，看他原有悔心。名優演此，不
> 難摹其薄情，全在摹其追悔。當面詬王相、昏夜謀殺子女，未嘗不
> 自恨失足。計無可出，一時之錯，遂為終身之咎，真是古寺晨鐘，
> 發人深省。〔註87〕

陳世美的故事最終能夠引起觀眾的共情，不是因為權勢迫使陳世美認罪，
也非站在道德制高點控訴他的惡行，而是描繪其因謀求權貴而謀殺妻女，因為
對權勢的崇拜而割捨了親情恩義之後表現出來的追悔。惡行並非外在於道德
秩序的少數派，只需控訴懲戒便從此匿跡，而是通過其行惡之事知其情之變
化，才能引起觀眾共鳴，引以為戒，也最終起到懲惡揚善的作用。

焦循深諳觀眾欣賞戲劇的心理結構，戲劇是否符合史實並非是他們關注

〔註86〕〔清〕焦循《焦循雜著九種》，揚州：廣陵書社 2016 年，第 448 頁。
〔註87〕〔清〕焦循《焦循雜著九種》，揚州：廣陵書社 2016 年，第 474 頁。

的重點，並且觀眾還時常將戲劇的虛構情節認為是歷史真實。而對於能夠在他們心中留下深刻印象的戲劇作品，便無人在意它們是否符合歷史真實。這是基於觀眾的視角對戲劇虛實觀的理解，與基於創作立場對戲劇虛實觀的理解並不相同。焦循正是在觀眾的立場上提出戲劇的虛實觀念，試圖提升觀者欣賞戲劇的審美能力，通過對歷史事實的梳理和其與觀眾日常生命情感經驗的契合來闡釋觀眾共情的來源，並由此發揮社會責任，宣揚道德倫理。這是一種兼具歷史考證與社會心理的審美標準，它不再致力於探討與歷史記載是否符合的虛實界限，而是利用歷史考證與社會背景的「旁通」，來使得真實性的標準以符合當下的情感結構的歷史敘事為依據。雖然焦循在方法論上並沒有放棄對歷史考證的沿用，看似同樣尊重歷史敘事和當下的情感邏輯，但他對歷史敘事的真實性理解，事實上已經包含了更多的當下性意涵。

這也反映了清朝中葉話語環境的現狀。楊念群指出，自康熙開始，「士」、「君」關係發生了轉化，「士」不再承擔宋朝以來建立的對「君」的道德教化的角色，反而是由帝王任意擇取儒家經典以裨其用。〔註88〕道德話語時常淪為權力的附庸。而焦循對戲劇敘事話語的一系列關注，極有可能包含試圖修復士人與民間之間的話語鴻溝，重新建立一個關乎「風化」的話語互動場所的目的。因焦循多年「不入城市」〔註89〕，有諸多機會觀看花部地方戲，也與當地百姓共同探討戲劇的人物和情節，形成了新的話語空間。

這個新的公共空間的開拓非同於以往學術領域內部的公共討論。如果說舊有的學術話語討論空間已經完全被官方意識形態壟斷，只能轉向所謂「考據」的私人知識話語場域，那麼焦循試圖與農人建立起來的公共話語空間無疑是對乾嘉學派「經世致用」精神的現實嘗試。當然，與民間的交流並不是知識話語絕佳的互動場所，焦循只能在其中承擔「解說」的身份，而聽眾也只能「解頤」，並無可能參與到道德話語的清理和重構的語境中去。但這個公共空間的打開，也同時佐證甚至啟發了焦循對道德話語的真實效用的重新思考。

由前文所述，焦循從「事」「詞」「音」三個角度對花部戲劇的肯定，不僅僅是在藝術形式內部對敘事話語做歸納特徵的「科學」工作，也不僅是在「考據」學風的影響下對借戲劇作為其方法論的驗證場所，還在於將戲劇作為一種

〔註88〕 楊念群《何處是江南？清朝正統觀的確立與士林精神世界的變異》，北京：生活・讀書・新知三聯書店 2017 年版，第 83 頁。

〔註89〕 〔清〕阮元《通儒揚州焦君傳》，《揅經室集・二集・卷四》，北京：中華書局 1993 年，第 475 頁。

公共的敘事話語，探索其如何於其中承載道德話語並發揮社會效用的可能性。

三、「補亡」傳統與戲劇的虛構敘事

　　基於對真正的戲劇真實的探索，焦循也試圖創作以敘事為文學形式的作品——《續邯鄲夢》。《邯鄲夢》是湯顯祖「臨川四夢」之一，劇寫盧生在邯鄲客店遇見八仙之一呂洞賓，談論出將入相之事，頗為得意。後盧生犯困，跳進呂洞賓所送之枕中，夢見自己功名富貴、賢妻孝子俱有，官至宰相，歸天而去。此時恰為盧生從夢中醒來，幡然醒悟，與呂洞賓一同歸仙。

　　清代黃周星《製曲枝語》云：「曲至元人，尚矣。若近代傳奇，余惟取湯臨川四夢；而四夢之中，《邯鄲》第一，《南柯》次之，《牡丹亭》又次之。若〈紫釵〉，不過與《曇花》、《玉合》相伯仲，要非臨川得意之筆也。」〔註90〕足見《邯鄲夢》頗受文人所重視，甚至超過了膾炙人口家喻戶曉的《牡丹亭》。明代呂天成在《曲品》中說：「《邯鄲夢》，窮士得意，興盡可仙。先生提醒普天下措大，功德不淺。即夢中苦樂之至，猶令觀者神遙，莫能自主。」〔註91〕呂天成言簡意賅地提出了《邯鄲夢》的主題「窮士得意」、「夢中苦樂」。用「戲」的方式來描寫「夢」，表達了一種身處當下的士人在科舉官場的現實語境中的出處困境，也表達了一種在共同語境下的欲望投射。

　　《邯鄲夢》故事原型出自唐代沈既濟的小說《枕中記》，後來元朝馬致遠又作《邯鄲道省悟黃粱夢》，可謂一部極受文人歡迎，並經過了屢次改編的名篇。而焦循也提出自己續寫《邯鄲夢》的原因：

> 　　自有《西廂》，續者不一而足矣。然關漢卿之續，乃補其未完之書，如《琵琶》、《拜月》，續者皆然。若《尋親記》，又有《續尋親記》，必言張員外之發配，亦到金山，而為其子誤殺；《一捧雪》，又有《後一捧雪》，必言莫成、雪豔之登仙，莫昊之婚於戚少保；《牡丹亭》，又有《後牡丹亭》，必說癩頭黿之為官清正，柳夢梅以理學與考亭同貶：凡此者，果不可以已乎？乃餘則欲為《續邯鄲夢》，以寫宋天保事。〔註92〕

　　焦循提出，對於名著的續寫，大多是為了「補其未完之書」，彌補原作中的遺憾之處。首先，焦循非常贊同這種「補亡」傳統。這也基於一種中國文學

〔註90〕周錫山編著《牡丹亭注釋匯評》，上海：上海人民出版社2017年，第709頁。
〔註91〕周錫山編著《牡丹亭注釋匯評》，上海：上海人民出版社2017年，第701頁。
〔註92〕〔清〕焦循《焦循雜著九種》，揚州：廣陵書社2016年版，第395頁。

傳統中的「補亡」意識。〔註93〕在「補亡」的傳統中，焦循試圖完成《邯鄲夢》中所未寫之志，以補充前人之言，在已有文本的基礎上提出新的解讀視角和意義擴展的空間，與前文所論焦循重視「述」的觀念有一定的暗合之處。

　　從焦循所述《邯鄲夢》〔註94〕文本來看，我們發現焦循對《邯鄲夢》的續寫並非以戲劇劇本的形式，甚至有些類同於小說。由此，很多學者認為焦循所創《續邯鄲夢》已經定本，只是如今已經失傳。例如《中國古代戲曲文學辭典》在介紹焦循時，提出「劇作有傳奇《續邯鄲夢》」。〔註95〕除此之外，大多數關於焦循戲曲理論的研究著作也都認為這是已佚之作。范春義認為這是因為「閱讀不細」而產生的分歧，他認為《續邯鄲夢》「只是焦循的想法，並未付諸實踐」〔註96〕。

　　事實上，焦循對戲劇情節介紹的寫法無獨有偶，潛藏在對其他戲劇大致情節的簡述中：

> 花部中演為《清風亭》劇，張處士仍姓張，仁龜則謬為薛氏子。其本末略同。處士夫婦以織扉磨豆為生，拾得此子，有血書乞人收養，處士力貧撫育，得存活。至十數載，適其生母過此，乃竊血書逃去，登第，出使矣。張自此子出逃，其婦日詬，以思兒得疾，不復能磨豆。張日扶其病婦至清風亭望此兒歸。蓋年皆七十許矣。久之，愈衰老，困苦行乞，而食暇則仍延頸於清風亭。〔註97〕

　　從對《清風亭》的介紹中，可以看到這是《北夢瑣言》中張仁龜故事如何演變而成《清風亭》故事的簡單介紹。而後，焦循對故事的敘述顯然超出了介

〔註93〕如晉代束皙的《補亡詩》，補《詩經》六首「有義無辭」之缺，列於《文選》各體詩之首。李善《補亡詩六首》題注曰：「四言，並序。《補亡詩序》曰：『皙與司業疇人，肄修鄉飲之禮。然所詠之詩，或有義無辭。音樂取節，闕而不備。於是，遙想既往，存思在昔。補著其文，以綴舊制。』」（〔梁〕蕭統編、〔唐〕李善注，《文選》，北京：中華書局 1977 年影印版，卷十九，第 272 頁）宋代的晏幾道《小山樂府自序》：「補亡一編，補樂府之亡也。……嘗思感悟之情，古今不易，竊以謂篇中之意，昔人所不遺，第於今無傳爾。故今所製，通以補亡名之。」（金啟華等編《唐宋詞集序跋彙編》，臺北：商務印書館 1993 年，第 25 頁）

〔註94〕〔清〕焦循《焦循雜著九種》，揚州：廣陵書社 2016 年，第 395 頁。

〔註95〕鄧紹基主編《中國古代戲曲文學辭典》，北京：人民文學出版社 2004 年，第 311 頁。

〔註96〕范春義《焦循戲劇學研究》，南京：鳳凰出版社 2012 年，第 9 頁。

〔註97〕〔清〕焦循《焦循雜著九種》，揚州：廣陵書社 2016 年，第 395 頁。

紹的範圍，而是進行了從場景到對話的細緻描繪。坊甲因為看到偶然而至的貴官與兩位翁媼逃逸之子面相相同而告知兩位老人。緊接著，翁媼與兒子之間面見的場景細節被詳細地刻畫，其中包括對話、動作和情緒變化等等：

> 此子曰：「此兩乞丐，得二百錢足矣。」乃以錢二百給之，撝於亭外。媼讓翁曰：「兒恨爾，爾素督責其讀書過切。我則保持之，雖長，未嘗一日離諸懷也。爾姑退，我獨求之，伊當憐念我。」媼復入，此子怒詈益甚。媼大哭，以錢擊其面，觸亭而死。翁見媼久不返，往視，見媼死，亦大慟，以首觸地死。〔註98〕

這裡事無鉅細地對戲劇情節進行描繪，使得與之前有關劇情介紹的文本不同的是，此時的文本似乎變成了類似於「小說」的敘述。《續邯鄲夢》的寫法也是如此，不僅包括情節，還包括場景和對話。它並非是以戲劇為文體的創作，而是以一種類似於「小說」的文體在對戲劇情節進行介紹。由此，我們傾向於認為焦循對《邯鄲夢》的續寫是一種潛在的創作嘗試。也從焦循僅僅強調故事的場景和情節，並未完全用戲劇的形式書寫中，這提示我們注意焦循對戲劇這一文體的態度。

首先，如前文所言，焦循輯錄六卷《劇說》的標準：「乾隆壬子冬月，於書肆破書中得一帙，雜錄前人論曲、論劇之語，引輯詳博，而無次序。乙丑，養病家居，因取前帙，參以舊聞，凡論宮調、音律者不錄，名之以《劇說》云。」〔註99〕可見，焦循並不重視關於宮調、音律的戲曲知識，而是僅僅關注與情節、內容以及文體等有關的論述。其次，焦循對戲劇文體的關注，更多的在於其淵源流變，以及與其他文體的比較上。例如前文所述元曲之格，大多是放在與八股文的比較上看待。

但是焦循並未從細部分析戲劇作為一種文體本身所具有的獨立審美性，這也是諸多論者認為焦循的戲劇理論尚未形成一種「理論的」、「系統的」論述的原因。從對《續邯鄲夢》的創作意圖和情節表現方式來看，焦循似乎只關注戲劇是如何完成「敘事」這一目的，而戲劇的唱腔以及帶有修辭性的文學技藝的表現，都不是焦循關注的重點。

這種敘事方式不僅僅表現在文獻考訂與戲劇創作目的上，同時還表現在他對於諸多坊間傳聞的小人物故事的關注。例如焦循的著作《里堂道聽錄》中，

〔註98〕〔清〕焦循《焦循雜著九種》，揚州：廣陵書社 2016 年，第 474 頁。
〔註99〕〔清〕焦循《焦循雜著九種》，揚州：廣陵書社 2016 年，第 333 頁。

就有諸多以記錄事情始末來記敘焦循聽說或閱讀所見之事的文章，這也反映了焦循關注民間日常事件中的倫理實踐。例如對毛孝子、海烈婦、劉貞女、陸孝子等的記錄，都是一些以日常道德倫理在人物事蹟中的表現方式，試圖喚起人們對於故事在道德和情感上的共鳴。因此，《續邯鄲夢》作為焦循的理想戲劇形式的嘗試，事實上並非處於未完成的狀態，而是焦循作為一名學者，戲劇創作的目的在這裡已經完成。置於其他完整的唱腔、表演等諸多方面，已經不是焦循關心的部分。

並且，焦循還關注敘事方式對人們生活場景的還原，以及敘事的內部節奏。也即，焦循非常擅長提取故事的關鍵情節，並且在情節關鍵之處不僅以文字指出其關隘，還試圖還原戲劇情節中的場景和對話，使得關鍵情節得以相對完整地以「情境」的方式再現在讀者眼前。這或許提示了焦循對於戲劇如何能夠感動人心，引起觀眾共情的考察。也即在焦循對故事情節的表述中，如果僅僅介紹情節的部分，在觀眾眼裏，這部分戲劇表現也只是承擔了表述情節的作用；如果以場景和對話等細節的方式來描繪情節時，這部分情節在戲劇中也達到了「劇眼」或者「高潮」的境地，使得觀眾的情緒在此刻得到集聚，與戲劇中的人物連結也越來越緊密，也在此處給觀眾留下了最為深刻的印象。

在其《續邯鄲夢》中，主人公官位的得失已經由政治勢力所完全掌控，其個人的公廉等品質已經完全無法左右政績，而其得官、罷官也在政治勢力（年羹堯）的一念之間，道德話語和實踐話語已經淪為泡影。這同時也說明，關於道德的訓誡和具體的實踐在日常社會生活中無法獲得關於真理標準的認可，也無法獲得實際的利益，反而會被用來隨意發揮。因此，焦循反對繼續在「義理」的層面上再次闡釋道德，也反對在日常實踐中不加反思地接受現狀，而是希望通過對敘事的重視，還原每一個問題的具體處境，從而彰顯關於道德標準與社會秩序的諸多問題，引起知識界和大眾的重視。

焦循對於戲劇情節如何吸引觀眾，感動人心有了深入的考察，也彰顯了焦循探索戲劇敘事內在張力的原因。焦循對戲劇的考察，實際上是將其當做道德與真理話語如何以更加有效的方式呈現的試驗場，而當這種有效性發揮作用時，戲劇敘事便為「真」、便為「實」，即使創作方式是虛構的。正因如此，花部戲劇成為了焦循盛讚的文體形式，它不僅僅在敘事上能夠更為細緻地與人們的人倫日常生活息息相關，完成對現實生活的再現，還能夠將道德與真理的話語滲透在這些反映了人們日常的敘事中，使得觀眾在與戲劇人物進行共情

的時候，完成對道德與真理話語的接受。

因此，花部戲劇無論是作為一種「變體」，還是作為一種「補亡」的傳統，它都嘗試在與人們日常生活緊密相關的事物中探索與用抽象語言表達的經學理念相區別的新的話語形式。這也是敘事作為一種「史傳」傳統的意義所在：「丘明恐弟子各安其意，以失其真，故論本事而作傳，明夫子不以空言說經也。」〔註100〕史傳產生的最初原因在於表明孔子的學說並非「空言說經」，而是句句有其具體的場景語境。新的歷史動態與日常生活方式，勢必會改變真理話語的具體內涵和實現形式。同時，這也是探索先賢聖人的言論在新的歷史形勢下仍然發揮效力的可能性。正如焦循在《述難》中所提到的：「聖人之道，日新而不已。譬諸天度，愈久而愈精，各竭其聰明才智，以造於微，以所知者著焉，不敢以為述也，則庶幾其述者也。」〔註101〕聖人之道之所以能「日新」，在於後人能夠結合新的「微」，也即新的現實狀態，來使得過去的「知」能夠產生新的「著」的效果。這也表明，花部戲劇的創作方式仍然是「述」的一種，仍然作為一種對「聖人之道」的二次論述。故而《續邯鄲夢》的「續作」本身就帶有對已有文本再次解讀之義，同時它也是對「述」這種話語形式的回應。這也說明了花部戲劇為焦循將思想與社會連結起來的意圖提供了絕佳的議論試驗場，它對於思想和社會的作用，也即他所認為的史傳對於經學的「補亡」作用。對於當時的文化氛圍來說，並不利於對社會現實作出直接判斷。而花部戲劇則既具備與現實有關的事件性表述，又具備關於道德、倫理和情感等思想層面的思辨空間，又因其題材大多是歷史或是日常生活圖景，免去了與現實政治直接聯繫的可能，又有利於表達對社會政治的諸多思考，即使這種思考的表現形式稍顯隱晦。故而我們把焦循對於戲劇的虛實觀念表述為「運虛於實」，無論是有關歷史史實的還是完全虛構的戲劇創作，他們的意義都在於在其中承擔宣揚道德的社會責任，因此他們必須有符合當下社會心理的二次創作，在經學中即是「述」，在戲劇中即為「虛」。「虛」是一種創作方法，一種闡釋手段。而對「實」的追求，則是追求敘事與日常生活經驗的一致性，而考證歷史事實則有助於更深入地理解當下的社會思想狀況，產生更好的敘事效果。經由這種「虛」的方法創作的以「實」為標準的戲劇，才是焦循所追尋的目標，我

〔註100〕陳國慶編《漢書藝文志注釋彙編》，北京：中華書局 1983 年，第 74 頁。

〔註101〕〔清〕焦循《雕菰集》，《雕菰樓文學七種》，陳居淵編，南京：鳳凰出版社 2018 年，第 169 頁。

們今天大多表述其為「藝術真實」。

綜上,焦循對戲劇中的虛實觀點雖然是看似矛盾的,但卻有其內在的一致性。對於焦循來說,考據在戲劇領域上的運用不僅僅是一種學風的慣性移置,還表現出在一個看似與現實政治並不直接相關的領域表達其更新儒家話語形式的訴求。因此,焦循在對戲劇文獻資料的輯錄中表現出了對諸多戲劇虛構性與現實性極其混亂的材料的興趣,這便已經透露出他對於官方文化政策影響人心至此的諸多焦慮。由此,他在對待關於儒家思想文化遺產時採用的乾嘉學派的考據方法,便是試圖通過還原知識的歷史譜系和生產語境來消除語言被隨意賦予多義性的可能。這也與他對於諸多戲劇文獻資料的考證工作目的一致,同樣是為了使得戲劇語言不再具備更多的語言多義性的可能,盡量消除由於誤讀而造成的人人自危的社會狀況。而對於花部戲劇的品評,焦循不僅僅是以「信史」依據作為知識客觀性的標準,反而認為即使是史書的敘述也帶有諸多被現實政治宰制和利用的可能。因此他更加讚賞花部戲劇中根據現實邏輯和人物性格來設置人物情節和人物形象的做法,因為這更加符合人們的日常生活經驗邏輯,也更能引起觀眾的共情,形成藝術上的「真實性」。這種真實性既能夠消除語言的多義性現象帶來的諸多誤讀,又能夠使得觀眾在充滿公共記憶的敘事環境下獲得對道德的認可,達到勸善訓導的目的,而對戲劇敘事的歷史考據的恰恰又加深了這種道德敘述的合法性論證,因為它並不以歷史的語言記載本身為依據,而是以記載歷史的語境和歷史狀況為依據。因此,焦循對理想的敘事想像便是傾向於在原有的故事原型上進行補充敘事,為舊有的敘事增添新的可能。這也表明焦循的戲劇虛實觀念中,其對「實」的理解並不以史書記載為標準,而是以能夠符合人們日常生活經驗的,尤其是能反映當下社會中的基本問題,從而引起觀眾情感共鳴的敘事為標準。由此,焦循的戲劇理論認為的戲劇真實便是符合我們今天對於敘事虛構性的理解,這也是焦循的戲劇理論中虛實觀念看似矛盾的深層原因。

與清朝的其他劇論家一樣,焦循已經發現了藝術真實與歷史真實並非一致,尊重藝術內部自洽的真實性,已經成為了清代優秀劇作家的共識。焦循的獨特之處在於,他對於藝術真實性的發現,恰恰來源於對歷史真實的尊重。二者之間並非分立看待,而是具有內在的一致性。正是因為歷史真實的意義在於消除語言的多義性,還原歷史觀念產生時的真實歷史事件和語境背景則是使得真理觀念獲得確證的方式。因此,藝術真實也必須遵循這一觀念,在創作戲

劇事件時，注重塑造人物形象，創造人物對話來還原真實的生活場景，以此來
傳遞教化觀念。因此，與其說焦循注重考證是為了還原戲劇事件的「真實性」，
不如說是他借用了考據的方法論來探討如何注重對戲劇的情節描繪中營造一
種「真實感」，來完成他在戲劇中傳遞教化觀念的初衷，這也是焦循屢次討論
戲劇虛實觀念的內在原因。

第四章　焦循的戲劇教化觀

　　焦循讚賞花部是由於「花部原本於元劇，其事多忠孝節義，足以動人；其詞直質，雖婦孺亦能解；其音慷慨，血氣為之動盪。」〔註1〕諸多學者認為，焦循尊重花部戲劇，本就是尊重個體精神，尊重民間俗文化的一種表現；但是，焦循又強調「忠孝節義」等有關儒家道德的部分更能代表花部戲劇的特點，顯然又帶有了明顯的「教化」立場。由此，焦循對花部的推崇，一方面被認為是對來自於民間的藝術作品認識的進步，另一方面也被認為焦循僅僅在「風教」的意義上肯定了花部，仍然帶有厚重的「封建意識」，沒有意識到民間藝術真正的活力。李昌集《中國古代曲學史》指出：「焦循能將目光投向民間戲劇並喜歡之，當然難能可貴。但這並不表明焦循是站在民間的立場上看『花部』、說『花部』的……焦循是從『風教』的立場、『復古』的立場去談『花部』的，且說『花部』最終仍是『不足以辱大雅之目』的『侈談』而已……」〔註2〕此種觀點大概帶有一種傾向，也即民間藝術與文人藝術之間呈現出一種二元對立的關係，它們之間不具有共通性，文人階層從屬於所謂封建階層，對民間藝術的觀察始終帶有誤讀與偏見。這種說法大量集中地出現在 20 世紀 80 年代，形成了對焦循的戲劇觀念的論述不可忽視的一種聲音。〔註3〕當代研究者這種

〔註1〕〔清〕焦循《焦循雜著九種》，揚州：廣陵書社 2016 年，第 469 頁。
〔註2〕李昌集《中國古代曲學史》，上海：華東師範大學出版社 1997 年，第 700 頁。
〔註3〕葉長海《中國戲劇學史稿》指出，焦循在當朝明令禁止戲劇、當時文人皆無視花部的情況下，仍在其《花部農譚》中肯定花部戲劇的優點及重要性，具有一定的突破意義。（葉長海《中國戲劇學史稿》，北京：中華書局 2014 年據上海文藝出版社 1986 年初版修訂，第 460 頁）湯振海《焦循及其戲曲著述》中根據花部戲曲對觀眾的感染力的演出效果指出，《花部農譚》「褒花貶雅」的傾向

論斷的言下之意似乎在於，藝術獨立性與強調教化意識的戲劇觀念是背道而馳的，如果同時提出這兩種觀點，就代表著焦循雖然有一定的進步性，但卻具有「時代的侷限性」或者是「封建思想的殘餘」。這種觀點事實上是按循尊重藝術獨立性則為先進，堅持教化觀念則為保守的思路。花部戲劇代表著民間文化，便與藝術獨立性掛鉤，而「忠孝節義」都是儒家知識分子對民間精神的道德壓迫，便是封建殘餘，二者處於對立的狀態。因此，當焦循既贊同花部戲劇，又堅持教化精神時，其中的矛盾性便只能用「封建殘餘」來解釋。

事實上，要理解焦循的教化觀念，首先應當釐清焦循對經學和戲劇學觀的態度。焦循如何看待戲劇學，事實上與焦循如何看待經學密切相關，甚至二者具有一定的同構性。而經學中的道德內涵的表現方式在清朝中葉儒家知識分子試圖改變儒家基本道德秩序的情況下，發生了諸多變化。在這種變化中，區別於經學表達方式的戲劇文體為新的道德內涵提供了思想邏輯上的動力，也成為闡釋表現道德真理的載體。

第一節　戲劇觀念中的教化思想

焦循思想中關於戲劇學與經學的關係，與前文所論文學與經學的關係並不完全一致。如果說前文將戲劇學認為是能夠體現「性情」和「性靈」的文學文體之一，那麼在此則需要重新梳理作為區別於其他文體的戲劇學與經學之間的相互關係。戲劇學的獨特特徵在於它的通俗化與大眾化，在創作上比詩詞等文體更加容易受到觀眾的影響。因此，焦循的戲劇學觀念則是利用這種通俗化的特徵，完成他在經學研究中難以實現的向大眾教化目的。因此，焦循的經學思想對道德內涵和表現方式的求索使得他同時重視戲劇教化功能中傳遞的道德內容；而戲劇的「動人」特徵，又使得焦循意識到教化與「性情」之間密不可分的相互關係，以此來保證教化功能的完成效果。

論及戲劇中的教化觀念，有一種不可忽略的聲音，即將「性情」與「教化」分而談之，認為「教化」的觀念會傷害關於「性情」的藝術表達。尤其是在明朝中晚期，對「情」的價值重估和重新褒揚，使得「性情」與「教化」漸漸地走向對立。例如徐渭《南詞敘錄》的記載：

對於封建統治階級「揚雅抑花」的正統觀念並不具有反叛性的挑戰意味，只是順應文化潮流、適應社會現實、體現求實學風而已。（湯振海《焦循及其戲曲著述》,《蘇州大學學報》1994 年第 3 期）

以時文為南曲，元末、國初未有也，其弊起於《香囊記》。……
夫曲本取於感發人心，歌之使奴、童、婦、女皆喻，乃為得體；經、
子之談，以之為詩且不可，況此等耶？直以才情欠少，未免矃補成
篇。〔註4〕

在這個論說中，提到了劇作《香囊記》。邵燦在《香囊記》卷末收場詩中
直接宣傳自己的創作宗旨：「忠臣孝子重綱常，慈母貞妻德永臧，兄弟愛慕朋
友義，天書旌異有輝光。」〔註5〕提出戲劇創作故事的主要目的是為了維護道
德綱常。徐渭則表達了對這種態度的不滿，認為對於戲劇來說，在道德綱常的
創作目的之外，仍需要調動作者的「才情」，才能感發人心、使人皆喻。徐渭
的說法看似將道德與才情分而述之，認為基於道德的創作目的傷害了戲劇本
身的藝術表達。這可能更加符合今人對藝術形式的理解。但從這裡的語境上
看，徐渭更傾向於針對戲劇創作論而言。如果戲劇的創作完全以道德綱常為目
的，就會在語言上過多地採用帶有經史色彩的晦澀之語，這就無法達成通過戲
劇與觀眾互動，使得觀眾獲得情感溝通的目的，喪失了戲劇的本體意義，而造
成這種割裂恰恰又是因為欠缺「才情」造成的。這提醒我們需要關注到戲劇的
教化觀究竟緣於何處，又如何在明清時期的戲劇創作中出現了教化與戲劇敘
事看似分裂需要擯除的觀念？

教化的觀念由來已久，與儒家的文化觀念密不可分。《禮記·樂記》首先
道出了關於音樂和倫理之間的相互關係：「凡音者，生於人心者也；樂者，通
倫理者也。」〔註6〕「樂也者，聖人之所樂也，而可以善民心。其感人深，其
移風易俗，古先王著其教焉。」〔註7〕這就提到了音樂「感人」的作用，從而
「善民心」，使得音樂形式的動情力量轉化為道德力量，最終完成教化。荀子
《樂論》談及音樂時，更加深入地從這個角度分析了儒家思想中教化觀念的基
本思路：

夫樂者，樂也。人情之所必不免也，故人不能不樂。……使其
曲直、繁省、廉肉、節奏足以感動人之善心，使夫邪污之氣無由得
接焉，是先王立樂之方也。……夫聲樂之入人也深，其化人也速，

〔註4〕〔明〕徐謂《南詞敘錄》，中國戲曲研究員編《中國古典戲曲論著集成》，北京：
　　　中國戲劇出版社1982年，第三冊，242、243頁。
〔註5〕毛晉編《六十種曲》第一冊，《香囊記》，北京：中華書局1958年，第132頁。
〔註6〕王雲五、朱經農主編《禮記》，北京：商務印書館1947年，第85頁。
〔註7〕王雲五、朱經農主編《禮記》，北京：商務印書館1947年，第95頁。

故先王謹為之文。……樂者，聖人之所樂也，而可以善民心，其感
人深，其移風易俗，故先王導之以禮樂而民和睦。〔註8〕

首先，音樂是與人情密不可分的。並且，通過音樂的諸多變化，能夠「感
動人之善心」，強調的是音樂與人的感受力之間「入人也深」、「化人也速」的
互動作用，並且依據這種互動作用為媒介，完成導之禮樂、移風易俗的目的。

這種教化的觀念漸漸由音樂轉移到文學上來，這也對語言的藝術性提出
了更高的要求。《毛詩序》中提到：「情發於聲，聲成文謂之音。治世之音，安
以樂，其政和。……先王以是經夫婦，成孝敬，厚人倫，美教化，移風俗。」
〔註9〕從這裡，我們看到「情」本是來源於「聲」，並且具備「安樂正和」的效
果。並且，詩序也指出，這種本來源於「聲」的效果，與「詩」相近，能夠使
得人倫道德獲得秩序，以完成教化，改變風俗。這也就形成了中國古典詩歌典
型的教化觀念，並源遠流長。可以說，自此以後，關於語言的藝術形式最終都
必須要完成教化的終極目的，體現著文學藝術對於世態人生的終極關懷。

由此，我們發現儒家教化觀念對於「樂」和「詩」的重視，恰恰在於它與
直接論述道德倫理的語言形式不同，正是因為這些語言形式能夠感動人心，具
備與大眾的互動能力，才能最終達到「教化」的目的。因此，在儒家文學思想
的影響下，幾乎所有的劇論家的核心觀點，都十分強調「情」的作用。並且，
「性情」與「教化」是不可分開的。

但是，馮夢龍在《〈永團圓〉總評》中說：「古傳奇全是家門正傳，從忠孝
節義描寫性情。」〔註10〕可見，性情也並非完全值得肯定，必須是「忠孝節義」
的性情才值得讚揚。這就道出了儒家觀念中對「情」這種觀念的警惕。荀子對
情慾有著明確的界說：「性者，天之就也；情者，性之質也；欲者，情之應也。」
〔註11〕此時，性與情、欲並置而談，性為自然生成，情是性的實際表現，欲為
情由外物刺激而生。由性所產生的情慾是荀子性惡論的關鍵所在，「從人之性，
順人之情，必出於爭奪，合於犯分亂理而歸於暴。」〔註12〕故而需要禮義的匡
正作用：「是以為之起禮義，制法度，以矯飾人之情性而正之，以擾化人之情

〔註 8〕〔戰國〕荀子《荀子》，上海：上海古籍出版社 2014 年，第 249、250 頁。
〔註 9〕陔苨、吳毓華編《古典戲曲美學資料集》，北京：文化藝術出版社 1992 年，第
　　　　17 頁。
〔註 10〕楊曉東編著《馮夢龍研究資料彙編》，揚州：廣陵書社 2007 年，第 113 頁。
〔註 11〕〔戰國〕《荀子·正名》，上海：上海古籍出版社 1989 年，第 130 頁。
〔註 12〕〔戰國〕《荀子·性惡》，上海：上海古籍出版社 1989 年，第 138 頁。

性而導之也。」〔註13〕這是儒家對情慾與禮義關係之辯的基本邏輯。後世各派學說對於「情」的表述，長期對「情」態度搖擺，持不十分肯定的態度。一方面，它順應天地而生，不可拋卻；另一方面，它又可能使人走向貪欲，墮落而偏移本性。正因為情的這種變動性，從先秦至兩宋，縱使概念的論域和對話對象發生了諸多改變，但「『情』因可能生出惡果『欲』，需要節制」這一觀念依然未變。

正是因為「情」可能導致的兩面性，使得劇論家們有意識地倡導在戲劇中將「情」的力量向「善」引導，也即所謂的「教化」。明朝初年，邱濬把程朱理學觀念引入戲曲，宣傳「劇以載道」的創作思想：「《五倫全備》，發乎性情，生乎義理，蓋因人所易曉者感動之。……善者可以感發人之善心，惡者可以懲創人之逸志，勸化世人，使他有則改之，無則加勉。」〔註14〕王驥德也持大致相同的見解：「古人往矣，吾取古事，麗今聲，華袞其賢者，粉墨其匿者，奏之場上，令觀者借為勸懲興起，甚或扼腕裂眥，涕泗交下而不能已，此方為有關世教文字。」〔註15〕丘濬和王驥德都看到了「言情」的力量或戲劇本身的敘事藝術（「造化」）對於戲劇傳播效果的重要性，但是也注意到了這種傳播方式可能造成的「敗壞風俗」的後果，故而主張強調「教化」的道德觀念通過「移情」的力量來勸善的作用。

王陽明對這個問題也談到：「今要民俗反樸還淳，取今之戲子，將妖淫詞調俱去了，只取忠臣孝子故事，使愚俗百姓，人人易曉，無意中感激他良知起來，卻於風化有益。」〔註16〕他指出戲劇應該化善民俗，「妖淫詞調」應當刪去，最終的目的仍然是為了使得人們在「易曉」的通俗語境中能夠得到「良知」的啟發，從而能夠感受到道德倫理的教化。

李漁《香草亭傳奇序》則從戲劇本身的角度將教化觀念詮釋得更為細緻：「然卜其可傳與否，則在三事，曰情，曰文，曰有裨風教。情事不奇不傳；文詞不警拔不傳；情文俱備，而不軌乎正道，無益於勸懲，使觀者聽者啞然一笑

〔註13〕〔戰國〕《荀子‧性惡》，上海：上海古籍出版社1989年，第138頁。
〔註14〕隗芾、吳毓華編：《古典戲曲美學資料集‧邱濬》，北京：文化藝術出版社1992年，第87頁。
〔註15〕〔明〕王驥德：《曲律‧雜論第三十九下》，收入《中國古典戲曲論著集成》，第4冊，卷4，北京：中國戲劇出版社1959年，第160頁。
〔註16〕〔明〕王陽明《傳習錄下》；吳釗，伊鴻書，趙寬仁等編《中國古代樂論選輯》，北京：人民音樂出版社2011年，第277頁。

而遂已者，亦終不傳。」〔註17〕這一段話道出了戲劇中的教化觀念的基本思路：戲劇中最為重要的是四要素，在敘事、傳情、表達和教化方面都不可少，而「傳」則是戲劇藝術標準的一個代表。「傳」代表著戲劇文體需要獲得更廣泛的觀眾的認可，也即獲得各個階層的觀眾認可，做到「雅俗共賞」。在這種理想狀態的要求下，戲劇不僅僅需要能夠在故事題材和敘事手段上以奇制勝，獲得更多一般大眾的認可，還需要在文詞表達上獲得士大夫的賞識，並且還需要達到其最終的社會效應——教化。也即，敘事、抒情和文詞，都與教化密不可分。敘事和抒情是使得戲劇能夠廣泛流傳的前提，而文詞表達則是使得戲劇作品得以向「文人化」發展的過程，教化則是通過文人的才情手段，將道德倫理賦予在大眾中流行的一般藝術形式上傳播開去，完成其移風易俗的社會目的的一種方式。因此，教化本身就是內在於戲劇這種藝術形式之中的必要因素，它並非現代人所說的是封建禮教強行加在藝術作品中的蛇足，反而是創作優秀藝術作品的戲劇家們共同具備的深層意識。「愚夫愚婦識字知書者少，勸使為善，誡使勿惡，其道無由，故設此種文詞，借優人說法，與大眾齊聽，謂善者如此收場，不善者如此結果，使人知所趨避，是藥人壽世之方，救苦弭災之具也。」〔註18〕李漁的這一觀念指出了戲劇不同於其他藝術形式的魅力，也即對不具備學習知識能力的人普及善惡觀念的一種方式。並且，教化是達到觀眾在「情」的意義上獲得共鳴的手段，是通過敘事的方式，也即「謂善者如此收場，不善者如此結果」，來倡導一種社會性的道德觀念，而非直接語言性的道德灌輸。

洪昇在其《長生殿自序》中也提到：「從來傳奇家非言情之文，不能擅場；而近乃子虛烏有，動寫情詞贈答，數見不鮮，兼乖典則。因斷章取義，借天寶遺事，綴成此劇。凡史家穢語，概削不書，非曰匿瑕，亦要諸詩人忠厚之旨云耳。」〔註19〕在這裡，我們看到洪昇對戲劇的文詞有著新的理解，他試圖破除之前的戲劇中可能出現的因為過度注重「言情」的傳播力，而忽略了教化的導善作用的弊端；也試圖清除拘泥於道德的教條語言而喪失傳播之力的「史家穢語」，注重在對歷史敘事的描摹來向觀眾傳情，從而傳達出勸善、垂戒的教化

〔註17〕 蔡仲德注釋《中國音樂美學史資料注釋》，北京：人民音樂出版社 2004 年，第 790 頁。
〔註18〕 〔清〕李漁：《閒情偶寄・詞曲部・戒諷刺》，收入《中國古典戲曲論著集成》，第 7 冊，第 11 頁。
〔註19〕 馬松源主編《中國古典名著百部》，北京：線裝書局 2012 年，第 265 頁。

需求。

　　因此，在明清時期絕大多數創作者和劇論家那裡，教化觀念並非是強加於戲劇藝術之外的道德訓誡，並非一個獨立藝術作品之外另有一種教化觀念入侵其中，破壞戲劇獨立的藝術性。而是教化觀念的傳遞本來就是戲劇藝術優劣的評判標準之一。正是因為戲劇在文學外部世界中的社會性功能，才使得其並非閉門造車的高雅藝術，而是在雅俗共賞的社會語境下，通過劇作家優秀的敘事能力表達的傳情力量，使得觀眾能夠在其中獲得道德洗禮的一種藝術形式。這也是在儒家文化背景下獨特的藝術創作觀念，代表著士大夫群體對社會生活的終極關懷。

　　焦循的戲劇觀念則更加強調教化的作用。焦循的教化觀首先表現在對「性情」特徵的重視。焦循輯錄了鄭超宗對「情」的理解，來加深對戲劇中的「情」的肯定：

> 吾邑鄭超宗《鴛鴦棒題詞》云：「香令先生遺書，以《夢花酣》、《鴛鴦棒》二劇屬予序。一為情至者，一為不及情者。嗟乎！人情百端俱假，閨房之愛獨真。至此愛復移，無復有性情者矣！覽薛季衡、錢媚珠事，使人恨男子不如婦人、達官不如乞兒、文人不如武弁，其重有感也夫？」……嗚呼！湯比部之傳《牡丹亭》，范駕部之傳《夢花酣》，皆以不合時宜，而所謂「寓言十九」者，非耶？〔註20〕

　　《牡丹亭》與《夢花酣》的寓言深意，事實上表達了一種「不合時宜」的與時代潮流的悖逆，他們所宣傳的「情至」論，看似是「閨房之愛獨真」，強調兒女私情，其實是對「性情」的恪守，是一種對「真情」的呼喚。這種「情」並非僅僅是《夢花酣》的主角薛季衡和錢媚珠之間的男女之事，而是在其中滲透了超越男女、官乞、文武之間既定的權力等級關係下，更為永恆的「性情」之真。因此，「不合時宜」是不合男、官、文必優於女、乞、武的價值排序，而超越了這種價值評判的新內涵恰恰是表現在男女之情的敘事背後「不移」的、不為世俗所動的永恆價值，也即人之「性情」。可見，焦循對「性情」的肯定，不僅僅重視它在「傳情」這一角度上的作用，還指出了它是維護道德內涵穩定性的一種方式。也即，道德的來源恰恰是基於人類受到外物影響而引發的自然反應，這種反應中包含有向善的可能性，這種向善的趨勢便是道德的意義。隨著社會形勢的日趨複雜，等級觀念和權力意識已經超越了人類自然的向

〔註20〕〔清〕焦循《焦循雜著九種》，揚州：廣陵書社 2016 年，第 409 頁。

善的道德反應，使得道德變為權力的工具和附庸，不再能夠在社會秩序中產生效用。因此，強調「閨房之愛」，恰恰是為了在與「人情百端」的對比下，突出「自然」之「情」的意義，並由此來維護發端於自然之「情」的道德的純粹性和穩定性。

因此，從戲劇創作的教化觀念上看，焦循認為在歷史事實中尊重自然流露的諸種情慾現象並非是彰顯人類的「惡」。人類自然的情感中有諸多不同的面向，可能向善也可能向惡，但是發端於自然的「性情」中所帶有的向善的道德力量，是人類區別於動物永恆的價值所在。因此，道德不是抽象的話語，也不是權勢的威攝，而恰恰是基於人類自然生發的情慾在善的意義上的自然表達。而我們需要在具體的歷史情境中能夠辨認出那些能夠導向「善」的部分，便將其納入戲劇敘事中，才是真正完成了能夠「感動人心」的教化功能。

第二節 「理」與「情」關係

焦循在教化觀念中呈現出對道德與性情兩個方面的重視，體現了對傳統文學教化精神的復歸。這種復歸不僅僅是在文學觀念上的復古，還體現了焦循的戲劇觀念與其經學觀念的內在一致性。經學作為一種闡釋真理與道德的表現方式，體現了與傳統經學並不一致的思想路徑，而戲劇在教化的觀念下作為表現真理與道德的載體，也受到了新的經學觀念的影響。

一、反對單一化的「情」

焦循贊同教化觀念，是從反對戲劇中的兒女私情開始的。《劇說·卷五》中記載馮猶龍對《灌園記》的評論。據馮氏記載，《灌園記》的主人公法章（戰國齊襄王）面臨國破家亡的窘境，父親被殺害，自己也淪為奴隸，卻不顧忠孝之事，僅表現其關心「私偶」的兒女之情。焦循認為這違背了當時的人物心理，反映了劇作家為迎合大眾而只關注私情而不關注忠孝志節之事。馮氏認為，應當記載「王孫賈子母忠義，為嗣君報終天之恨者」之事，才是有關「風化」，也才是「傳奇」的本質所在。「『自餘加改竄，而忠、孝、志、節，種種具備，庶幾有關風化而奇可傳矣。』馮氏此言，可為傳奇之式，故錄之。」〔註21〕焦循贊同馮氏所言，認為傳奇戲劇的內容必須「有關風化」，才有流傳的可能。

〔註21〕〔清〕焦循《焦循雜著九種》，揚州：廣陵書社 2016 年，第 404 頁。

　　那麼何種「傳奇」才關乎「風化」？有何標準可言？在《劇說‧卷四》中，焦循輯錄了關於教化觀念的前人評說：

　　　　湯來賀云：「先年樂府如《五福》、《百順》、《四德》、《十義》、《躍鯉》、《臥冰》之類，皆取古人之善行譜為傳奇，播諸聲容，使兒童婦女見而樂之，皆有所向慕而思為善事。則是飲食歌舞，俱有益於風化，古人擲用心如此，何其厚也！自元人王實甫、關漢卿作俑為《西廂》，其字句音節，足以動人，而後世淫詞紛紛繼作。然聞萬曆中年，家庭之間猶相戒演此。近日若《紅梅》、《桃花》、《玉簪》、《綠袍》等記，不啻百種，皆杜撰詭名，絕無古事可考，且意俱相同，毫無可喜，徒創此以導邪，予不識其何心也。」〔註22〕

　　取古人之善行作為傳奇的內容傳播，使得兒童婦女等不具備識字能力的群體能夠「見而樂之，皆有所向慕而思為善事」，在瞭解前人事蹟的同時，在感覺上有愉悅之情，在行為上能夠向善，如王實甫和關漢卿的《西廂》一樣「字句音節，足以動人」。焦循也贊同湯來賀對於坊間流行的諸多著眼於淫詞豔曲和同質化的創作使得民風導邪，毫無創新的看法。這就指出了「私偶」的創作與有關「風化」創作的區別。如若是「杜撰詭名，絕無古事可考，且意俱相同，毫無可喜」的同質化淫詞傳奇，並無古事可考，僅是作者為了迎合觀眾而創作，則有可能獲得一時的效果，卻不能流傳久遠。為了避免這種因為盲目杜撰而導致戲劇同質化傾向嚴重的做法，焦循指出需要在創作時參考原本：

　　　　劇之有所原本，名手所不禁也。王實甫之本董解元，尚矣。他如本《竇娥冤》而作《金鎖》，本《翠鸞女》而作《桃符》，本《曲江池》而作《繡襦》，本《合汗衫》而作《長生樂》。他如本元人而故變化出之者，則如《黃粱夢》之呂岩化為盧生，《麗春堂》之四丞相化為尉遲敬德。或有用其一節者，若《龐居士》之羅和，《長生殿》之唐明皇，雖不能青勝於藍，然亦各有所見。惟《夢釵緣》一劇，直襲《西廂》、《西樓》而合之，已為儈父可笑。又有《玉劍緣》者，亦有《彈詞》一出。夫洪昉思襲元人《貨郎擔》之《九轉貨郎兒》，其末云『名喚春郎身姓李』，洪云『名喚龜年身姓李』，至《玉劍緣》，與《夢釵緣》之襲《西廂》、《西樓》同。若此，又何必為之？聊舉

一二於此，為之戒。〔註23〕

焦循認為戲劇可以依據前人的故事原型再創作，但是必須有變化，出新意，至少需要「有所見」，這就對戲劇的再創作提出了更高的要求。因此，焦循認為諸如《夢釵緣》、《九轉貨郎兒》之類，不過是因襲前人之作，稍作修改，並無新見，也是同質化創作，不應當被提倡。此類同質化戲劇創作的原因其實是迎合大眾的獵奇趣味，再加上前人珠玉在前，知名度高，便出現了諸多仿作。王實甫《西廂記》是元劇的巔峰之作，其中也是繼承董解元的舊本而來。雖有本事，但有變化，故而能夠推陳出新。《龐居士》、《長生殿》等劇，「本元人而故變化出之者」，便是強調並非完全需要故事為新才能寫出有新意的作品，只要有「變化」，便可以創作出上佳之作。故而，是否因襲前人舊本並非判斷劇本優劣的標準，能夠在故事類型中傳達出新意才更為焦循欣賞。

並且，因襲前人舊本不能推陳出新，還因為作家誤判了前人作品獲得極高知名度的原因。「自有《西廂》，續者不一而足矣。」〔註24〕例如《夢釵緣》、《西樓》等對《西廂》的蹈襲，則是因為作者僅僅看到了《西廂》對男女私情的內容能夠吸引觀眾，故而爭相模仿。但正如前文所言，《西廂》真正動人的原因，並非僅僅強調了兒女私情，而是在男女真情敘事下的勸善風化。

戲劇敘事轉向「私偶」的兒女私情並非完全由於喪失了忠孝仁義的勸善心理，只是反映了當時觀劇者的審美趣味，但是因為沒有創新表達方式，有關忠孝仁義的道德勸誡便變成了強加在戲劇中的刻板敘事，在觀眾面前喪失了真正的感染力。諸如馮氏等劇論家在觀看戲劇創作時，難免將私情與風化一分為二而談，認為強調了私情，無關風化的劇作難以獲得流傳的可能。對於戲劇來說，因為忠孝仁義披上了虛假的外殼，人們漸漸抗拒這種與自然心理相背離的創作方式，故而人們試圖在兒女私情的敘事中獲得有關於「真情」的表達空間。因此，「私偶」並非因為戲劇故事內容被反對，而是因為它僅僅停留在一種單一化的方式表現男女私情，並沒有將其放置在人物之間的關係和所面臨的社會狀況的語境下來查考男女之間的感情。因此，真正值得反對的是當時流行的有關「私偶」的同質化表現方式。

焦循這種關於「私偶」與「真情」的態度源自於焦循的經學觀念。有關道德與情慾關係的論述一直是儒家思想中經久不衰的話題。荀子對情慾有著明

〔註23〕〔清〕焦循《焦循雜著九種》，揚州：廣陵書社 2016 年，第 422 頁。
〔註24〕〔清〕焦循《焦循雜著九種》，揚州：廣陵書社 2016 年，第 395 頁。

確的界說：「性者，天之就也；情者，性之質也；欲者，情之應也。」〔註25〕
此時，性與情、欲並置而談，性為自然生成，情是性的實際表現，欲為情由外
物刺激而生。由性所產生的情慾是荀子性惡論的關鍵所在，「從人之性，順人
之情，必出於爭奪，合於犯分亂理而歸於暴。」〔註26〕故而需要禮義的匡正作
用：「是以為之起禮義，制法度，以矯飾人之情性而正之，以擾化人之情性而
導之也。」〔註27〕這是儒家對情慾與禮義關係之辯的基本邏輯。後世各派學說
對於情的表述，長期對「情」態度搖擺，持不十分肯定的態度。一方面，它順
應天地而生，不可拋卻；另一方面，它又可能使人走向貪欲，墮落而偏移本性。
正因為情的這種變動性，從先秦至兩宋，縱使概念的論域和對話對象發生了諸
多改變，但「『情』因可能生出惡果『欲』，需要節制」這一觀念依然未變。並
且，「情」能夠直接指向血氣，並且具有兩面性：「夫民有血氣心知之性，而無
哀樂喜怒無常，應感起物而動，然後心術形焉。是故志微噍殺之音作，而民思
憂……流辟、邪散、狄成、滌濫之音作，而民淫亂。」〔註28〕人的情緒會因為
受到文藝作品或現實狀況的影響而發生改變，並且最終可能趨向兩途。於是，
無論是文藝作品還是現實狀況都需要勸善，使得人們能夠被引導至秩序化、道
德化的方向去。

　　到了清代中葉，在「漢宋之爭」的背景下，戴震也在前人的基礎上重申了
對「性」與「情」、「理」與「欲」的見解。戴震在《孟子字義疏證》中指出：
「理也者，情之不爽失也，未有情不得而理得者也」。接著將這種「情」作出
了在人際互動上的反躬自省的論證，認為「以我絜之人，則理明」。強調「理」
是一種在自我與他人的境遇中情慾能夠互通的認識，這種認識放棄了完全由
語言概念出發規定的「理」，也並非完全出自個體主觀認知的「理」，而是強調
在一種互相理解的「情」的關係下呈現出來的對「理」的認知。這種「情」來
源於「物」：「及其感而動，則欲出於性。一人之欲，天下人之所同欲，故曰『性
之欲』。」在這裡，戴震已經認可了人的「性」中一定會有「欲」的存在，反
撥了兩宋以來的「理欲」二元論。戴震指出：「在己與人皆謂之情，無過情無
不及情之謂理。」〔註29〕這就延續了思想史上對「情」的討論方式，認為需要

〔註25〕〔戰國〕《荀子·正名》，上海：上海古籍出版社1989年，第130頁。
〔註26〕〔戰國〕《荀子·性惡》，上海：上海古籍出版社1989年，第138頁。
〔註27〕〔戰國〕《荀子·性惡》，上海：上海古籍出版社1989年，第138頁。
〔註28〕〔漢〕《禮記注疏》，上海：中華書局1936年，卷38、第69頁。
〔註29〕〔清〕戴震《孟子字義疏證》，北京：中華書局1961年，第1、2頁。

有經過節制的情，並認為這種在控制範圍之內的「情」就是「理」。〔註30〕

戴震的說法事實上已經瓦解了宋儒以來對超越性的概念「理」的理解〔註31〕，將之變成一種基於人類認知方式的對人性的理解，故而帶有一定的人性解放意識，肯定了「情」的自然合理性。但是戴震仍然認為「理」與「情」存在差別，在人類的「情」的總體下，只有一部分經過節制的「情」才屬於「理」的範疇。這無疑又將「理」放置在一個理想的狀態下討論，「理」又重新帶上了理想的理念世界的內涵，與現實生活中紛亂混雜的「情」形成了區別。

焦循從「性善」的角度來論證人可以導善。「性何以能善？能知故善。禽獸不知，則禽獸之性不能善；人知之，則人之性善矣……人之性可引而善，亦可引而惡。惟其可引，故性善也。」〔註32〕這就將前人的性情論中有關「情」的二分敘述轉換到「性」上來，並指出「欲」不僅僅是不必削除的，反而具有積極的意義：

> 感於物而動，性之欲也，故格物不外乎欲。己與人同此性，即同此欲，捨欲則不可以感通乎人。唯本乎欲，以為感統之具，而欲乃可窒。人有玉而吾吾愛之，欲也；若推夫人之愛玉，亦如己之愛

〔註30〕這種看法在明末已經稍見端倪。劉宗周的看法而認為「性」「情」是一體的。他提到：「非未發為性，已發為情也。」（〔明〕劉宗周《商疑十則答史子復》《劉子全書·卷九》，臺北：華文書局1968年）否認二者的分立。「即性即情也，並未嘗以已發為情，與性字對也。」（〔明〕劉宗周《商疑十則答史子復》《劉子全書·卷九》，臺北：華文書局1968年版）將「性」、「情」合二為一，仁義禮智與喜怒哀樂都是性情的一部分，不能分而談之。明朝末年的這種「合二為一」的思想影響深遠，甚至一直延續到清代中葉乾嘉學派的思想理念。這種將「性情」合二為一的思路，本來是在國運衰亡的時刻面對混亂和複雜的社會現象，而對人類的「情慾」觀念進行反思和重估，認為其不再是外在於人「心性」之外的必須削除的不良意識，這種尊重人類日常生活經驗中自然產生的情慾的觀念，為導向尊重個體精神的覺醒提供了思想前提。

〔註31〕宋明理學中，對情慾的討論由漢代以來「二分」的「尊性抑情」的思路漸漸向二者統一的方向轉變。朱熹在《朱子語類》中解釋：「性對情言，心對性情言。合如此是性，動處是情，主宰是心。大抵心與性，似一而二，似二而一，此最當體認。」（〔宋〕朱熹《朱子語類·卷五》，北京：中華書局1986年版，第82頁）可見，朱熹十分認可張載的「心統性情」論。「心統性情」的論斷，將「情」與「性」的關係從對立走回相統一的位置：「情則是實事，喜怒哀樂之謂也。欲喜者如此喜之，欲怒者如此怒之，欲哀欲樂者如此樂之哀之，莫非性中發出實事也。」（〔宋〕張載《張載集·橫渠易說》，北京：中華書局1978年，第69頁）

〔註32〕〔清〕焦循《雕菰集·性善解一》，《雕菰樓文學七種》，陳居淵編，南京：鳳凰出版社2018年，第201頁。

玉，則攘奪之心息矣。能推則欲由欲寡，不能推斯欲由欲多。不知格物致學，不能相推，而徒日過其欲，且以教人日過其欲，天下之欲可過乎哉。〔註33〕

　　從這段解釋中，我們可以看到焦循認為人性之所以區別於禽獸，是因為其能夠被引導向善，這個可以被引導的契機，便是有關善的道德所在之處。而欲並非是妨礙人們向善的阻礙，反而是「感通之具」。也即，欲望不應當被認為是一種惡念，也不應當是一種抽象的概念，而是一種對「物」的渴求，這種心理存在於每一個人心中。若想要消除這種心理，並不是通過道德戒律的直接抹煞，而是應當通過承認它的存在，並推之及人，在一種人與人之間的互動關係的情境中，理解欲望是人之本性。推己及人的互動性一旦得到承認，一種向善的秩序便會形成，人也就可以被導向善。因此，焦循的觀點事實上是延續了戴震對通過「情」來導向「善」的觀點的發揮，但又在戴震闡釋「理」的說法上更進一步，將「性」也進行二分化，不再承認一種概念化的真理有著至高無上的真理作用，將「性情」「理欲」合二為一的思路作了進一步發揮。

二、反對概念化的「理」

　　焦循指出，一些戲劇不僅僅是迎合觀眾的審美趣味，專寫淫詞豔曲，還有強加道德於眾人之嫌。例如焦循評論查伊璜的《續西廂》：「查伊璜以關所續未善，更作《續西廂》四折，大概仍用董、關，而增以應制、賦詩，即用『待月西廂』之句；又夫人慾以紅娘配鄭恒，紅娘不許而欲自縊。事皆蛇足，曲亦村拙，遠不及漢卿矣。」〔註34〕焦循認為查氏的續作中對紅娘的描寫，因為需要宣揚貞節的觀念而增加不嫁而赴死的情節，是一種蛇足的體現。紅娘本是鶯鶯的侍女，在故事中承擔溝通鶯鶯與張生的作用已經十分完備，如果強行增加教化的情節，會造成與故事情節割裂，更加難以起到教化的真正效果。

　　在評論另一篇傳奇《伏虎韜》時，焦循提出這與袁枚《新齊諧》中的《醫妒》一則為同一個故事，其中記載了軒轅孝廉之妻張氏十分善妒，其師馬學士贈與軒轅生一姬，張氏非常生氣，伺機報復，於是在馬學士喪偶之後讓媒人介紹一位悍婦為其妻。悍婦果然對馬學士有眾姬妾不滿，遭到了姬妾們的毆打，

〔註33〕〔清〕焦循《雕菰集·格物解三》，《雕菰樓文學七種》，陳居淵編，南京：鳳凰出版社 2018 年，第 208 頁。
〔註34〕〔清〕焦循《焦循雜著九種》，揚州：廣陵書社 2016 年，第 358 頁。

於是願意與馬學士以禮相待。馬學士為了改變張氏善妒之心，讓人勸說張氏在軒轅生外出之時以三百金賣掉他的姬妾。妾聽聞馬學士之計，投水假死。使得張氏陷入訴訟紛爭，家財散盡。後又假傳軒轅生已亡故，張氏得以嫁給一翩翩少年。成親之日，發現少年已有醜婦為妻，被妻毆打。張氏才後悔自己曾經善妒的行為，後來和馬學士的妻子一樣，與丈夫以禮相待。

焦循認為這則故事是「文人詭筆，非實有其事。簡齋得諸傳聞，未悉其所本耳。」〔註35〕認為此劇的創作並非實事，只是文人逞才而作，目的是希望勸誡婦人少妒之心。焦循認為這種創作方法雖然表現了文人的才能，但卻因為故事邏輯與日常經驗相互違背，並不十分認同這種全然虛構的創作方式。這就涉及到了關於戲劇創作中故事先行還是理念先行的問題。焦循不認同《伏虎韜》戲劇創作的原因，表面上看是因為「非實事也」，實際上是不贊同文人因為私心勸人少妒而故意捏造故事的做法。這種創作不僅並非實事，也不符合夫妻關係的社會現實，而是由一種勸人少妒的心情敷衍而來。這種看似滲透著教化觀念的敘事效果其實不甚理想，代表著文人男性並未完全尊重女性的日常情緒，反而捏造故事來達成目的。可以看到，焦循認為在戲劇敘事中教化痕跡過於明顯的創作並不能真正將戲劇的道德教化真正地傳播到人們心中，完成勸善的目的。作者的個人意識太過強烈，反而阻礙了道德品質得以傳揚的可能。作者要發揮戲劇中的教化功能，則必須遵循日常生活邏輯和人們的情感來源，才能創作出真正的好作品。

焦循也在經學中反對「理」的絕對性和概念化。焦循從字源入手，探索「理」在先秦時期的用法，認為「名家出於禮官，法家出於理官」，「惟先王恐刑罰之不中，務於罪辟之中，求其輕重，析及豪芒，無有差謬，故謂之理，其官即謂之理官……」從焦循對於「理」的闡釋可以看出，他試圖瓦解兩宋以來將「理」放置在形而上的抽象概念的位置，而是根據其字源義來解釋其不過是社會日常中的一種秩序法則。在這裡，「理官」指的是闡釋刑罰的職位。接著，焦循提出了這種對具體事務的解釋事實上可能造成爭訟的狀態：「今之訟者，彼告之，此訴之，各持一理，譊譊不已。為之解者，若直論其是非，彼此必皆不服……」提出了「理」拘泥於語言和概念的正確性而忽略了具體的事實境況可能造成的混亂現象。在這種環境下，焦循提出應該「以禮代理」的法則：「為之解者，若直論其是非，彼此必皆不服，說以名分，勸以孫順，置酒相揖，往

〔註35〕〔清〕焦循《焦循雜著九種》，揚州：廣陵書社 2016 年，第 420 頁。

往和解。可知理足以啟爭，而禮足以止爭也。」〔註36〕

　　焦循提出的直接反對「理」的絕對意義的觀念，與其說是通過字義求源的方式來瓦解「理」的內涵，不如說是用字義的方式來瓦解文字背後的抽象性。文字生成的過程，也即知識或者語言的語境化和歷史化的過程，恰恰是消除語言所能指涉的背後抽象、理想意義的過程。因此，焦循的態度如果說是在強調反對言「理」，不如說是將抽象的「理」返歸到其根據日常經驗而產生的現實的社會秩序的狀態，以此來形成對「禮」的追求，也即對社會日常規範的遵循和學習，最終達到彌合道德真理與日常生活的縫隙的目的。這便是將道德的形而上價值還原到規範社會日常秩序的規則中來，使得它便於遵守，並在日常的反覆訓練中形成習慣和敬意，從而保持社會秩序的穩定。

　　同時，我們看到焦循在闡釋「性善」的同時尤其強調「格物」。這種對具體情境的展現就是對概念生成狀態、產生情境的還原。焦循試圖通過梳理所有概念、知識的歷史和語境，相信人們可以在認識到具體情境的情況下進行是非判斷。因此，他所說的「能知故善」，並非僅僅是智識主義中對知識的「實事求是」，還包括對人類自身固有的，在瞭解事情原委之後，在承認自己和他人共同的七情六欲的前提下所具備的判斷是非的能力。這就將判斷是非的權力還給了人類自身所具備的判斷力，而非是語言概念上經常容易成為道德戒律而無法震懾人心的「理」，或者是容易被權勢所矯造的「理」。

　　我們發現焦循等人在談論這種「情」的「感通」的可能時，事實上祖述了孟子「惻隱之心」等論斷，二者都在試圖舉出一個場景的例證來說明人心的「善惡」和「情慾」。這就為清朝思想史上有關「情」的概念提出了新的理解的可能。日本學者石井剛在分析了中國哲學史上有關「情」的話題的討論之後，認為「事實上，『情』這個漢字的意味還可以從另一種視點來看。『情』不僅僅是『感情』的意思，還有『實情』的意義。『實情』和『情況』也是『情』這個字包含的意思。『感情』和『情況』都應當被看作是事物真實的樣子。」〔註37〕雖然這裡將「情」的內涵一分為二來闡釋，但這兩個意思是相互關聯，不可分割的。之所以「情」容易在很長一段時間內被闡釋為需要被控制的複雜情感，

────────────

〔註36〕〔清〕焦循《理說》，《雕菰集》卷十，《雕菰樓文學七種》，陳居淵編，南京：鳳凰出版社2018年，第233頁。

〔註37〕〔日〕石井剛《中國における感情の哲學》，伊藤邦午、山內志朗、中島隆博、納富信留《世界哲學史6・近代Ⅰ啟蒙と人間感情論》，東京：築摩書房2020年，第244頁。

恰恰是由於我們在道德理念的規訓下已經忘記了基於日常生活經驗的「情況」中，自然流露的情緒的真實性。因此，如果每一份基於「情況」自然流露的「感情」都能夠被所有的個體相互尊重和認可，那麼它就屬於最為真實的感情，這種感情便是戴震所說的「理」，也就是焦循所認為的「性善」。因此，戴震和焦循都認可基於「情況」而產生的「感情」，並認為這才是性善的基礎，也即道德話語獲得有效性的基本依據。

同時，這種「情」可能還有另外的意涵。焦循在其《說權一》中提到：「法不能無弊，有權則法無弊。權也者，變而通之之謂也。」〔註38〕道出了道德並不具有絕對性，「權」代表著一種變通的規則，它是能在具體情況下能夠讓人作出為善舉動的一種方式，或者是人們需要遵循的一種社會規則。也即不需要用語言來框定絕對的道理，語言本來就具有歷史性，它的內涵在時刻的變動當中。只有在真實具體的情況下的具體選擇才能發揮最大的效用，也即「變而通」。而戲劇的敘事恰恰提供了一個具體的規定性情況空間，使得情況和情感能夠在一個具體的情境下展露，從而使得道德在這個具體的情境下獲得正確的可能性。也正是這種「情境下的道德」才能夠被傳播，減少因為道德的絕對性和語言的固定性帶來的因為具體情況的變化而出現的不適用的可能。焦循在《說權三》種提到：「夫經者，法也。法久不變，則弊生，故反其法以通之。不變則不善，故反而後有善。不變則道不順，故反而後至於大順。」〔註39〕焦循認為，「變通」是「善」的前提，沒有一種「經」，也即語言上的表述能夠規定善的真正意涵，它始終處於變動當中，必須經常以一種「反」的思路來調整「經」中對「善」的定義，善能夠得到最大程度的發揮，也才能夠在大家司空見慣習以為常的固有觀念中解脫出來，在具體的情境中懲惡揚善。

三、「情」的雙重內涵及與「理」的關係

焦循注重戲劇的教化作用，但也強調兒女私情的戲劇創作不需要有太多的道德負擔，使之作為日常娛戲的作品更能為觀眾所接受。基於戲劇創作觀念與觀眾欣賞趣味的諸多特點，焦循雖然贊同戲劇中需要有關風化，但也並非完全否認私情。也即，焦循並未認為教化與性情是相互對立的兩極，而是有可以

〔註38〕〔清〕焦循《雕菰樓文學七種》，陳居淵編，南京：鳳凰出版社 2018 年，第222 頁。

〔註39〕〔清〕焦循《雕菰樓文學七種》，陳居淵編，南京：鳳凰出版社 2018 年，第224 頁。

共通之處。焦循引用《香祖筆記》中的一則來表達這種看法：「《香祖筆記》云：『吾宗鶴尹兄扦，工於詞曲。作《籌邊樓》傳奇，一褒一貶』，字挾風霜。至於維州一案，描摹情狀，可泣鬼神。傳奇小技，足以正史家論斷之謬誣也。鶴尹大父繰山先生，作《鬱輪袍》及《裴湛和合》二曲，詞曲家稱為本色當行。」〔註40〕焦循這裡所輯錄的「描摹情狀，可泣鬼神」，點出了戲劇創作的理想狀態：也即通過提高敘事技藝，來達到感動人心的效果。而提升敘事技藝的法則是重視與生活經驗密切相關的敘述，也即對「情狀」的刻畫與表達。敘事效果除了能夠可泣鬼神，甚至還能夠糾偏正史的論斷。這就說明，正史論斷並非是自然成立的，它需要與歷史事實的自然邏輯緊密結合，符合人們在具體歷史事件中所自然流露的欲望和情感。只有符合人類的自然情感，道德教化才有可能成立，而正史才獲得了論斷的正確性。

可見，焦循並非完全否認私情，而是試圖建立一種新的關於道德與性情的「公私」關係。對於情感來說，兒女私情如果僅僅是男女猥褻，他們必將淪為同質化的下場，與風化毫無關係。而如果在兒女私情的自然情感中，能夠反映其在社會生活中的道德選擇，諸如《西廂記》中不僅僅能夠表現崔鶯鶯與張生的情感，也能表現二者在面對權勢之時的道德態度，它們並非分立於故事之中，而是融合在人物的塑造上，這是超越了單純的兩性私情的敘事方式，才能「有新見」。因此，這種道德在戲劇中的表現方式並非如傳統的「公」一般，僅僅在講述兒女私情之後又加一道德人物，也並非僅僅是「私」的兩性之愛，而是以「私情」的自然情感為基礎，在人物塑造和敘事過程中，展現具有「公」的意義的道德。

因此，完全遵循情感有可能走向欲望，而完全遵循絕對固定的語言指向的道德有可能出現不合時宜的情況，只有在一種情況下對自然流露的情感進行約束，通過移情來限制自己的可能導致惡念的欲望，通過共情來理解他人難處從而伸出援手，又或是尊重自己自然流露的樸素情感來向善，才有可能真正達到懲惡揚善的目的，完成真正的教化。這也符合他「通情」之說：「格物者，旁通情也，情與情相通，則自不爭，所以『使無訟』者在此而已。」〔註41〕「理」與「法」都難以真正有效地達到「不爭」的狀態，只能依靠「旁通情」。「旁通」

〔註40〕　〔清〕焦循《焦循雜著九種》，揚州：廣陵書社 2016 年，第 408 頁。
〔註41〕　〔清〕焦循《使無訟解》，《雕菰集》卷九，陳居淵編《雕菰樓文學七種》，南京：鳳凰出版社 2018 年，第 216 頁。

的思路不僅僅是針對「萬物」而言，還涉及「人情」：「以己之情，通乎人之情，因有以正人之情，即有以正人之性，是人之性自我而率，人之命，自我而立。」〔註42〕如若無法做到理解「通乎人情」，就會帶來一系列的社會問題。而「旁通情」則需要靠「禮」來實現：「禮論辭讓，理辨是非。……可知理足以啟爭，而禮足以止爭也。」〔註43〕這種以「禮」代「理」的說法表明了焦循重建儒家秩序在概念上提出的新訴求。因為排除了「理」和「法」的不合理性，而提出的「辭讓」之「禮」，恰恰是以人與人之間的關係為基礎的。孔子事君的例子試圖表明孔子對待君王並不以持理為由，而是尊重人與人之間的相互關係，也即在「變通」中「旁通情」。焦循在《說權五》中提到：

> 仁、義、禮、知、信，萬古行之而不易，故曰「五常」。「五常」即五行之性，故黃帝考建「五常」，謂五氣行天地之中，以候其天和。春秋寒暑，迭相為經，權在其中矣。……儒者自持所學，曰吾禮也，吾義也，是乎己而非乎人，出者奴而入者主，其始害於道，其究禍於天下國家。非禮義之有害也，亦害於不知權而已矣。〔註44〕

焦循認為，關於「仁義禮知信」的道德，都處在一個相互平衡的狀態中。例如關於「恭慎勇直」的道德品質，如果沒有「禮」去約束，則會造成有害於道的不良後果。也即，關於道德品質的描述無法真正衡量一個人具體行為的度，只有在一個具體的情境下，用「禮」來約束，才能達到一個較為平衡的狀態。這個狀態中「禮」和「學」的內涵是接近的，也即「禮」的規則的形成，恰恰需要每日「學」的反覆性經驗。且學習則需要在具體的情境中把握動態平衡，而非在一種語言規定的道德內部理解道德，這樣只會使得掌握權勢的人掌握了對道德的解釋權，道德便失去了它的根本依據。〔註45〕

〔註42〕〔清〕焦循《雕菰樓易學五種》，陳居淵主編，南京：鳳凰出版社 2012 年版，第 350 頁。

〔註43〕〔清〕焦循《理說》，《雕菰集》卷十，《雕菰樓文學七種》，陳居淵編，南京：鳳凰出版社 2018 年，第 233 頁。

〔註44〕〔清〕焦循《雕菰樓文學七種》，陳居淵編，南京：鳳凰出版社 2018 年，第 226 頁。

〔註45〕此一時期提出「以禮代理」的，還有揚州學派的凌廷堪。凌廷堪並非只關心關於「禮」的道德思辨，而是秉承「經世致用」的理念，試圖將之化為可供踐行的秩序和規則：「夫人之所受於天者性也，性之所固有者善也，所以復其善者學也，所以貫其學者禮也。是故聖人之道一禮而已矣。……聖人知其然也，因父子之道而制為士冠之禮，因君臣之道而制為聘覲之禮，因夫婦之道而制為士婚之禮，因長幼之道而制為鄉飲酒之禮，因朋友之道而制為士相見之禮。自

　　焦循正是試圖讓「理」擺脫語言的桎梏，返回到社會日常生活本身，看到人與人之間的相處秩序與道德情感，使得「人」獲得了被重新審視的可能性。然後讓作為個體的「人」在日常的實踐中通過踐行一定的行為語言規則，最終達到「禮」的和諧狀態。因此，焦循在主觀主體的性靈思想中強調其旁通作用，事實上代表著一種試圖在特殊性中尋找普遍性的思維方式。焦循認為，不能「以一貫之」，也即不能在一種普遍共性中討論特殊性，每一個性靈主體都應當有其與眾不同的獨特性。但是這些獨特性並非他人不能感受，因此「旁通」所帶來的普遍性才使得個體主觀性靈的特殊性獲得了意義。從這個角度上說，創作戲劇時的個人主觀性靈的表達以及在戲劇演出過程中對觀眾的同情作用，恰恰是焦循在理解普遍性和特殊性關係的一個絕佳試驗場。

　　由以「理」約束「情」到以「情」為依據作為判斷「理」的標準，道德的內容和闡釋方式發生了變化，對《易》中「旁通情」思路的重新發現，與戲劇本身的藝術內容和傳播方式形成了某種契合。正是因為在各種複雜的社會狀況中，重新梳理了道德原則得以發揮效用的方式，使得道德教化的「風上化下」的方式獲得了以「通情」為中介的可能性。這就為以「通情」為本色的戲劇藝術形式傳播道德教化提供了在經學意義上的合法性，「風上化下」也獲得了新的載體。並且，對於戲劇廣泛的、不完全依賴知識的一般受眾群體來說，「化下」的效果也顯著提升。

　　這表明焦循在理念世界與現實世界作出的雙重探索：一方面，他試圖在理念世界重建儒家秩序，提出了諸多關於知識生產、知識檢驗的觀念，以求重新獲取闡釋知識合法性的權力；另一方面，他又試圖彌合理念世界與現實世界的分裂狀況，在道德實踐過程中恢復他們對於社會生活的指導權力，從而真正完成「師」的形象建構。而戲劇在這裡承擔的作用是一種聯繫公共社會中人們的日常生活經驗和學者所處理的思想道德問題的中介。在這裡，日常經驗不再表述為一種「概念」，而是反映在公共社會中人們眾所周知的文學事件中，這些

天子以至於庶人，少而習焉，長而安焉。禮之外別無所謂學也。」（〔清〕凌廷堪《校禮堂文集》，北京：中華書局 1998 年，第 312 頁）凌廷堪對於「禮」的想像，也是在人與人的關係的基礎上，探索相處之道。並且認為這種通向「禮」的訴求必須通過「學」來達到，它是在日常生活中長期的訓練和習慣後達成的。這就更加強調了「學」的實踐性，它不僅僅是一種關於語言的訓練，而是關於行為的訓練，它在一種關於記憶和動作的長期修習過程中，達到了對「禮」的最終理解和實現。

事件所體現的道德倫理和日常經驗在這裡達成了可能溝通的空間。在這種不斷嘗試和探索中，我們看到焦循為知識形態和社會狀況的改變所作出的嘗試和努力，而這種努力最終也可能導致了知識範圍的擴張和知識生產的多樣性，這也是焦循的在日益繁重的經史研究中轉向戲劇研究背後的深刻之因。

第三節 「人倫日用」中的教化觀

　　對道德的理解發生了變化，不可避免地引起了關於道德標準的質詢。在漢宋之爭〔註46〕中，方東樹認為談論道德，扶正人心的程朱理學並沒有問題，反而是漢學因為擴大了知識的範疇而廣涉他學，不能精深地學習道理，以致於道德本身失去了判斷的基準。而焦循則認為可以通過查考具體實情及人物感受，來尋找最為實用的解決方法。因此，焦循認為道義的根本內涵是「變通」而非「義理」：「道有變動，故為道也履遷。變動履遷，故一陰一陽。」〔註47〕道的內涵並非只有正面的，而是在正反二者之間變動存在。

　　這種思維方式不僅僅是將「道」的永恆正義性消解，而且還將「道」由絕對真理還原為對世界規律秩序的理解：「變而通之……仍生大業……終則有始，乃為大業。……業即事也，通變之謂事，舉而措之天下之民謂之事業。易有大極，乃有大業，故業之大，屬生而不屬成。」〔註48〕從焦循將「大業」認為是「事」，也即「舉而措之天下之民謂之事業」，便是否認世界有一不言自明的規律秩序，認為天下秩序永遠處在變動之中，需要人們通過對事情的考察和

〔註46〕 方東樹在《漢學商兌》就反對漢學家對程朱理學的質疑：「吾今一言以蔽之曰：聖人之教，從不禁人心言。所惡於言心而流於禪，墮於空寂，乃高談性命，縱恣放佚者，為捨人事，一也；廢倫常，二也；不致知窮理，三也；不道中庸、盡精微、崇禮，四也。而聖人及程朱之教，所言人心、道心、正心者，即在此四事，尚有何病？黃氏、顧氏但見禪之為害，心學為害，而不能明其所以差謬之故，而乃慨禁不許言心。遂舉聖人之經，儒先之注，一概欲去之，殆於不知而作矣。嘗謂黃東發、黃太沖、顧亭林，立身大節，學位根柢，不愧通儒。但皆不免以博溺心，不肯細心窮理，潛玩程朱，所以議論多有差失，其流皆足為學術大害。如東發、亭林之禁言心，梨洲教學者說經專宗漢儒是也。余故不得不辨。」（〔清〕江藩、方東樹著《漢學師承記（外二種）》，北京：生活·讀書·新知三聯書店 1998 年，《漢學商兌》第 296 頁）

〔註47〕 〔清〕焦循《雕菰樓易學五種》，陳居淵主編，南京：鳳凰出版社 2012 年，第 345 頁。

〔註48〕 〔清〕焦循《雕菰樓易學五種》，陳居淵主編，南京：鳳凰出版社 2012 年，第 807 頁。

量度來審時度勢，積極變通，這才是真正把握了「事業」，也是真正把握了「道」。

在論證了世界秩序並非有一恒定的理想狀態，而是時刻處於變動之中後，焦循同樣認為人性處於變動之中，並非本善或本惡：「惟民善變，故必通其變。惟民窺上之所變以為變，故必神而化之，不可使知之。」〔註49〕看到了人心的變化之後，焦循指出了性善的本質：

> 性無他，食色而已。飲食男女，人與物同之。當其先民知有母不知有父，則男女無別也。茹毛飲血不知火化，則飲食無節也。有聖人出，示之以嫁娶之禮，而民知有人倫矣。示之以耕耨之法，而民知自食其力矣。〔註50〕

「性」不過是人們在飲食日用中表現出的自然心情和行為，人與物都是一樣的。但是人與物的區別在於人倫，也即聖人制定的有利於人類繁衍生息的規律秩序。

> 以此教禽獸，禽獸不知也。禽獸不知，則禽獸之性之善。人知之，則人之性善矣。……人之性，可引而善亦可引而惡。惟其可引，故性善也。……惟人能移，則可以為善矣。是故惟習相遠乃知其性相近，若禽獸則習不能相遠也。〔註51〕

但是人與動物之間的區別在於動物無法瞭解人類的秩序，人則因為這種能力才被認為「性善」，這就將人類的智識與道德聯繫在一起。對於動物來說，它們的行為都是為了生存，無所謂善惡。但是人類因為具備知曉善惡的能力，故而就具有兩面性，這才有了道德的依據——人類的習性是可被引導的。「惟人心最靈，乃知嗜味、好色，知嗜味、好色，即知孝悌、忠信、禮義、廉恥。禮義之悅心，猶芻豢之悅口。悅心是性善，悅口亦是性善也。」〔註52〕並且，人與動物之間的差別在於有不同於生存之外的欲望，這就是喜好。這些因素也使得人與人之間的習性千差萬別。這就與宋儒將人的秉性中欲望的部分加以

〔註49〕〔清〕焦循《雕菰樓易學五種》，陳居淵主編，南京：鳳凰出版社2012年，第1027頁。

〔註50〕〔清〕焦循《雕菰樓易學五種》，陳居淵主編，南京：鳳凰出版社2012年，第1022頁。

〔註51〕〔清〕焦循《雕菰樓易學五種》，陳居淵主編，南京：鳳凰出版社2012年，第1022頁。

〔註52〕〔清〕焦循《雕菰樓易學五種》，陳居淵主編，南京：鳳凰出版社2012年，第1023頁。

擯棄的觀念相互區別。

　　焦循首先認為人類與動物的差別恰恰是承認這種欲望的獨特性，並在這種欲望的基礎上加以引導。「聖人何以知人性之皆善，以己之性推之也。……人之性不能自覺，必先待覺者覺之，是故非性無以施其教，非教無以復其性。」〔註53〕因此，「教化」的前提，恰恰是基於區別於動物的人類生存及其他需求共同組成的欲望和情感。只有承認欲望的存在，「通」、「推」、「移」的思維才獲得了可能，性善的力量才能夠真正由己及人，發揮最大化的社會效果。而聖人，或者說是引領教化的人，最重要的任務便是通過智識瞭解自己的欲望和情感，並用一切形式推廣到民眾中去，完成教化。「惟人性靈固可教而使之善，重乎此則輕乎彼，民趨所重則害生，聖人有以平之而權生焉。」〔註54〕所謂「性靈」「能知」這些詞語，都可以被理解成人區別於動物的獨特智識所在，也正是因為這些人的獨特性，道德才獲得了可能。因此判斷道德的依據並不是外在於人倫日用之外的所謂理念、義理的存在，而是在「人倫日用」的「事業」下，人們自然流露的欲望和情感。當它們在一種互動性中能夠用自己的心情體察他人的心情，才是真正完成了教化意義上的勸善。正是因為道德的依據是人倫日用，故而道德的最終指向，也社會秩序的穩定安寧：「道德理義：乃道之達於四方者各有分焉，即各有宜焉。惟明乎天下所行之路，而如其所宜者趨焉，於是各得其所而不亂……」〔註55〕理義在具體的場合下是一種「分」的狀態，因為面對著不同的情境人們的心情不同，處理方式也大相徑庭。故而應當選取不同情境下最為「宜」的解決方法，最終的效果則是「各得其所而不亂」。

　　道德的最終效果是「各得其所」，這與孔子的身份差序論有一致之處，也是焦循「以禮代理」的論斷的理論依據。因此，焦循也十分重視在具體的場合中根據身份關係來確認行為準則：「人性同善而智愚不肖實不可以無等，於是區而別之，為尊卑、為貴賤、為長幼、為上下。交有等，為物以等而分，則分而仍不失其群。尊卑分矣，夫子兄弟仍相親也，貴賤分矣，君臣上下仍

〔註53〕〔清〕焦循《雕菰樓易學五種》，陳居淵主編，南京：鳳凰出版社2012年，第1022頁。

〔註54〕〔清〕焦循《雕菰樓易學五種》，陳居淵主編，南京：鳳凰出版社2012年，第1027頁。

〔註55〕〔清〕焦循《雕菰樓易學五種》，陳居淵主編，南京：鳳凰出版社2012年，第1032頁。

相繫也。」〔註56〕但這種差序並非是將人等級化，而是尊重人與人之間的差別，在一種身份關係下相互理解，相互親近。這種回到孔孟的思路實際上為應對更加複雜的世界提供了新的思路，也即更加強調人與人之間的區別，並且倡導考慮不同身份帶來的情境差異，以此來形成新的價值判斷標準，而不是站在權勢的立場用單一的語言一概而論。

由此可見，焦循與宋儒的區別在於，並不設想一外在的義理來與權勢抗衡，而是首先贊同權勢的合法性，並將這種權勢以「聚」、「分」的辯證性來重新定義。也即，焦循試圖將權勢分為統一性和分散性兩個方面，用分散的權勢的合理性來與統一的權勢抗衡。這種方法與宋儒已經形成了差別，更加注重權勢本身的力量。並且，焦循對於「通情」中，人的習性的差別，恰恰也來源於對於人的身份權勢的差別的承認。但是焦循並未完全認同不可分而論之的權勢，他認同上位者與下位者存在身份的差別，但是不認同上位者對下位者有著絕對的宰制權。

焦循在《劇說》中輯錄的兩個有關於貞節的故事。第一則是戲劇《雙珠記》的本事，來源於《輟耕錄》〔註57〕中的記載，劇寫一個身份低微的部卒有一貌美的妻子郭氏，千夫長李某有覬覦之心，設計引誘，部卒因持刀恐嚇而入獄。此時有一位葉姓獄卒對部卒關愛有加，求部卒將妻兒許之。部卒因感念獄卒之恩，同意將郭氏許給葉氏。在這種情況下，郭氏對部卒有言：「汝之死，以我之色，我又能二適以求生乎？……蓋勢不容已，將復奈何？」後郭氏走至仙人渡溪水中，危坐而死。

郭氏的故事是為了表現她的貞節觀念，讚揚她為了丈夫從一而終的道德品質。但是郭氏的貞節並非完全沒有來由。首先，部卒之死是因為郭氏的美貌引發的衝突；其次，衝突之所以會發生，是因為千夫長仗勢欺人。這就指出，道德踐行並非完全出於對客觀道德戒律的遵循，而是出於一種感恩的「義」的道德壓迫與權勢逼迫下的無可選擇。對於郭氏來說，如果他因為部卒下獄而另嫁他人，是對部卒不貞的表現，更何況部卒下獄是因為郭氏的美貌，郭氏需要償還部卒的恩義；如果她獨自撫養兒女，則是忽略了獄卒對部卒的恩情，郭氏與部卒夫妻，理應償還對獄卒的恩情。郭氏在這種情況下陷入了進退維谷、左

〔註56〕〔清〕焦循《雕菰樓易學五種》，陳居淵主編，南京：鳳凰出版社2012年，第1025頁。
〔註57〕〔清〕焦循《焦循雜著九種》，揚州：廣陵書社2016年，第404頁。

右為難的境地，使得她既無法另嫁他人，也無法獨自撫養兒女，並且當時的社會環境並未提供郭氏以獨自生活的可能，她只能捨生取義，選擇即使放棄撫養兒女的責任，也要赴死。郭氏的赴死是為了成全道德上的貞節，也是以死來償還部卒與獄卒的恩情。此外，我們發現這個故事郭氏守貞一事並非僅僅針對女性的貞節而言，它反映的是關於權勢對人的壓迫。僅僅因為郭氏貌美，而部卒勢微，就有多人覬覦，並且使得部卒入獄，郭氏就死。因為權勢加在道德準則上的壓迫，才使得部卒因為恩情而同意郭氏嫁與他人，而郭氏因為恩情和貞節只能赴死。因此，道德準則本身並不會因為其對貞節「從一而終」的描述，或者是對義理的討論，就能將人置於死地。而是因為道德準則加上權勢的逼迫，才使得人被道德戒律宰制，失去了自由生存的可能。

另一個關於貞節的故事來自於《釵釧記》〔註58〕的本事，來源於《湖海搜奇》。柳鸞英與闔自珍有婚約，但柳父嫌闔氏家貧，欲毀約。柳氏願以私財與闔氏結親，相約園圃私奔。闔氏聞之說與其師江氏二子，二子便設宴為闔慶祝，灌醉闔氏。二子與柳相見，騙柳錢財後暴露，柳氏大怒，江氏殺柳及婢女。闔氏酒醒之後誤入園圃，身染柳氏血跡，被認為是殺人元兇。後來真相大白，為柳鸞英建坊表節。從這個故事來看，柳鸞英之所以值得被讚揚，也並不完全是因為她恪守了貞節的道德準則，而是因為她不顧權勢仍然信守承諾，願嫁前許之人，誰知如此反遭貪利之人害其性命。故而，使得柳鸞英失去生命的並非道德原則，而是柳父對權勢的過分看重和江氏兄弟對利益的過分追逐。因此，貞節的道德內涵並不會使人失去性命，真正讓人難以存活的是罔顧道德的勢利觀念。

焦循曾經在其《貞女辨》中提到了關於貞女的界定：

> 古之貞女少，今之貞女多，何也？……古定以親迎，而夫死嫁之可也。今定以納采，則一納采，而夫死嫁之不可也。《禮》曰：生乎今之世，反古之道，菑必逮夫身。吾為議貞女者危之。〔註59〕

焦循在這裡主要討論的是未婚夫死不嫁的守貞情況，並指出不能拿古代對貞女的規定來約束當下貞女的行為規範，並形成道德制高點壓迫女性。古今之間的律令與習俗不同，不能單純以一種道德的內容來規定當下的女性行為。

〔註58〕〔清〕焦循《焦循雜著九種》，揚州：廣陵書社 2016 年，第 405 頁。
〔註59〕〔清〕焦循《雕菰樓文學七種》，陳居淵編，南京：鳳凰出版社 2018 年，第 181 頁。

而關於貞女未婚夫死不嫁的規定事實上是利用婚禮來進行財產交換，並以此限制女性行為來獲得財產利益。如果不是以「貞女」的名義限制民間行為，則女性有可能被反覆作為財產進行婚姻交易，因此對貞女的道德定義權仍然歸於權勢者手中。焦循提出的根據情境狀況來重新估值道德，就是為了抵抗道德被權勢隨意定義的現狀，為道德對行為的規範尋找新的依據。

在《自書貞女辨後》，焦循指出歸有光曾經反對「貞女」的道德標準。〔註60〕後來歸有光又否定了這種說法的絕對性，認為：

> 雖然，禮以率天下之中行，而高明之性，有出於人情之外，此賢智者之過，聖人之所不禁。世教日衰，窮人慾而滅天理者，何所不至？一出於怪奇之行，雖不要於禮，豈非君子之所樂道哉！微子、箕子、比干三人者，同為紂之近戚，其所以處之者不必同，而孔子皆謂之仁。若伯夷、叔齊，捨孤竹之封而隱於首陽者也，於君臣之義分亦微矣，而恥食周粟以死，孔子亦謂之仁。嗟夫！世之論人者，亦取法於孔子而已矣。〔註61〕

歸有光認為先王之制反對女性守節也並非需要絕對恪守的禮儀，他舉出張氏女的例子，認為同樣也有女性在夫死後嫁得以善終的情況。故而諸如微子、箕子、比干等人反對商朝，而伯夷、叔齊等人反對周朝一樣，可以出於一般的「人情」之外，有「不要於禮」的行為，同樣可以被孔子視為「仁」。

焦循反對歸有光的言論，即使歸已經指出夫死後嫁的可能性，但焦循仍然認為這種說法有著邏輯上的弊病：

> 惜乎熙甫尚牽於前說，不肯自任其咎。一則曰賢智者之過，聖人有所不禁；一則曰雖不要於禮，亦君子所樂道。嗚乎！此而過，此而非禮。將夫死即嫁者，轉得為禮也哉？國律載條例言，有子婚而故婦能孀守，已聘未娶婦能以女身守志，俱應為立後。是朝廷立法，明明以未婚守志與已婚孀守者同一揆矣。〔註62〕

〔註60〕　「余昔嘗著論，以為女未嫁人，為其夫死，或終身不改適者，非先王之禮也。」見〔明〕歸有光《張氏女貞節記》《震川先生集》卷十六，上海：上海古籍出版社1981年，第417頁。
〔註61〕　〔明〕歸有光《張氏女貞節記》，《震川先生集》卷十六，上海：上海古籍出版社1981年，第417頁。
〔註62〕　〔清〕焦循《雕菰樓文學七種》，陳居淵編，南京：鳳凰出版社2018年，第430頁。

　　「過」和「不要於禮」是一種偶然溢出清規戒律的現象，能夠「為君子所樂道」，但這並不能得出夫死即嫁的做法是「禮」。法律上記載以女身守志，其背後的原因實際上是財產關係的界定。因此，「禮」的真正意涵，以及對道德戒律的恪守，應當以人的生存境況和情感體驗為前提，而非僅僅根據古人之論生搬硬套。

　　焦循還和同時期的錢大昕探討過婦女的貞節問題。錢大昕認為婦女為維護「貞女」的名聲，最後自身「抑鬱」或屢遭「凌迫」，造成「夫婦之道苦」〔註63〕的後果，應當極力反對。焦循則反對這種看法，他列舉了《易傳》、陸賈的《新語》以及班固的《白虎通義》等著作，反覆核對夫婦之制的社會動機和情感邏輯，最後認為「其嫁也，夫家嫁之乎，聽婦自適乎，或有司主之乎，抑私出之乎？嫁之鄉里，而夫又不良，乃一嫁再嫁之不已乎？」〔註64〕可見焦循的思考路徑是利用古代諸多文獻，將知識生產的場景還原，強調語言和制度的歷史生產過程，進而明確經義，從而瞭解經學背後的要旨。夫婦之義來源於對社會秩序的制定，婦女對丈夫守節不僅僅是對婦女的要求，也是對夫婦關係的約定。如今婦女的地位低下，如果任其再嫁，很難有婦女完全「自適」的情況，絕大多數受制於父母，或受制於夫家，極有可能再次嫁與「不良」夫家。因此，使得「夫婦之道」擺脫「苦」的現狀，並非放任婦女的改嫁，而是需要從夫婦之道創制的初衷開始，將人倫的情感與社會秩序妥帖安排，才能徹底解決婦女的改嫁問題。這就說明焦循的研究思路並非從制度表面以及其目前的社會後果來看，而是從制度本身的邏輯與實際的社會狀況相適應的角度來認識社會問題。

　　另一則關於「孝」的故事依舊說明了社會勢利觀對道德內容的侵害。傳奇《湘湖記》〔註65〕本事為孝子王競其父舜賓因觸犯地方官鄒魯冤死，甚至牽連家人。孝子王競攜母妻子出逃，本欲赴死。後遇王舜賓友人王鼎，勸其保命報仇。後王競與村人執綁鄒魯於公堂，質問對其父所為。刑部尚書知詳情後，免孝子王競綁人之罪，派其戍邊為卒。這則故事同樣強調了王競的孝子行為是出於父親被權勢所迫而失去生命，因此才不得已違背法律規定擄綁朝廷官員。焦

〔註63〕〔清〕錢大昕《答問》五，《潛研堂文集》卷八，上海：上海古籍出版社1989年，第108頁。

〔註64〕〔清〕焦循《翼錢上》，《雕菰集》卷七，《雕菰樓文學七種》，陳居淵編，南京：鳳凰出版社2018年，第161頁。

〔註65〕〔清〕焦循《焦循雜著九種》，揚州：廣陵書社2016年，第398頁。

循輯錄此故事也意在說明，並不是讚揚人們為了孝順的名聲違背社會秩序，而是出於王兢作為兒子看到父親被冤死自發流露而出的需要討回公道的情感，使得他作出了違背朝廷法律和社會秩序的行為。因此，真正應該改變的是關於權力的秩序，而非再在義理上申辯關於孝道的內涵。

　　焦循曾經有一篇《愚孝論》，談及李氏之子因為親人有疾病而割股療傷最後失去生命的故事。有人誚詆他的愚笨，指出這樣的行為是錯誤的。焦循為這種行為伸張正義，並指出導致李氏放棄了生命的原因，是在醫藥未能生效，神明不能保佑的情況下，擔心親人的安危而不得不做出的選擇。本來李氏可以依照「智」的方式不選擇赴死，但是他還是選擇了「愚」的做法，這說明他是「心一於親，不知其愚，亦不知其為不愚也。……處人倫之中，可以智乎？必依於古，仿於經，以自著其學，則全性質地，而己出之有新，有心行之，雖不愚，不必即為孝。無心行之，雖涉於愚，不得謂之非孝。李氏之子，謂之孝而愚可也，謂之愚而非孝不可也。」〔註66〕這就重新釐定了關於一些傷害到生命或個人自由的道德品質是否可行的道德價值問題。因為李氏為了親人的傷病，已經不計較個人的得失，是一種自然情感的流露，故而來不及判斷智與愚的區別。如果有人根據儒家經典中的記載，傚仿古人的行為，模擬一種有關善的行為，事實上是違背了善是人心的自然流露的本質。因此，判斷善惡的終極依據，仍然是人的生存境遇和由此內心流露的情感，而並非受到外在的約束而傚仿或逼迫的行為。這與王兢為父報仇以下犯上觸犯法律的行為也是一致的。王兢放棄顧及自身利益苟活，是出於在父蒙受不白之冤的情況下為其不平而希望伸張正義的樸素情感。因此語言上的義理和權勢上的利弊都不是界定善惡的標準，以人心為基礎的樸素善意才是最根本的依據。

　　這說明關於貞節、孝順等道德準則，事實上都是出於人心自發而生情慾。例如郭氏不肯二嫁是出於恩義，柳鶯英不畏權勢對閻氏的關懷也是出於自然流露的情感，鄒魯為父報仇也是出於對父母蒙受不白之冤的不平。而因為勢利的欲望，使得千夫長覬覦郭氏美貌，而江氏二子覬覦柳氏錢財，鄒魯因不容王父而奪其性命。權勢的宰制不僅造成了惡果，還讓人們在這種壓迫下無法自由地生存。這才使得郭氏在道德名聲與個人生命中選擇了道德，柳氏顧全恩義卻慘遭殺手，王兢在社會規則和道德名聲中選擇了道德。可以說，在這三個故事

〔註66〕〔清〕焦循《雕菰樓文學七種》，陳居淵編，南京：鳳凰出版社 2018 年，第197 頁。

裏，選擇道德都是對主人公人生的犧牲，但社會權勢對人的生存環境的壓迫又使得他們別無選擇。

這反映出焦循認為的教化觀念在戲劇中應當承擔的功能。首先，焦循認為社會權勢造成了人們選擇遵守道德時必須犧牲，這是對道德的污名化；其次，焦循並不鼓勵毫無原則地不重視自己的性命或社會秩序而選擇道德，這反而與他的初衷背道而馳；最後，人們選擇道德是因為它基於自發流露的情感，而人們選擇利慾薰心也是基於它是人們自發流露的情感，戲劇的作用是在敘事中認可自發流露感情即使面對利益受損也要做出犧牲的道德品質，同時也揭露社會權勢壓迫對人們生命和自由的侵害。在這種「情感」與「情況」的雙重揭示中，教化才在一種「情況」敘事裏完成了將自發流露的「情感」轉移到觀眾當中的目的。

焦循認為教化方式完成得最好的戲劇之一是花部戲劇《賽琵琶》，即家喻戶曉的陳世美棄妻一事。焦循將《賽琵琶》與著名戲劇《琵琶記》對比：「此劇自《三官堂》以上，不啻坐淒風苦雨中，咀荼嚙蘗，鬱抑而氣不得申，忽聆此快，真久病頓甦，奇癢得搔，心融意暢，莫可名言，《琵琶記》無此也。」〔註67〕焦循指出，以往的戲劇描寫妻子被丈夫拋棄，例如《琵琶記》寫蔡伯喈拋棄趙五娘而入贅宰相牛府後，趙五娘一路彈唱乞討，進京尋夫。因為牛氏希望蔡伯喈承認趙五娘，順水推舟，趙五娘才得以一家團聚，最終是因為牛氏的善意使得三人得以和平共處。焦循認為，這樣的創作結局過於圓滿，但未能最大化地調動觀眾的情緒。而《賽琵琶》一齣，同樣是陳世美拋棄妻子贅為郡馬，妻子彈唱乞食進京尋夫。但之後的劇情發生了變化，妻子將被拋棄一事譜寫成曲彈唱，為王丞相所知。王丞相讓陳妻當著陳世美的面彈唱，陳世美因郡主故不敢相認，竟起殺心，欲害其妻兒。王丞相知此事後，心中甚不平，彈劾陳世美有前妻，是欺君之罪，於是陳得以下獄。並且，三官神得知陳殺妻兒，不僅保護妻兒，還傳授兵法，在西夏用兵得軍功。皇上在朝廷同時處理二事，一為裁決陳世美，二為表揚陳妻之軍功。二者共在堂上，陳妻高居堂上，陳囚服匍匐堂下。此時陳妻得以譴責其夫，專有一齣《女審》，描述了陳妻當堂控訴陳世美，洋洋灑灑千餘言，泄拋妻棄子之恨，先抑後揚，實足快哉。

並且，前文提到，這部戲劇最為可貴的，是將陳世美的悔恨之情描述出

〔註67〕〔清〕焦循《焦循雜著九種》，揚州：廣陵書社 2016 年，第 474 頁。

來。也就是說，雖然陳世美對妻兒起了殺心，但是當其與妻子當堂對峙時，仍然還是內心自然流露出來的情感起到了作用。因此，焦循所說「名優演此，不難摹其薄情，全在摹其追悔」，意在表明需要在敘事中表現出陳世美是如何在欲望戰勝了理智，試圖殺妻滅兒之後，又有對妻兒最真切的不捨之情，追悔其過失的行為。真正的教化，不僅是陳妻品德的讚揚以及對陳世美薄情的控訴，還應當將人性的善惡真情全都彰顯出來，並在其中倡導人類的性靈。人類與動物的不同之處，就在於這些關於真摯情感的悔意和善念能夠改變人的行為，而非將人物描寫為毫無來由的薄情，直接給他安排一個惡報。

而這種將真情的悔意表露出來的方式，是作者通過對敘事結構的改變，使得陳世美與陳妻能夠放在同一個空間內對話；另一方面，作者通過安排超現實的兵法能力，陳妻獲得了比陳世美更加優勢的地位，使得她能夠理直氣壯地控訴陳世美的罪行。但是二者的核心，都是使得原本處於劣勢的女性地位獲得了可以直接與男性對話的機會，這無疑是處於低位者最為深切的控訴獲得了可能，也更能滿足觀眾日常被權勢壓迫道德情感結構，故而更加能夠與陳妻共情，聲討殺妻滅兒行為。因此，敘事結構的改變和人物形象的描繪，使得觀眾能夠理解陳世美的欲望。但在戲劇敘事的過程中，需要描繪陳世美對妻兒的自然流露的情感來控制趨炎附勢的膨脹欲望，而並非用一道德概念來約束行為。這才是在「情況」中見「情感」，在「情感」中踐行「道德」，實現了在「人倫日用」中的教化觀念。

焦循在戲劇的教化觀念中體現了他對於經學中「理」「情」關係的思考。作為一種闡釋學，「理」與「情」的關係在焦循的經學研究中表現為一種歷史語言學的還原和學理的思考；而作為一種文學形式，「理」與「情」的關係得以在戲劇中得以作為一種表演形式踐行。並且，焦循希望將這種由人類之「情」而產生的「性善」擴散至民間大眾之中，完成他的教化理想，戲劇中的人物、敘事以及情感表達和道德踐行，作為一種「人倫日用」的鏡像式表達，成為焦循踐行為民間大眾「移風易俗」的絕佳試驗場。

葛兆光認為這種突破「情」與「理」之間二分法的說法是一種具有開創意義的「另類思路」：「十九世紀初關於情理二分的討論幾乎已經達到了突破『理』與『情』的二分法，突破傳統真理建構起來的絕對真理與實際生活對立的邊緣。它關於『禮』的設想，隱含了一些瓦解文化專制和真理獨佔的政治集權體制，將社會秩序建立在常識與規則之上的設想，也隱含了作為個體的

『人』，在社會生活中獨立存在的空間被承認的可能性。」〔註68〕當然，在複雜的社會經驗語境下，在強勢權力話語的宰制和陳舊道德話語的灌輸下，辨認出自己最為真實的情感流露已經成為一件難事。因為尊重在自然情況下情感自然流露的真實性，事實上便為尊重個體自由精神提供了思想前提。梁啟超在《清代學術概論》中提到戴震的《孟子字義疏證》是「情感哲學」代替「理性哲學」，代表著中國文化的新方向，與歐洲文藝復興思潮的本質有相一致之處，倡導了平等的精神，是倫理的進步。〔註69〕梁啟超所論以「情感哲學」代「理性哲學」，以及「平等」精神等，確為中國倫理思想的轉換提供了可能。而在戲劇表演中完整地呈現日常生活的肌理，也並非戲劇這種文學形式所能完整達到。因此，焦循在戲劇中踐行表現「人倫日用」中的道德教化的理想，也只能達到一些微弱的效果，對於個人「情感」和「主體精神」的發現，也只能作為十八世紀對二十世紀自由獨立精神的一種潛在暗示。

　　焦循的戲劇教化觀念與其經學思想密不可分，經學思想中的歷史考證和哲理思辨，為教化觀念中的道德內涵提供了思想資料，而戲劇的大眾化和通俗化，又為教化觀念的互動踐行提供了載體。戲劇中的教化觀念，一直被文人所重，故而在焦循的戲劇研究中，都滲透了諸多與經學倫理秩序相一致的觀念。而教化思想的初衷便是基於人類情感的向善性和互動性，因此重提教化觀念的「性情」來源，也佐證了清代中葉對於道德內涵由「義理」走向「人倫日用」新詮釋。而焦循所理解的「理」與「情」的關係，很大程度上也影響到了焦循的戲劇教化觀念。焦循認為兒女私情應該擴大為普遍的道德情感，正是基於人情的可導善性思想而言的；而焦循反對將道德概念化，強加於戲劇敘事中，也與他反對形而上的「理」的思想相一致；焦循認為應當在真實地摹寫情狀的過程中，在戲劇敘事和人物塑造的基礎上傳達人物情感和道德踐行，正是他提倡「情境」中表達人類自然的真實「情感」，並依據人類的向善性進行積極引導思想的表現。並且，焦循主張在民間通俗文化中強調「人倫日用」，恰恰是他經世致用精神在移風易俗抱負上的表現，而在闡釋教化過程中體現的對戲劇敘事中「權勢」的不滿，也是反映了他由試圖「替君行道」轉向「移風易俗」的人生思路的生動體現，表現了他在思想的層面上試圖重建儒家基本倫理秩序的訴求。焦循重新將敷衍而成的故事放回到事件情境中對真情實感的考察，

〔註68〕葛兆光《中國思想史・第二冊》，上海：復旦大學出版社2013年，第376頁。
〔註69〕梁啟超《清代學術概論》，上海：上海古籍出版社1998年，第42頁。

初衷是找回道德的真實來源以確認其合法性，但卻無形中展開了一種可能，也即現代性情感書寫的萌芽——拋卻社會性道德情感的真實個人情感在「道」、「勢」等綜合情境下的披露。故而，乾嘉學派在戲劇上的研究，思路與其考據方法論的思維一致，是復古的，起源學的，同時也為文學對情感的描寫方式轉向現代提供了一種可能。

第五章　焦循的戲劇雅俗觀

　　「花雅之爭」作為一個學界術語並非由清人所創，而是今之學者所提出的概念。日本學者青木正兒《中國近世戲曲史》認為，「乾隆末期以後之演劇史，實花雅兩部興亡之歷史也。」〔註1〕較早地指出了花雅兩部戲曲之間的關係。1986年，胡忌在《戲曲論叢》發表了《清代的『花雅之爭』》一篇文章，提出，花雅之爭是中國戲曲史上的一個大題目〔註2〕，進一步在中國學術界確認了二者之間的競爭關係。〔註3〕這種觀點首先指出了「花部」和「雅部」戲劇在戲劇史上此消彼長的變化特點。並且，這種觀點還將士大夫文化和官方禁曲聯繫在一起作為封建文化的統稱，認為這與民間文化之間相互對立，具有一定的時代特點。〔註4〕

〔註1〕〔日〕青木正兒《中國近世戲曲史》，王古魯譯，北京：中華書局2010年，第331頁。

〔註2〕胡忌《清代的「花雅之爭」》趙景深《戲曲論叢》（第1輯），蘭州：甘肅人民出版社1986年，第221頁。

〔註3〕「花雅之爭」的話題的研究綜述，可參看曾永義《論說戲曲雅俗之推移（上）——從明嘉靖至清乾隆》（《戲劇研究》2008年第2期）。

〔註4〕《中國大百科全書·戲曲曲藝卷》提出：「這些地方戲曲也遭到了那些極力維護崑曲正統地位的封建士大夫的反對。清政府甚至不惜動用行政手段來扶持崑曲，排斥、禁燬花部戲的演出，從而釀成了一場持續將近百年的『花雅之爭』。」（《中國大百科全書》編輯委員會編《中國大百科全書·戲曲曲藝卷》，北京：中國大百科全書出版社1983年，第292頁）《中國戲曲通史》也提出：「在表面上看來是一場聲腔劇種更替的花雅之爭，實在是反映了兩種思想感情和美學趣味的競爭。這中間也多少包含著封建社會末期，在戲曲領域中富有民主性的人民文化與封建文化相互競爭的性質。儘管『亂彈』築牆的劇目中也免不了含有、封建思想，以及迷信、色情的成分，然而主流確是健康的，具有

　　與此問題相關的，還有一種關於「大傳統」和「小傳統」的表述。張曉蘭借用余英時的觀點表示：「經學是代表社會意識形態的精英文化，而戲曲則是來自民間的大眾文化，經學對戲曲的統攝是主要的，但經學與戲曲之間也存在著交流、融通。同時一定程度上，小傳統會向大傳統轉化，戲曲也會向雅文化和精英文化轉變，從而產生出新的大傳統。」〔註5〕這種關乎大傳統與小傳統之間的區別的論述，來源於美國人類學家羅伯特·雷德菲爾德，藉以說明存在於經院之中的精英傳統和在非書寫文化的村社生活之中的世俗化小傳統之間的區隔。張曉蘭借用余英時的論述，說明中國的大小傳統之間與歐洲不同，存在著雙向互動的情況。這種說法仍然只是界定了精英文化與大眾文化之間的區別，但是仍然未能用之將官方、士大夫與民間對戲劇的不同態度闡釋清楚。

　　事實上，官方對花部戲劇的禁抑，主要是因為可能存在影射政治的情況，或者是有傷風化，需要正風導俗。而士大夫對雅部戲劇的堅守，則是對「風雅」的文學風格的崇尚。官方與士大夫之間並不總是屬於同一個陣營，因為官方也曾經禁止士大夫蓄養家伶，也影響了雅部戲劇的發展。因此，將官方與士大夫與雅部戲劇作為與興起於地方的民間戲劇對立，恐怕不能闡釋「花雅之爭」背後反映的雅俗觀念內在變化。

　　焦循的雅俗觀念以在清代中葉的「花雅之爭」中「獨好花部」而成為諸多文學史都不可繞開的重要話題。焦循對花部戲劇與雅部戲劇與一般文人的不同態度，恐怕可以成為體察這一時期雅俗觀念內在脈動的一個出口。從文人的視角來說，重視文學「雅」的特徵，反映了此時的文人對當時雅俗文化現狀的態度。同時，也反映了以傳統的「風雅」精神為代表的文人審美情趣對戲劇這種新興的藝術形式的影響。而戲劇本身是面向大眾的通俗藝術，故而帶有諸多通俗的色彩，無論從語言、故事還是聲腔方面，都比詩詞等正統文學更加具有「俗」的特徵。焦循等人贊同花部戲劇，並非站在「俗」的立場，反而是以文人的視角看到了花部戲劇「俗中有雅」的表現，使得雅俗觀念的內涵發生了變化，「雅」的內容因為戲劇這種獨特的藝術形式發生了改變。

　　　　民主精神的。」（張庚，郭漢城主編《中國戲曲通史下》，北京：文化藝術出版社2014年，第730頁）

〔註5〕張曉蘭《清代經學與戲曲——以清代經學家的戲曲活動和思想為中心》，上海：上海古籍出版社2014年，第4頁。

第一節　「花雅之爭」中的雅俗觀念

　　戲劇史上的「花雅之爭」，主要在於聲腔之間的區別，體現了戲劇史中不同劇種之間的複雜流變。而焦循的戲劇雅俗觀念，更多地體現在他的《花部農譚》這一著作中，集中在敘事方式和語言表達上。在《花部農譚》裏，焦循並非如《劇說》般詳考戲劇劇種的差異和變化，而是針對同一本事在花部和雅部戲劇中的不同表現方法和表達效果進行比較，提出了他對於雅俗關係的看法。這些觀念並非僅僅通過分析戲劇表演和劇本敘事本身體現出來，其中還滲透了焦循對當時的士大夫文化的態度，以及對於已經固化的雅俗觀念的不滿，提出了焦循對雅俗觀念的新理解。

一、戲劇史上的「花雅之爭」

　　花部和雅部之間「爭」的狀況，實際上並非如一些學者所論，處於你爭我奪的膠著態勢，而是一個戲劇生態內部的複雜流變。劉致中指出，花雅之爭其實是崑山腔與弋陽腔、秦腔三種聲腔相互鬥爭、相互融合的結果。〔註6〕表明二者之間不僅僅存在著相互競爭的態勢，也有一定的相互融合。

　　從當時兩種戲劇的表演狀況來看，「花雅之爭」爭執的重點並非聲腔。為了市場需要，伶人們會相互學習當下流行的各種聲腔，至少在各個戲班內部，並沒有出現十分清晰的「花」「雅」門派界限。路應昆指出，花部戲劇和雅部戲劇的關係不能用一個「爭」來概括，二者並非水火不容，反而經常互補。並且，《燕蘭小譜》和《揚州畫舫錄》對二者的劃分，也是為了使得藝人和戲班更好分類，二者並非你死我活的狀態。〔註7〕這道出了「花雅之爭」這一論斷在當時的實際狀況，說明「花雅之爭」這一術語尚不能概括當時戲劇發展狀況的諸多面向。

　　正如諸多論者已經指出的是，崑山腔、弋陽腔與秦腔之間早在明代萬曆年間就已經出現了爭勝的局面，並且這種爭勝一直持續到清朝末年。郭英德《明清傳奇史》指出花雅之爭是明代中葉以後各種地方戲劇聲腔和崑曲聲腔之間對立融合的歷史延續。」〔註8〕曾永義也說：「雖然『花雅』之名起於清乾隆中

〔註6〕胡忌、劉致中《崑劇發展史》，北京：中國戲劇出版社1989年，第522～523頁。

〔註7〕路應昆《崑劇之「雅」與「花雅之爭」另議》，《東南大學學報》2009年第11卷第4期。

〔註8〕郭英德《明清傳奇史》，南京：江蘇古籍出版社1999年，第507頁。

葉，但其所代表的『雅俗』觀念，就戲曲史而言，正是其互相運作、推動的兩股力量；更明確的說，自從南戲北劇成立以後，無論體制劇種或腔調劇種間的演進歷程，都可以說是一部『戲曲雅俗推移』的歷史。」〔註9〕那麼，為什麼近來學者紛紛指出，「花雅之爭」是在清代中葉乾隆中晚期蔚為大觀的現象呢？

　　首先，這是由於乾隆中晚期兩部著作李斗《揚州畫舫錄》和吳長元《燕蘭小譜》對這「花部」和「雅部」兩種劇種的記載。李斗《揚州畫舫錄》云：「兩淮鹽務例蓄『花』、『雅』兩部，以備大戲。雅部即崑山腔，花部為京腔、秦腔、弋陽腔、梆子腔、羅羅腔、二簧調，統謂之亂彈。」〔註10〕所謂「雅部」，單指崑劇，「花部」則指崑劇以外的各種聲腔。吳長元《燕蘭小譜》指出了二者在當時相互競爭的情況：「元時院本，凡但色之塗抹科諢取妍者為『花』，不傅粉而工歌唱者為『正』，即唐『雅樂部』之意也。今以弋陽、梆子等曰『花部』，崑腔曰『雅部』，使彼此相長，各不相掩。」〔註11〕這一提法確認了「花部」與「雅部」的歸類和區別。同時也表明，將崑腔歸於「雅部」，而將其他諸腔歸於「花部」的這種分類方式，帶有極其顯著的文人視角。當時的文人並不太喜歡花部戲劇，多認為這違反了文人雅趣：

　　　　近日有秦腔、宜黃腔、亂彈諸曲名，其詞淫褻猥鄙，皆街談巷議之語，易入市人之耳；又其音靡靡可聽，有時可以節憂，故趨附日眾。雖屢經明旨禁之，而其調終不能止，亦一時習尚然也。〔註12〕

　　　　凡傳奇，……其文精，其律細，加以老梨園排場之妙，遂而超群絕倫。若所謂亂彈，則詞多鄙俚，係若輩隨口胡謅，不經文人手筆，宜其無當大雅矣。〔註13〕

　　這些論斷大都表明了文人的戲劇審美，更多地偏向文辭精美，聲腔雅正的雅部戲劇。然而，需要指出的是，文人的觀劇場所通常與民間觀劇場所併不相同。明清時期的文人戲劇觀演場所大多在一些士大夫的家中，例如「華堂」、

〔註 9〕曾永義《論說戲曲雅俗之推移（上）——從明嘉靖至清乾隆》，《戲劇研究》2008年第 2 期。

〔註10〕〔清〕李斗《揚州畫舫錄》，汪北平、涂雨公點校，北京：中華書局 1960 年，107 頁。

〔註11〕〔清〕吳長元《燕蘭小譜》，張次溪編《清代燕都梨園史料：正續編》，北京：中國戲劇出版社 1988 年，第 6 頁。

〔註12〕〔清〕昭槤《嘯亭雜錄·卷八》，北京：中華書局 1980 年，第 236 頁。

〔註13〕鄧長風《明清戲曲家考略》，上海：上海古籍出版社 1994 年，第 35 頁。

「名園」等雅集之地，他們的審美趣味更多地傾向於文人手筆的文辭優美的戲劇作品。而對於民間戲劇來說，由於具有市場需求，用詞大膽，情節趨俗，聲腔俚化的現象更為常見。

但也有諸多文人對花雅兩部皆表示欣賞。留春閣小史《聽春新詠・例言》中提到：

> 梁谿派衍，吳下流傳，本為近正；二簧、梆子，娓娓可聽，各臻神妙，原難強判低昂。然既編珠而綴錦，自宜部別而次居。先以昆部，首雅音也；次以徽部，極大觀也；終以西部，變幻離奇，美無不備也。至蔣陶諸人，音藝兼全，盛名久享，自不屑與噲等伍，特以別集標之。〔註 14〕

此處「西部」指的是「陝西梆子」。雖然此處仍然以雅部為先，但是徽部和陝西等「花部」仍然為作者所重，是花雅皆賞的實例。也可以看到花部戲劇不僅僅在民間獲得認可，在文人的視域中也獲得了一定的肯定。

造成清朝中葉花部在市場上取得較高地位的原因，還有四川藝人魏長生入京演唱驚豔京城一事。《燕蘭小譜》記載了魏長生到京師以後，花部戲劇突然備受好評的局面：

> 己亥歲隨人入都。時雙慶部不為眾賞，歌樓莫之齒及。長生告其部人曰：「使我入班，兩月而不為諸君增價者，甘受罰無悔。」既而以《滾樓》一劇，名動京城，觀者日至千餘，六大班為之減色。〔註 15〕

李斗的《揚州畫舫錄》也有類似記載：「自四川魏長生以秦腔入京師。色藝蓋於宜慶、萃慶、集慶之上。於是京腔效之，京秦不分。」〔註 16〕後來魏長生南下到揚州演劇，焦循也記錄了時人對觀看魏長生演劇的熱情：「自西蜀魏三兒倡為淫哇鄙諺之詞，市井中如樊八，郝天秀之輩，轉相效法，染及鄉隅，……余特喜之，每攜老婦、幼孫，乘駕小舟，沿湖觀閱。」〔註 17〕

可見，作為藝人的魏長生在戲劇行業內的號召力是巨大的，引起的觀劇效應也聲勢浩大。這甚至影響到了雅部崑劇：「自西蜀韋三兒來吳，淫聲妖態，

〔註 14〕張次溪編《清代燕都梨園史料正續編》，北京：中國戲劇出版社，第 155 頁。

〔註 15〕〔清〕吳長元《燕蘭小譜》卷五，收入張次溪《清代燕都梨園史料：正續編》，北京：中國戲劇出版社，第 45 頁。

〔註 16〕〔清〕李斗《揚州畫舫錄》，汪北平、涂雨公點校，北京：中華書局 1960 年，131 頁。

〔註 17〕〔清〕焦循《焦循雜著九種》，揚州：廣陵書社 2016 年，第 469 頁。

闌入歌臺，亂彈部靡然效之。而崑班子弟，亦有倍師而學者，以至漸染骨髓。」
〔註18〕不同場所演出的受眾不同，則受到歡迎的戲劇形態也有差別。因此，關
於「花雅」兩種戲劇的論述形成一种競爭關係，大多還是當時以文人的視角觀
看當時戲劇形態所得出的結論。

除此之外，官方禁曲也影響了花部戲劇和雅部戲劇的最終走向。乾隆查禁
戲曲，主要在「關涉本朝字句」，強調對戲曲的內容與政治的有關的部分進行
整改。但是江西巡撫郝碩在查辦之時卻加入了個人喜好判斷：「江右所有高腔
等班，其詞曲悉皆方言俗語，俚鄙無文，大半鄉愚隨口演唱，任意更改。非比
崑腔傳奇出自文人之手，剞劂成本，遐邇流傳。是以曲本無幾，其繳到者，亦
係破爛不全抄本。」〔註19〕提出一些戲班並像崑腔一般雅致，語言文辭有太強
的口傳性和地方性，不是文人所作，因而不具備過高的審美價值。這同樣表明
關於花雅兩部之間的對立，仍然是基於文人士大夫觀劇者的角度而言。另外，
乾隆三十四年下令「嚴禁官員蓄養歌童」：「朕恭閱皇考渝旨，有飭禁外官蓄養
優伶之事」「何以近日尚有揆義託黃肇隆代買歌童之事？」「思之實可痛恨」。
〔註20〕因為官方禁止家庭戲班，導致先前更多地在文人家庭劇場表演的崑曲
只能在民間劇場上搬演，其俗化的程度也漸漸加深。這更容易遭致文人對此的
不滿，在其評論中強化二者的對立。

因此，「花部」和「雅部」作為劇別分類的名稱，更多地旨在描述當時文
人視角所觀察到的，帶有文人喜好的花雅兩種戲劇的分類標準和發展情況，並
且二者之間也並非不可通融。因此，今之學者用「花雅之爭」來描述清朝中葉
兩種聲腔之間的競爭關係，提醒我們重視其中折射出來的文人審美趣味的視
角，但這可能與戲劇發展的史實有一定出入。並且，在花雅兩部在戲劇史上的
發展中，文人士大夫仍然以「雅部」為主要的欣賞對象，對花部的態度則是大
多貶抑，偶有讚賞。因此，曾永義用「花雅爭衡」來描述戲劇史上的這一現象，
不僅僅將花雅兩部戲劇在民間表演和文人視域下的狀況作了總結，也提出了
其並非一直處於對立狀態，而是互相影響，互相平衡，持續演進的狀況，可能
更加符合對戲劇史上這一現象的描述。

〔註18〕〔清〕沈起鳳《諧鐸》，北京：人民文學出版社 1985 年，第 176 頁（韋三兒，
　　　　指魏長生。）
〔註19〕張書才主編《纂修四庫全書檔案》，上海：上海古籍出版社 1997 年，第 1327
　　　　頁。
〔註20〕王先謙《東華錄·東華續錄》，上海：上海古籍出版社 2008 年，第 236 頁。

二、雅部戲劇繼承的文學傳統

　　與一般喜愛崑腔或兼賞花雅的文人不同的是，焦循更加喜歡作為地方戲的花部戲劇。焦循從事、詞、音三個方面褒揚了花部戲劇的獨特價值。從戲劇學的角度看，焦循提出的觀點在戲劇史上佔有較為重要的地位。

> 　　梨園共尚吳音。「花部」者，其曲文俚質，共稱為「亂彈」者也，乃余獨好之。蓋吳音繁縟，其曲雖極諧於律，而聽者使未睹本文，無不茫然不知所謂。其《琵琶》、《殺狗》、《邯鄲夢》、《一捧雪》十數本外，多男女猥褻，如《西樓》、《紅梨》之類，殊無足觀。花部原本於元劇，其事多忠孝節義，足以動人；其詞直質，雖婦孺亦能解；其音慷慨，血氣為之動盪。〔註21〕

　　葉長海認為，焦循在當朝明令禁止戲曲，且當時文人皆無視花部的情況下，仍在其《花部農譚》中提出花部戲曲在「事」（劇本內容）、「詞」（戲曲語言）、「音」（戲曲聲腔）上的優點及重要性，具有一定的突破意義。〔註22〕雖然朝廷命令禁止戲曲，一些文人也無視花部戲劇，但是花部戲劇在觀眾間卻受到了大量的認可，焦循也盛讚花部戲劇的獨特審美價值。並且，焦循還認為雅部戲劇太多男女猥褻的內容，不足為觀。而花部戲劇本於元劇，更多地在出演「忠孝仁義」之事，更加能夠起到「動人」的效果。

　　曾永義對焦循所指出的現象作出評論，他認為「焦循這段話，並不完全正確，譬如以雅部多男女猥褻，若就花部小戲而言，與事實正好相反；以花部原本於元劇，也不是如此。可見他雖博學多聞，著述等身，但戲曲的認知卻不是很通達。……而至此我們也可以說，士大夫不止有喜歡能接受花部的人，而且也有鼓吹亂彈的人了。〔註23〕」確如曾永義所說，花雅兩部戲劇與忠孝仁義情節的關係，不可一概而論。崑山腔也在出演「忠孝仁義」的情節，反而花部戲劇更多地表演淫蕩亂怪的內容：

> 　　演戲本遊戲之事，崑山格律最稱擅場。填詞者固屬文人學士，雖於古人情，類多增益附會，猶不失忠孝節義、善惡果報之旨，以示勸懲。故名優登場，情態逼真，能使觀者生憤、生感，是以歷久

〔註21〕〔清〕焦循《焦循雜著九種》，揚州：廣陵書社 2016 年版，第 469 頁。

〔註22〕葉長海《中國戲劇學史稿》，北京：中華書局 2014 年修訂版（上海文藝出版社 1986 年初版），第 460 頁。

〔註23〕曾永義《論說戲曲雅俗之推移（下）——從清乾隆末至清末》，《戲劇研究》2009 年 1 月第 3 期。

不廢。今世俗專尚新奇，別番一種所謂攤簧二和諸調，無非淫蕩亂怪之劇，則觀者林立，而崑曲則群相厭棄矣。即演劇一事，世道人情可概見。〔註24〕

如此一來，傳統所認為的崑腔表現忠孝仁義因而為雅，花部戲劇表現淫亂情愛之事而為俗的基本觀念便值得再次反思。路應昆認為，文人傳奇中更多地試圖描繪男女情愛，而非忠孝仁義，只是在文辭語言上更多地具備文人化的特徵。也就是說，「雅」在崑曲這裡，更多地表現在文字技藝的特別之處。並且，民間崑班的演唱常常雅、俗混雜，與家樂的「雅」完全不同。〔註25〕這表明演出場合不同，戲劇的聲腔與內容之間也大不相同。對於家庭戲班的雅樂來說，聲腔和情節都比在民間表演時更加雅正精美。而對於在民間戲臺表演的戲劇來說，無論是花部還是雅部，都可能存在既有關於忠孝仁義，又有關於男女情愛故事的描繪。因此，不能僅從戲劇情節內容判斷它們的雅俗特徵。

「雅」的觀念來源於儒家經典《詩經》的「風雅」傳統。這個傳統在不同的時代有不同的表現。「雅」首先指的是《詩經》中的《大雅》、《小雅》。《頌讚》論《雅》：「風正四方謂之雅。」說明了一種「雅」的風化作用。而《詩經》又是有配樂的，所以「雅」最初總是與音樂聯繫在一起，是為「雅樂」。「『雅』由先秦時代主要用於音聲方面，並因之而為一個價值評斷的語彙，迤邐蛻變成士階層中一個與『俗』對立的，並且基本無涉於人生『實務』、『庶事』的概念。而隨著文學和文人意識的覺醒，它也逐漸顯示出向審美觀念和趣味滲透的趨勢。」〔註26〕于迎春追溯雅樂的來源，觀察雅俗觀念在由早期至漢代的變化，表明文學之「雅」漸漸從音樂之「雅」中分立，成為較為獨立的審美觀念與文化趣味。並且，樂府的設置顯示了雅樂的衰微，士大夫卻視民歌為鄭衛之音。雖然士大夫尖銳地表示了對民歌俗化的不滿，但音樂的娛樂性還是大行其道，使得樂教終於破產，新音樂在士人中流行。在劉勰的時代，文學由音聲向漢字轉化，聲、詩難以同步，書面文獻獲得了統治的地位，而口頭文學則漸漸式微。士大夫階層因此也自覺地形成了以書寫書面文字為基礎的「雅」的群體。但

〔註24〕〔清〕曹宗載《捫虱瑣談》清抄本，國圖縮微製品，轉引自廖奔，劉彥君著《中國戲曲發展史·第4卷》，太原：山西教育出版社2000年，第103頁。

〔註25〕路應昆《崑劇之「雅」與「花雅之爭」另議》，《東南大學學報》2009年第11卷第4期。

〔註26〕于迎春《漢代文人與文學觀念的演進》，北京：東方出版社1997年，第134頁。

是，正如村上哲見在《雅俗考》〔註27〕中指出：「雅」與「俗」之間雖確有高低之分，但兩者並非處於極性位置上，還不能說是具有排他性的對立關係。這也說明「大傳統」和「小傳統」的論述恐怕不能準確地表現中國古代文學觀念中的雅俗關係。

中國古代文學觀念對於「雅」的觀念較為完整而系統的討論，集中在《文心雕龍》中，且對後世產生了深遠的影響。《文心雕龍》曾經從諸多方面界定「雅」的特徵，例如《明詩》篇溯源四言詩的體制：「若夫四言正體，則雅潤為本」。《樂府》指出樂府這種體制已經偏離了「雅」的特徵：「自雅聲浸微，溺音騰沸。」《詮賦》中說明辭賦的「序」和「亂」是追溯至商人的《頌》，源出經典：「按《那》之卒章，閔馬稱亂，故知殷人輯頌，楚人理賦，斯並鴻裁之寰域，雅义之樞轄也。」因此，這是「雅文之樞轄」，在「雅」的意義上確證了辭賦的經典性。《頌讚》篇「融之《廣成》、《上林》，雅而似賦，何弄文而失質乎！」則說明馬融的兩篇賦，雖然具有「雅」的體制，但是卻像賦一樣有文無質，失去了頌本身的雅義。《諧隱》篇被認為「但本體不雅，其流易弊。」也是從體制上來表述「雅」，說明過多娛樂性的文學在文體上便與「雅」的特徵有一定的距離。在這裡，劉勰不僅認為雅是對「質」「實」或「義」的指涉，或對「文辭」的修飾，還指出「雅」的內涵中包含經典的體制這一內容。也就是說，「雅」既可以指文辭，也可以指意義，還可以指體式。它在文辭上必須優美潤飾，在意義上必須指向道德教化，在體式上必須中正避俗，才是真正的具備了「雅」的風格。

在劉勰的時代，文學的典雅特徵尚未正式確立，仍然需要在流俗中追求文人化的典雅，以確立雅正文學的地位。而在焦循的時代，這種「雅」的觀念已經形成了文人士大夫必須追求的目標，成為了各種文藝作品中必須具備的特質。文人的表現出對高雅的追求，以彰顯其在整個社會中的獨特位置。而戲劇作為此一時期最為興盛的文學形式也不例外，崑腔則是「雅趣」的代表之一。崑腔的戲文辭藻優美，內容也多指向具有教化意義的作品，體式也經明代以來的文人手筆，漸漸地形成了中正雅致的聲腔和曲套，是文人化的戲劇形式的代表。

但是這種「雅」一旦成為文人必備的基本質素和創作觀念時，它在實際創

〔註27〕〔日〕村上哲見著《雅俗考》，顧歆藝譯，《中國典籍與文化論叢》第四輯，北京：中華書局 1997 年，第 423 頁。

作中的表現便漸漸與文學觀念上的「雅」悄然相別。《四庫全書總目》提到：

詞、曲二體在文章、技藝之間，厥品頗卑，作者弗貴，特才華之士以綺語相高耳。然三百篇變而古詩，古詩變而近體，近體變而詞，詞變而曲，層累而降，莫知其然。究厥溯源，實亦未可全斥為俳優也。〔註28〕

即使崑曲的作者大多是文人，但他們並非諸如唐宋時期兼具詩藝和人格的文人士大夫，而更多的是頗具文字技藝，「特才華之士以綺語相高耳」之人。因此，這種文辭的雅化並不能代表崑劇創作的藝術審美能夠完全在花部戲劇之上。相反，文人慣常在才子佳人的劇末加一關於教化觀念的蛇足、崑劇中較為綺麗的文辭描寫以及大眾難以聽懂的崑曲聲腔，已經使得崑劇本身的藝術價值難有太多的提升空間。也就是說，優美綺麗的文辭語句、忠孝仁義的教化觀念、過分遷就文辭的咬字和過分依循傳統的唱腔之類的關於「雅」的要求已經在某種程度上與戲劇故事的核心內容與敘事方式分離，它們不再內在於敘事觀念的內部，而是僅僅滿足了文人對於「雅」的觀念需求，故而也無法與唐宋詩歌中的佼佼者對於「雅」的觀念的繼承相媲美，文人所青睞的雅部戲劇的「雅」也因此大打折扣。

不可否認的是，即使一些文人已經看到了「風雅」觀念漸漸演變成了「附庸風雅」，因為流於表面而喪失內涵，但在文人士大夫的視域內，對「雅」的追求並未因此減弱。在流於表面的雅部戲劇的創作已經喪失生命力的現狀下，重新釐定「雅」的觀念的內涵，使得「雅」的觀念繼續在各種藝術形式中占主要地位，仍然是文人士大夫的主要訴求。焦循看似與其他的文人對花雅兩部戲劇的看法並不一致，但其實他們都在一種「雅文化」的背景下，試圖「糾俗為雅」，達到在文辭、意義和體式上都重新具備「雅」的特質的新標準。因此，與一些文人貶抑花部，認為過於流俗，一些文人在首肯雅部戲劇的前提下也承認了部分具備「雅化」特質的花部戲劇不同的是，焦循用「獨好花部」的觀念，為花部戲劇正名。但他的思路並非肯定花部戲劇中為大眾喜愛的兒女情長和淫詞豔曲，而是將花部戲劇中「雅」的部分提取出來專門讚賞，例如「忠孝仁義」之事，便是關於教化的「雅」的觀念。

而對於「其詞直質」的要求，則是直接針對雅部戲劇的「繁縟」而造成的

〔註28〕〔清〕紀昀纂《四庫全書總目》卷一九八，北京：中華書局1965年影印本，第1807頁。

「聽者使未睹本文，無不茫然不知所謂」現象而言。故而他雖贊同花部，實則借花部戲劇中的一些具備「雅」的特點的劇本進行褒揚，以此來糾偏雅部戲劇中過於「繁縟」的現狀。可以說，焦循對目前存在的「花雅」兩部，並非非此即彼的態度，而是試圖在兩種戲劇形式的分野中，各取其長，而其最終指向的審美標準，仍然是一個文人的「雅化」世界。

三、「曲文俚質」所體現的雅俗觀念

　　焦循在花部戲劇中發現「曲文俚質」的特點，一方面是能夠吸引到更多的受眾，另一方面是因為其戲劇情節和賓白對話多取材於現實生活，因此更加具有活力，也更加具有可供塑造的藝術價值。范鍇曾經對當時的一種「燈戲」有如下描繪：「俗有優伶，專演鄉僻男女穢褻之事，歌詞俚鄙，音節淫靡，名曰梁山調，與弋陽、梆子之腔迥別。……近則川之東北郡邑邨郭間，築臺競演，晝夕不分，盈途喧笑，士女聚觀，恬不為怪。」〔註29〕可以看出，被官方禁入城市的「燈戲」仍有生存空間，是依賴於「士女聚觀」「津津樂道」的觀眾市場。而能夠吸引民間觀眾注意的，恰恰是對人倫日常最為深入的模仿。這種現象恰恰指示了花部戲劇的兩個特點，一是語言音節的「俚鄙淫靡」，二是內容的「傷風敗俗」，這雖然極其貼近大眾的日常生活，但卻是焦循所不能認可的。因此，他試圖在花雅的戲劇中，各自挑選一些佳作，以此樹立關於戲劇的典範。「其《琵琶》、《殺狗》、《邯鄲夢》、《一捧雪》十數本外，多男女猥褻，如《西樓》、《紅梨》之類，殊無足觀。」這表明焦循在否認雅部戲劇時，並未否認雅部戲劇中優秀的「十數本」作品，這代表著雅部戲劇的典範。花部戲劇中的典範，則是其在《花部農譚》中所提出的，如《鐵丘墳》、《清風亭》、《賽琵琶》等優於同一本事的雅部戲劇的創作。因而，焦循的讚賞花部戲劇的獨特旨趣，並非強化花雅兩種劇種之間的對立，與其他文人分立陣營，而是試圖打破文人一般觀念下花雅之間在劇種上的對立和取捨，試圖重新建立關於「雅」的審美準則和典範，以此來改變一些雅部戲劇中並未完全遵循「雅」的觀念而創作的作品，也使得花部戲劇能夠在使得大眾喜聞樂見的情況下得以實現新的「雅化」。

　　這種「曲文俚質」的主張不僅僅反映在戲劇文辭上，也代表著清朝中葉其

〔註29〕〔清〕范鍇《蜀產吟‧苕溪漁隱詞稿》，《清代詩文集彙編》編纂委員會編《清代詩文集彙編》，上海：上海古籍出版社 2010 年，第 347 頁。

他文體的一致訴求。焦循自己就曾對文章的書寫提出「質」的要求:「夫學充於此而深有所得,則見諸言者自然成文,江河之水,隨高下曲折以為波濤,水不知也。……是故學為古文者,必素畜乎所以言之者,而後質言之。古文者,非徒質言之者也。」〔註30〕可見,焦循提倡在學問深博的情況下「自然成文」,言之有物且不拖沓累贅。這也與當時的古文家提出的古文寫法對語言的要求如出一轍。例如方苞提出對古文的標準的理解,便是文學的角度看待經義:「凡諸經之義,可依文以求,而《春秋》之義,則隱寓於文之所不載,或筆或削,或詳或略,或同或異,參互相抵,而義出於其間。」〔註31〕也即經典中的義理可以通過文學方式來判斷,標準並非是文辭的繁縟,而是在於敘事和描寫的詳略。並且,他讚賞文字簡潔的作品:「《易》、《詩》、《書》、《春秋》及四書,一字不可增減,文之極則也。降而《左傳》、《史記》、韓文,雖長篇,句字可薙芟者甚少。」〔註32〕姚鼐也指出:「文章之境,莫佳於平淡,措語遣意,有若自然生成者,此熙甫所謂為文家之正傳」。〔註33〕並認為這種語言創作風格才是歸於雅潔,與經典相呼應。這代表了桐城派古文家的核心觀點,也與清朝人對歷代文學文體的吸收發揮造成的文學在文辭技藝上的極大發揮密切相關。清朝文壇在文辭上因為有諸多前朝歷代的文學選本可以參考,從而萌生而出的諸多玩弄文字技藝的方式,雖不乏佳作,但也造成了一定程度上的繁文縟詞的現象。可以說,此時追求一種「曲文俚質」的語言風格,並非是俗化了文學,而是將關於生僻、繁縟、冗雜的語言還原為日常生活中的簡潔表述,再由文人將其潤飾,使之成為雅潔的文字表述。這就要求文字既能使人「看懂」、「聽懂」,又需使人感受到美感。這就需要從「俗」中取材,從「雅」中借鑒,最終達到「曲文俚質」的效果。這也是在最廣泛的意義上完成「人文化成」理念的最終理想。

這與清代的一些戲曲家的觀點有一定的相似性。例如楊恩壽提出:

> 自院本、雜劇出,多至百餘種,歌紅拍綠,變為牛鬼蛇神、淫

〔註30〕〔清〕焦循《文說一》,《雕菰集》卷十,《雕菰樓文學七種》,陳居淵編,南京:鳳凰出版社2018年,第234頁。

〔註31〕〔清〕方苞《春秋通論序》,《方苞集》,上海:上海古籍出版社1983年版,第84頁。

〔註32〕〔清〕方苞《古文約選序例》,《方苞集》,上海:上海古籍出版社1983年版,第615頁。

〔註33〕〔清〕姚鼐《與王鐵夫書》,《惜抱軒全集》,北京:中國書店1991年,第222頁。

哇俚俗，遂為大雅所增。前明邱文莊《十孝記》何嘗不以宮商繫演，寓垂世立教之意？在文人學士，勿為男女蝶褻之辭，掃其蕪雜，歸於正音，庶見綺語真面目耳。〔註34〕

這就提示了「綺語」事實上是「蕪雜」的，即使能夠引人入勝，也因其僅為文人遣詞弄句的過於繁雜而淪為流俗，喪失了「雅」的意義。因此，如果無益於文辭的傳情達意，同樣流於俗套，即使文辭優美綺麗，也並非「雅化」，甚至有矯揉造作，附庸風雅之嫌。

明代孟稱舜《古今名劇合選》中就提到了另一種思路：

遍來填詞家更分為二，沈寧庵專尚諧律，而湯義仍專尚工辭。二者俱為偏見。然工辭者，不失才人之勝，而專為諧律者，則與伶人教師登場演唱何異？今此選去取頗嚴，然以辭足達情為最，而協律者次之。可演之臺上，亦可置之案頭賞觀者，其以此作《文選》諸書讀可矣。〔註35〕

這種說法不僅僅重視「辭足」，還提出了「達情」的需求，力圖在創作中樹立避免因為過於雅化而導致的文辭過於綺麗，忽略表情達意的需求的典範。這就表明孟稱舜更加重視文辭表達不以文字技藝為先，而是應該以表達當下的日常經驗的「情」為先，為文辭表現效果提出了新的標準。

同時，焦循認為花部本於元劇。前文提到，在焦循「代有所勝」的文學史觀中，元劇正是以其彰顯了時代價值而與唐詩宋詞媲美。將花部戲劇與元劇之間的淵源關係梳理出來，同樣也是焦循試圖證明花部戲劇的時代價值的表現，也再次表明花部戲劇在文辭和內容上與人們的日常生活緊密相關。在文學史上，元曲成為一種文體形式，到了明代才最終確立。元人有關戲曲創作的論著中，具有代表性的為《唱論》和《中原音韻》，主要側重在對戲曲的唱法和音韻的討論。而《錄鬼簿》和《青樓集》更多地側重記錄戲曲表演者和戲曲創作者的生平事蹟。對於元曲的劇本文獻來說，《古今雜劇》的元刊本只收錄了三十種元曲，其他時間較早的元人雜劇版本輯錄，如《改定元賢傳奇》、《古名家雜劇》、《元人雜劇選》等，都是明朝嘉靖、萬曆年間的作品。可以說，真正將

〔註34〕〔清〕楊恩壽《詞餘叢話·原律》，載《中國古典戲曲論著集成》，第9冊，第237～238頁。
〔註35〕孟稱舜《古今名劇合選》，《中國歷代劇論選注》，陳多、葉長海選注，上海：上海古籍出版社2010年，第258、259頁。

元曲作為一個單獨的文體進行專門的研究，一直要到明朝中後期才漸成規模和體系。在元人的文學觀念內，戲曲尚未進入正統文學的序列之中。因此，明清的文人談論元曲，更多地是站在「復古」的立場，而這種關於「復古」的立場，更多地是表現了將流俗的、新創的文學形式文雅化的訴求。例如明人朱權的《太和正音譜》中提到：「夫禮樂雖出於人心，非人心之和，無以顯禮樂之和；禮樂之和，自非太平之盛，無以致人心之和也。」〔註36〕這就與元朝時人認為元曲（時稱樂府）為具有文章特點的散曲〔註37〕有一定差別，是從禮樂的角度彰顯了其中的「復古」意識。從此以後，「雅化」元曲的方式便不僅僅是通過選取具有文章特點的曲劇，而是通過在對元曲的選本中進行改動，並強調這種行為是尊崇古本的方式下，來完成對元曲的「雅化」。〔註38〕因此，龔鵬程指出，明朝末年戲曲史上的「湯沈之爭」，無論是重視聲律還是重視辭藻，事實上都是復元曲之古主張的表現，是吳江派南曲與中原北曲抗衡的理論武器。〔註39〕

　　焦循所提出的「花部本於元曲」的觀點，實際上並不符合戲劇史的史實。花部戲劇來源於地方戲的勃興，是民間通俗藝術經由文人修飾以後發展形成的。焦循指出花部本於元曲，並非不加考據的斷言，而是與明朝的劇論家一樣，試圖在「復古」的意義上為花部正名，將其中優秀的作品納入到文學史的正統序列中，使得在民間受到觀眾喜愛的花部戲劇能夠擺脫「俗」的狀態，進入「雅化」的文學殿堂。因此，前文所引焦循在文學史的文體嬗變序列中，強調八股出於金元曲劇，並上溯至唐人小說傳奇，最後認為這是「士人求科第之溫卷」的目的，便是要將八股文以兼具「史才、詩筆、議論」的唐人傳奇作為典範，

〔註36〕〔明〕朱權《太和正音譜》《中國古典戲曲論著集成》第 3 集，北京：中國戲劇出版社 1959 年版，第 11 頁。

〔註37〕元人燕南芝庵《唱論》：「成文章曰樂府，有尾聲曰套數」；元人周德清《中原音韻》：「凡作樂府，古人云：『有文章者謂之樂府。』如無文飾者謂之俚歌，不可與樂府共論也。」元代對樂府的定義已經帶有了「雅化」俚俗曲劇的傾向。（見《中國古典戲曲論著集成》，北京：中國戲劇出版社 1959 年，第 3 頁、第 231 頁）

〔註38〕明人徐謂《重刻訂正原本批點畫意西廂》認為「余所改抹，悉依碧筠齋真正古本。余於是怢諸解，並從碧筠齋本，非杜撰也。」明人王驥德《新校注古本西廂記》凡例提到：「今刻本動稱古本云云，皆呼鼠作璞，實未嘗見古本也。不得不辨。訂正概從古本。」

〔註39〕龔鵬程《中國文學史下》，上海：上海世界圖書出版公司 2012 年版，第 224 頁。

創作出「代聖人立言」為前提的，以儒家經典道義為核心並兼具文學色彩的作品。「花部本於元曲」的說法，也表明焦循無意在戲劇史上為花部戲劇尋找文學體式上的來源，而是強調作為一種文學形式的花部戲劇本身必須具備的創作標準。「史才」、「詩筆」、「議論」的文備眾體的特點，恰恰是焦循試圖為當下的文學形式樹立的新典範，也即需要同時具備在敘事能力、文辭能力和說理能力。因此，將花部戲劇上溯至元曲，強調的並非與元朝時期一致的審美訴求，提倡在文辭上更加具備文采；也並非明朝的一般要求，試圖為抬高流行於江南的南曲的地位，而為其在聲律和辭藻上立法。將花部戲劇上溯至元曲的真正目的在於，更加進一步地提出一種與元曲比肩的，其事動人、其詞直質、其音慷慨的綜合性審美要求。這種要求與前者所言敘事能力、文辭能力和說理能力的本質具有相當的一致性，但又是針對發源於「俗」文學的花部戲劇而言的。因此，與其說焦循為花部戲劇定義為「其事忠孝節義、其詞直質、其音慷慨」，不如說是焦循試圖在充分表現民間日常經驗的戲曲表演藝術「花部戲劇」中，提出在一般標準下對文學中的敘事能力、文辭能力和說理能力的訴求的同時，又使得這種文學形式能夠為更廣泛的大眾理解。

故而，《花部農譚》開篇即提出了對他人手記其口談所言刪改的現象：「有村夫子者筆之於冊，用以示余。余曰：『此農譚耳，不足以辱大雅之目。』為芟之，存數則云爾。」〔註40〕即使焦循對與農人村野侈談的效果頗為滿意，但他仍然認為口頭之作不能「登大雅之堂」，並且需要親自芟刪才能存稿，說明了他對留存文字的謹慎。這並非表明焦循仍然認為花部戲劇不能「登大雅之堂」，而是花部戲劇本身的通俗色彩強烈，但有著對民間日常生活經驗和倫理情感的真切描寫，倘若這些部分能夠保存，並用文人文辭、敘事和說理能力對其進行「雅化」，花部戲劇則會獲得更加持久的生命力。

因此，焦循用花部對標元曲，便是兼具「通古」和「適今」兩種訴求的表現，元曲之「通古」和花部的「適今」，使得雅俗之間的固有界限被打破，為尋找新的「雅」的內涵提供了可能。

第二節 「風教」精神的「以雅化俗」作用

焦循對於花部戲劇的態度，在「事」方面仍然傾向於儒家教化意識，在「詞」

〔註40〕〔清〕焦循《花部農譚》，《焦循雜著九種》，揚州：廣陵書社 2016 年，第 469 頁。

的方面不追求過於繁縟的辭藻，仍然是符合一般戲劇形式或文學形式的審美標準。而提到「其音慷慨，血氣為之動盪」時，則可以認為是焦循所指認的花部戲劇的最大特點。

「血氣」源於《禮記‧樂記》：「夫民有血氣心知之性，而無哀樂喜怒之常，感應起物而動，然後心術形焉。」〔註41〕孔穎達認為，「民有血氣以下至淫亂以上，論人心皆不同，隨樂而變。夫樂聲善惡本由民心而生，所感善事則善聲應，所感惡事則惡聲起。樂之善惡，初則從民心而興，後乃成為樂。樂又下感於人。」〔註42〕從孔穎達的解釋中，可以看到音樂的勸善化人作用出於人自身對物的「感應」作用，也即「興」。這種「興」使得人們能夠創作樂，最終又造成「感人」的效果。因此，「興」一開始是由「感物」而生的，後來這個「感」的對象則可以變為藝術作品。從這一點來看，孔穎達為我們打通了作者與讀者之間的通路，他們都指向一種「感」、「興」的詩教精神，並在其中能夠辨善惡，起到教化作用。

對外在環境的感受會引起情緒的變動，這是「血氣」使然，這種「血氣」在這裡是不分善惡的。花部戲劇之所以能夠在聲音上達到「動盪血氣」的作用，除了其音樂的慷慨，還有其在敘事情節的恰好之處適當地用音樂進行烘托。也即，音樂的高潮迭起事實上是根據劇情的高低起伏而發展變化的。

《劇說》中記載的在觀劇過程中所引發「血氣動盪」的例子不在少數，《劇說‧卷六》中記載了觀眾多次於觀岳武穆《精忠記》時毆打飾演秦檜的優伶之事。因為觀眾在觀劇之時，受到戲劇的情節感染，對秦檜賣國求榮之事深惡痛絕，衝上戲臺毆打飾演秦檜的演員。〔註43〕戲劇衝突能夠激發觀眾觀演時的情

〔註41〕魯同群注評《禮記‧樂記》卷十九，南京：鳳凰出版社 2011 年，第 148 頁。

〔註42〕〔漢〕鄭玄箋〔唐〕孔穎達疏《禮記注疏》，上海：中華書局 1936 年，第 78 頁。

〔註43〕（「相傳周忠介蓼洲先生初釋褐，選杭州司理，杭人在都者置酒相賀，演岳武穆事。至奸相東窗設計，先生不勝憤怒，將優人捶打而退，舉座驚駭，疑有開罪。明日託友人問故，先生曰：『昨偶不平打秦檜耳。』《極齋集錄》云：『吳中一富翁宴客，演《精忠記》。客某見秦檜出，不勝憤恨，起而捶打，中其要害而斃。眾鳴之官，官憐其義，得從末減。』《蓴鄉贅筆》云：『楓涇鎮為江、浙連界，商賈叢積。每上巳，賽神最盛。築高臺，邀梨園數部，歌舞達旦。曰：『神非是不樂也』。一日，演秦檜殺岳武穆父子，曲盡其態。忽一人從眾中躍登臺，挾利刃直前，刺檜流血滿地。執縛見官，訓擅殺平人之故，其人仰對曰：『民與梨園從無半面，一時激憤，願與秦檜俱死，實不暇計真與假也。』顧彩《髯樵傳》云：『明季吳縣洞庭山鄉有樵子者，貌髯而偉，姓名不著，絕有力，

緒，獲得一種「共情」的效果。但是這種效果也非常容易導致不合理的行為發生。例如觀眾看到出演岳飛的戲劇被秦檜所陷的情節，義憤填膺而轉嫁於表演的伶人，這就是觀眾將戲劇中的情節指認為真，混亂了虛實界限的結果。此時，戲劇不再作為一種顯在的象徵形式或是虛構作品，而是被認為是對現實的直接反映。另一方面，正是這種虛實界限的模糊，才使得在戲劇創作中「以虛事寫實情」成為可能。由此，焦循發現了故事情節能夠引起觀眾共鳴，與觀眾所關心之處發生真實聯繫的敘事方式。他認為在戲劇表達中，引起觀眾對戲劇敘事的理解和共鳴，是戲劇敘事成功的表現之一，這也體現了岳飛的故事能夠在民間激起關於忠義精神的樸素而真誠的理解。在孔穎達的觀念中，這也是一種「興」、「感」的方式之一。只不過，焦循發現能夠激發人們「血氣」的，不僅包括日常的生命經驗，還有能夠反映人們日常生命經驗和情感結構的藝術作品，也即與民間基本倫理關係更為貼近的花部戲劇。「感」的對象則由先秦兩漢以來的「物」，也即花木凋零季節變換與生命體驗的一致性，轉換到了明清以來的「事」，也即日常生命經驗中的世態沉浮。

這也與清朝中葉的學者對話語新形式的探索有共通之處。例如戴震對《孟子·告子上》「故有物必有則，民之秉彝，故好是懿德」的解釋所言：「以秉持為經常曰則，以各如其區分，如曰裏以宴之於言行，曰懿德。物者事也。語其事，不出日用飲食而已矣。捨是而言理，非古賢聖所謂理也。」〔註44〕戴震將「物」理解為「事」，是「日用飲食」，是日常世界的秩序和條理，便是根據時代的變化，而置換了能夠調動人們情緒，能夠起到「感」、「興」作用的對象。因此，古聖賢所說的「理」，是在古聖賢的時代的「日用飲食」中所得之「理」：「舉凡天地、人物、事為，虛以明夫不易之則曰理。所謂則者，匪自我為之，求諸物而已矣。」〔註45〕戴震強調「求諸物」，事實上也是其試圖彌合知識話語和日常社會狀況分裂的嘗試。而這個「求諸物」雖然有著深刻的學術史關懷和學理思考，反映在試圖尋找受眾為一般民眾的話語形式時，「求諸物」的

目不知書，然好聽人談古今事。常激於義，出言辨是非，儒者無以難。嘗荷薪至演劇所觀《精忠傳》，所謂秦檜者出，奮怒，飛躍上臺，捽秦檜，毆流血，幾斃。眾驚救，奮曰：『若為丞相，奸似此，不毆殺何待！』眾曰：『此戲也，非真檜。』奮曰：『吾亦知戲，故毆。若真檜，膏吾斧矣！』」）〔清〕焦循《焦循雜著九種》，揚州：廣陵書社 2016 年，第 453 頁。
〔註44〕〔清〕戴震《孟子字義疏證》，北京：中華書局 1961 年，第 7 頁。
〔註45〕〔清〕戴震《孟子字義疏證》，北京：中華書局 1961 年，第 7 頁。

「物」則獲得了它在現實生活中的所指，也即「日用飲食」中所體現出來的對生存經驗和生活情感。因此，花部戲劇的敘事情節反映了日常情感體驗，並在其中發現向善的道德倫理思想的可能，不啻為是一種值得褒揚的新的話語形式的發現。

因為發現「動盪血氣」的作品能夠在觀眾層面發生效力，焦循仔細分析探討了造成這種效力的敘事邏輯究竟何在。焦循曾經分別對比了花部戲劇和雅部戲劇在觀眾中的演出狀況。例如崑劇《雙珠》和花部《清風亭》，其中都有「雷殛」情節，但觀眾的表現卻各不相同：

> 余憶幼時隨先子觀村劇，前一日演《雙珠‧天打》，觀之者漠然。明日演《清風亭》，其始無不切齒，既而無不大快，撓鼓既歌，圍有戲色，歸而稱說，浹旬未已。彼謂花部不及崑腔者，鄙夫之見也。〔註46〕

可見，觀者的態度是對花雅戲劇優劣的評判標準之一。在這兩則故事中，「雷殛」情節的主要作用都是懲惡除暴，對違反人倫道德的行為施與懲罰。崑腔《雙珠》中，「雷殛」情節是為了懲罰李克成謀奸營卒之婦事。

> 據崑腔劇中，雷殛二事，一為《雙珠》之李克成、張有得。克成以營長謀奸營卒之婦，羅致卒死罪，致其婦以死明節，此事見《輟耕錄》。卒遂因婦死得釋，所賣子亦歸，惟營長未有報，故思得天雷殛之為快耳。然作《天珠》劇者，營卒妻賣子、投淵之後，既得神救不死，父子夫妻後俱完聚，則李克成固亦天所不必誅也，故《雙珠》之李克成、張有得雖遭雷殛，尚不足以警動觀者。〔註47〕

在故事原型《輟耕錄》的情節中，營卒一家因得神救而團圓，但是謀害者營長沒有得到應有的懲罰。崑劇《雙珠》的創作者據此增加了「雷殛」的情節，試圖對謀害者進行懲罰，以達到觀眾得暢心頭之快的目的。但焦循認為，在這個情節裏，因為受害者最終獲得了團圓，利用「雷殛」這個情節懲戒受害者，在節奏上產生了偏差，倒顯得有強加之嫌。「雷殛」似乎是崑劇認為懲惡所必須的關鍵情節，殊不知觀眾依此敘事，尚不覺李克成罪大惡極至需遭此大劫，故默然不為所動。如若道德懲戒僅僅是為了迎合觀眾的喜好，道德話語與敘事邏輯之間產生極大的分裂，觀眾並不會獲得共鳴，也不可能達到「警動觀者」

〔註46〕〔清〕焦循《焦循雜著九種》，揚州：廣陵書社2016年，第473頁。
〔註47〕〔清〕焦循《焦循雜著九種》，揚州：廣陵書社2016年，第473頁。

的作用。觀眾無法在戲劇中獲得共鳴，恰恰是因為戲劇中太多道德話語的強加論述，而沒有對觀眾日常生活邏輯的描摹敘事。焦循還舉出另一個《西樓》的例子來證明：

> 至《西樓》之趙不將，只以口筆之嫌構其父，父禁於叔夜不許私幾，在趙固瀉私忿，而其言非不讜正，以是而遭雷殛，真為枉矣。蓋袁于令與趙鳴陽素隙，心恨之，思得雷殛乃快，《西樓》之趙不將，即指鳴陽也。鳴陽人品學問，豈袁所及，故馮猶龍刪改《西樓》，毅然刪去此折，是也。〔註48〕

焦循認為，《西樓》故事裏的趙不將僅僅是以口筆之嫌對父親不尊重，並未有更為過激的言行，便使趙不將獲得了「雷殛」的下場，與真實的情況相去甚遠。焦循十分認可馮猶龍將這一情節刪去的做法。作者將「不孝」的罪名無限放大，認為一旦出現了對父親不尊重的行為，便應當遭受到付出生命的懲罰。焦循認為這不僅僅與人情世故不符，同時也不會獲得觀眾的認可。

焦循真正讚賞的花部戲劇，是精妙地運用了「雷殛」這一情節的《清風亭》。《清風亭》（又名《青風亭》、《周梁橋》）和《天雷報》（又名《雷打張寄保》）是劇情前後相續的兩出戲。根據焦循的考證，來源於《北夢瑣言》的《張仁龜陰責》一則。《張仁龜陰責》的故事主角出生後遭遇多變，少年時私自離家進京尋父，導致其養父「悵恨而終」。這個關於「忘恩負義」的情節，是民間藝術極好的創作題材，故而便有寶卷《清風亭寶卷》和鼓詞《天雷報》等。明清時期，這個故事被改編為劇本，明人秦鳴雷在萬曆年間作傳奇《合釵記》，亦名《清風亭》。劇寫薛榮娶梁氏為妻，又哄騙洪氏為妾，妻妾不合，薛榮外出。洪氏產子，梁氏謀投河中，婢女置盒內放於牆陰，被王翁拾去撫養。後薛子進京尋找薛榮，再加上平賊有功，與父相遇，後迎王翁夫婦和婢女同享富貴，終得團圓。這是基於傳奇體制的大團圓結局，並無「雷殛」情節。

作為花部戲劇的《清風亭》，來源尚不可考。但是已經從劇本中看到了其與《張仁龜陰責》以及《合釵記》完全不同的面貌。例如張仁龜的故事中，主人公的父親是尚書，養父是處士。《合釵記》中的父子也都是具有一定社會地位的人。而在花部《清風亭》中，養父養母「以織扉磨豆為生」，生活極為貧困。因為拾得其子之時，「有血書乞人收養」，所以二者「力貧撫育，得存活」。後來養子認其生母，拿走血書，又登第做官，全然不認養父母，甚至以二百錢

〔註48〕〔清〕焦循《焦循雜著九種》，揚州：廣陵書社 2016 年，第 473 頁。

打發。〔註49〕這個情節生動地刻畫了張繼寶棄其養父母以後,養父母的生存慘狀。此時,故事的重心已經由養子尋其生父的情節轉移到棄其養父的情節中去,重點刻畫對一貧如洗卻含辛茹苦養大自己的養父母忘恩負義的張繼寶的個人形象。因此,焦循對這個情節的結局作出了評價:

> 乃作天雷雨狀,而此坊甲者冒雨至亭下,見有披髮跪地者,乃雷殛死人也。視之,則前之貴官,右手持錢二百,左手持血書。坊甲乃大聲數其罪而責之。此即張處士鬱恨而死、仁龜得陰譴之所演也。鬱恨而死,淋漓演出,改自縊為雷殛,以悚懼觀者,真巨手也。〔註50〕

因為前有與《雙珠》和《西樓》的劇情作對比,焦循在這裡用「巨手」一詞肯定了「雷殛」情節的安排。他認為,前文刻畫了養父母因為清貧且愛子的行為與養子忘恩負義的行為作對比,鋪墊後文的情節。養子張繼寶在拒絕承認養父母的過程中導致二者死亡,使得整個劇本的情節到達高潮,此時「雷殛」的情節才獲得了合理性。也即,當養子張繼寶忘恩負義的行為已經到了同時傷害了情緒與生命的極端地步,「雷殛」的情節才會被觀眾認可,養子在這個時候應該受到來自上天的、付出生命的懲罰。並且,這種懲罰不僅僅有酣暢淋漓,令人拍手稱快的表達效果,更多的是起到一種「警示」作用。以致於演《清風亭》劇時,觀眾除了「始而無不切齒,既而無不大快」之外,還有「鐃鼓既歇,相視肅然」的效果。也即,觀眾通過對戲劇情節的觀看,獲得了情感的共鳴,也使觀眾並非將戲劇僅僅作為娛戲,而是引發了關於道德倫理的嚴肅思考。

由焦循的評論中可見,他似乎正在探索一種能夠真正引發思考效力的話語形式,這種話語形式並非懸置於人倫日常之上的道德理念,而是真正與人情世故息息相關的,切近每一個個體情感生命的表達方式。無論是《雙珠》還是《西樓》中的「雷殛」情節,都是在「理念」的意義上試圖強調「孝義」的倫理,而《清風亭》則將道德理念與敘事情節放在了一個相對平衡的位置,使得觀眾的情感情緒能夠隨著敘事情節的流動而重新審視道德話語的真正力量。

因此,我們發現焦循更加傾向於肯定尊重人們日常生活經驗的敘事作品,它們最能夠發揮「動盪血氣」的效果,也即更能通過調動人們情緒的方式來調動道德力量。這與揚州此地崇尚博學和尊重異端的風格有相當的關係。「這種

〔註49〕汪協如《綴白裘》第 11 集第 6 冊,北京:中華書局 2005 年,第 81 頁。
〔註50〕〔清〕焦循《焦循雜著九種》,揚州:廣陵書社 2016 年,第 473 頁。

審美態度，與揚州八怪之怪、汪中之狂，江藩之讚賞朱筠『慷慨激昂，聞者悚然』是相符契的，表現了才性鼓蕩者重血氣的一面。而他特意擢拔花部，予以品題，更與汪中大談《荀子》《墨子》；王念孫校釋《管子》《淮南》等書；江藩作槍譜、葉格、茶話相似，對『異端』或『學者輕賤之技』表現出高度的欣賞與關懷。」〔註51〕

這種精神與清初文壇學者所領銜的關於「溫柔敦厚」的詩教精神是極不一致的。沈德潛的《說詩晬語》中提到：「詩之為道，可以理性情、善倫物、感鬼神、設教邦國、應對諸侯，用如此其重也。……今雖不能竟越三唐之格，然必優柔漸漬，仰溯《風》《雅》，詩道始尊。」〔註52〕沈德潛主張的關於溫柔敦厚的詩教精神，同時帶有「復古」的意圖，而沿襲明代詩潮的做法，也是為了與乾隆的詩歌觀念相互正名。但正如錢泳所說：「宗伯專講格律，太史專取性靈。自宗伯三種《別裁集》出，詩人日漸日少；自太史《隨園詩話》出，詩人日漸日多。」〔註53〕可見專講格律的詩歌，和專擅曲韻文辭的崑曲一樣，某種程度上已經喪失了「興」、「感」的精神對人的感性主體的調動和發揮，反而作為清規戒律限制了個體情感的表達。因此，清代中葉的這一批文人學者，雖然對文體的表達各有不同，但是都認可個人主體之間互通的感受能力，他們表現在袁枚對於詩歌觀念的推陳出新上，也表現在焦循、汪中等揚州學者在博學觀念下對更多不同於已經形成的風雅、正統世界的文字的關注上。需要指出的是，焦循雖然關注看似發源於民間的、表現形式更為通俗的「花部戲劇」，但是他讚賞的是花部戲劇中的「血氣」作用，也即主體對於生命中的事件和經驗的感受能力。除此之外，他並不贊同花部戲劇中過多的關於淫詞豔曲和兒女情長的描寫。也就是說，焦循並非「以俗抗雅」，直接反對「雅」或者「正統」的觀念，而是提倡重新釐定「雅」的標準，將一些很好地沿襲了詩歌的「感物」、「興」的傳統的花部戲劇，同時文辭簡潔、事關道德的作品納入到「雅」的世界中來。這也是在重新定義「雅」「俗」的標準和內容，在「雅」「俗」的互動中催生新的文學標準。

與袁枚對於詩學中「感」和「興」更加注重創作不同的是，焦循更加注重的是觀眾對於花部戲劇的理解，也即孔穎達所言的「感」同時又作用於觀眾的

〔註51〕龔鵬程《中國文學史》，上海：世界圖書出版公司2012年，第371頁。
〔註52〕〔清〕沈德潛《說詩晬語》，王宏林箋注，北京：人民文學出版社2013年，第1頁。
〔註53〕錢泳《履園叢話》，北京：中華書局1979年，第204頁。

部分。因此焦循在他的戲劇理論中更多地描述觀眾對於能夠「動盪血氣」的作品的態度，由此來判斷作品的優劣。在此基礎上，焦循為農人講解花部戲劇，實際上就是試圖調動他們對於情感的感受力，由此激發對道德的由衷認同，並通過這種勸導的方式避免由於「情」的過度發揮而造成不可控制的後果，實際上也是一個將「俗」的世界「雅化」的過程。這與受到陽明心學影響的湯顯祖的言情論有一定的相似之處。湯顯祖曾言「昔人常因其情之卓絕而為此。固足以傳。通之以才而潤之以學，則其傳滋甚。」〔註54〕更加注重戲劇的「傳情」功能之於觀眾的重要性。這也突出了戲劇文體與更加注重作者主體性的詩詞文體的不同之處，其創作更加注重觀眾的接受和理解。也就是說，戲劇的觀眾接受狀況很大程度上會比詩詞等文體更加能夠影響戲劇的創作，因此，「興」的力量便轉化為「感」，由創作者轉向了觀眾。

因此，無論是「事」中需要具備道德敘事的內容，還是「詞」中對文字質樸的要求，或是「音」對於「動盪血氣」的效果，都基於對「情」重新發現和價值重估。也即，只有在恢復了先秦兩漢對於「感物」、「興」的傳統詩教觀的理解，將人自然生發的「情」進行道德上的教化和疏導之後，經過修飾的文人之辭才能避免過於綺麗或詞不達意，基於此敘寫的關於道德之事才能夠符合日常生活的邏輯，由此形成的花部戲劇才能夠完成焦循對於「雅」的要求。因此，這種對戲劇「雅」的觀念表述，並沒有與傳統的詩教觀念背道而馳，反而是在用文學的觀念來理解戲劇；同時，這種「雅」的觀念也沒有將經學的道德強行附加於戲劇之上，而是主張戲劇創作在教化效果的優劣以獲得文人或大眾認可為標準，這也是基於人的性情的道德表達。因此，在焦循這裡，善與美並非截然分立的兩種觀念，他們互為對方的原因，共同存在於焦循的文學觀和經學觀中，只是這種觀念的表現形式，更加突出了清朝中葉的時代特點和精神走向。

第三節　戲劇對文學雅俗觀念的影響

雖然戲劇史的傳統是「以雅化俗」，也即用文學的、詩學的風教精神來提升戲劇的風雅之處，故而它本身帶有文人的視角。傳統戲劇雅俗觀念都帶有

〔註54〕〔明〕湯顯祖《學餘園初集序》，《湯顯祖詩文集》卷三十一，上海：上海古籍出版社1982年，第1051、1052頁。

「寓教於樂」的精神，主張在戲劇本身的「娛樂」性質中注入教化的色彩，完成具備文人風格的對戲劇的「以雅化俗」。

雅俗觀念的對舉在《文心雕龍》中被更加詳盡地表現出來，與「雅」相對的「俗」，概而括之，基本上有三個特徵：一為淺，二為淫，三為奇。「淺」與《體性》篇中的「八體」中的「奧」相對，與「顯」、「浮」義近，是劉勰雅俗觀中「俗」的一面。「八體」中，「輕靡者，浮文弱植，縹緲附俗者也。」〔註55〕論述的就是這種「浮淺」的特點。《諧隱》篇中，「諧之言皆也，辭淺會俗，皆悅笑也。」〔註56〕因為大多數人不能夠瞭解深奧的含義，所以會俗必須辭淺。故而劉勰認為其「本體不雅」。二是「淫」。「淫」在「六義」中與「文麗」相對，在《文心雕龍》中多指向「鄭衛之聲」，是異乎經典的：「至於託雲龍，說迂怪，豐隆求宓妃，鴆鳥媒娀女，詭異之辭也；康回傾地，夷羿彈日，木夫九首，土伯三目，譎怪之談也；依彭咸之遺則，從子胥以自適，狷狹之志也；士女雜坐，亂而不分，指以為樂，娛酒不廢，沉湎日夜，舉以為歡，荒淫之意也：摘此四事，異乎經典者也。」〔註57〕三是「奇」，「八體」中「新奇者，擯古競今，危側趣詭者也」，說的就是一種與「雅」相對的，奇詭的風格。在「六義」中與「情深」、「事信」等相對。《體性》篇說「雅與奇反」，直接而鮮明地點出了「奇」作為「雅」的對立面的特徵。《定勢》篇中，論及奇巧：「自近代辭人，率好詭巧，原其為體，訛勢所變，厭黷舊式，故穿鑿取新，察其訛意，似難而實無他術也，反正而已。故文反正為乏，辭反正為奇。效奇之法，必顛倒文句，上字而抑下，中辭而出外，回互不常，則新色耳。」〔註58〕而這些奇文，都是因為「夫通衢夷坦，而多行捷徑者，趨近故也；正文明白，而常務反言者，適俗故也。」〔註59〕正是由於這些作品並非雅作，而都是適俗，故而並不符合劉勰的「雅」觀念。

〔註55〕〔南朝梁〕劉勰《文心雕龍注》，范文瀾注，北京：人民文學出版社 1958 年，第 505 頁。

〔註56〕〔南朝梁〕劉勰《文心雕龍注》，范文瀾注，北京：人民文學出版社 1958 年，第 207 頁。

〔註57〕〔南朝梁〕劉勰《文心雕龍注》，范文瀾注，北京：人民文學出版社 1958 年，第 45 頁。

〔註58〕〔南朝梁〕劉勰《文心雕龍注》，范文瀾注，北京：人民文學出版社 1958 年，第 529 頁。

〔註59〕〔南朝梁〕劉勰《文心雕龍注》，范文瀾注，北京：人民文學出版社 1958 年，第 529 頁。

　　這三者構成了對「俗」的理解的基本走向，後世的文學觀念不外乎這三種，或者與這三種特點密切相關，其對戲劇的雅俗觀念也影響深遠。雖然後世文學中有贊成質樸或奇崛的語言風格，但是正如劉勰所說，如果文辭過於淺陋或奇詭，且目的僅僅是為了「適俗」，過分迎合觀眾的口味而喪失了個人的性情和教化的意義，那麼這種「淺」與「奇」則是不足為道的。也即，劉勰的文學觀念已經給了所有文學形式一種導正的作用，後世無論是哪一種新的文學風格和觀念，都不能過分「適俗」，需要在文字技藝上保持「雅」的觀念。

　　但戲劇因為其文體的特殊性，更加注重觀眾的態度和看法，顯然與傳統文學的「雅」的觀念有一定區別。因此，對戲劇進行判斷時，大多都舉出「寓教於樂」的觀念，用教化的思想來調和戲劇的娛樂性，試圖平衡作者的意志與觀眾的態度之間的關係，以達到「以雅化俗」的目的。

　　王驥德《曲論》中提到：「其才情在淺深、濃淡、雅俗之間，為獨得三昧。餘則修綺而非埒則陳，尚質而非腐則俚矣。若未見者，則未敢限其工拙也。」〔註60〕已經代表了戲劇在雅俗之間調和的觀念。黃圖珌指出，「元人白描，純是口頭言語，化俗為雅。亦不宜過於高遠，恐失詞旨；又不可過於鄙陋，恐類乎俚下之談也。其所貴乎清真，有元人白描本色之妙也。」〔註61〕「清真」的說法，正是文人觀念對戲劇觀念的統攝，但是也表達了不能過於高遠也不能過於鄙陋，二者之間相互調和的意圖。

　　李漁在《閒情偶寄》裏提到：「能於淺處見才，方是文章高手。」〔註62〕將以往正統文學裏認為是「俗」的「淺」的特質作為戲劇的標準來看待。當然，這種觀念還是受到了正統文學觀念的挑戰，楊恩壽批評這種觀念：「鄙俚無文，直拙可笑。意在通俗，故命意遣辭力求淺顯。流佈梨園者在此，貽笑大雅者亦在此。」〔註63〕可見即使文人用一般的文學雅俗觀念來看待戲劇，戲劇本身仍然建立了具有文體特色的雅俗觀念。注重文辭的淺顯，事實上是應對不識字的觀眾而言，表達了文人試圖將教化的觀念通過淺顯的文字傳達到更廣大

〔註60〕隗芾、吳毓華編《古典戲曲美學資料集》，北京：文化藝術出版社1992年，第207頁。

〔註61〕〔清〕黃圖珌《看山閣集閒筆‧文學部‧詞曲》，中國戲曲研究院編《中國古典戲曲論著集成》第七冊，北京：中國戲劇出版社1959年，第142頁。

〔註62〕〔清〕李漁《閒情偶寄》，中國戲曲研究院編《中國古典戲曲論著集成》第七冊，北京：中國戲劇出版社1959年，第28頁。

〔註63〕〔清〕楊恩壽《詞餘叢話》卷二《原文》，中國戲曲研究院編《中國古典戲曲論著集成》第九冊，北京：中國戲劇出版社1959年，第265頁。

的觀眾的願望。這就對戲劇的語言技藝提出了更高的要求，它不僅僅是在文辭上雅化本來來源於日常生活的粗淺表達，還需要在雅化的過程中仍然保持易於理解的特徵。因此，「清真白描」和「淺處見才」的觀點，催生了對語言技藝既要保持文辭優雅，又要保持淺顯的戲劇美學。這也是焦循對花部戲劇的「曲文俚質」的美學觀的獨特要求，它不僅僅是完全誕生於民間的語言方式，而是需要經過文人雅化，卻又不會如崑曲般「茫然不知所謂」的狀況，形成了戲劇美學的新內涵。

除此之外，焦循還特別注重戲劇的娛樂性。與傳統的文學觀念反對「淫」相同，焦循也尤其反對「男女猥褻」的作品。但是對於其他表現男女之情的作品，焦循也並非都是貶抑。例如在《劇說・卷二》中，焦循就曾經對董永與七仙女、梁山伯與祝英臺、崔鶯鶯與張生等諸多反映男女之情的作品進行了本事考證，而他在《花部農譚》所認為是男女猥褻的《西樓》《紅梨》之類作品並無考證。可見，焦循即使在《劇說》中，也是僅僅輯錄他認為有價值的作品，並非事無鉅細地進行考證。並且，男女之情的故事作品一般都有本事所託，根據他的戲劇虛實觀念，這便是更加具有說服力的作品，應當在真實故事的基礎上利用文人妙筆將教化之情灌注於內。因此，反映男女之情的作品只要不是過於「淫」，依然具備可以雅化的空間。

而焦循所認為雅化的方式，也不外於文學的觀念。例如《劇說・卷二》舉碧蕉軒主人《不了緣》四折為例，續寫張生與崔鶯鶯之情道：「則本『自從別後減容光』一詩而作也：崔已嫁鄭恒，張生落魄歸來，復尋蕭寺訪鶯鶯，不可復見，情詞悽楚，意境蒼涼，勝於查氏所續遠甚，董、關而外，固不可少此別調也。」〔註64〕從此處來看，焦循認為在董解元和關漢卿之外的《西廂記》諸本中，最有價值的便是《不了緣》，而其價值恰恰是文人審美意識中的「情詞悽楚，意境蒼涼」。這種「悽楚」、「蒼涼」已經的營造來自於唐朝太原妓的《寄歐陽詹》的詩歌：「自從別後減容光，半是思郎半恨郎。欲識舊來雲髻樣，為奴開取縷金箱。」可見，在男女之情的作品中的優秀作品的值得讚賞之處，仍然是延續了詩歌傳統的表達方式，在「情詞」與「意境」的方面傳承詩歌的傳統。

接著，焦循還舉一反例，明朝有《續西廂昇仙記》：「序稱盱江韻客所撰，謂紅娘稱佛，而寫鶯鶯之妒；鄭恒訴於陰官，鬼使擒鶯，紅來救之：意在懲淫、

〔註64〕　〔清〕焦循《焦循雜著九種》，揚州：廣陵書社 2016 年，第 358 頁。

勸善，但詞意未能雅妙耳。」〔註65〕從這裡可以看到，即使文章的敘事改成了懲戒張生與崔鶯鶯的愛情故事，將本來最為接近淺俗的牽線紅娘改為成佛，將男女之情徹底認為是不善之舉，試圖完成戲劇的教化功能，同樣不能獲得焦循的讚賞，甚至認為這並非「雅妙」。也即，焦循觀念中的「雅」並非僅僅注重忠孝仁義的教化功能，而是主張在描寫日常生活中自然流露的男女之情的同時，帶有文人的雅化觀念，將其「情」在文辭和意境上雅化，而非僅僅表現猥褻之淫，更非直接篡改劇情，將男女之情徹底抹殺。這也表現了焦循在戲劇的雅俗觀念上試圖尊重戲劇對男女之情這些娛樂性內容的適俗性的同時，也需要將其在文學的觀念上進行雅化的意圖。

　　娛樂性除了表現在男女之情上，還表現在戲劇場面上。首先，焦循對戲劇表演者進行了考證。他指出《史記・滑稽列傳》中記載「優旃者，秦倡朱儒也，善為笑言，然合於大道。」並認為「然則優之為技也，善肖人之形容，動人之歡笑，與今無異耳。」〔註66〕這便是將今天的優伶上溯至傳統的優伶表演，既表現其特殊性「善為笑言」，又表現其雅化的特徵「合於大道」。因此，焦循也指出如今的優伶也具備同樣的特徵，例如焦循對比了優伶金鳳和李氏對待相同境遇的區別。優伶金鳳先前侍奉嚴嵩的兒子嚴東樓，因為嚴家勢敗而流於貧困，於是在《鳴鳳記》中扮演曾經倚仗的嚴東樓。而優伶李氏則不同，面對別人邀請他出演姦臣阮大鋮，他以「為善」為由斷然拒絕，且讓好友也拒絕出演。焦循贊同李氏的做法而否定金鳳：「金優何足道！李優有類申文定公家優兒鐵墩，可以愧士大夫之寡廉鮮恥者。」〔註67〕這便是在用要求文人的品德來要求優伶，同樣與《滑稽列傳》中的記載思路一致，認為即使是專業從事調笑的優伶，其品德優良者甚至能夠使得士大夫羞愧，起到勸善導正的作用。這與《文心雕龍・諧隱》篇中對優伶的解釋如出一轍。劉勰也正面闡釋了諧辭、隱語對於政治教化的功用。「昔齊威酣樂，而淳于說甘酒；楚襄宴集，而宋玉賦好色。意在微諷，有足觀者。及優旃之諷漆城，優孟之諫葬馬，並譎辭飾說，抑止昏暴。是以子長編史，列傳滑稽，以其辭雖傾回，意歸義正也。」〔註68〕這便是在優伶「辭雖傾回」的特殊性下，在「義正」的意義上回歸「雅」的範疇。

〔註65〕〔清〕焦循《焦循雜著九種》，揚州：廣陵書社 2016 年，第 359 頁。

〔註66〕〔清〕焦循《焦循雜著九種》，揚州：廣陵書社 2016 年，第 334 頁。

〔註67〕〔清〕焦循《焦循雜著九種》，揚州：廣陵書社 2016 年，第 452 頁。

〔註68〕〔南朝梁〕劉勰著，范文瀾注《文心雕龍注》，北京：人民文學出版社 1958 年，第 270 頁。

　　另外，焦循還對戲劇表演中的傀儡現象作歷史考證：「杜佑曰：『窟儡子，亦曰傀磊子，本喪雅也，漢末始用之於嘉會，北齊高緯尤好之。』今俗懸絲而戲，謂之『偶人』，亦傀儡之屬也。又有以手持其末，出之帷帳之上，則正謂之『窟儡子』矣。」〔註69〕這便是將百姓喜聞樂見的獨具特色的戲劇場面進行考索，發現傀儡事實上是傳統的「喪雅」，也即喪禮上的一種象徵性儀式，進而演變至盛大宴集聚會上的表演形式，接著再慢慢地作為民間戲劇的表演形式。因此，即使是看似熱鬧的表演場面，也有傳統的雅樂源泉，這就使得戲劇表演藝術本身具備了「雅」的傳統，為戲劇表演本身賦予了「雅」的色彩。這與劉勰所認為的「奇」的俗化特徵具有一定的關聯性，也即在表現方式上並不直接，而是傾回曲折，表現了優伶的諷刺性語言，或者是傀儡等表現形式的複雜性。但這些戲劇中的「奇」的色彩，也在一種調和的狀態下，回歸了文人之「雅」的狀態。

　　焦循注重花部戲劇，還代表著對地方特色和民間藝術的讚賞。焦循所贊花部戲劇，本來就是地方戲的代表。其中各種聲腔的此消彼長，都佔據了崑曲的一席之地。《花部農譚序》云：「自西蜀魏三兒〔註70〕倡為淫哇鄙諺之詞，市井中樊八、郝天秀之輩，轉相效法，染及鄉隅。」〔註71〕焦循十分喜愛從市井中誕生的花部地方戲劇，並指出其在鄉間大為傳揚。這不僅僅是贊同花部戲劇的地方性，還注重其民間性。這說明焦循非常看重傳播在鄉野之間的民間戲劇，他們的聲腔中所透露而出的「血氣」，並非如崑曲的嫋嫋之音般淒切婉轉，故而更加能夠彰顯與勞動人民的審美趣味更加投合的慷慨震撼之感。這便是對來源於「俗」的意義上的審美特徵的認可，將這種「血氣」之感也納入「雅」的範疇之中來。

　　前節所述觀眾觀劇時表現的「大快人心」的感覺，便是已經將一種文學觀念中「溫柔敦厚」的審美愉悅感一變而為更加具有律動性的「快感」。而前章所述這種「快感」產生的原因，是出於低勢的婦人因為身份躍遷而得以伸張正

〔註69〕〔清〕焦循《焦循雜著九種》，揚州：廣陵書社 2016 年，第 340 頁。

〔註70〕魏長生，乾隆年間西蜀之人，因唱秦腔火至京師，又傳至揚州。焦循《哀魏三》記載：「蜀中伶人魏三兒者，善效婦人妝，名滿於京師。丁未、戊申間，余識其面於揚州市中，年已三十餘。壬戌春，余入都，魏仍在，與諸伶伍，年五十三，猶效婦人，伶之少者多笑侮之，未一月頓沒。魏少時，費用不下鉅萬。金釧盈數箧。」見〔清〕焦循《里堂詩集》卷六，《焦循詩文集》，揚州：廣陵書社 2008 年，第 498 頁。

〔註71〕〔清〕焦循《焦循雜著九種》，揚州：廣陵書社 2016 年，第 469 頁。

義的之事，或是身居高位之人因為道德淪喪而慘遭天譴之事，是對懲惡揚善在敘事意義上的「快感」的流露。這便是將戲劇的娛樂功能通過道德的意義進行雅化，從而使得這種「快感」獲得了新的「雅」的意義。從這裡來看，來自民間的戲劇娛樂功能不僅僅是用低俗的語言調笑，也不僅僅是利用熱鬧的程序吸引眼球，而是通過表現這一時期人們所面臨的日常生活中的道德困境，用敘事的手段將人們對道德的質疑和焦慮表現出來，以此體現民間觀眾對道德和正義的呼喚。

這與《文心雕龍》中對來自民間的樂府文體的考察有著相同的思路。《樂府》篇中，「匹夫庶婦，謳吟土風。」說明樂府音樂來自於鄉土。事實上，樂府始立於西漢，主要採集民間的音樂，這遵循的是《詩經》的采詩傳統。《明詩》篇就闡明了「自王澤殄竭，風人綴采。」周王的教化衰竭了，采詩也就停止了。「至成帝品錄，三百餘篇，朝章國采，亦云周備。」《詩經》的很多作品，都採自民間。五言詩也是如此：「按《召南·行露》，始肇半章；孺子《滄浪》，亦有全曲；《暇豫》優歌，遠見春秋；《邪徑》童謠，近在成世：閱時取證，則五言久矣。」〔註72〕出於民間的《樂府》正是因為符合了《詩經》的采詩傳統，因為能夠使得民間的各種風俗慣常能夠被統治者所知，故而被劉勰認為雖俗但雅。焦循對地方戲劇的讚賞，同樣是因為其在敘事上反映了這一時期民風動向，表露了感人的力量，完成了風上化下的作用。這種地方性和民間性的「快感」，事實上與揚州地區盛行的俠義精神密切相關。焦循就曾經讚揚從事花部秦腔的魏長生：

> 余聞魏性豪，有錢每以濟貧士，士或賴之成名。或曰有選得蜀守者，無行李資，魏夜至，贈以千金，守感極，問所欲，魏曰：「願在吾鄉里作一好官。」此皆魏弱冠時事，相距蓋三十許年也。信然亦有足多者。〔註73〕

這種行俠仗義的風格既是魏長生的性格特徵，也是京師和揚州等政治和經濟發達之地的對這種獨特風格的包容性特徵的表現，故而也獲得了諸多文人的認可。也正是因為這樣的優伶在花部戲劇中注入了能夠動盪血氣的剛俠之感，才形成了新的獨特的戲劇審美特徵，也獲得了「雅」的意義。

〔註72〕〔南朝梁〕劉勰《文心雕龍注》，范文瀾注，北京：人民文學出版社1958年，
第100頁。
〔註73〕〔清〕焦循《里堂詩集》卷六，《焦循詩文集》，揚州：廣陵書社2008年，第
498頁。

　　事實上，上層思想觀念和下層通俗文化的關係問題，經常被表述為「中國近世精神」。日本學者提出的「中國近世精神」認為中國在「現代」之前並非完全是「古代」，還應劃分一個「近世」。日本京都學派內藤湖南著名的「唐宋變革論」中即認為，「中國中世、近世的一大轉換時期，就是唐宋之間。」表現在文學文化上，則是「貴族性文學就驟然一變，朝往庶民性文學的方向發展了。」〔註74〕此種說法對中國史研究的影響極大，其對「近世」特徵的概括，至少說明了通俗文化在中唐以降到宋元明清之間的發展趨勢，也表明學界所討論的「中國近世精神」在文學文化方面更多地集中在對通俗文化的討論上。

　　日本學者島田虔次同樣認為中國近世精神是一種庶民的精神，他提出明末的陽明心學將這種「近代思維」推到了頂端，而在其後便遭遇了「禮教」精神的打壓，沒有完全過渡到近世社會，是近代思維的「挫折」〔註75〕。這種時期分類的方式以西歐的近現代時期分類方式作為參照，主張在普遍的世界歷史進程中觀照中國歷史的演進方向。汪暉指出，日本學者的研究框架正是試圖構建一個區別於西方的「東洋史」，來探索東方世界歷史前進的內在動力，但事實上仍然是歐洲現代性論述的衍生物，並未真正回歸到東亞的問題、中國的問題。〔註76〕本文仍然借用「中國近世精神」的概念，目的並非在政治與經濟的視野內討論中國社會性質與時期的關係，而是為陽明心學以來的思想文化歷史提供一個相對集中的界定，它提示著這一時期最為主要的思想文化狀況的特質。可以說，借用「中國近世精神」概念的目的是為清代中葉思想與文化的關係提供討論和闡釋的場域和前提。因此，標注「近世」的意義在於強調通俗的文學文化的發展，通過改變人們的生活習慣和思維方式，參與了思想和文化的內在變動。

　　在文學方面，鄭振鐸將明嘉靖時期視為中國近世文學的開始。〔註77〕此後對近世文學的分期，學界眾說紛紜，其中將晚明視為近世文學開始的觀點，更加注重性靈思潮的意義，體現了「近世精神」表現在文學文化上對個人性體

〔註74〕〔日〕內藤湖南《東洋文化史研究》，林曉光譯，上海：復旦大學出版社2016年，第110、111頁。

〔註75〕〔日〕島田虔次《中國近代思維的挫摺》，甘萬萍譯，南京：江蘇人民出版社2009年，第3頁。

〔註76〕汪暉《現代中國思想的興起》，北京：生活‧讀書‧新知三聯書店2008年，第9頁。

〔註77〕鄭振鐸《插圖本中國文學史》，北京：北京出版社1999年，第843頁。

驗的關注。表現在戲曲方面，性靈思潮與晚明戲曲的勃興齊頭並進，出現了文人戲曲家輩出的盛況，表明作為通俗文化的戲曲與文人階層的文化之間的互動、溝通和滲透。對比晚明時期，文人在清代中葉對戲曲則較少關注，少數的關注也對戲曲頗多詬病。這一時期的戲曲理論也表現出思想性較弱，資料搜集和考證源流的工夫更強的特點，與此一時期花部戲曲大盛，宮廷演劇極為豐富的情況形成了某種錯位。文人對待戲曲的態度所折射的通俗文化的地位、特徵及價值也可能成為構成中國的近世精神的複雜面貌的一部分。

　　而清代中葉的戲劇發展狀況與十八世紀人們生活方式的變化密切相關，也影響了中國文化雅俗關係的變動。諸多思想家將十八世紀認為是「停滯」的世紀，學術文化「萬馬齊喑」；並且，它未能像歐洲和日本一樣實現現代化，甚至預示了十九世紀晚清諸多變革的失敗。美國的學者羅友枝和韓書瑞表明他們不贊同這種認識方式，他們認為「18 世紀在中國近代早期是最有活力的一個時期」，且「商品化、城市化以及社會和物質流動的加強有助於鬆動原固定的社會地位，並使社會分層更加多元化。」並且，這一時期「商人們的往來活動以及他們扶植培育的城市文化也獲得了長足的發展。」〔註78〕而這一時期戲劇的興盛，也與江南地區的商人對戲班的資助和乾隆南巡對戲劇的喜愛有著密切的關係。可以說，至少在揚州地區，因為經濟的發達和帝王的重視，戲劇已經形成了此地豐富生活方式的其中一種，也成為了反映這一地區最為直接地反映民風民俗的一種載體。

　　在史學界，十八世紀在近現代中國的樞紐位置〔註79〕已經成為共識，它指向了這一時期與中國古代史上任何一個時期都顯而易見的分水嶺式的差別。也即，這一時期的人口增長和政府職權的加強，已經具備了某些「現代」的跡象，甚至有的學者認為十八世紀已經具備了一定的「現代性」意義〔註80〕。無論我們是否將這種時代的變動命名為「現代」，它事實上已經指向了這一時期人們日常生活經驗發生的深刻變化。戲劇中所體現的新的雅俗觀念，也即本來被認為是「俗」的觀念進入了「雅」的視野，便是這一時期傳統儒家文學傳統面臨著一定的失落風險的表現之一，雖然這種新的「俗」的觀念仍然還在舊

〔註78〕〔美〕羅友枝、韓書瑞《十八世紀中國社會》，陳仲丹譯，南京：江蘇人民出版社 2009 年。

〔註79〕胡明輝《十八世紀在近現代中國史的樞紐位置》，中研院近代史研究所《近代中國史研究通訊》第 32 期，2001.9。

〔註80〕高王凌《十八世紀、二十世紀的先聲》，《史林》2006 年第 5 期。

的「風上化下」的傳統模式中才能被提及。作為士大夫階層的焦循，既看到花部戲劇文辭俚質的獨特性，又看到一種有別於溫柔敦厚的「血氣」之風，已經彰顯了近現代文學革命運動精神的初見端倪。近代文學革命發生之時，胡適便指出花部戲劇在清代中葉的興起是中國戲劇史上的革命。〔註81〕賦予花部戲劇以「革命」意義的原因之一，恰恰是語言由傳奇的古典詩詞的典雅文辭一變而為通俗易懂的淺近文字。此時的戲劇變革，已經變成了新文化運動的一項有利武器，越出了舊有的溫柔敦厚的教化模式，轉而為相對激進的文學革命運動。這是焦循與當時所追求的文學審美並不一致之處，卻又與這一時期關注社會狀況的思想史的思潮暗合，可見近現代的文學革命論早在清朝中葉就在士大夫階層出現了一定程度的思想鬆動。

雅俗觀念的變化事實上與時代變動密切相關，俗文化內容的擴大，與這一時期人們生活方式的變化和日常經驗的更新密切相關。焦循贊同以暢快的俠義精神為美的觀點，同樣與揚州地區經濟的發展、階層的流動和文化的包容有密切的關係。可以說，最為流行的俗文化是這一時期人們日常生活方式的風向標和指南針，既受到日常生活方式變化的影響，也同時影響生活方式的變化。焦循的戲劇雅俗觀不僅僅體現了這一時期戲劇史上各種聲腔之間的雅俗變動，也體現了這一時期文人與大眾兼具異同的審美趣味，這就體現了雅俗觀念的相互影響和推移。而文人的審美趣味大多來自於文學的審美傾向，帶有以儒家《詩經》傳統和《文心雕龍》的文學觀念中提倡的對道德和文辭的雙重要求。焦循的雅俗觀念也受到了傳統「詩教」精神的影響，主張在戲劇中注重「忠孝節義」的儒家道德精神的傳揚。而「詩教」精神傳統的復歸，還意味著「興」、「感」等文學質素的發現，這表明其不僅僅表現在文人的創作上，還體現在觀眾對這種精神的接受上，在戲劇上則表現為對「動盪血氣」的贊同，強調戲劇對觀眾的「通情」作用。因此，文學的傳統雅俗觀念影響到了戲劇，得以破除由拘泥於「雅」的形式而帶來的「雅俗」對立，同時也為「雅」的特徵注入了基於傳統意識的時代新變。此外，十八世紀的時代新變又為根植於地方特色的花部戲劇帶來了新的表現形式，不僅僅體現在語言和敘事上，還體現在聲腔和表演上。而這種新的藝術表現形式由於更加貼近人們的日常生活經驗，更能表現人們的情感體驗和時代困惑，因此也獲得了更為廣泛的受眾，包括一些經常

〔註81〕胡適《文學進化觀念與舊戲改良》，《新青年·文學批評卷》，鄭州：河南文藝出版社2015年，第176頁。

被認為將民間地方戲劇持對立態度的士大夫群體。這就使得一些原本被認為是「俗」的戲劇特徵獲得了「雅」化的可能,也使得傳統的固有雅俗觀念發生了變化,不僅溫柔敦厚為「雅」,肆意暢快也為「雅」,不僅文辭綺麗為「雅」,文字直質也為「雅」,不僅道高義正為「雅」,情真意切也為「雅」。這就使得傳統的雅俗觀念的秩序發生了深刻的變化,也反映了審美潮流漸漸朝著「俗」化的方向發展,藝術形式的受眾也朝著越來越廣大的民間而展開,成為後來二十世紀文學史觀念發生翻天覆地變化的先聲。

結　語

　　經學思想和文學觀念之間的關係錯綜複雜，經學思想為文學觀念提供思想資源，而文學觀念為經學思想提供表達方式的啟發。在古代沒有明確學科分類的情況下，二者之間的分野並不明晰，故而存在諸多值得深入探討的空間。在現代專業分類的學科範式下，在文學理論的研究中重視思想史的影響，已經越來越受到研究者的重視。如果說打通義學與經學關係的努力在現有的研究範式下仍然略顯割裂，那麼焦循以經生治戲劇則是一個研究對象同時涉及了兩個研究領域，為理解二者關係提供了更具可行性的研究空間。並且，焦循作為儒家學者關注戲劇文體，還體現了儒家知識精英對通俗文化的關注，這不僅僅是兩個學科領域的相互影響，還是兩種文化形式相互滲透的表現，體現了作為個案的焦循研究在橫向的經學與文學溝通和在縱向的精英文化與通俗文化的交融上彰顯了難以替代的學術價值。本文試圖在焦循的個案研究中嘗試探討焦循以經生治戲劇的契機、目的、方法和影響，為連通思想史與文學史、精英文化與通俗文化進行粗淺的嘗試，這種相互連通在未來的研究面貌，還亟待更多研究者的共同耕耘。

　　在清代中葉，已經出現了諸多專門之學，士大夫們有意識地針對不同的從事之業發揮所長，取得了極高的成就。也有諸如焦循等專擅治經的學者，同時涉獵文學以及戲劇學研究的狀況，在跨越專學門類的學術研究中表達自己的思想觀念。焦循的個人經歷和問題關懷成為清代中葉思想語境的縮引，反映了當時的士大夫面對思想與社會分離的時代狀況重建儒家思想秩序的要求。同時，更新經學闡釋方法的訴求也帶來了對文學觀念的進一步反思。本文試圖以焦循的戲劇觀念為基本的研究對象，在戲劇文體觀、虛實觀、教化觀和雅俗觀

中探索經學和文學、精英文化和通俗文化之間的溝通、互動和矛盾，以此展現清朝中葉的一些普遍思想文化態勢及其在思想史、文學史上的位置，並勾勒出焦循在這些觀念思潮中具有歷史意義的創見。

　　焦循以經生治戲劇的思想史契機，使得他的戲劇觀念與專門從事戲劇創作和評論的劇論家並不相同，正是因為他的儒學思想背景，他的戲劇觀念中始終帶有儒家傳統特有的道德意識和乾嘉學派在清代中葉迫切渴求的經世精神。但同時，焦循並非完全將戲劇當作他發揮儒家思想的工具，而是仍然從戲劇創作、表演和觀看的角度為作為一種藝術形式的戲劇打開了諸多闡釋空間，使得焦循的戲劇研究在傳揚道德教化的意義上彌補經學思想表達方式的不足之處之外，也提高了其在各種文學文體中的地位。

　　焦循認為經學與文學之間孰高孰低並非值得爭論的問題，而是認為隨著時代的變化，經學與文學的發展態勢各有消長，這也與文學各種文體之間的歷史嬗變過程一致。因此，焦循並非尋找一種形而上的經學思想體系，而是希望基於目前的歷史狀況和學術現狀，尋找更加適合表達時代精神的文學文體和經學秩序。因此，焦循的文體嬗變觀念的思路與他討論經學與文學關係的思路大體相當。並且，經學可以從文學中汲取能量，文學的「移情」作用可以幫助經學「轉豁樞機」，為溝通作為知識和思想和話語形式的經學和與現實世界的情況和情感之間的縫隙提供可能。同時，文學也需要經學，尤其是乾嘉學術中尤其讚賞的「才智」之學，強調利用知識精英的主觀智識進行沉潛篤學，擴充知識的範疇，在基於文字訓詁小學的知識處理中，提升表情達意的語言能力，從而創作出更好的文學。因此，焦循在戲劇文體觀中注重「性情」和「性靈」，並非情緒的主觀宣洩，也並非直抒胸臆或坐等天賜，而是以當下的「人」作為道德主體來溝通知識和思想背後同樣以「人」為主體的歷史真相，從而改善經學道德思想因為過於形而上而帶來的與社會狀況脫節的面貌，以及因為被官方意識形態收編而來帶的知識思想界陷入僵化的局面。因此，焦循的文體嬗變觀念中對元曲的重視和經學上的「漢宋之爭」中一定程度上的貶宋稱漢，都在「本色」和「因變」的概念上強調復古與創新。這種復古與創新並不是直接的目的，而是一種手段，目的仍然是為了召喚與當前時代最為匹配的文學形式和經學秩序，這種「當下性」中也始終帶有儒學背景和知識精英的立場。

　　對於乾嘉學術來說，思想秩序遭到前所未有的打擊是不可忽略的事實，經世致用也是乾嘉學者的迫切願望。因此，「當下性」成為一種訴求和渴望，但

卻無法成為一種可以直接使用的方法。因此，文字訓詁的方法論再次被提及，知識的對象轉移到古代聖賢經典中去，這也是在復古的意義上尋求革新的可能。焦循發現了這種知識處理方式的無可替代性，但也意識到它無法深入到當下的語境中觸摸最為真實的社會動態。受制於清廷文化政策，焦循則利用戲劇文獻資料輯錄的方法，為探觸當下社會風氣和話語環境提供了一個全新的言說空間。焦循在經學思想和戲劇敘事上對「事」的重視，則是觀察和反思這種話語環境的一種思路。這種「事」表現在經學知識思想中，則是對知識生產語境化和歷史化的關注，表現在戲劇敘事中，則是注重戲劇中表現道德、表達情感的故事情節的創作方式。也即，克服知識僵化和思想固滯的弊端的方式在於革新表達知識和思想的話語方式，而這種改變的思路則是在一種「事」的日常經驗的刻畫和摹寫中，傳達生動的情感表達和真正的道德敘事，以此來完成教化的目的。由此，從戲劇上來說，如何處理歷史書寫和戲劇敘事的之間的虛實問題則成為焦循虛實觀所要解決的重要問題。焦循並未認為具有一種完全客觀的歷史書寫，而是在承認先秦「春秋筆法」的意義上肯定歷史書寫的正確性是基於道德敘事的真實性和正統性。因此，在戲劇敘事上，也需要遵循道德敘事的真實性和正統性，而非直接與信史書寫進行簡單比較。也就是說，焦循認可戲劇敘事的虛構性，但是需要在道德敘事的意義上維護戲劇敘事的真實感，它可以是劇作者的主觀虛構，但情節結構必須符合歷史和日常人們的生活經驗。

　　道德教化除了表現在具體的戲劇故事情節中，還有對於具體的道德內容的把控。這種對於道德教化的態度體現了乾嘉學術對於道德表現方式的革新，因此與其他時期的戲劇教化觀念並不一致，反映了學術史和思想史的內在變遷，也反映了精英文化試圖將這種變化貫徹到通俗文化中去的訴求。乾嘉思想已經對儒家的形而上概念「理」提出了新的解釋，認為它是一種兼具「情」的觀念，更加強調它的社會意義和對指導社會秩序的現實意義。這種理念反映到戲劇觀念上，則體現為反對「理」的道德觀念直接添加至戲劇末尾，進行所謂的「道德訓誡」，也反對「私情」在男女之情這個意義上的簡單虛構，忽略了作為「人」的主體在面對「事」的過程中，在與諸多社會關係的聯繫中所體現出來的不同層次的情感及道德表現。因此，焦循特別讚賞將人倫日用中的日常敘事納入戲劇情節的做法，對生活的細節和人物的情感摹寫得越真實細緻，對道德觀念的傳揚就越能深入人心。當然，這一切仍然以道德意識的傳揚為基本

前提，並沒有「為藝術而藝術」的對人物心理和生活經驗的細節為目的的描繪。

正是基於以上思想與戲劇之間的互動，使得作為通俗藝術形式的一種的戲劇為傳統文學觀念注入了新的內涵。同時，焦循的雅俗觀念也來源於對民間社會的關注。花部戲劇與雅部戲劇在歷史上此消彼長的關係不僅僅提示了二者的競爭關係，還表明了二者在審美上相互吸收，相互融合的可能性。在「雅」的觀念已經成為士大夫追求的文學目標的環境下，雅部戲劇因為文字技藝的過於成熟，導致文辭形式過於繁縟，已經難以承擔「雅」在文學傳統觀念中的「風教」精神的作用。因此，花部戲劇因為更加貼合大眾的日常經驗和表達方式獲得了焦循的讚賞。焦循肯定花部戲劇中表達道德情感的曲目，是文人以《詩經》的「風教精神」「雅」化流行的通俗文化形式的表現。同時，焦循在花部戲劇中發現「血氣」作為一種新的文學風格代替了傳統的「溫柔敦厚」的詩教觀，為傳統上被認為是「俗」文化的文學形式躋身「雅」的範疇提供了理論依據，反映了戲劇史上雅俗觀念的內在變動。

因此，加入思想史的視野觀照戲劇的意義在於更能觀察以戲劇為代表的通俗文化在整個清朝中葉的位置，既可以避免雙方的自說自話，也能調整我們對於乾嘉學術的印象。更為關鍵的是，乾嘉學術經世致用的訴求在學術史上經常被其考據的方法論所遮蔽，他們對於人倫日用的關懷也因為經學思想的表達方式而難有更為生動的體現。戲劇文體無疑為他們的思想表達提供了一個有效的出口，也為我們理解乾嘉學派的思想提供了新的視角。

以戲劇的角度觀察思想史，我們發現乾嘉學術試圖在經學所處理的理念世界之外尋找與日常生活之間聯繫的可能，這也是清朝中葉的人們重新追問儒家思想秩序話語的方法之一。與蒲松齡、曹雪芹和吳敬梓等小說創作家從以日常經驗為主的小說敘事入手探索背後的理念世界不同的是，焦循恰恰是從經學理念世界的視野去觀照通俗戲劇藝術形式。如果說小說創作者試圖在複雜混亂的日常世界秩序中重新建構背後的經學理念世界，那麼焦循則是試圖利用日常經驗世界的複雜性和及物性來補充理念世界至少在經學知識的表達上因為過於完滿而帶來的先天不足。因此，焦循的戲劇觀念雖然帶有濃厚的儒學背景和精英立場，但是卻十分尊重花部戲劇，並未完全用儒學道德教化的眼光來全盤否定通俗文化，反而看到了花部戲劇中有益於傳揚道德教化的獨特之處。這也是焦循以儒者的身份觀照通俗文化而與時人態度不一的

關鍵所在。

除此之外，儒家的治學方式也為這種關注日常生活經驗的思路提供了方法。例如對考據的重視，利用客觀實證的方式來還原日常生活的真實性；注重「理」與「情」的辯證關係，孟子「以己推人」的思路被重新提及，道德的「真實感」也在「移情」的意義上獲得了可能。以上二者是作為乾嘉學派知識精英獨特能力的發揮之處，它作用在戲劇上，試圖從理論上為孕育卓越的戲劇作品提供思想方面的思路。這種思路真正表現在對戲劇敘事能力的重視上，也即焦循主張在對戲劇敘事與生活經驗的吻合這一前提下表達基於人的「性情」的道德內容。這種對日常生活經驗的重視同時也體現在當時小說、文章等各種文學文體對日常生活的摹寫中。因此，焦循的戲劇研究不僅僅是一種特殊的個案表現，而是清代中葉思想世界與通俗文化之間相互勾連的一種典型方式。

但是，這種對日常經驗的摹寫仍然與十九世紀的新文學浪潮有著顯著的區別。對日常經驗的表達並非以碎片化的情緒和人物心理活動為主，而是仍然以道德情感和行為規範為先。因此，焦循並非在遵循人的主觀「性情」的意義上尊重每個個體的主觀精神，而是鼓勵精英知識分子階層充分發揮對通俗文化的駕馭能力，以此完成對社會生活的指導能力，恢復「士」在道德真理闡釋權上的意義和「師」在影響社會秩序上的作用。因此，焦循對於俗文化的肯定，主要目的仍然是為了完善「雅」的內涵，提升雅文化的輻射作用，而非完全肯定俗文化的絕對意義。這同時也說明儒家話語形態的內部變化有其自身的內在動力，儒家思想秩序也並非穩定如一毫無變動，而是在一種動態的意義上吸收諸種文化形式，完成自身的革新蛻變。因此，這種對通俗文化的態度變化雖然仍然是以道德理念世界的完滿性為思想前提的，但也彰顯了一定的現代跡象，花部戲劇在士大夫內部地位逐漸提高、流行更加廣泛就是其中的表現之一。也即，焦循在進行一個完美縫合理念世界與日常世界的嘗試，目的是重新建立更適合當下的儒家思想秩序表現方式，在戲劇上則表現為一種在虛實界限清晰的戲劇敘事下傳遞兼具雅俗意義的、兼具「理」「情」的教化精神。但是在完成這個目的的過程中，焦循的思想有意無意地彰顯了對現代特質的傾斜，例如對自然生發的情感的重視，對理性意識的尊重等等，在與日常生活經驗息息相關的意義上談論道德，在與人的共同情感密切相通的意義上談論戲劇，已經道出了儒家恪守的道德形而上精神瓦解的先機。可以說，焦循的戲

劇理論和觀念的現代性意義,並不表現在它的主觀訴求上,而是表現在它所處在的儒家思想文化自身內在動力的軌道和位置上,它體現的是一種趨勢、一種召喚和一種難以避免的歷史路徑。

在十八世紀人口激增、經濟發達的時代語境下,人們的日常生活經驗正在悄然變化,傳統的道德思想不能應對日新月異的社會狀況,同時也暴露了諸多社會問題。十八世紀乾嘉學派的學者們已經處在了詮釋思想內外交困的境地。而文學觀念在經學上的移用之所以被認為是一種大膽的嘗試,恰恰說明了此時專門化研究的壁壘已經悄然形成,現有學術領域的研究方法已經趨向固化,難以形成具有生產性和延展性意義的話語空間。焦循沿用文學觀念中的「性靈」說作為闡釋儒家經典的方法,提示了他對於主觀性情和主體經驗的重視,也使得焦循看到了經學思想與文學觀念在反映「人倫日用」、追求「移風易俗」等訴求上的一致性。這種彌合道德思想與日常生活經驗的訴求反映在文學上,表現為言意關係的表達穩定性和虛實關係的內在統一性,文學世界的內部需要遵循一種表達與事實相統一的語言邏輯,才能避免知識、觀念和思想被語言本身限制或被現實秩序宰制。由此,焦循反對作為語言概念的「理」對「情」的統攝和社會權力的「勢」對「情」的鉗制,在學術上主張通過對知識進行語境化和歷史化處理來還原知識生產起初所指向的社會問題,以此來激活現有知識和學術;在文學上重視敘事,主張通過表現情境下人的真實性情來傳揚道德,以改變當時道德訓誡在社會生活中難以生效的境況,在「通情」的意義上完成對民間社會的「教化」。這就同時抬高了文學中的「敘事」和「通情」的地位,使得更加注重敘事和觀眾審美的戲劇文體在傳統文學觀念中獲得了新的位置,也使得被認為是俗文學的花部戲劇得到了文人的認可。

焦循的戲劇觀念無不滲透了其在經學思想上的問題化、知識化和理論化的思路,二者相互影響相互佐證,使得焦循的戲劇研究不僅僅是文學的內部思路,還蘊含著思想史和文學史的時代脈動。無論是經學學者們試圖擴展研究範圍以激活傳統經學闡釋學,還是文學的雅俗觀念已經越來越向民間文化靠攏,都是十八世紀經濟社會變動的深刻反映。在經學思想對「情」的重視中所體現的對個體自然性情的關注,在「學」的考證方法中對客觀性的追求,以及在文學思想中對「俗」文化的重視,都已經展露了諸多具有「現代」意義的跡象。而焦循的戲劇理論觀念僅僅是這種思想形式和通俗文化內在互動的一個典型案例,清代中葉二者之間的互動仍然是一個重要的話題。它不僅僅是傳統文學

觀念內部的雅俗觀念之間的相互變化，而且還反映了清代中葉這一特殊時期通俗文化蔚為大觀的深層原因以及其對十九世紀通俗文化形式發生翻天覆地變化的一種重要的啟發，這亟待未來再進行更深入的研究。

　　總的來說，處理焦循作為經生研究戲劇的問題，雖然是一種研究資料相對集中的個案研究，學界對此也有一定的先知卓見，但要以現代的學術眼光開拓出具有突破性意義的研究，仍然面臨著諸多問題。首先，焦循以經生治戲劇是一種超出其專門之學的嘗試，但是其中所滲透的與其經學思想的內在一致性和差異性，反映了清朝中葉的思想動態和文化面貌。由於此問題涉及面廣，既要求對清代中葉的政治、社會和思想狀況有相當的把握，也要求對儒家學術史尤其是乾嘉學派偏重語言學和文獻學的治學方法有相當的瞭解，更需要對文學史尤其是戲劇史有全面而深入的認知。同時，二者的關係時而緊密、時而疏離；時而直接關聯到一些思想史和文學史上的大問題，時而是一些不可繞過的關於文獻和語言的小問題，處理這些材料的方式和分寸也成為解決這一問題的難度之一，如若把握不當，則有可能囿於強行臆斷聯繫而造成牽強附會的後果。並且，焦循的思想觀念在十八世紀傳統漸漸邁向現代的歷史軌道中所展現與時代相關的內在脈動，更加要求研究者需要兼具紮實的古典學知識水平和現代學術問題意識，對研究者來說是一項極有意義的學術挑戰，同時也是一次十分嚴苛的思維考驗。

　　其次，由於焦循的戲劇學資料較少，故而參考其經學思想充實其戲劇觀念成為重要的方法之一。值得指出的是，由於焦循本身的戲劇研究更傾向於戲劇資料的輯錄和文學感悟的漫談，因此總結並詳考其中的文藝思想仍然面臨了諸多困難。二者之間的相互關聯，也因為在文獻資料中缺乏直接的觀念表述，只能在焦循的諸多著作的字裏行間仔細爬梳，通過反觀其治學目的和思維方式的方法，來建立二者之間的有機統一，並揭示其中的內在矛盾。這對研究者的學術底蘊和思維水平提出了更高的要求。

　　再次，作為窺探清朝中葉思想文化狀況的一隅，對焦循的研究雖然跨越諸個學科，涉及面頗廣，但仍然只是一種個案研究，其與清朝當時諸多文人之間相互溝通、激烈辯論和精神偶合，仍有進一步發掘的必要。因此，在更廣闊的視域下對這些觀念史料作進一步的梳理，考察其在知識形式、社會事件和思想觀念等方面對增進瞭解清朝中葉以及現代性影響上的作用，仍然是值得投入更多學力的工作。

　　儘管如此，通過建立經學思想和文學觀念之間的聯繫以研究一個時代的
文學狀況，仍然是值得繼續探索的方法，期待未來在這一領域更為深入和廣闊
的研究得以問世。

參考文獻

一、學術論著

A

1. 〔美〕艾爾曼《從理學到樸學：中華帝國晚期思想與社會變化面面觀》，趙剛譯，南京：江蘇人民出版社 1995 年。

2. 〔美〕艾爾曼《經學、政治和宗族・中華帝國晚期常州今文學派研究》，趙剛譯，南京：江蘇人民出版社 1998 年。

B

1. 〔加〕卜正明主編《中國與歷史資本主義：漢學知識的系譜學》，古偉瀛等譯，北京：新星出版社 2005 年。

2. 〔日〕濱口富士雄《清代考據學的思想史》，東京：國書刊行會平成 6 年（1994 年）。

3. 北京圖書館編《北京圖書館藏珍本年譜叢刊》，北京：北京圖書館出版社 1999 年。

4. 卞仁海《漢字與避諱》，廣州：暨南大學出版社 2017 年。

C

1. 蔡仲德注釋《中國音樂美學史資料注釋》，北京：人民音樂出版社 2004 年。

2. 陳多、葉長海選注《中國歷代劇論選注》，上海：上海古籍出版社，2010 年。

3. 陳國慶編《漢書藝文志注釋彙編》，北京：中華書局 1983 年。

4. 陳平原《中國小說敘事模式的轉變》，上海：上海人民出版社 1988 年。

5. 陳居淵《焦循、阮元評傳》，南京：南京大學出版社 2006 年。

6. 陳居淵《清代樸學與中國文學》，南昌：百花洲文藝出版社 2010 年。

7. 陳寅恪《元白詩箋證稿》，北京：三聯書店 2001 年。

8. 陳山榜、鄧子平主編《顏元文集》，石家莊：河北教育出版社 2009 年。

9. 程炳達、王衛民編《中國歷代曲論釋評》，北京：民族出版社 2000 年。

10. 〔日〕村上哲見《雅俗考》，顧歆藝譯，《中國典籍與文化論叢》第四輯，中華書局 1997 年。

D

1. 〔清〕戴震《戴震集》，上海：上海古籍出版社 2009 年。

2. 〔清〕戴震《孟子字義疏證》，北京：中華書局 1961 年。

3. 鄧紹基主編《中國古代戲曲文學辭典》，北京：人民文學出版社 2004 年。

4. 鄧長風《明清戲曲家考略》，上海：上海古籍出版社 1994 年。

5. 丁淑梅《中國古代禁燬戲劇編年史》，重慶：重慶大學出版社 2015 年。

6. 〔清〕段玉裁《經韻樓集》，南京：鳳凰出版社 2010 年。

7. 〔清〕段玉裁《說文解字注》，上海：上海古籍出版社 1988 年。

F

1. 范春義《焦循戲劇學研究》，南京：鳳凰出版社 2012 年。

2. 〔法〕弗朗索瓦‧多斯《碎片化的歷史學：從〈年鑒〉到「新史學」》，馬勝利譯，北京：北京大學出版社 2008 年。

G

1. 〔清〕顧炎武《顧炎武全集》，劉永翔校點，上海：上海古籍出版社 2011 年。

2. 郭英德《明清傳奇史》，南京：江蘇古籍出版社 1999 年版。

3. 郭英德《明清文人傳奇研究》，北京：北京師範大學出版社 2001 年。

4. 葛兆光《中國思想史》，上海：復旦大學出版社 2013 年。

5. 龔鵬程《中國文人階層史論》，蘭州：蘭州大學出版社 2004 年。

6. 龔鵬程《文化符號學：中國社會的肌理與文化法則》，上海：上海人民出版社 2009 年。

7. 龔鵬程《中國文學批評史論》，北京：北京大學出版社 2008 年。

8. 龔鵬程《中國文學史》，北京：世界圖書出版公司北京公司 2011 年。

9. 〔日〕溝口雄三《中國前近代思想的演變》，索介然、龔穎譯，北京：中華書局 2005 年。

10. 〔日〕溝口雄三《作為方法的中國》，孫軍悅譯，北京：生活‧讀書‧新知三聯書店 2011 年。

11. 〔日〕溝口雄三《中國的公與私：公私》，鄭靜譯，北京：生活‧讀書‧新知三聯書店 2011 年。

12. 〔日〕溝口雄三《中國的歷史脈動》，喬志航、龔穎譯，北京：生活‧讀書‧新知三聯書店 2014 年。

13. 〔美〕郭安瑞《文化中的政治‧戲曲表演於清都社會》，郭安瑞譯，北京：社會科學文獻出版社 2018 年。

14. 郭松義《倫理與生活：清代的婚姻關係》，北京：商務印書館 2000 年。

H

1. 〔美〕哈羅德‧布魯姆《影響的焦慮：一種詩歌理論》，徐文博譯，南京：江蘇教育出版社 2006 年。

2. 〔美〕韓書瑞、羅友枝著《十八世紀中國社會》，陳仲丹譯，南京：江蘇人民出版社 2009 年。

3. 〔德〕海德格爾著《存在與時間》，陳嘉映，王慶節譯，北京：生活‧讀書‧新知三聯書店 2006 年。

4. 〔美〕海登‧懷特《形式的內容：敘事話語與歷史再現》，董立河譯，北京：文津出版社 2005 年。

5. 胡適《文學進化觀念與舊戲改良》，《新青年‧文學批評卷》，鄭州：河南文藝出版社 2015 年。

6. 〔明〕胡應麟《詩藪》，北京：中華書局 1958 年。

7. 〔明〕胡應麟《少室山房筆叢》，上海：上海書店出版社 2009 年。

8. 黃強《八股文與明清文學論稿》，上海：上海古籍出版社 2005 年。

9. 黃卓越《明中後期文學思想研究》，北京：北京大學出版社 2005 年。

10. 何澤恒《焦循研究》，臺北：大安出版社〔民國 79 年〕1990 年。

11. 胡忌、劉致中《崑劇發展史》，北京：中國戲劇出版社 1989 年。

12. 黃仕忠《中國戲曲史研究》，廣州：中山大學出版社 1997 年。

13. 〔美〕黃衛總《中華帝國晚期的欲望與小說敍述》，張蘊爽譯，南京：鳳凰出版傳媒集團、江蘇人民出版社 2010 年。

J

1. 〔清〕紀昀《閱微草堂筆記》，韓希明譯注，北京：中華書局 2014 年。

2. 〔德〕伽達默爾《真理與方法——哲學詮釋學的基本特徵》，洪漢鼎譯，上海：上海譯文出版社 1999 年。

3. 〔清〕江藩《漢學師承記箋釋》，漆永祥箋釋，上海：上海古籍出版社 2006 年。

4. 〔清〕江藩、方東樹《漢學師承記（外二種）》，北京：生活·讀書·新知三聯書店，1998 年版。

5. 江巨榮《古代戲曲思想藝術論》，上海：學林出版社 1995 年。

6. 蔣星煜《中國戲曲史鉤沉》，上海：上海人民出版社 2010 年（中州書畫社 1982 年初版）。

7. 〔清〕焦循《雕菰樓易學五種》，陳居淵主編，南京：鳳凰出版社 2012 年。

8. 〔清〕焦循《里堂道聽錄》，揚州：廣陵書社 2016 年。

9. 〔清〕焦循《孟子正義》，沈文倬點校，北京：中華書局 1987 年。

10. 〔清〕焦循《焦循全集》，劉建臻整理，揚州：廣陵書社 2016 年。

11. 〔清〕焦循《焦循雜著九種》，揚州：廣陵書社 2016 年版。

12. 金登才《清代花部戲研究》，北京：中國戲劇出版社 2006 年。

13. 金啟華等編《唐宋詞集序跋彙編》，臺北：商務印書館 1993 年。

14. 〔明〕金聖歎《金聖歎全集》，上海：上海古籍出版社 1985 年。

K

1. 康保成主編《海內外中國戲劇史家自選集》，鄭州：大象出版社 2018 年。

2. 〔元〕孔齊《至正直記》，上海：上海古籍出版社 1987 年。

L

1. 賴貴三《臺海兩岸焦循文獻考察與學術研究》，北京：文津出版社 2008 年。

2. 〔明〕蘭陵笑笑生撰《金瓶梅》，濟南：齊魯書社 1991 年。

3. 〔美〕雷德菲爾德《農民社會與文化：人類學對文明的一種詮釋》，王瑩譯，北京：中國社會科學出版社 2013 年。

4. 李昌集《中國古代散曲史》，上海：華東師範大學出版社 1991 年。

5. 李昌集《中國古代曲學史》，上海：華東師範大學出版社 1997 年。

6. 〔清〕李斗《揚州畫舫錄》，汪北平、涂雨公點校，北京：中華書局 1960 年。

7. 李貴生《傳統的終結：清代揚州學派文論研究》，上海：復旦大學出版社 2009 年。

8. 〔明〕李夢陽《空同集》，上海：上海古籍出版社 1991 年。

9. 李舜華《從禮樂到演劇：明代復古樂思潮的消長》，上海：復旦大學出版社 2018 年。

10. 〔明〕李贄《焚書·續焚書》，北京：中華書局 2011 年。

11. 〔明〕羅貫中著〔清〕毛綸·毛宗崗點評《三國演義》，北京：中華書局 2009 年。

12. 〔美〕羅威廉《救世——陳宏謀與十八世紀的精英意識》，陳乃宣等譯，北京：中國人民大學出版社 2016 年。

13. 廖奔《中國古代劇場史》，鄭州：中州古籍出版社 1997 年。

14. 廖奔《中國戲劇圖史》，鄭州：河南教育出版社 1996 年。

15. 梁啟超《梁啟超全集》，北京：北京出版社 1999 年。

16. 梁啟超《清代學術概論》，桂林：廣西師範大學出版社 2010 年。

17. 梁啟超《飲冰室合集》，北京：中華書局 1989 年。

18. 梁啟超《中國三百年學術史》，北京：中國出版集團東方出版社 2004 年。

19. 梁啟超《中國近三百年學術史》，天津：天津古籍出版社 2003 年。

20. 〔清〕凌廷堪《校禮堂文集》，北京：中華書局 1998 年。

21. 劉建臻《焦循學術論略》，北京：社會科學文獻出版社 2012 年。

22. 劉瑾輝《焦循評傳》，揚州：廣陵書社 2005 年。

23. 劉慶《管理與禁令：明清戲劇演出生態論》，上海：上海古籍出版社 2014 年。

24. 劉水雲《明清家樂研究》，上海：上海古籍出版社 2005 年。

25. 〔清〕劉熙載《藝概》，上海：上海古籍出版社 1978 年。

26. 〔梁〕劉勰《文心雕龍》范文瀾注，北京：人民文學出版社 1958 年。

27. 〔明〕劉宗周《劉子全書》，北京：華文書局 1968 年。

28. 盧前《明清戲曲史（外一種）：八股文小史》，長沙：嶽麓書社 2011 年。

29. 陸萼庭《崑劇演出史稿》，上海：上海文藝出版社 1980 年。

30. 陸萼庭《清代戲曲與崑劇》，北京：國家出版社 2005 年。

31. 魯同群注評《禮記·樂記》，南京：鳳凰出版社 2011 年。

32. 路應昆《中國戲曲與社會諸色》，長春：吉林教育出版社 1992 年。

33. 〔明〕呂天成《曲品校注》，吳書萌校注，北京：中華書局 2006 年。

M

1. 馬積高《清代學術思想的變遷與文學》，長沙：湖南人民出版社 2002 年。

2. 馬松源主編《中國古典名著百部》，北京：線裝書局 2012 年。

3. 毛晉編《六十種曲》，北京：中華書局 1958 年。

4. 么書儀《晚清戲曲的變革》，北京：人民文學出版社 2006 年。

P

1. 彭林《清代經學與文化》，北京：北京大學出版社 2005 年。

2. 〔美〕普鳴《作與不作·早期中國對創新與技藝問題的論辯》，楊起予譯，北京：生活·讀書·新知三聯書店 2020 年。

Q

1. 〔清〕錢泳《履園叢話》，北京：中華書局 1979 年。

2. 錢鍾書《管錐篇》，北京：中華書局 1979 年。

3. 錢鍾書《談藝錄》，北京：中華書局 1974 年版。

4. 《清代詩文集彙編》編纂委員會編《清代詩文集彙編》，上海：上海古籍出版社 2010 年。

5. 清華大學歷史系、三聯書店編輯部合編，《清華歷史講堂初編》，北京：生活·讀書·新知三聯書店 2007 年版。

6. 〔日〕青木正兒《中國近世戲曲史》，王古魯譯，北京：商務印書館 1936 年。

7. 丘慧瑩《乾隆時期戲曲活動研究》，北京：文津出版社 2000 年。

R

1. 〔清〕阮元《揅經室集》，鄧經元點校，北京：中華書局 1993 年。

S

1. 〔美〕商偉《禮與十八世紀的文化轉折：〈儒林外史〉研究》，嚴蓓雯譯，北京：生活·讀書·新知三聯書店 2012 年。

2. 〔日〕山口久和《章學誠的知識論》，王標譯，上海：上海古籍出版社 2006 年。

3. 〔清〕沈德潛《說詩晬語箋注》，王宏林箋注，北京：人民文學出版社 2013 年。

4. 〔清〕沈起鳳《諧鐸》，北京：人民文學出版社 1985 年。

5. 沈燮元《周貽白小說戲曲論集》，濟南：齊魯書社 1986 年。

6. 上海書店出版社編《清代文字獄檔》，上海：上海書店出版社 2011 年。

7. 上海書店出版社編《叢書集成續編》，上海：上海書店出版社 1994 年。

8. 沈雲龍編《近代中國史料叢刊》，臺北：文海出版社有限公司（葉圖版）2003 年。

9. 石芳《清代考據學語境下的戲曲理論》，上海：上海古籍出版社 2017 年。

10. 孫楷第《戲曲小說書錄解題》，北京：人民文學出版社 1990 年。

11. 尚小明《學人遊幕與清代學術》，北京：東方出版社 2018 年。

T

1. 〔明〕湯顯祖《湯顯祖詩文集》，上海：上海古籍出版社 1982 年。

2. 〔元〕陶宗儀《南村輟耕錄》，北京：文化藝術出版社 2008 年。

3. 譚帆、陸煒《中國古典戲劇理論史》，北京：中國社會科學出版社 1993 年。

4. 田富美《乾嘉經學史論：以漢宋之爭為核心之研究》，北京：文史哲出版社 2013 年。

5. 〔日〕田仲一成《明清的戲曲：江南宗族社會的表象》，雲貴彬、王文勳譯，北京：北京廣播學院出版社 2003 年。

6. 〔日〕田仲一成《中國祭祀戲劇研究》，布和譯，北京：北京大學出版社 2008 年。

7. 〔日〕田仲一成《中國戲劇史》，布和譯，北京：北京大學出版社 2011 年。

W

1. 隗芾、吳毓華編《古典戲曲美學資料集》，北京：文化藝術出版社 1992 年。

2. 汪超宏《明清曲家考》，北京：中國社會科學出版社 2006 年。

3. 王汎森《權力的毛細管作用：清代的思想、學術與心態》，北京：北京大學出版社 2015 年。

4. 王國維《宋元戲曲史》，上海：東方出版社 1996 年。

5. 王孝漁著《焦學三種》，北京：中華書局 2014 年。

6. 王漢民、劉奇玉編著《清代戲曲史編年》，成都：巴蜀書社 2008 年。

7. 汪暉《現代中國思想的興起》，北京：生活·讀書·新知三聯書店 2008 年。

8. 王利器輯錄《元明清三代禁燬小說戲曲史料》，上海：上海古籍出版社 1981 年。

9. 〔清〕王世貞《弇州山人四部稿》，臺北：偉文圖書出版社有限公司民國 65（1976 年）。

10. 〔明〕王思任《王季重十種》，杭州：浙江古籍出版社 1987 年。

11. 〔清〕王先謙《東華錄　東華續錄》，上海：上海古籍出版社 2008 年。

12. 汪協如《綴白裘》，北京：中華書局 2005 年。

13. 〔清〕王引之《經義述聞》，南京：江蘇古籍出版社 2000 年。

14. 王永寬、王鋼《中國戲曲史編年》，鄭州：中州古籍出版社 1994 年。

15. 王育濟《天理與人慾》，濟南：齊魯書社 1992 年。

16. 王岳川《藝術本體論》，北京：中國社會科學出版社 2005 年。

17. 王雲五、朱經農主編《禮記》，北京：商務印書館 1947 年。

18. 王運熙《漢魏六朝唐代文學論叢》，上海：復旦大學出版社 2002 年。

19. 王政堯《清代戲劇文化史論》，北京：北京大學出版社 2005 年。

20. 〔清〕汪中，田漢雲點校《新編汪中集》，揚州：廣陵書社 2005 年。

21. 吳存存《明清社會性愛風氣》，北京：人民文學出版社 2000 年。

22. 〔清〕吳敬梓著《儒林外史匯校匯評本》，上海：上海古籍出版社 2010 年。

23. 吳新雷《中國戲曲史論》，南京：江蘇教育出版社 1996 年。

24. 吳毓華編著《中國古代戲曲序跋集》，北京：中國戲劇出版社 1990 年。

25. 吳釗、伊鴻書、趙寬仁等編《中國古代樂論選輯》，北京：人民音樂出版社 2011 年。

X

1. 〔美〕夏志清《中國古典小說導論》，合肥：安徽文藝出版社 1988 年。

2. 〔梁〕蕭統編〔唐〕李善注《文選》，北京：中華書局 1977 年影印版。

3. 〔明〕謝肇淛《五雜俎》，北京：中華書局 1959 年。

4. 〔明〕謝榛《四溟詩話》，北京：中華書局 1985 年。

5. 徐復觀《中國人性論史》，上海：華東師範大學出版社 2005 年。

6. 徐復觀《中國思想史論集》，北京：九州出版社 2014 年。

7. 徐珂《清稗類鈔》，北京：商務印書館，民國 07 年（1918）。

8. 續修四庫全書編纂委員會《續修四庫全書》，上海：上海古籍出版社 2002 年。

9. 〔戰國〕荀子《荀子》，上海：上海古籍出版社 2014 年。

Y

1. 〔清〕嚴復《穆勒名學》，北京：三聯書店 1959 年。

2. 〔清〕顏元《存學編》，北京：中華書局 1985 年。

3. 楊劍明《中華戲劇史論叢書　曲話文體考論》，上海：上海古籍出版社 2013 年。

4. 楊惠玲《戲曲班社研究：明清家班》，廈門：廈門大學出版社 2006 年。

5. 楊峰、張偉著《清代經學學術編年》，南京：鳳凰出版社 2015 年。

6. 楊念群《何處是江南？清朝正統觀的確立與士林精神世界的變異》，北京：生活‧讀書‧新知三聯書店 2017 年。

7. 楊旭輝《清代經學與文學：以常州文人群體為典範的研究》，南京：鳳凰出版社 2006 年。

8. 楊曉東編著《馮夢龍研究資料彙編》，揚州：廣陵書社 2007 年。

9. 葉長海《中國戲劇學史稿》，北京：中華書局 2014 年修訂版（上海文藝出版社 1986 年初版）。

10. 葉長海主編《戲劇學》，北京：文化藝術出版社 2014 年。

11. 〔英〕伊格爾頓《美學意識形態》，王杰、付德根、麥永雄譯，北京：中央編譯出版社 2013 年。

12. 〔日〕伊藤邦午、山內志朗、中島隆博、納富信留《世界哲學史》，東京：築摩書房 2020 年。

13. 俞為民、孫蓉蓉編《歷代曲話彙編：新編中國古典戲曲論著集成》，合肥：黃山書社 2008 年。

14. 〔清〕永瑢等撰《四庫全書總目》，北京：中華書局 1965 年影印本。

15. 于迎春《漢代文人與文學觀念的演進》，北京：東方出版社 1997 年。

16. 〔美〕余英時《論戴震與章學誠：清代中期學術思想史研究》，北京：生活‧讀書‧新知三聯書店 2000 年。

17. 〔美〕余英時《中國思想傳統的現代詮釋》，南京：江蘇人民出版社 2003 年。

18. 〔美〕余英時《朱熹的歷史世界：宋代士大夫政治文化的研究》，北京：生活‧讀書‧新知三聯書店 2011 年。

19. 〔美〕余英時《士與中國文化》，上海：上海人民出版社 2013 年。

20. 〔美〕余英時《中國近世宗教倫理與商人精神》，北京：九州出版社 2014 年。

21. 袁行霈主編《中國文學史》，北京：高等教育出版社 2005 年。

22. 〔清〕袁枚《隨園詩話》，杭州：浙江古籍出版社 2011 年。

23. 〔清〕袁枚《隨園詩話》，武漢：崇文書局 2017 年。

24. 〔清〕袁枚《袁枚全集新編》，杭州：浙江古籍出版社 2015 年。

25. 〔宋〕岳珂《桯史》，吳敏霞校注，西安：三秦出版社 2004 年。

Z

1. 曾永義《戲曲學》，臺北：三民書局 2016 年。

2. 〔清〕趙爾巽等《清史稿》，北京：中華書局 1976 年。

3. 張次溪編《清代燕都梨園史料》，北京：中國戲劇出版社 1988 年。

4. 張發穎《中國家樂戲班》，北京：學苑出版社 2002 年。

5. 張發穎《中國戲班史》，北京：學苑出版社 2003 年。

6. 張健《清代詩學研究》，北京：北京大學出版社 1999 年。

7. 張鑒等撰《阮元年譜》，黃愛平點校，北京：中華書局 1995 年。

8. 張少康《中國文學理論批評史》，北京：北京大學出版社 2005 年。

9. 張舜徽《清代揚州學記》，揚州：廣陵書社 2004 年。

10. 張書才主編《纂修四庫全書檔案》，上海：上海古籍出版社 1997 年。

11. 張壽安《十八世紀禮學考證的思想活力——禮教論爭與禮秩重省》，北京；北京大學出版社 2005 年。

12. 〔清〕章太炎《章太炎全集》，上海：上海人民出版社 1984 年。

13. 張曉蘭《清代經學與戲曲——以清代經學家的戲曲活動和思想為中心》，上海：上海古籍出版社 2014 年。

14. 〔清〕章學誠《文史通義校注》，葉瑛校注，北京：中華書局 2014 年。

15. 〔清〕章學誠《章學誠遺書》，北京：文物出版社 1985 年。

16. 〔宋〕張載《張載集》，北京：中華書局 1978 年。

17. 〔清〕昭槤《嘯亭雜錄》，北京：中華書局 1980 年。

18. 趙景深《戲曲論叢》，蘭州：甘肅人民出版社 1986 年。

19. 趙山林《中國戲劇學通論》，合肥：安徽教育出版社 1995 年。

20. 趙山林《中國戲曲觀眾學》，上海：華東師範大學出版社 1990 年。

21. 〔漢〕鄭玄注〔唐〕孔穎達疏《禮記注疏》，上海：中華書局 1936 年。

22. 鄭振鐸《插圖本中國文學史》，上海：上海人民出版社 1957 年。

23. 中國戲劇研究院編《中國古典戲曲論著集成》，北京：中國戲劇出版社 1959 年。

24. 〔南朝梁〕鍾嶸《詩品》，北京：中華書局 1991 年。

25. 中央研究院近代史研究所編《近世中國之傳統與蛻變》，中央研究院近代史研究所，民國 87 年。

26. 鍾肇鵬選編《四書傳注會要》，北京：國家圖書館出版社 2008 年。

27. 〔元〕周德清輯《中原音韻》，北京：中華書局，1978 年影印本。

28. 周妙中《清代戲曲史》，鄭州：中州古籍出版社 1987 年。

29. 〔美〕周啟榮《清代儒家禮教主義的興起——以倫理道德、儒學經典和宗族為切入點的考察》，毛立坤譯，天津：天津人民出版社 2017 年。

30. 周錫山編著《牡丹亭注釋匯評》，上海：上海人民出版社 2017 年。

31. 周貽白《中國戲曲史》，北京：中華書局 1953 年。

32. 周裕鍇《中國古代闡釋學研究》，上海：上海人民出版社 2003 年。

33. 支偉成《清代樸學大師列傳》，上海：上海人民出版社 2014 年。

34. 朱立元《藝術美學辭典》，上海：上海辭書出版社 2012 年。

35. 〔宋〕朱熹《朱子語類》，北京：中華書局 1986 年。

二、期刊論文

1. 陳寅恪《韓愈與唐代小說》，《國文月刊》1947 年第 57 期。

2. 曹金生《焦循及其戲劇思想初探》，蘭州大學 2008 年碩士論文。

3. 杜海軍《〈曲考〉不是〈劇說〉》，《殷都學刊》2001 年第 4 期。

4. 范春義、曹廣華《〈花部農譚〉的成書、傳播及其價值》，《中華戲曲》2011 年第 02 輯。

5. 高王凌《十八世紀，二十世紀的先聲》，《史林》，2006 年第 5 期。

6. 胡明輝《十八世紀在近現代中國史的樞紐位置》，中研院近代史研究所《近代中國史研究通訊》第 32 期，2001.9。

7. 黃桂娥《崇古與尊今的較量——清代戲曲批評史的一個脈絡》，《戲劇藝

術》2017 年第 1 期。

8. 〔日〕吉田純《〈閱微草堂筆記〉小論》,《中國—社會と文化》第四號（1989：182～191）。

9. 蔣凡《韓愈、柳宗元的古文小說觀》,《學術月刊》1993 年 12 期。

10. 蔣寅《在傳統的闡釋與重構中展開——清初詩學基本觀念的確立》,《中國社會科學》2006,（06）。

11. 金登才《花部——中國近代戲曲的開端》,《戲劇藝術》2006 年第 01 期。

12. 李惠綿《清代曲論之虛實論初探》,《戲劇藝術》1993 年 03 期。

13. 劉孔伏《〈曲考〉非〈劇說〉辨析》,《雲南民族學院學報》,1989 年第 2 期。

14. 劉學亮《焦循〈劇說〉研究》,蘭州大學 2011 年碩士論文。

15. 劉奕《焦循文學代勝說論析》,《四川大學學報》（哲學社會科學版）2007 年第 6 期。

16. 劉致中《焦循的戲曲理論》,《文學遺產》1980 年第 02 期。

17. 劉致中《〈曲考〉即〈劇說〉考》,《文學遺產》1981 年第 04 期。

18. 陸銀娣《試從〈劇說〉看焦循的戲劇觀》,《劇作家》,2008 年第 02 期。

19. 路應昆《崑劇之「雅」與「花雅之爭」另議》,《東南大學學報》2009 年第 11 卷第 4 期。

20. 毛品璋《也談焦循及其〈花部農譚〉》,《藝術百家》1988 年 02 期。

21. 明光《焦循戲劇理論新議》,《藝術百家》2008 年 04 期。

22. 裴雪萊《試談禮樂文化背景下焦循戲曲理論中的「真實」》,《許昌學院學報》2011 年 04 期。

23. 彭秋溪《論姚燮未見過〈曲考〉原書兼談〈曲考〉的性質》,《戲曲與俗文學研究》2016 年第 01 期。

24. 齊森華《「獨樹」、「獨好」、「獨識」——讀焦循的〈花部農譚〉》,河南師大學報（社會科學版）1981 年 06 期。

25. 饒俊《從〈論語通釋〉探焦循戲劇觀》,《戲劇文學》2020 年第 5 期。

26. 時俊靜《「花雅之爭」研究中的歧見與困境》,《戲劇藝術》2014 年第 6 期。

27. 孫書磊《本位批評的缺失——論中國古典史劇理論的批評範式》,《南京社會科學》2002 年第 02 期。

28. 湯振海《焦循及其戲曲著述》,《蘇州大學學報》1994 年第 3 期。

29. 陶啟君《焦循戲劇發展觀略說》,《四川戲劇》1989 年 06 期。

30. 王德威《「有情」的歷史——抒情傳統與中國文學現代性》,中國文哲研究集刊 2008 年第 33 期。

31. 王偉康《焦循與〈花部農譚〉》,《揚州師院學報》1994 年 04 期。

32. 王偉康《論〈劇說〉》,《揚州大學學報》(人文社會科學版) 1997 年 06 期。

33. 王齊洲《「一代有一代之文學」文學史觀的現代意義》,《文藝研究》2002 年第 6 期。

34. 王星琦《焦循及其曲論》,《劇藝百家》1986 年 04 期。

35. 王瑜瑜《〈曲考〉考述》,《中華戲曲》2011 年第 02 期。

36. 吳飛《經學何以入哲學——兼與趙汀陽先生商榷》,2020 年第 11 期。

37. 吳根友《「性靈」經學與「後戴震時代」個體主體性之增長 焦循經學與哲學思想新論》,《學術研究》2011 年第 8 期。

38. 相曉燕《乾嘉學派與清中葉曲學——以揚州為中心的考察》,《浙江社會科學》2011 年 09 期。

39. 相曉燕《清中葉揚州曲家群體研究》,浙江大學博士論文 2010 年。

40. 相曉燕《清中葉揚州曲家的戲曲創作論》,《揚州文化研究論叢》2017 年 02 期。

41. 許翔麟《評焦循的〈花部農譚〉》,《天津師院學報》1980 年第 06 期。

42. 楊立川《試論焦循「揚花抑雅」之審美觀》,《西部學刊》,2015 年第 09 期。

43. 周固成《焦循〈花部農譚〉的倫理思想》,《文藝評論》2016 年 12 期。

44. 張壽安《清儒的「知識分化」與「專門之學」萌芽——從幾場辯論談起》,《學海》2015 年第 2 期。

45. 趙汀陽《中國哲學的身份疑案》,《哲學研究》2020 年第 7 期。

46. 曾永義《論說戲曲雅俗之推移——從明嘉靖至清乾隆》,《戲劇研究》2008 年第 2 期

致　謝

　　決定攻讀博士學位以來，如何處理作為主體的「我」的文學經驗與作為既定學科範式的文學知識的關係成為我作為專業的文學讀者多次思考而又懸而未決的問題。在我開始寫作博士論文之前，深感難以在學術論文的寫作中找到恰當的處理方式，個人經驗的困惑與學術的問題意識難以達到一個相對平衡的關係，不是陷於主體經驗的自說自話，就是囿於學科基本範式的照本宣科。

　　之所以選擇這個論文題目，是因為看到了我的研究對象焦循在當時的學術思潮中表達了相似的問題和困惑，他對於乾嘉學派已經非常成熟的學術研究範式和其在社會現實中發揮作用的有效性之間的錯位提出了質疑。最重要的是，他提出了以主體經驗為度量，通過人的智識來重建闡釋問題的方式，以人的共情力為前提，來獲得更大範圍的共識的思路。這就融合了人的主體感受力與智識力，試圖尋找提出問題的新方式和闡釋問題的新思路，這從當代的語境來看，仍然具有很強的可對話性。這種思路不僅僅對學術研究有諸多裨益，彌合主體經驗與學科範式之間的相互矛盾，喚醒文學學科在具體的動態情境中獨特的表達和闡釋能力，同時也為抵禦現代性所帶來的過度理性問題提供了一些基於中國儒家傳統的啟迪。

　　當然，從研究對象上獲得的思路並未能夠完全體現在我的博士論文寫作中。在與博士論文長時間的相處中，我時常感到主體經驗在表達方式上仍然難以做到對學科範式遊刃有餘地理解運用。這已經不是博士入學時所面臨的「無法入手」的困惑，而是受制於目前學力，尚未能夠以十分嚴謹的方式完成專業訓練和知識組織導致的，這一點仍然需要我在未來的學術道路上不斷努力。

　　在完成博士論文期間，首先要感謝我的導師王岳川老師。他在學術上細心指導我的論文，嚴格要求我的寫作，反覆提出修改意見，使得我的論文在多次改動後與初稿雖已大相徑庭，卻能夠更加充分地表明我的所思所想。同時，他時常提醒我站在更廣闊的東學與西學的關係這一視野上看待文學理論的過去、現在和未來，為我研究對象的學術意義提供了確認，也為我的學術道路指明了方向。同時，王岳川老師在我攻讀博士學位期間給了我很大的自由度，包括博士生資格考試的論文、讀書報告的閱讀對象和博士論文的選題，他都給我充分獨立思考的空間。學術對象選擇上的相對自由使得我在學術訓練中不斷嘗試，不斷反思，最後逐漸建立起屬於自己的研究範疇，同時也不忘涉獵各種領域的著作。雖然我仍然未能做到專精兼擅，但這也成為我持續努力的目標之一，這都得益於王老師的教導。

　　我還要感謝在日本訪學時的導師石井剛老師，在東京大學的學習十分短暫，又遭遇疫情，只能足不出戶居家網絡授課，但是石井老師仍然關注我們的學業和精神狀況，使得我在疫情期間從對學術的猶疑、搖擺和困惑中漸漸走出來，確認了自己與學術研究之間位置和關係，也堅定了我的學術研究之路。同時，石井老師基於東亞視野的對中國文學研究思路的新見，啟發了我在博士論文寫作中的一些思路，使我受益匪淺。另外，我還需要感謝曾經指導過我論文寫作、參與我博士論文期間諸次答辯的時勝勳老師、王麗麗老師等幾位老師，因為他們對我的博士論文的層層指導，提出具有針對性和建設性的意見，幫助我修改完善博士論文，使之能夠在批判和思辨中不斷推陳出新，才形成了如今博士論文的最終面貌。

　　最後，感謝臺灣花木蘭文化事業有限公司願意出版我的博士論文。我將博士論文指認為是我博士期間對自己個人歷史的一種書寫形式。它並不完美，但卻借由一個遙遠的清代中葉的大儒，反映了我 22 歲到 27 歲稚嫩而漫長的自我展開、自我剖析和自我蛻變。有幸將這種不完美公諸於眾，於我而言是一種榮幸，也是一種勉勵。學術的道路任重道遠，來日方長，仍需身體力行，不懈求精，不斷進益。